Lisa Sarah Brandstäter

MORD in eiskalter NACHT

Ein Helsinki-Krimi

Ullstein

Besuchen Sie uns im Internet:
www.ullstein.de

Ungekürzte Ausgabe im Ullstein Taschenbuch
1. Auflage Oktober 2025

Bei Fragen zur Produktsicherheit wenden Sie sich bitte an
produktsicherheit@ullstein.de
Umschlaggestaltung: zero-media.net, München
Titelabbildung: Hütte mit Steg: © FinePic®, München,
Winterlandschaft: © VISUALSPECTRUM / stocksy
Gesetzt aus der Scala powered by *pepyrus*
Druck und Bindearbeiten: ScandBook, Litauen
ISBN 978-3-548-07312-5

Prolog

Sie befand sich in einem merkwürdigen Sinneszustand zwischen wach, rastlos und müde, was mit Sicherheit der Mischung von Alkohol und Kokain zu verdanken war. Wie lange hatte sie geschlafen? Zwanzig Minuten? Drei Stunden? Ein Blick auf die Uhr auf ihrem Nachttisch verriet ihr, dass es kurz vor sechs am Morgen war. Sie spürte ihren Herzschlag, der schneller war als sonst.

Sie hatte schrecklichen Durst und stand auf, zog sich den seidenen Morgenrock über, der auf dem Sessel in der Ecke des Zimmers lag, und glitt die Treppe nach unten.

Im Wohnzimmer blickte sie auf all die halb vollen und leeren Spirituosenflaschen, auf die achtlos zerknüllten Servietten, die neben den Essensresten auf dem Fußboden lagen. Sie musste das Schlimmste beseitigen, bevor Sören aus der Klinik nach Hause kam. Ihn würde sonst der Schlag treffen. Er hasste Unordnung.

Sie schaltete das kleine Licht an der Küchentheke an, nahm sich ein Glas aus dem Schrank, drehte den Wasserhahn auf, hielt das Glas darunter und trank es in einem Zug aus. Der Luftstoß erwischte sie eiskalt. Verdammt. Sie sah die

Schiebetür zur Terrasse einen Spaltbreit offen stehen. Hatte sie schon wieder vergessen, die Tür zu schließen? Es passierte ihr öfter, vor allem wenn Besuch da gewesen war und jemand draußen geraucht hatte. Sie zog den Hebel der großen gläsernen Schiebetür nach oben. Es war stockdunkel, doch der leuchtende Schnee ließ sie die Umrisse des angrenzenden Waldes erkennen. Sie hielt inne: Am Horizont über den dichten Bäumen erblickte sie etwas, was in Helsinki nur selten zu sehen war. Nordlichter. Sie glosten wunderschön und dramatisch über dem Nachthimmel. Sie konnte sich nicht daran erinnern, wann sie hier im Süden zuletzt welche gesehen hatte. Dieses Jahr würde es märchenhafte Weihnachten in Helsinki geben, dachte sie.

Bei der Treppe zum Schlafzimmer meinte sie, aus dem Augenwinkel eine flüchtige Bewegung wahrzunehmen. Sie versuchte ruhig zu bleiben, sie hatte sich das in diesem großen Haus schon öfter eingebildet. Sören hatte gelacht, weil sie wie ein Kleinkind den Lichtschalter unten ausgemacht und eilig nach oben gehuscht war, als wären die Monster der Dunkelheit hinter ihr her.

Sie drehte sich um. Niemand da. Natürlich nicht.

Sie erwachte, als jemand sie sanft schüttelte. Eine Hand an ihrem Oberarm.

Es musste Sören sein, der von der Arbeit nach Hause gekommen war.

Sie gab ein leises Knurren von sich.

Er schüttelte sie erneut, dieses Mal ein wenig stärker.

Seine Hand fühlte sich merkwürdig an. Anders als sonst.

»Du bist schon da«, murmelte sie im Halbschlaf. »Komm, leg dich zu mir.«

Die Hand schüttelte sie noch kräftiger.

Da fiel es ihr ein. Verdammt. Sie hatte noch nicht aufgeräumt. Deshalb schüttelte er sie so, er war sauer. Sie öffnete die Augen, wollte sich zur Seite drehen, aber es ging nicht. Alles um sie herum war vernebelt, einem Wachtraum gleich. Panik schoss durch ihren Körper. Ihren Kopf konnte sie heben, ihre Füße und Handgelenke jedoch waren ans Bettgestell gefesselt. Jemand stand neben ihr. So nah bei ihr.

Ihr drohte die Luft wegzubleiben. Tränen der Angst schossen ihr in die Augen, sie wollte schreien, bekam jedoch keinen Ton heraus. Ihre Gedanken rasten so schnell, dass sie nur einen einzigen fassen konnte: eine Schlafparalyse; nur ein verdammt realistischer Albtraum.

Die maskierte Gestalt beugte sich über sie. Mit beiden Händen hielt sie eine Plastiktüte. Kira sah das Logo. Dieses Scheißlogo vom K-Supermarket, und ein flehender Wunsch stieg in ihr auf, dass dies nicht das Letzte sein sollte, was sie in ihrem Leben sehen würde.

Dann zog sich die Person die Maskierung vom Kopf. Kira starrte sie mit aufgerissenen Augen an, konnte vor Panik keinen Ton von sich geben.

Zwei Hände um ihren Hals, die fest zudrückten. Mit ihren letzten Kräften unternahm sie einen Versuch, sich zu wehren, aber sie wusste, dass sie hilflos war. Sie sah Farben und Bilder vor ihrem geistigen Auge flackern. Sommer. Seen. Sonne. Sie war wieder ein kleines Kind. Spürte die Liebe und die Hitze der Sonne, ehe das Licht immer greller und die Gesichter immer blasser wurden.

Kira Westerlund war tot.

Es war der Morgen des vierundzwanzigsten Dezembers.

I

Dienstag, der 22. Dezember | Zwei Tage zuvor

Es war 4:45 Uhr am Morgen, und bis die Sonne aufgehen würde, falls man das zu dieser Jahreszeit überhaupt so nennen konnte, wäre es bereits neun. Das Tageshighlight würde ein dunkelgrauer Schleier gegen Mittag sein, der sich schwer über das Land legte, bevor die unendliche Nacht wieder hereinbrach.

Kira Westerlund machte sich daran, ihr Auto freizukratzen. Wenigstens wärmte die Bewegung sie auf. Als die Front- und Seitenscheiben weitestgehend vom Eis befreit waren, sprang Kira ins Auto und startete den Motor. Tatsächlich zählte jede Sekunde, denn die Scheiben konnten schneller wieder zufrieren, als einem lieb war. Sie musste wirklich zusehen, dass sie so bald wie möglich die Garage aufräumte. Noch diente sie lediglich als große Abstellkammer, da sie erst Anfang des Monats hier eingezogen waren und Sören und sie bei ihren stressigen Jobs einfach nicht dazu kamen, sich ans restliche Einräumen zu machen.

In den vergangenen Jahren waren die Winter mild gewesen, anders als in ihrer Kindheit, in der Plustemperaturen so gut wie nie vorkamen. Und obwohl die meisten Finnen den harten nordischen Winter verteufelten, wollte niemand Heiligabend bei plus zwölf Grad und Regen verbringen wie im letzten Jahr. Dieser Dezember war dagegen wieder frostig und schneereich.

Der Motor heulte auf, und sie machte die Scheinwerfer an. Minus sechzehn Grad verriet die Temperaturanzeige, 4:49 Uhr. Sie drehte den Rückspiegel zu sich und warf einen Blick hinein. Sie sah ihre ungeschminkten, müde verschatteten Augen. Die hellblonden Haare hatte sie unter eine schwarze Wollmütze gestopft. Der Schal bedeckte ihr Gesicht fast bis zur Nasenspitze. Sie drehte die Heizung voll auf, legte den Rückwärtsgang ein, fuhr die Hiiralankaari herunter und bog anschließend auf die Westendintie ab.

Am Ende der Straße fuhr sie auf die 51 Richtung Helsinki-Zentrum. Auf beiden Seiten eröffnete sich ihr das zugefrorene und mit Schnee bedeckte Meer, welches in der Dunkelheit hell leuchtete. Die Aussicht beeindruckte sie jeden Tag aufs Neue. Im Winter die endlose Schneelandschaft, im Sommer das intensiv blaue und glitzernde Wasser. Was schätzte sie sich glücklich, an einem solch traumhaften Ort wohnen zu dürfen.

Um diese Uhrzeit war es ruhig auf den Straßen. Von ihrem Wohnort im Stadtteil Westend in Espoo brauchte sie mit dem Auto ungefähr zwanzig Minuten in die Innenstadt. Natürlich wäre es leichter gewesen, direkt in der

Innenstadt zu wohnen, aber das hatte sie nie gewollt, zumindest nicht mehr. Mit Anfang zwanzig vielleicht, doch mittlerweile stresste es sie nur noch. Sie genoss die Ruhe außerhalb der Stadt und nahm lieber die Fahrtzeit in Kauf.

Die morgendliche Stille hatte etwas Schönes an sich. Der Tag war noch unberührt, so neu. Die Hektik war noch nicht ausgebrochen. Kira liebte es, in der Dunkelheit allein auf den Straßen unterwegs zu sein und die fernen Lichter der Stadt zu betrachten, auf die sie zusteuerte.

Eigentlich sollte sie spätestens um fünf Uhr beim Sender sein, dann druckte sie sich ihren Plan aus, den sie und das restliche Redaktionsteam am Vortag vorbereitet hatten, ging in die Maske und las sich währenddessen die für den Tag anstehenden Themen und Moderationen durch. Sie bereute es, dass sie heute Morgen ein wenig getrödelt hatte. In ihrem Beruf konnte sie es sich nicht erlauben, zu spät zu kommen. Die Morgensendung im Fernsehen konnte nicht mal eben zwanzig Minuten später beginnen, nur weil sie zu lange in ihrem Kaffee am Frühstückstisch herumgerührt oder zehn Minuten zu lange geschlummert hatte.

Wenn der Countdown im Studio lief, bevor sie live auf Sendung gingen, dann hatte sie anwesend zu sein, ohne Wenn und Aber. Sie mochte es, die Leute bei ihrem morgendlichen Kaffee zu Hause vor dem Fernseher in den Tag zu begleiten und mit verschiedenen Gästen über aktuelle Themen zu sprechen.

Im Radio spielten sie gerade irgendeinen komischen

Song. Wurden die neuesten Hits immer schlechter? Das waren Momente, in denen Kira sich mit ihren vierunddreißig Jahren alt fühlte. Hätte sie diese Musik mit fünfundzwanzig noch gut gefunden? Sie zappte von Sender zu Sender und blieb bei *Radio Nova* hängen, dem Sender, bei dem sie gearbeitet hatte, bevor sie zum Fernsehen gewechselt war.

Der stille und dunkle Morgen lag vor ihr, während sie auf der Brücke Gas gab, an den kleinen Schäreninseln vorbeifuhr und sich dem Zentrum näherte. Um 6:25 Uhr würde die Sendung beginnen. Sie gähnte. Wie gern wäre sie noch bei Sören im Bett geblieben.

2

»Okay, wir starten wie immer mit Aufwärmen und Laufen im Kreis, los geht's!«

Die Musik setzte ein, und Gerd Kronberg, ein Deutscher und früherer zweifacher Europameister im Kickboxen, scheuchte die Gruppe durch die Halle.

»Ein bisschen Tempo, und jetzt die Knie hoch Richtung Oberkörper ziehen!«, rief er, während er in der Ecke stand und die Leute scharf beobachtete. Er war um die fünfzig Jahre alt, hatte eine Glatze und trug ein enges schwarzes T-Shirt, durch das sich seine Bauchmuskeln abzeichneten. Für sein Alter befand er sich in Topform.

In der Halle war lautes Getrampel zu hören, während sieben Menschen barfuß im Kreis joggten und bereits nach zwei Minuten ins Schwitzen kamen. Die Morgenkurse, die zweimal in der Woche stattfanden, waren meistens nur spärlich besucht. Denn kaum einer quälte sich im tiefsten Winter um sechs Uhr aus dem Bett, um eine Stunde später zum Boxtraining zu gehen. Nur Verrückte tun so etwas, hatte Leena von ihren Freunden und Kollegen zu hören bekommen. Aber ihr selbst kam das sehr entgegen, wenn der Raum nicht so voll war wie in den Abendkursen.

Kriminaloberkommissarin Leena Victor liebte diesen Sport. Seit der Trennung von Alexander war das Boxen ihre Rettung. Es waren die einzigen neunzig Minuten am Tag, in denen die Gedanken sie nicht quälten, in denen sie sich nicht einsam fühlte und sie keine Zeit hatte, über all das zu grübeln, was passiert war. Wenn die dunklen Gedanken während des Work-outs doch einmal auftauchten, schlug sie so fest zu, wie sie nur konnte. Vor Wut. Vor Trauer. Entschlossenheit.

»Jetzt die Arme dazunehmen und locker nach vorne boxen, aber nicht an Tempo verlieren!«, rief Gerd Kronberg durch die Halle, gefolgt von »Seitwärts!«, während sich die Gruppe zur Seite drehte.

»Beide Fäuste abwechselnd nach oben strecken! Tempo! Los!«

Leena spürte ihr Herz in der Brust rasen. Sie wusste, dass er das Konditionstraining exakt in der Sekunde abbrechen würde, bevor sie kurz davor war aufzugeben. Als könne er es ihr ansehen, als würde er ausgerechnet sie herausfordern wollen, dabei ging es den anderen vermutlich nicht anders. Sie konnte sich noch gut daran erinnern, wie sie am Anfang ihrer Ausbildung an der Polizeiakademie das erste Mal mit Kampfsport in Berührung gekommen war. Wie sie in der Umkleidekabine gesessen, ihre Sportklamotten angezogen und sich gefragt hatte, ob es überhaupt möglich war, für irgendetwas noch weniger Interesse aufzubringen, als sie es für Kampfsport tat. Sie wollte Mordfälle aufdecken und keine Athletin werden, weshalb Leena zunächst nicht verstanden hatte, warum dieser sportliche Teil einen so verdammt großen Teil der Ausbildung einnahm. Sie hatte auf dem Weg in die Halle versucht, von irgendwoher Motivation und Energie aufzubringen. Nach den ersten zwanzig Minuten war es um sie geschehen. Sie fragte sich, wie sie sich so sehr irren, wie schnell sich die Begeisterung für etwas entwickeln konnte.

»Jetzt die rechte Hand über den Boden streifen und weiterrennen!«

Die Gruppe beugte sich nach unten. Zehn Sekunden.

»Linke Hand!«

Noch mal zehn Sekunden.

»Jetzt die Fersen nach oben! So ist's richtig.«

Noch mal zehn Sekunden.

»Zwei Minuten Trinkpause.«

Der Schweiß lief ihr über die Stirn, und Leena erinnerte sich, wie sie das erste Mal in der Sporthalle in Töölö gekeucht und geschwitzt hatte. Das war vor anderthalb Jahren gewesen, als sie von Tampere nach Helsinki umgezogen war. Auch wenn ihre Ausbildung schon lange beendet war, wollte sie einen Teil ihrer Freizeit dem Kampfsport widmen. Zehn Minuten hatten sich wie eine Stunde angefühlt, neunzig Minuten waren es insgesamt gewesen. Gerds Training war brutal. Es schien ihm egal zu sein, ob jemand Anfänger, fortgeschritten, alt oder jung war. Er trainierte alle gleich fordernd. Und Leena mochte es, an ihre Grenzen gebracht zu werden. Nach den zwei Minuten Pause rief er: »Nehmt eure Seile. Fünf Minuten Seilspringen.«

Die Gruppe stellte sich im Kreis auf, und Leena schaute in die Runde, die außer ihr nur aus Männern bestand. Neben ihr sprang ein junger Mann, den sie auf gerade einmal zwanzig Jahre schätzte und der deutliches Übergewicht hatte, jedoch ließ er nicht locker und hielt mit, auch wenn er schwitzte und aussah, als würde er direkt aus der Dusche kommen. Sie hatte ihn noch nie gesehen, er musste neu sein. Dann folgten Liegestütze und Sit-ups. Als Leena das Gefühl hatte, ihre Muskeln würden verbrennen, ging es an die Burpees. Nach dreißig Minuten war das eisenharte Aufwärmtraining vorbei, schon ein Work-out für sich, und es ging endlich ans Boxen.

»Sucht euch einen Partner, der ungefähr gleich groß ist, zieht die Bandagen und Handschuhe an, und dann legen wir los. Leena, du boxt mit mir.«

Auch das noch.

»Du bist definitiv nicht gleich groß«, sagte Leena. Mit ihren eins zweiundsiebzig war sie zwar nicht unbedingt klein, aber Gerd schaffte es mindestens auf die eins fünfundachtzig. Aber gut, als professioneller Trainer würde er schon wissen, was richtig war. Sie hatte nie das Gefühl, dass er sie anflirtete, obwohl sie gleichermaßen das Gefühl hatte, dass er *sie* immer besonders herausforderte. Sie hegte vielmehr den Verdacht, dass er es ausschließlich gut meinte, da sie sich schon mehrmals über ihren Beruf unterhalten hatten. Sie waren sich sympathisch, mehr nicht.

Die nächste Stunde kannte Leena nur Schläge und Schreie, und nach neunzig Minuten schleppte sie sich in die Umkleidekabine. Das schwarze Sporttop klebte klitschnass an ihr, ihre Zöpfe tropften, und die Leggins konnte sie auswringen. Sie mixte sich ihren mitgebrachten Eiweißshake, trank ihn wie immer nach dem Training, noch zitternd, dann ging sie unter die Dusche. Anschließend zog sie sich an, föhnte sich die Haare handtuchtrocken, setzte die Mütze auf und lief zur Straßenbahnhaltestelle Ooppera. Es war immer noch dunkel, aber die Straßenbahn schon proppenvoll. Sie liebte das Gefühl, energiegeladen in den Tag zu starten und sich darauf freuen zu können, am Abend guten Gewissens vor dem Fernseher viel zu essen, einen Film zu schauen und faul zu sein. Sich im Winter abends nach der Arbeit noch einmal aufraffen zu müssen, um zum Sport zu gehen, fand sie wesentlich schlimmer.

Auf dem Weg zum Präsidium fuhr sie an ihrer alten Wohnung vorbei, die nahe der langen und viel befahrenen Mannerheimintie lag, die sich einmal quer durch den Stadtkern von Helsinki zog. In dieser Wohnung hatte alles mit ihnen angefangen. Mit ihr und Alex. Hier hatte er damals gewohnt, als sie sich kennengelernt hatten, ehe sie nach ihrer Rückkehr nach Helsinki und mehreren Jahren Fernbeziehung zusammen in die Wohnung gezogen waren, in der sie jetzt allein wohnte. Ruusulankatu 151.

Obwohl die Trennung nun schon etwas über vier Monate her war, wurde die Schwere in ihrem Brustkorb einfach nicht leichter. Diese Stille, die sie jedes Mal zu Hause erwartete, war kaum auszuhalten. Das fehlende Guten Morgen, das fehlende Gute Nacht. Sie verfluchte die Dunkelheit und den Winter, denn er machte die Einsamkeit und den Schmerz noch schlimmer. Eine Kälte hatte sich in den letzten Monaten in ihrem Körper breitgemacht, die nicht mehr verschwinden wollte. Sie war zweiunddreißig, wünschte sich eine Familie, wollte Kinder. Mit Alex war sie sich immer so verdammt sicher gewesen. Offensichtlich zu sicher. Als sie ihn auf dem Flow Festival in Helsinki kennengelernt hatte, war alles ziemlich schnell gegangen. Die Beziehung hatte fast fünf Jahre gehalten.

Es war damals ein magischer Sommer gewesen, der schönste ihres Lebens. Sie hatten öfter auf seinem Boot im Hafen übernachtet, waren mit Freunden raus zu den kleinen Inseln gefahren, verbrachten in den Sommermonaten, als es nie dunkel wurde, die ganze Nacht draußen. Sie hatten bis in die Morgenstunden unter freiem Himmel am Wasser gelegen, die beiden leeren Weinflaschen neben ihnen.

Eines Tages, Anfang August dieses Jahres, hatte er seine Sachen gepackt, war ins Auto gestiegen und kam nicht mehr wieder. Ohne ein Wort.

Leena rammte den Schlüssel ins Schloss. Sie hatte verdammt noch mal eine anständige und ehrliche Erklärung verdient, und diese hatte er ihr bis zum heutigen Tag nicht gegeben. Sie fühlte sich so unendlich gedemütigt. Sie wollte mit ihm reden, eine Erklärung, irgendwelche Gründe, was ihm in der Beziehung fehlte und warum er sich distanziert hatte. Von ihm kam nichts. Und genau das war die schlimmste Reaktion, die sie hätte bekommen können, denn es gab ihr das furchtbare Gefühl, in der Luft zu hängen. Was hatte ihm gefehlt?

Obwohl die Wohnung auf seinen Namen lief, war er ausgezogen, und sie hatte den Mietvertrag auf sich umschreiben lassen. Nach schmerzhaften Wochen hatte sie den Grund für die plötzliche Trennung erfahren: Die Influencerin Karolina Karlsson hatte ein Foto gepostet, auf dem sie erstmals ihren neuen Lover präsentierte. Alexander. Und sie waren auf dem Bild nicht zu zweit. Karolina präsentierte stolz ihren weit vorangeschrittenen Babybauch. Leena konnte nicht mehr atmen. Sie kannte Karolina. Gehörte sogar zu ihren Millionen Followern. Ihr wurde übel. Ihr war jetzt noch übel, wenn sie daran dachte. Es brauchte nicht viel, um zu erkennen, dass diese Frau nicht erst im dritten Monat schwanger war. Leenas Wut ging so weit, dass sie davon träumte, ihn umzubringen. Die Wut fraß sie förmlich auf. Sie wollte ihn zur Rede stellen, aber er ignorierte sie. Er ignorierte ihre Anrufe und Nachrichten, bis er ihre Nummer blockierte.

Leena würde auch heute Abend wieder die Einsamkeit erwarten, die sich nagend durch ihre Seele fraß. Sie wusste nicht genau, ob sie sich freuen sollte, dass heute ihr letzter Arbeitstag vor dem Urlaub war, oder ob Panik von ihr Besitz ergreifen würde, da sie ab morgen mit ihren Gedanken und der Einsamkeit in ihrer Wohnung allein war. Leena Victor war erschöpft, und doch war sie rastlos.

3

Noch 42 Stunden

»Wir sind live in drei, zwei, eins …«

Die Kamera bewegte sich auf sie zu, und das grelle Scheinwerferlicht beleuchtete jede Pore ihres Gesichts. Sie spürte die Wärme des Lichtstrahls auf ihrer Haut.

»Willkommen zurück bei *Finnland am Morgen*, es ist genau acht Uhr, und wir machen an dieser Stelle weiter mit den Nachrichten.«

Die Nachrichtenmusik erklang leise im Studio, und Kira Westerlund warf einen Blick auf ihre Unterlagen. Die Mitteilung, die sie am Ende verkünden musste, ließ ihr Herz schwer werden: der Mord an dem kleinen Elias. Der sechsjährige Junge, der vor zwei Wochen tot aufgefunden worden war, hatte ganz Finnland aufgewühlt. Tröstlich war nur, dass endlich der Mörder verhaftet worden war. Das Vorlesen der Nachrichten gehörte nicht zu ihren Lieblingsaufgaben. Oft war es nur eine Aneinanderreihung negativer Schlagzeilen. *Bad news sells*. Sie hasste das Prinzip. Wenn sie mit den Gästen der Sendung frei und spontan sprechen konnte, hatte sie das Gefühl, wirklich eine Moderatorin zu sein. Das war das, was sie liebte. Ein kalter Schauer lief ihr über den Rücken, als sie an Elias' Eltern dachte, denen ein paar Wochen vor dem Weihnachtsfest ihr kleines Kind genommen worden war.

»Kiralein, was ist los? Du siehst ein bisschen fertig aus«, sagte Sebastian neben ihr und lächelte sie an, als die nächste Werbepause eingeblendet wurde.

»Bin ich auch. Nicht selten in unserem Job, oder?« Sie strich sich über die Haare. Ihr blaues Kleid fühlte sich enger an als sonst, und am liebsten hätte sie es einfach ausgezogen. Sie verspürte das Bedürfnis, ständig ihren Bauch einzuziehen. Hatte sie zugenommen?

»Ich bin mal eben auf Toilette«, sagte sie und stand auf. Sie musste gar nicht so dringend. Sie hatte nur keine Lust, mit Sebastian zu reden, denn seit ihnen vor zwei Monaten eines Abends ein selten dummer Ausrutscher passiert war, ging er ihr schrecklich auf die Nerven. Nach einer Jubiläumsfeier des Senders und weil sie beide in Westend wohnten, hatten sie sich auf dem Nachhauseweg ein Taxi geteilt. Obwohl sie beide schon ziemlich betrunken waren, hatte sie sich trotzdem dazu überreden lassen, noch auf *nur ein Glas Wein* mit ins Haus zu kommen. Das Ganze endete mit drei Gläsern Wein und einer anschließenden gemeinsamen Nacht im Bett. Trotz des Alkohols konnte sie nicht leugnen, dass der Sex richtig gut gewesen war. Intensiv. Zwischen ihnen gab es definitiv eine Verbindung. Am Morgen gegen sechs Uhr war sie mit dem Taxi nach Hause gefahren und froh gewesen, dass Sören an dem Tag Nachtschicht gehabt hatte und erst nach ihr zu Hause angekommen war. Er hätte nur eins und eins zusammenzählen müssen, er war nicht blöd. Keine Ausrede der Welt hätte sie da gerettet. Sie war verheiratet, Herrgott noch mal! Und sie war glücklich! Oder? Doch warum hatte sie seit dieser Nacht noch drei weitere Male bei ihm übernachtet? Es musste aufhören. *Sie* musste damit aufhören. Dabei war es doch so leicht, bei einem Mann, der nie zu Hause war. Während Sören den treuen, liebevollen *good guy* repräsentierte, der immer im Gleichgewicht, ruhig, sehr fürsorglich und in ihren Augen wirklich der perfekte Ehemann war, hatte Sebastian etwas ... anderes an sich. Er war ein Schlitzohr, provokant und charmant. Er hatte Persönlichkeit und Charisma, war wortgewandt und strahlte Herzlichkeit aus. Ihm fiel jederzeit ein passender Konter ein. In kritischen Interviews und bei problematischen Gästen behielt er immer die Oberhand, dabei hatte er ein unglaubliches Fingerspitzengefühl dafür, was er sagen konnte und was nicht. Die Zuschauer schalteten seinetwegen ein, und mittlerweile moderierte Sebastian Palm nicht mehr nur *Finnland am Morgen*, sondern des Öfteren auch Sondersendungen und Events. Ihre Karriere hingegen trat auf der Stelle, sie hatte den Ruf einer unterkühlten Persönlichkeit, aber das störte sie nicht. So hatte sie wenigstens ihre Ruhe.

Als sie den Gang entlang Richtung Toilette eilte, sah sie, wie Ida am anderen Ende in den Aufzug stieg. Bevor sich die Türen hinter ihr schlossen, begegneten sich ihre Blicke. Im Waschraum war da wieder dieses Gefühl in ihr, diese Mischung aus Wut und Verzweiflung, und sie wusste einfach nicht, wo das alles enden sollte. Tat sie das Richtige? Verdammt, wenn sie diesen Schritt ginge, dann würde sich ihr Leben von jetzt auf gleich komplett ändern. Und sie wollte einfach nicht, dass ...

Sie musste sich beeilen, die Werbepause während der Morgensendung war nur kurz. Als sie knapp zwei Minuten später zurück ins Studio sprintete, kam sie gerade noch rechtzeitig, denn in diesem Moment rief Liisa von der Regie: »Wir sind gleich wieder auf Sendung! Noch dreißig Sekunden!«

Schnellen Schrittes stöckelte sie zurück zu ihrem Platz, sah aus dem Augenwinkel, dass Sebastian sie belustigt beobachtete, tat aber so, als würde sie das nicht bemerken, setzte sich neben ihn und würdigte ihn keines Blickes.

»Wir sind live in fünf, vier, drei, zwei, eins«, rief Liisa und gab dann das Handzeichen, dass Sebastian das Wort ergreifen könne.

Wenige Stunden später stand Kira völlig erschöpft in der Umkleidekabine der Fernsehstudios und zog sich wieder ihre Alltagskleidung an. Raus aus den High Heels und dem engen blauen Kleid und rein in Jeans, Hoodie und UGG Boots. Einer der Nachteile ihres Jobs war, dass sie sich vor der Kamera immer in unbequeme Klamotten zwängen musste. Obwohl sie während der Sendung nicht die ganze Zeit stand, schmerzten ihr nach Ende der Morgensendung um 9:30 Uhr die Füße. Sie hängte ihr Sendungsdress sorgfältig an die Kleiderstange. Als sie aus der Kabine trat, stand Ida vor dem Spiegel und schminkte sich die Lippen nach. Ihre Blicke trafen sich erneut, während Kira sich eilig die Hände wusch, um möglichst schnell den Raum verlassen zu können. Ida folgte ihr. Schweigend liefen sie zum Aufzug, um in den dritten Stock zum Meeting zu fahren, das um Punkt zehn Uhr stattfand.

Gerade als Ida auf den Knopf für die Dritte drückte, schob sich eine Hand zwischen die sich schließenden Türen. Amanda schlüpfte herein.

»Hei«, sagte sie und lächelte schüchtern.

»Hei«, erwiderte Ida, während Kiras Gruß aus einem knappen Nicken bestand.

Amanda war seit Kurzem Volontärin bei YVT und noch ziemlich jung. Obwohl Kira sich gut erinnern konnte, wie aufregend die Anfangszeit für sie in dieser Branche gewesen war und wie schwer sie es gehabt hatte, so war sie von Amanda trotzdem schrecklich genervt. Sie versuchte ständig, es allen recht zu machen. Kira mochte ihre unterwürfige und entschuldigende Art nicht. Es brauchte einen besonderen Charakter, um in dieser Branche die Karriereleiter nach oben zu klettern, und sie war sich nicht sicher, ob jemand wie Amanda dafür gemacht war.

Amanda versuchte, ein Gespräch anzufangen, doch als Ida desinteressiert über ihren Handybildschirm wischte und Kira den Blick zu ihren Füßen senkte, verstummte sie. Es herrschte eine angespannte Stimmung im Fahrstuhl. Und im Meeting.

»Was hast du heute?«, fragte Sebastian nach der Runde, als Kira ein Seufzer entfuhr und sie sich in ihren Bürostuhl fallen ließ. Er schaute sie aufmerksam an.

»Müde und Kopfweh«, antwortete sie knapp, lehnte ihren Kopf für einen Augenblick an die Lehne des Bürostuhls und schloss die Augen.

»Und sonst nichts? Du wirkst bedrückt. Liegt es an mir? Hab ich was falsch gemacht?«

Sie öffnete die Augen. »Nein, es hat nichts mit dir zu tun. Sei mir nicht böse, aber ich bin total erledigt. Wir sprechen nach meinem Urlaub, ja?«

»Das sagst du jedes Mal. Wir sprechen dann und dann und tun es doch nie.«

Nicht auch noch das. Sie hasste es, wenn er so anfing.

»Sebastian, jetzt fang nicht schon wieder damit an ... «

»Doch, ich fange genau jetzt damit an, weil du mir immer aus dem Weg gehst, sobald ich davon anfange!«

Er stand auf und schloss die Tür ihres gemeinsamen Büros. Dann kam er an ihren Schreibtisch und stützte sich darauf ab.

»Ich mag dich, Kira. Und du kannst mir nicht erzählen, dass du mich nicht auch magst. Ich spür doch, dass da was ist zwischen uns. Wäre es nicht so, würdest du nicht so auffällig versuchen, mir ständig aus dem Weg zu gehen. Ist nur leider schwierig, wenn man jeden Tag gemeinsam eine ganze Sendung schmeißen muss. Also sprich mit mir, sag mir, was du willst oder auch nicht willst. Mir egal, aber dieses Ausweichen ist langsam wirklich nur noch affig. Wir sind erwachsen, und wir sollten normal miteinander umgehen können.«

Es klopfte an der Tür. Ida trat ein. »Kurzfristige Planänderung, Leute. Ich mache ab morgen bis Neujahr mit dir die Morgensendung, Sebastian. Tina hat angerufen, ihr Kind hatte einen Unfall beim Eislaufen und liegt im Krankenhaus. Sie wird die nächsten Tage auf jeden Fall ausfallen. Können wir noch mal ein paar Dinge durchgehen, bitte?«

»Äh … Okay, ja klar«, entgegnete Sebastian ein wenig verwundert. »Ich komme in ein paar Minuten zu dir rüber, ja?«

Ida nickte zufrieden und lächelte. »Hervorragend.«

Dann verließ sie das Büro.

Kiras Blick hatte sich verfinstert. Sebastian schaute sie fragend an.

»Gut, wie dem auch sei. Ich habe auf jeden Fall die Schnauze voll. Sieh gefälligst zu, dass du eine Entscheidung triffst. Ich habe keine Lust mehr auf deine Spielchen.«

»Versuch nicht, mich unter Druck zu setzen«, fuhr Kira ihn an.

Sebastian hielt kurz inne und schlug dann mit der Handfläche kräftig auf den Tisch. »Ich werde es dir nicht noch einmal sagen«, sagte er leise. Er nahm sich ein paar Unterlagen von seinem Schreibtisch, warf ihr einen letzten wütenden Blick zu und machte etwas zu schwungvoll die Tür hinter sich zu. Ungewollt schossen Kira Tränen in die Augen. Wie hatte sie sich nur in eine solche Situation bringen können? Sie wollte nicht mit ihm zusammen sein. Und noch weniger wollte sie ihn in das alles mit reinziehen. Nicht in diese Geschichte, die sie vielleicht noch das Leben kosten wird.

4

Lilli Rosengard raufte sich die Haare und nahm einen Schluck von ihrem zweiten Cidre, der letzte in ihrem Kühlschrank. Es war erst kurz nach sechzehn Uhr, aber sie konnte ihren Laptop nicht mehr anstarren. Und ihren Lebenslauf schon gar nicht. Sie beschloss, runter in die Kneipe zu gehen. Von Kneipen war sie in Kallio, dem Stadtteil Helsinkis, in dem sie wohnte, reichlich umgeben. Das Viertel machte seinem Namen alle Ehre. Kallio hieß so viel wie Felsen, und das Stadtviertel erschien in einem prächtigen, kahlen, farblosen Grau. Vermutlich wurde dieser Teil der Stadt aber weniger wegen seiner farblosen Häuserfassaden so benannt, sondern weil er wirklich auf Felsen gebaut war, die wild zwischen den Wohnblöcken emporragten. Dieser Stadtteil hatte etwas Raues, Kaputtes, Verlorenes, aber auch etwas Unvollkommenes und Künstlerisches. Es wimmelte hier nur so von verlorenen Seelen, und vielleicht war das Viertel deshalb als Szenetreff bekannt.

Sie musste nur vier Stockwerke die Treppe runter, aus der Haustür raus und fünf Meter nach rechts laufen, bis sie vor ihrer Stammkneipe stand, dem *Kalliohovi*. Obwohl der Abend erst begann, standen bereits Türsteher vor dem Eingang, denn der Countdown, bis die Schlägereien der Betrunkenen begannen, lief bereits. Es würde nicht mehr lange dauern, bis die Blaulichter auftauchten.

Lilli kannte sämtliche Türsteher in der Gegend beim Namen, aber dieses hübsche Gesicht war ihr neu. Ein Mann um die eins fünfundachtzig mit blonden Haaren und strahlend blauen Augen lächelte sie an, als sie sich dem Eingang näherte. Er sah viel zu attraktiv aus für einen Türsteher. Beim Reingehen lächelte sie zurück und begrüßte ihn. Sie setzte sich an die Bar und bestellte einen Cidre, während »Hells Bells« von AC/DC einsetzte. Einer ihrer Lieblingssongs. Sie fühlte sich direkt ein kleines bisschen besser. Lilli liebte jegliche Art von Rockmusik und Kneipen, in denen Rockmusik gespielt wurde – also in Helsinki sehr viele.

»Neun Euro fünfzig«, brummte der vollbärtige Typ hinter der Bar und hielt ihr das Kartenlesegerät hin. Sie nahm ihre EC-Karte aus der Innentasche ihrer Lederjacke und ignorierte das schlechte Gewissen, für ein einziges Glas Alkohol schon wieder knapp zehn Euro hinzulegen. Sie wusste nicht, wie viel sie noch auf dem Konto hatte, denn sie traute sich nicht mehr, die fürchterliche Welt des Onlinebankings zu betreten. Die bittere Realität, die sie dort jedes Mal erwartete, ertrug sie kaum. Wie immer hielt sie in diesem Moment vor Spannung dezent und unauffällig die Luft an.

Bezahlung akzeptiert.

Innerlich atmete sie auf. Der Barkeeper nickte ohne ein weiteres Wort.

Sie hatte es so satt, sich auf irgendwelche Jobs zu bewerben, auf die sie nicht im Geringsten Lust hatte. Sowieso fragte sie sich, was für einen Sinn das alles noch hatte. Sie war achtundzwanzig und hatte einen absolut vorzeigbaren Masterabschluss in Medienpsychologie, Note Eins-Komma-drei. Fühlte sie sich deswegen gut? Nein. Sie fühlte sich leer. Jobbte in einer Smoothie-Bar. Na, herzlichen Glückwunsch, sie war die Karriereleiter steil nach oben geklettert. Vor vier Monaten hatte sie in einer PR-Agentur angefangen, doch wegen der zahlreichen Überstunden und miserablen Bezahlung hatte sie die Stelle nach acht Wochen aufgegeben. Der Chef war ein Unmensch und das Arbeitsklima toxisch gewesen. Lieber wollte sie vor dem Nichts stehen, anstatt in dem Laden noch länger auch nur einen Finger für diesen Idioten krumm zu machen. Doch nun stand sie wirklich vor dem Nichts, verdiente noch weniger als in der PR-Agentur und hatte große Mühe, über die Runden zu kommen. Die schwarzen Zahlen ihres Kontostandes gingen langsam, aber sicher in rote über. Hatte sie überhaupt das Richtige studiert? Was, wenn die fünf Jahre völlig umsonst gewesen waren? Sie wusste immer mehr, was sie nicht wollte, und immer weniger, was sie eigentlich brauchte.

Sie ließ ihren Blick durch die Kneipe wandern und blieb an einem älteren Mann hängen, der sie lüstern anschaute. Wie traurig das Leben doch sein musste, wenn man in diesem Alter war und sich so benehmen musste.

Vermutlich ohne Frau, ohne Geld und dazu noch unattraktiv. Auf einmal fühlte sie sich nicht mehr ganz so schlecht. So miserabel waren ihre Karten doch gar nicht. Es hätte schlimmer sein können. Sie warf ihm einen giftigen Blick zu, und der Mann schaute weg.

Bewerben. Allein schon dieses Wort. Sie hatte das Gefühl, dass das bei den allermeisten Menschen nichts weiter bedeutete als Arschkriecherei. Man legte sich irgendwelche lobenswerten Eigenschaften zurecht, konnte auf einmal angeblich fließend Französisch oder hatte fortgeschrittene Kenntnisse in Spanisch, obwohl man sich gerade mal Tacos und Tequila bestellen konnte.

Seit Wochen saß sie nun vor ihrem Laptop, klickte sich durch diverse Stellenanzeigen, fand aber kaum eine, die ihren Interessen entsprach. Um ehrlich zu sein, keine einzige. Sogar Joel, ihr siebzehnjähriger kleiner Bruder, war schon reicher als sie, weil er irgendwelche YouTube- und TikTok-Videos hochlud und Werbegelder dafür bekam. Unglaublich, mit was für einer Scheiße man heutzutage Geld verdienen konnte. Wo immer ihr Bruder hinging, die Menschen mochten ihn. Bei allem, was er tat. Vielleicht war das seine Gabe: in dieser Welt er selbst bleiben.

Und sie? Suchte verzweifelt nach etwas, das ihr Spaß machte und womit sie Geld verdienen konnte. Lilli nahm noch einen Schluck.

Sie hatte keinen Freund, keinen erfüllenden Beruf und lebte in einer winzigen Einzimmerwohnung in Kallio, die sie gerade so noch bezahlen konnte.

Sie kippte ihren restlichen Cidre herunter und schaute nach draußen. Der Türsteher blickte sie an. Später, wenn sie ging, würde sie ihn ansprechen und ihm ihre Nummer geben.

Lilli Rosengard war eine Frau, die gern auffiel. Ihre rosablonden Haare, die kräftig geschminkten Augen und der Nasenring, dazu das enge schwarze Kleid. Und weil sie in Berlin aufgewachsen war, wo ihr Vater immer noch lebte, war sie so direkt wie die Deutschen.

Sie setzte sich auf dem Barhocker aufrecht hin, überkreuzte die Beine und kramte ihr Smartphone aus der Jackentasche. Gleichzeitig ließ sie erneut ihren Blick durch die Bar schweifen. Hinten in der Ecke erblickte sie einen Typen allein am Tisch sitzen. Er sah ziemlich gut aus. Groß, kräftig, dunkle Haare. Und als hätte er gespürt, dass ihn jemand beobachtet, wandte er in diesem Augenblick seinen Kopf in ihre Richtung und blickte sie direkt an. Sie warf ihm ein kurzes Lächeln zu. Wartete eine Weile, um sicherzugehen, dass seine Freundin nicht kurz auf der Toilette war und gleich wiederkam. Oder sein Date. Nach etwas über fünf Minuten stand sie auf, nahm ihr Glas und ging zu ihm rüber.

»Hei«, sagte sie so nüchtern wie möglich.

»Hallo«, antwortete der Typ, was allerdings mehr wie eine Frage klang.

»Bist du allein hier?«, vergewisserte sie sich.

Er nickte etwas verwundert.

»Darf ich mich zu dir setzen?«

»Gern.«

Sie setzte sich neben ihn auf die Bank. »Ich bin Lilli.«

»Freut mich. Ville«, entgegnete er.

Der Tag war sowieso schon im Eimer, dachte sie. Als ob sie heute auch nur noch eine einzige Bewerbung abschicken würde. Da konnte sie sich genauso gut mit einem Fremden betrinken. Denn Gott sei Dank gab es da etwas, worin sie ziemlich gut war: flirten. Wenn sie etwas konnte, dann das. Sie wusste, dass sie attraktiv war, und wenn sie drüber nachdachte, konnte sie sich nicht daran erinnern, jemals zurückgewiesen worden zu sein. Außerdem wusste sie, dass man eigentlich schon gewonnen hatte, wenn man als Frau einen Mann ansprach. Etliche Männer hatten ihr gesagt, dass sie genau das gut fanden. Wenn nicht immer alle Frauen wie die Prinzessin auf der Erbse mit ihrem Weißweinglas dasaßen und warteten.

Die Menschen draußen kämpften sich durch den Schneesturm und eilten an der Kneipe vorbei. Einige neue Gäste kamen herein und klopften sich den Schnee von den Schultern.

Sie spürte den Alkohol durch ihre Adern fließen, und wie immer löste er in ihr das Gefühl aus, dass die Welt doch gar nicht so schlimm sei. Sie würde schon eine Lösung finden. Für alles.

5

Noch 36 Stunden

Es war schrecklich viel los in der Innenstadt, die Menschen waren in Weihnachtspanik und stürmten noch schnell in die Geschäfte, um die letzten Geschenke zu besorgen. Kira war genervt, aber offensichtlich nicht besser. Auch sie eilte am Nachmittag des zweiundzwanzigsten Dezembers noch kurzerhand in die Stadt, um die restlichen Lebensmittel für die Weihnachtsparty zu besorgen. Es war jedes Jahr dasselbe. Doch Dinge wie Gemüse, Fleisch und Fisch konnte sie nicht eine Woche im Voraus einkaufen. Sie hätte die Besorgungen auch bei sich zu Hause in Espoo machen können, jedoch waren die Auswahl und Qualität in der Deli-Abteilung von Stockmann unschlagbar und erstklassig.

Aus den Geschäften und den Ständen auf der Straße drang der Duft von Glögi und süßem Weihnachtsgebäck in ihre Nase. Jedes Jahr am dreiundzwanzigsten Dezember gaben sie und Sören, oder öfter auch nur sie, weil Sören Nachtschicht hatte, eine kleine Weihnachtsparty bei sich zu Hause. Wobei *klein* relativ war. Im Verlauf der letzten Jahre hatte sich die ursprünglich überschaubare Runde mit zehn bis fünfzehn Leuten in ein großes Saufgelage mit ungefähr fünfzig Gästen entwickelt. Denn der dreiundzwanzigste Dezember war der einzige Tag im Jahr, bei dem alle Freunde, die aus Helsinki weggezogen waren, zurückkehrten. Außerdem war es eine der wenigen Gelegenheiten, an denen sie sich wirklich mal betrinken konnte, da sie anschließend Urlaub hatte. Unter normalen Umständen, an einem normalen Wochenende, konnte sie das schon lange nicht mehr bringen, mittlerweile brauchte ihr Körper zu lange, um sich von einer Party und viel Alkohol zu erholen. Viele Kollegen aus der Fernsehwelt blieben dem feierfreudigen Lebensstil trotzdem treu, da sie sich mit gewissen Substanzen zu helfen wussten. Aber das packte sie nicht. Sie stand jeden Tag um kurz vor vier auf.

Als sie gerade auf die Rolltreppe zusteuerte, die im überfüllten Kaufhaus Stockmann nach unten führte, lockte sie beim Vorbeigehen der himmlische Kaffeeduft des Cafés *Royale*, und sie entschied sich, dort noch einen kurzen Stopp einzulegen. Es war schon Monate her gewesen, dass sie sich ganz in Ruhe eine kurze Auszeit gegönnt hatte, dabei liebte sie jegliche Art von Kaffeepause, Kuchen und Törtchen. Sie bestellte sich einen Chai Latte mit Hafermilch und ein Korvapuusti dazu, ergatterte noch einen freien Platz hinten am Fenster, stellte Tee und Zimtschnecke auf den Tisch und sank in den tiefen Ledersessel. Im neuen Jahr musste sie sich definitiv mehr Zeit für sich nehmen und öfter solche kurzen Alltagspausen einlegen. Ihr Handy klingelte. Sören.

»*Moi*, ich wollte nur fragen, wann du kommst? Ich würde die Sauna anmachen, bin grad nach Hause gekommen. Du besorgst noch die Sachen für morgen, oder?«

»Ja, mach ich gleich, ich habe mich gerade für ein paar

Minuten ins Café gesetzt. Gott, bin ich fertig. Sauna klingt gut. Gib mir eine Stunde. Eher anderthalb.«

»Okay, alles klar, lass dir Zeit, ich mach uns noch ein bisschen was zum Abendessen.«

»Du bist toll.«

»Ich weiß«, antwortete Sören, und sie hörte förmlich, wie er grinste.

Sie zog ihren roten Mantel aus, überschlug die Beine, nahm einen Schluck von ihrem Chai Latte, wärmte ihre mit Ringen geschmückten Finger am Porzellan und schaute sich um. Ihr fiel immer sofort auf, wenn die Menschen sie erkannten. Ein paar neugierige Blicke bemerkte sie zwar, aber das störte sie mittlerweile nicht mehr, denn die Finnen waren wirklich die Letzten, die aufstanden und auf einen zukamen. Hier ließ man sich in Ruhe, ob bekannt oder unbekannt. Jeder wurde gleichbehandelt, ob Präsident, Schauspieler, Moderator oder Verkäufer. Die Finnen beobachteten still und unauffällig, wofür sie sehr dankbar war.

Kira dachte an Heiligabend und an ihre Mutter Ellen. Sie lebte mittlerweile im Heim. Die Schuldgefühle plagten sie. Sie hatte sich in den letzten Jahren viel zu wenig um ihre Mutter gekümmert. Wen hatte Ellen denn noch? Aber gleichzeitig war es unglaublich nervenaufreibend, Zeit mit ihr zu verbringen. Der Alzheimer ließ sie nach und nach mehr verfallen. Kira mied die Begegnungen mit dieser Frau, die allmählich nichts mehr mit ihrer Mutter gemeinsam hatte. Es machte ihr Angst, zu wem Ellen geworden war. Dennoch. Sie war ihre Mutter.

Sie trank aus und raffte sich auf. Von der Rolltreppe aus fiel ihr Blick auf den Alko-Laden. Hatten sie und Sören am vergangenen Wochenende genügend Champagner gekauft? Sie entschied sich kurzerhand, noch drei Flaschen mitzunehmen. Zu viel Alkohol war keine Katastrophe, zu wenig allerdings schon.

Auf einmal spürte sie, dass sie beobachtet wurde.

Sie drehte sich um, aber niemand schien auf sie zu achten. Sie betrat den exklusiven Supermarkt. In der Gemüse- und Obstabteilung deckte sie sich großzügig mit Tomaten, Avocados, Gurken, Kartoffeln, Salat, Weintrauben und Orangen ein, kaufte anschließend an der Fisch- und Fleischtheke frischen Lachs und Rinderhackfleisch. Danach holte sie noch Brot, Butter, Käsewürfel, Kekse, Süßigkeiten, Nudeln, Pesto, ein paar Gewürze und Kuchenzutaten. Alles andere hatte sie schon zu Hause. Mit vollen Tüten lief sie Richtung Aufzug, der nach unten in die Tiefgarage führte.

Doch. Da war wieder dieses Gefühl.

Sie drehte sich erneut um.

Und da erblickte sie ihn. Er war kurz nach ihr aus dem Supermarkt gekommen. Sie schauderte kurz, aber gleichzeitig stieg Wut in ihr auf. Er war ihr gefolgt. Erneut. Dann besaß er die Dreistigkeit und kam direkt auf sie zu. Ihr Puls beschleunigte sich, und sie vernahm ein Kribbeln in ihrem Körper.

Kira blickte ihn böse an.

Es durfte hier zu keiner lauten Auseinandersetzung kommen. Nicht inmitten all der Leute. Sonst würde das

Internet morgen voll davon sein. Hilfe suchend blickte sie sich um. Ob es in der Nähe eine ruhige Ecke gab?

Mehrere Meter neben den Fahrstühlen befand sich eine Art Nische, die sie ansteuerte.

»Was soll das?!«, fuhr sie ihn zornig an, als er sie eingeholt hatte, auch wenn das taktisch unklug war. »Drehst du jetzt völlig durch? Hast du nichts Besseres zu tun, als mich durch das Einkaufszentrum zu verfolgen?!«

»Ich …«

»Seit wann? Merkst du eigentlich, dass das langsam echt krank ist?«

Er blickte sie kühl an. »Du musst besser auf dich aufpassen, Kira.«

»Ja, vor dir.«

»Du verstehst nicht. Ich meine es ernst. Du musst achtsamer sein.«

»Hör verdammt noch mal auf, dich in mein Leben einzumischen!«

Sein Blick verfinsterte sich. »Sören sollte wirklich besser auf dich aufpassen, es ist eine Schande, wie er sich aufführt.«

»Lass Sören da raus! Was fällt dir überhaupt ein, so über ihn zu reden?! Wenn du es nicht bald sein lässt, mir aufzulauern, gehe ich zur Polizei.«

Das Grinsen, das sich auf seinem Gesicht formte, passte nicht zu dem Ausdruck seiner Augen.

Sie schauderte erneut.

»Die wird dir bald auch nicht mehr helfen«, entgegnete er leise.

Kiras Puls beschleunigte sich, ihr Hals wurde enger. Intuitiv griff sie nach ihrem Schal und lockerte ihn. Sie blickte ihm in die Augen und wusste nicht, was sie darin zu finden hoffte. Konnte er ihr gefährlich werden? Sahen so die Augen eines Menschen aus, der etwas Böses plante?

Sie wusste es nicht. Dieses Paar Augen, in das sie gerade schaute, spiegelte eine absolut andere Person wider, als die, die sie anfangs zu sehen bekommen und zu kennen geglaubt hatte.

Vielleicht führte kein Weg mehr daran vorbei, mit Sören zu sprechen, auch wenn sie es bisher um jeden Preis hatte vermeiden wollen.

6

Leena Victor arbeitete sich durch ihre E-Mails und ihren Papierstapel, der kaum kleiner zu werden schien. Sie wusste, dass es nichts bringen würde, heute langsam zu machen, denn umso mehr würde nach dem Urlaub auf sie warten. Wenn sie sich beeilte, dürfte sie ungefähr in einer Stunde mit allem durch sein. Sie öffnete gerade die nächste Mail, als ihr Handy vibrierte.

Du hast ein neues Tindermatch!

Leena seufzte und verfluchte ihre Schwester bereits jetzt, die sie gestern bei dieser bescheuerten App angemeldet hatte. Die wahrscheinlich blödeste App, die überhaupt je konzipiert wurde.

»Du musst jetzt mal wieder jemanden kennenlernen, du brauchst ein wenig frische Luft«, hatte Hanna gesagt. »Die Trennung ist schon über vier Monate her, und das mit Alexander, der dummen Sau, ist Geschichte. Du musst nach vorne schauen.«

Das waren ihre Worte gewesen. Und sosehr Hanna auch recht hatte, Leena war einfach noch nicht dazu bereit, jemand Neues kennenzulernen – und schon gar nicht über Tinder. Ihre Schwester hatte sich einfach ihr Smartphone gekrallt und ein Profil erstellt. Direkt im Anschluss hatte sie für Leena gleich noch entschieden, wie ihr Zukünftiger sein sollte. Kein einziges Mal hatte Leena seitdem diese App geöffnet – zu bescheuert fand sie das System, jemanden auf rein optischer Basis auszuwählen. Nicht, dass es im wahren Leben nicht der erste ausschlaggebende Anstoß für ein erstes Gespräch gewesen wäre, jedoch kam in der Realität die Ausstrahlung entscheidend hinzu. Die Gestik und Mimik. Die Art und Weise zu sprechen. Manieren.

All das konnte die Optik erheblich verbessern oder auch ins Unermessliche verschlechtern. Und im zweiten Fall konnte ein noch so schönes Aussehen auch nichts mehr retten. Aus Neugier öffnete sie die App trotzdem und schaute nach, mit wem sie das – bereits siebzehnte – Match hatte.

Vor ihr posierte ein Mann mit nacktem Oberkörper völlig selbstverliebt vor dem Spiegel, sodass seine stark definierten Bauchmuskeln hervorstachen. Leena fragte sich, ob es tatsächlich Frauen gab, die solche Poser attraktiv fanden. Welche Frau konnte sich für so einen oberflächlichen Selbstdarsteller begeistern? Als sie seine Biografie durchlas, sammelte der gute Mann noch weitere Minuspunkte.

Sports addict. Sushi is life.

Just looking for something serious, ladies.

Sie swipte durch seine restlichen vier Fotos. Eins vor einem Porsche, ein Selfie auf der Couch mit Schmollmund, ein Selfie im Bad und noch ein weiteres halb nacktes Foto vor dem Spiegel im Schlafzimmer.

Sports addict. Allein deswegen konnte er ihr schon fernbleiben. Diese sportbesessenen Typen, die sechs Mal in der Woche ins Fitnessstudio rannten, ständig ihre Bauchmuskeln präsentierten und sonst keine Interessen vorzuweisen hatten, waren nichts für sie. Sie trank gern mal ein Bier, aß liebend gern Pizza und Süßigkeiten auf der Couch und gönnte sich ab und an ein gutes Steak mit Pommes und dick Mayonnaise. Und sie hatte keine Lust auf jemanden, der ihr das schlechtredete oder sie kritisch beäugte. Das Leben bestand auch aus Genießen.

Dann such mal something serious, *aber ohne mich*, dachte Leena und pfefferte ihr Handy etwas zu schwungvoll in die Schublade, sodass ihr Kollege Mika verwundert vom Schreibtisch gegenüber aufblickte.

»Ärger??«, fragte er und rückte seine Brille zurecht.

Wenn Mika freiwillig eine Frage stellte, gab es einen guten Grund. Sie war wohl wirklich etwas zu laut gewesen.

»Nein, nein«, antwortete sie. »War aus Versehen.«

Er guckte sie an, dann widmete er sich wieder seinem Bildschirm.

Mika war ihr engster Kollege, ein gutes Stück älter als sie, vierundfünfzig Jahre alt, und hatte Frau und Kind. Er war der Leiter der Mordkommission Helsinki. Sie verstanden sich sehr gut, was aber vermutlich auch daran lag, dass Mika nur das Notwendigste sprach und niemals überflüssige Kommentare von sich gab. Mika blieb immer die Ruhe in Person, Leena hatte ihn noch nie auch nur ansatzweise aus der Haut fahren sehen. Beim Sommerfest im letzten Jahr, als Leena gerade die Stelle bei der Kriminalpolizei in Pasila, im Norden Helsinkis, dem größten Polizeipräsidium Finnlands, neu angetreten war, war sie gespannt gewesen, ob sich seine Art nach einer großen Menge Alkohol verändern würde, so wie das bei finnischen Männern fast immer der Fall war. Man gebe ihnen Schnaps und Gin und heraus kommt die zweite bis dato verborgene Persönlichkeit. Aber nein, Mika war auch nach mehreren Bieren und ein paar Schnäpsen einfach Mika geblieben.

Leena beobachtete ihn heimlich, während er sich wieder höchst konzentriert über seine Unterlagen beugte. Dann fiel ihr auf, dass Mika genau in die Kategorie *sports addict* fiel, die sie eigentlich nicht leiden konnte: regelmäßiger Triathlon-Teilnehmer und Veganer, und Alkohol trank er in geringen Mengen nur auf Festen. Während sie sich im Außendienst manchmal etwas bei Hesburger oder McDonald's holte, musste für ihn im Anschluss noch ein Umweg zum nächsten veganen Laden gefahren werden, auch wenn dieser fünf Kilometer entfernt war. Wenn die Zeit es zuließ, bestand er drauf. Am Anfang hatte sie das schrecklich genervt. Doch so war er nun mal, und wenn die Veganer sie nicht kritisieren durften, was gab ihr dann das Recht, die Veganer zu kritisieren? *Jeder, wie er mag*, dachte sie und blieb bei seinen Fahrten zum nächsten Veggieladen auf dem Beifahrersitz wortlos und brav.

Sie schaute nach draußen und beobachtete eine Weile den Schneesturm. Dann widmete sie sich der nächsten Mail.

»Hast du heute Abend schon was vor?«, fragte Mika plötzlich.

»Ganz schön viel sogar.« Es entfuhr ihr ein unbeabsichtigter Seufzer. »Einige schöne Dinge warten auf mich«, sagte sie dann mit einer Portion Ironie in der Stimme.

Mika schaute sie skeptisch an. »Aha«, sagte er.

»Wieso? Wolltest du mich zu Überstunden verknacken?«

Mika schüttelte den Kopf.

»Morgen beginnt dein Urlaub. Ich dachte, wir könnten bei mir etwas kochen. Es war wegen der Sache mit Riitta Haklund so stressig in den letzten Wochen, dass wir kaum dazu kamen, mal wieder richtig zu reden. Luisa und Nina sind heute Abend bei Tarja. Aber wenn du schon anderweitig Pläne hast …«

Tarja war Mikas Schwiegermutter.

Leena warf einen Blick auf ihre Armbanduhr. Mika war ein hervorragender Koch, trotz veganer Küche, und aus irgendeinem Grund fühlte sie sich bei ihm immer unglaublich wohl. Und nicht so einsam wie bei sich zu Hause. Er hatte eine entspannende Wirkung auf sie, und in seiner Anwesenheit schienen ihre Probleme oft gar nicht zu existieren. Mittlerweile war er fast wie ein Vater für sie. Ein Vater, den sie sich immer gewünscht, aber nie gehabt hatte.

»Was wollen wir kochen?«

»Auf was hast du Lust?«

»Spaghetti bolognese. Mit so richtig viel Fleisch«, entgegnete Leena.

Er grinste. »Ich hatte da mehr an ein veganes Gourmetsüppchen mit einem Hauch von Kokosnuss und Safran gedacht.«

»Geh weg!«, scherzte Leena und lachte.

Wenn sie etwas nicht mochte, abgesehen von Veganern, dann jegliche Art von Gourmetküche samt dem ganzen Schnickschnack, der damit einherging, und das wusste Mika genau. Sie lebte für den einfachen Genuss und hatte nie verstanden, warum manche Menschen für zwei Salatblätter und drei Krabben fünfzig Euro hinlegten.

Mika lachte nun ebenfalls. »Okay, okay, vegane Bolognese. Wir treffen uns in der Mitte.«

»Vegane Bolognese. In Ordnung. Werde ich schon irgendwie runterwürgen«, erwiderte sie mit einem Anflug von Theatralik.

Er warf einen Stift nach ihr.

Mika und Luisa wohnten in einem relativ gewöhnlichen, aber schönen Einfamilienhaus in Espoo. Die Inneneinrichtung bestand hauptsächlich aus Ikea-Möbeln, viel Holz und geschickt verteilten kleineren Leuchten. Alles sehr skandinavisch, wie auch der dunkelgraue Außenanstrich.

Leena ging mit ihrem Glas Rotwein an den Esstisch und nahm Platz. Mika stellte die heiße Pfanne und den Topf auf den Esstisch, schaltete die Adventsbeleuchtung am Fenster ein und zündete überall im Raum ein paar Kerzen an.

»Nun habe ich das Besteck vergessen«, sagte er und stand noch einmal auf. Leena sah durch die offene Tür, wie er, mit dem Rücken zu ihr gekehrt, innehielt und sich mit einer Hand an der Küchenarmatur abstützte.

»Mika? Alles okay?«

»*Joo, kyllä*«, sagte er. »Mir war gerade nur etwas schwindelig und schwach in den Beinen.«

»Und das ist bei dir okay?«, fragte Leena besorgt.

Sie hörte, wie er einmal tief ein- und ausatmete. Dann öffnete er die Schublade, nahm Besteck heraus und kam zurück. Er sah blass aus.

»Wahrscheinlich überarbeitet, bin auch nicht mehr der Jüngste«, murmelte er.

»Hm. Lass dich lieber mal durchchecken.«

»Das ist der Stress, sonst nichts. Also, guten Appetit!«

Er füllte ihren Teller, schenkte ihr Rotwein nach. Er selbst blieb bei einem alkoholfreien Bier.

»Vegan ist nicht immer gleich langweilig.«

»Nicht mit genügend Rotwein«, erwiderte Leena und grinste. »Dieses Jahr war verdammt anstrengend«, sagte sie und drehte ein paar Spaghetti auf ihre Gabel. »Das wurde mir erst in den letzten Tagen bewusst. Die Trennung, dann der letzte Fall, den wir schon fast bei den Cold Cases gesehen haben. Eins kam zum anderen, sodass ich gar keine Zeit hatte, die Dinge zu verarbeiten.«

Mika nickte kauend. »Du hast fantastische Arbeit geleistet und kannst wirklich stolz auf dich sein. Deshalb solltest du dir in den kommenden Wochen Ruhe gönnen und dich im Urlaub entspannen.«

An ihrem letzten Fall waren sie fast sechs Monate dran gewesen.

Eine Lehrerin, die sich an Schülern einer Grundschule vergangen hatte. Leena wurde in die Ermittlungen einbezogen, weil sie sich im Lauf ihrer Ausbildung besonders mit der Befragung von Kindern beschäftigt hatte. Die Grundschullehrerin hatte sich an mehreren Jungen vergangen und sie so manipuliert, dass für lange Zeit keiner von ihnen über das Erlebte sprach, bis eines Tages ein Vater mit seinem Sohn bei der Polizeistation in Pasila auftauchte. Mit ihm, Mikko, einem siebenjährigen Erstklässler, fing alles an. Leena glaubte dem Kind von Anfang an, und während sie sich wünschte, dass die Schilderungen und das Verhalten des traumatisierten Kindes Grund genug für eine Verurteilung seien, so zählten vor dem Gesetz natürlich nur Fakten und Beweise. Das Haus der Lehrerin war durchsucht worden, ohne Ergebnisse. Keine Beweise. Keine Zeugen. Doch der Vater des kleinen Jungen hatte nicht lockergelassen und sich in der Schule an die anderen Eltern gewandt. Leena konnte den hilflosen Vater verstehen, der verzweifelt nach Unterstützung und Hilfe suchte, um Gerechtigkeit zu erlangen. Doch es vergingen Wochen, ehe Kind Nummer zwei mit seinen Eltern bei der Polizei erschien.

Es blieb nicht bei Kind Nummer zwei. Die Beweise gegen die Lehrerin, Riitta Haklund, waren erdrückend.

Die Befragung der Kinder war Leena nahegegangen. Dass solche Fälle nicht spurlos an ihr vorbeigehen würden, war ihr bewusst gewesen, als sie sich bei der Abteilung für Sexualdelikte beworben hatte. Und dass die Fälle sie auch jedes Mal daran erinnern würden, was ihr selbst vor vielen Jahren widerfahren war. Nach ihrer zweieinhalbjährigen Zusatzausbildung zur Oberkommissarin in Tampere hatte sie zunächst in der Abteilung für Sexualdelikte begonnen, ehe sie nach ihrem Umzug nach Helsinki bei der Mordkommission angefangen hatte, bei der sie nun erst seit knapp anderthalb Jahren tätig war. Grund für ihren Umzug waren sowohl Alex als auch ihre Familie gewesen. Und die Stadt. Sie liebte ihre Heimat Helsinki. Eine dauerhafte Fernbeziehung war für sie nicht infrage gekommen. Schließlich wollte sie nicht nur die Karriere, sondern auch ihr Privatleben auf das nächste Level bringen und in absehbarer Zeit eine Familie gründen. Heiraten. Aber all das war nicht in Erfüllung gegangen. Tampere war ein großartiges Sprungbrett für ihre Karriere gewesen, sie hatte wahnsinnig viel gelernt. Ihre Zukunft und ihr Leben sah sie jedoch bei der Mordkommission Helsinki.

Am Ende waren es neun Kinder gewesen.

Es machte sie wütend. Es machte sie wütend, wie viele Erwachsene wegschauten. Nicht hinhörten. Kinder, die sich oft erst nach zu langer Zeit jemandem anvertrauten. Der Statistik nach reagierte erst der siebte Erwachsene. Sie selbst hingegen wollte den Kindern Gehör verschaffen. Für sie da sein. Bei der Befragung ging sie besonders empathisch und sanft vor, eine Eigenschaft, die ihrer Ansicht nach das Wichtigste war, viele Polizisten aber nicht zur Genüge beherrschten. Diese Seite ihres Berufs war hart, doch sie verrichtete ihre Aufgaben aus ganzem Herzen. Und auch in Mikas Team in Helsinki war sie diejenige, die sich im Rahmen von Mordermittlungen mit der Befragung von Kindern befasste und bei Sexualdelikten hinzugezogen wurde.

»Es gibt so verdammt herzlose Menschen, das ist einfach unglaublich. Wer hätte gedacht, dass sie mit den zwei verschwundenen Kindern Aada und Leo in Verbindung stand? Und nun sind sie tot«, setzte Mika an. »Man meint, schon alles gesehen zu haben, und wird von noch grausameren Fällen erschüttert. Schade, dass lebenslang nicht wirklich lebenslang bedeutet.« Mika wirkte für seine Verhältnisse ungewöhnlich angefasst. »Wenn es nach mir ginge, würde sie bis an ihr Lebensende nicht mehr rauskommen. Gute Führung hin oder her.«

Sie aßen eine Weile schweigend weiter. Mika nahm mehrere Schlucke von seinem alkoholfreien Bier.

»Hast du die Trennung überwunden?«, fragte er ganz direkt.

Leena atmete laut auf und nahm einen großen Schluck Rotwein.

»Ich würde gern sagen Ja, aber das wäre gelogen. Ich kämpfe mich immer noch durch den Tag. Manchmal vergesse ich für einen Augenblick, was passiert ist, was für ein Arschloch Alexander war, und im nächsten Augenblick holt mich die Traurigkeit wieder ein.«

»Jede Trennung braucht Zeit, Leena. Du hast jedes Recht, wütend und traurig zu sein. Wehr dich nicht gegen die Gefühle. Akzeptiere sie, sie dürfen da sein.« Mika sah sie an. »Du bist intelligent und hübsch und dazu noch eine erfolgreiche Kriminaloberkommissarin«, sagte er. »Das wird einige einschüchtern, aber die interessanten Männer werden Schlange bei dir stehen.«

»Da war Alex wohl eingeschüchtert.«

»Alex war einfach dumm.«

Leena lachte.

»Und dumme Menschen kann eine Oberkommissarin in ihrem Privatleben nun wirklich nicht gebrauchen, die haben wir beruflich genug um uns. Auch wenn du es noch nicht hören willst: So ein Influencer-Püppchen passt zu ihm. Der braucht jemanden, der seinem eigenen flachen Horizont gleicht.«

Etwas verlegen schaute Leena auf ihren Teller und stocherte in ihrem Essen herum. Mika hob sein Bierglas, um mit ihr anzustoßen.

»Ich bin schon ein wenig betrunken.«

»Egal. Du hast Urlaub.«

»*Skål!*«

Sie stießen erneut an.

Es musste der Wein gewesen sein, der ihre Zunge lockerte, denn ansonsten hätte sie das, was sie gleich sagen sollte, für sich behalten. Sie wusste, wie Mika, der sie immer zu beschützen versuchte, zu der Angelegenheit stand.

»Ich will in meiner freien Zeit den Fall meines Vaters recherchieren.«

Mika lehnte sich im Stuhl zurück und musterte sie.

»Du weißt, was damals passiert ist.«

»Ich weiß, was in den Akten steht«, sagte sie. »Er war mein Vater, Mika. Er hat nie Selbstmordabsichten gezeigt, nichts an seinem Verhalten hat darauf hingedeutet, dass er sich das Leben nehmen wollte. Und an einen Unfall glaube ich auch nicht.«

»Ach, Leena, er war schwerer Alkoholiker.«

»Das war er, ja, aber einen Grund, sich das Leben zu nehmen, hatte er deshalb trotzdem nicht.«

»Er war verschuldet.«

»Er hat uns geliebt.«

»Ja«, sagte Mika. »Das hat er wohl. Hör zu, Leena, vielleicht war es wirklich ein Unfall. Er hat zu viel getrunken und ist von Bord gestürzt. Lass es bleiben. Du weißt, wie lange ich gebraucht habe, um das mit Laura zu verarbeiten. So etwas frisst einen auf, wenn man nicht lernt, mit Dingen abzuschließen.«

»Mag sein, Mika«, sagte sie. »Aber abschließen kann ich erst, wenn ich die Wahrheit kenne.«

»Du tust dir damit keinen Gefallen.«

»In den Akten steht, dass in seiner Kabine Spuren gefunden wurden. DNA-Spuren einer anderen Person.«

»Ja, in einer Kabine, die jeden Tag aufs Neue vermietet wird.«

»DNA-Spuren an seiner Kleidung, seinem Koffer, seinen persönlichen Sachen.«

Mika presste die Lippen zusammen und nickte. Was keine Zustimmung ausdrücken sollte, sondern Resignation vor dem Unvermeidlichen.

»Das Letzte, was er zu mir und meiner Schwester gesagt hat, war, dass er uns von seiner Reise ein schönes Souvenir mitbringen wird. Dass er uns jetzt schon vermisse. Wie klingt das für dich?«

Mika gab keine Antwort. Er lächelte sanft, sein Blick leicht zur Seite gerichtet. »Weißt du, ich habe immer dieses eine Bild von ihr im Kopf, das ich nie vergessen werde ... Wie Laura in ihrer Lederjacke auf dem Motorrad angedüst kam. Wie sie ihren Helm abnimmt, ihre Haare verstrubbelt sind und sie mich zur Begrüßung küsst. Wie stolz es mich gemacht hat, dass sie eine Bikerin war. Und wie ich es später bereut habe, dass sie eine war.«

Er schüttelte den Kopf. Dann hob er sein Glas an. »Auf unsere Lieben. Mögen sie immer in unseren Herzen weiterleben.«

Leena hob ihr Glas. »*Kippis*«, sagte sie und rang sich ein Lächeln ab.

Sie hatte das Gefühl, dass die Stimmung gekippt war.

7

Noch 34 Stunden

Es war schon fast siebzehn Uhr, als Kira die fünfzehn Euro für das Parkticket zahlte und aus der Tiefgarage von Stockmann fuhr. Sie machte die Sitzheizung an und drehte das Radio auf. Schnell stellte sie fest, dass es bis nach Hause eine Ewigkeit dauern würde. Es herrschte dichter Feierabendverkehr, dazu schneite es immer heftiger. Wenn das so weiterging, würde an Heiligabend die ganze Stadt unter einer dicken, weißen Decke aus Schnee liegen. Wann hatten sie das letzte Mal im Dezember so ein Wetter gehabt?

Als sie unter diesen erschwerten Bedingungen ungefähr knapp eine Stunde später in Westend ankam und aus dem Auto stieg, warf sie einen prüfenden Blick hinter sich, um zu schauen, ob er ihr bis nach Hause gefolgt war. Vor ihr die beleuchtete leere Straße, an der sich zu beiden Seiten der Schnee türmte. In der Ferne ein Mann mit einem kleinen Hund. Sie schaute in die andere Richtung, aber auch dort sah sie niemanden. Die Häuser in ihrer Straße waren fast alle von innen erleuchtet, denn zu dieser Jahreszeit fand das Leben drinnen statt, bei diesem Schneetreiben wollte kaum einer freiwillig vor die Tür. Weihnachtslichter schmückten Gärten und Fenster. Auf den ersten Blick wirkte alles so friedlich und fein. Im Haus schräg gegenüber nahm sie im Erdgeschoss flüchtig Joonas wahr, ihren Nachbarn, der dort mit seiner Frau und seinen zwei Kindern wohnte und gerade in der Küche herumwerkelte, während er die kleine Ellinor auf dem Arm trug.

Sie öffnete eilig den Kofferraum ihres BMW 8er Gran Coupé, holte die Einkaufstaschen heraus, hielt anschließend einen Chip an das Tor vor ihrem Haus, welches sich langsam öffnete, und lief vollbepackt den Weg zur Haustür.

»Ich bin da!«, rief sie hastig, als sie ihr Zuhause etwas stürmisch betrat und die Tür schnell hinter sich verschloss.

Sören kam verwundert aus der Küche.

»Ja, ich weiß. Ich kann die Tür schon hören, ohne dass du sie zuknallst, als wäre ein Bär hinter dir her, weißt du?«, sagte er und lächelte sie an. »Alles in Ordnung? Du wirkst so aufgescheucht? Und du schreist sonst nie so rum, wenn du zur Tür reinkommst.«

Er ging auf sie zu und gab ihr einen Kuss auf den Mund. Ihr Herz klopfte. Sie stellte außer Atem die Tüten auf den Boden.

»Was ist denn los?«, fragte er erneut, weil sie nicht antwortete, sondern nur laut atmete.

»Nichts ... gar nichts. Ich bin irgendwie einfach in der Kälte zu hektisch nach drinnen gerannt, das ist alles«, erwiderte sie, während sie ihren schwarzen Schal, ihren roten Mantel und die Stiefel auszog.

Sören nahm die Einkaufstüten und verschwand damit in der Küche.

Im Wohnzimmer erblickte sie den schön gedeckten

Tisch mit Kerzen. Sören leerte die Tüten und füllte den Kühlschrank. Ihr wurde warm. Er war immer so gut zu ihr. Es kam nicht selten vor, dass er sie mit Blumen oder einem Candle-Light-Dinner überraschte.

»Du hast ab heute Urlaub, da müssen wir doch auf jeden Fall drauf anstoßen. Wie viel hast du eigentlich eingekauft? Erwarten wir morgen eine ganze Armee? Das passt nicht mal alles in unseren riesigen Kühlschrank«, sagte er lachend.

Sören war das komplette Gegenteil zu der oberflächlichen Branche, in der sie arbeitete. Er war ruhig und bodenständig. Er sah gut aus, aber gehörte nicht zu denjenigen, die das Äußere überbewerteten oder sich allzu viel daraus machten. Er kaufte keine Markenklamotten, besaß keine teuren Uhren und legte auch sonst auf Besitz keinen sonderlich großen Wert. Eher war sie selbst es, die hier und da mal eine Designerhandtasche kaufte und ein teures Auto fuhr.

Die Gewissensbisse wegen Sebastian plagten sie zwar noch, aber Kira hatte sich geschworen, diese Sache nun endgültig zu beenden. Keine Ausnahmen mehr. Sie wäre bescheuert, jemanden wie Sören aufzugeben. Nach all dem, was sie zusammen aufgebaut und auch erlebt hatten.

»Gute Nachrichten außerdem«, sagte er, löste sich aus ihrer Umarmung, lief zum Herd und schaltete ihn runter. »Ich habe doch noch am Fünfundzwanzigsten und Sechsundzwanzigsten freibekommen. Ich konnte mit einem der anderen Chirurgen tauschen. Ich hab jetzt also nur noch morgen die Nachtschicht und danach frei.«

»Das gab's ja noch nie!«, rief Kira theatralisch und legte sich die Hand auf das Herz. Er lachte.

»Ich weiß, ich weiß, ein einmaliges Ereignis. Ich bitte um Applaus. Ich hab mich durchgesetzt.«

Sie lief zum Kühlschrank, nahm eine Flasche Crémant heraus und öffnete sie. Das Einzige, was sie wirklich manchmal – oder na ja, eher öfter – störte, war, dass er es nur selten schaffte, sich gegen die anderen Ärzte im Krankenhaus durchzusetzen, wenn es um Vertretungen oder Feiertagsschichten ging. Das war wahrscheinlich der Punkt gewesen, an dem sie am häufigsten aneinandergeraten waren, denn ihrer Meinung nach sagte er jedes Mal, wenn er zum Beruf Ja sagte, zu ihrer Beziehung und seinem Privatleben Nein.

»Also, *darauf* stoßen wir an, Prinzessin! Ein Wunder ist geschehen!«

Sie zuckte kurz zusammen. Eigentlich nannte nur Sebastian sie Prinzessin.

»Und falls mich Leonard doch anrufen sollte, weil irgendwer wieder angeblich krank geworden ist, sag ich eben, dass ich gar nicht in der Stadt bin. Ich darf ja schließlich auch verreisen, wenn ich freihab. Oder ...«

»Oder du rechtfertigst dich einfach mal nicht«, fiel Kira ihm ins Wort. »Du musst denen nicht erklären, warum du nicht einspringen kannst, wenn du laut Schichtplan freihast. Ein Nein ist ein Nein. *Kippis!*«

Wenn sie etwas geplant hatten, konnte sie schon zu

achtzig Prozent davon ausgehen, dass es sowieso wieder nicht klappen würde. Wenn er gemeinsame Pläne mit ihr schmiedete, schien es fast schon vorherbestimmt, dass diese scheitern würden. Denn in den allermeisten Fällen erklärte er sich bereit, spontan einzuspringen.

Er war viel zu gutmütig. Sie hatte gewusst, auf was sie sich einließ, als sie ihn kennenlernte, denn er hatte von Anfang an gesagt, dass es aufgrund seiner Schichten nicht immer leicht werden würde zu planen. Kira war sich darüber im Klaren, dass genau hier der Grund lag, weshalb sie fremdgegangen war. Sie bekam nicht die Zeit und Zuneigung, die sie sich in einer Beziehung so sehr wünschte. Sie hatte es angesprochen, mehrmals, doch vergebens. An der Situation hatte sich nichts geändert, und so langsam hatte sie die Hoffnung auch aufgegeben, dass das noch passieren würde.

8

Der Friedhof erschien zur Weihnachtszeit gar nicht so düster, im Gegenteil. Vor Leena eröffnete sich ein wunderschönes Lichtermeer, welches an Heiligabend seinen Höhepunkt erreichen würde. Ein fester Bestandteil der finnischen Weihnachtstradition war ein Besuch auf dem Friedhof, um Kerzen für all diejenigen anzuzünden, die uns verlassen mussten. Obwohl es ein Friedhof war, erschien die Szenerie zu dieser Zeit weder schwer noch traurig, sondern eher hell und kraftvoll. Als würde man auch in der tiefsten Dunkelheit Zuversicht finden.

Rickard Victor
Geboren am 19. Oktober 1968 in Aarhus, Dänemark
Gestorben am 28. Mai 2002

Auf dem Grab brannten zwei Kerzen. Sie waren noch nicht weit heruntergebrannt. Es war heute jemand hier gewesen, vor nicht allzu langer Zeit. Ihre Mutter? Leena stellte die weiße Kerze neben die beiden anderen und zündete sie an.

»Hallo, Papa. Es ist schon eine Weile her, dass ich hier war.«

Sie überlegte. Das war gelogen. Es war schon Jahre her, dass sie ihn das letzte Mal besucht hatte.

Ja, was wollte sie hier eigentlich? Was erhoffte sie sich?

Sie blickte in den Himmel. Sternenklar.

Sie merkte, wie sich in ihrem Hals ein Kloß bildete. Wieso kam ihr die Sehnsucht nach ihrem Vater in letzter Zeit so intensiv vor? Seitdem sie ungefähr dreißig geworden war, hatten die Sehnsucht und die Erinnerungen an Rickard sie eingeholt.

Lange Zeit wurde Leena nachts im Schlaf von Bildern heimgesucht, in denen er zu Hause rumgeschrien und Sachen zertrümmert hatte. In denen er von zu viel Alkohol lallte und keine geraden Sätze mehr formulieren konnte. Das war eine Seite von Rickard. Aber er konnte auch der andere Vater sein: voller Liebe, fürsorglich und großzügig. Im Laufe der Zeit, nachdem sie begonnen hatte, über ihre Kindheit nachzudenken, glaubte sie auch, dass hier die Wurzeln ihrer Verlust- und Vertrauensängste lagen. Die Angst, dass jemand erneut von heute auf morgen aus ihrem Leben gerissen werden könnte. Und weil sie ständig mit dieser Angst gelebt hatte, war ein solches Szenario wieder eingetreten. Rickard war der Kern ihrer Kindheit, ihre erste männliche Bezugsperson. Sie musste lernen, die Angst gehen zu lassen und sich Menschen wieder anzuvertrauen, sie wieder in ihr Herz lassen. Denn wenn sie ehrlich zu sich selbst war, hatte sie das auch bei Alexander nicht getan. Die Beziehung war oberflächlich gewesen, doch das hatte sie nie sehen wollen. Mika hatte recht. Eigentlich gab es nicht viel, was sie beide wirklich verbunden hatte.

Zum ersten Mal seit der Trennung spürte sie das Loch in ihrem Herzen kleiner werden. Wärme strömte durch ihren Körper. Auch wenn sie es sich zunächst nicht hatte eingestehen wollen und wahnsinnig gelitten hatte: Es war schon alles richtig gelaufen. Es sollte genau so kommen. Warum, das wusste sie noch nicht, aber sie beschloss, dem ganzen Prozess zu vertrauen. Nichts geschieht ohne Grund.

Sie merkte, wie ihre Hände und Füße vom Herumstehen kalt wurden. Sie blickte noch ein letztes Mal über den Friedhof und ließ das weite Meer aus Kerzen für einen Moment auf sich wirken. In den letzten Monaten hatte sie sich mental und körperlich oft schwach gefühlt. Doch nun schien ihr Vater Entschlossenheit in ihr geweckt zu haben.

Eine Weile stand sie noch da und betrachtete das Grab. Dann drehte sie sich um und ging die Allee schneebedeckter Bäume entlang zurück zum Auto.

In dem Karton, den sie im Keller aufbewahrte, befanden sich Dinge, die ihrem Vater gehört hatten, sowie Fotos und weitere Andenken, die ihre Mutter nach seinem Tod in verschiedene Kisten gepackt hatte. Gerade, als sie dabei war, eine davon zu öffnen, klingelte ihr Handy, das auf dem Wohnzimmertisch lag. Sie warf einen Blick auf das Display. Hanna.

Sie würde ihre Schwester zurückrufen.

Leena betrachtete die dunkelbraune Kiste mit dem roten Deckel. Sie sah uralt aus. Als hätte sie schon den Zweiten Weltkrieg mitgemacht. Ganz oben lagen Dinge, die ihr vertraut waren. Eine alte Armbanduhr. Sie wog sie in der Hand. Weißgold, schwer. An die konnte sie sich noch sehr gut erinnern. Das Band war dunkelbraun. Er hatte sie jeden Tag getragen. Darunter lagen drei Fotos. Sie, Hanna, ihre Mutter und Rickard. Ein anderes zeigte ihn mit Leena im Garten. Sie saß auf seinem Schoß, trug ein hellblaues Sommerkleid mit gelben Blumen, hatte eine große Zahnlücke und lächelte. Ihr Lächeln war schüchtern, verunsichert. Nicht frech und ungezwungen, so wie es bei vielen anderen Kindern auf Bildern oft der Fall war. Sie drehte das Foto um.

21. Juli 1997.

Sie betrachtete das Foto etwas länger und meinte erkennen zu können, dass sie seine Augen hatte. Die Form. Ja doch, zwischen ihnen gab es definitiv eine große optische Ähnlichkeit. Auf dem Bild, auf dem er allein zu sehen war, saß er ebenfalls im Garten, auf der Hollywood-Schaukel, die sie damals gehabt hatten. Sie drehte das Foto um. Es war am selben Tag entstanden, obwohl er etwas anderes anhatte. Er lächelte in die Kamera, sein Gesichtsausdruck war entspannt. Sie musterte seine Augen noch genauer. Dichte Augenbrauen, dunkelbraune Augen. Dunkelbraune Augen, die manchmal vor Zorn schwarz glühten und manchmal umwerfend viel Liebe und Wärme verbreiteten. Es war oft schwer vorherzusehen, welche Seite sich zeigen würde.

Warum hatte er getrunken? Was war das für ein Kummer, den er zu vergessen versuchte?

Ihr Handy klingelte erneut.

Leena seufzte. Stand auf.

»Hallo?«, ging sie leicht genervt ran.

»Wir sind nominiert! Für den Oscar! In der Kategorie ›Bester internationaler Film‹!«, rief ihre Schwester euphorisch in den Hörer.

»Was?«, fragte Leena erstaunt. »Das ist nicht dein Ernst!«

»Doch! Doch! Mit *Der Teufel der Antarktis*. Die offizielle Bekanntgabe der Nominierungen erfolgt erst im Januar, aber wir haben es vorhin erfahren!«

»Wahnsinn! Das ist ja fantastisch! Ich glaub's nicht!«, entgegnete Leena, vergaß für einen Moment den Karton, dem sie sich gewidmet hatte. »Soll ich mich schon um Personenschutz für dich kümmern, wenn du bald weltberühmt bist?«

Hanna lachte. »Besser ist es!«

»Es könnte zum Ende des Jahres keine besseren Nachrichten geben. Endlich mal gute Neuigkeiten! Ich bin so stolz auf dich!«

Sie nahm im Hintergrund Motorengeräusche wahr, und Hanna sprach lauter als sonst. Ihre Schwester fuhr gerade Auto.

»Du musst morgen Abend zu Kira kommen und mit uns darauf anstoßen! Bitte! Ich möchte, dass wir das zusammen feiern! Auch wenn wir das Ding nicht nach Hause holen sollten, egal. Allein nominiert zu sein ist schon Grund genug und mehr, als ich mir für die kommenden Jahre erhofft hatte.«

Bitte nicht. Auf diese Promi-Party hatte sie nun wirklich keine Lust. Sosehr sie sich auch für ihre ältere Schwester freute, sie wollte nicht mit ihr auf diese Party gehen.

»Leena? Bist du noch da?«

»Ja, sorry. Bin noch da.«

»Und? Kommst du?«

»Morgen?«

»Ja. Kira macht doch jedes Jahr diese Party am dreiundzwanzigsten Dezember. Das ist die perfekte Gelegenheit. Wir haben schon ewig nicht mehr zusammen einen getrunken!«

Vor vielen Jahren war Leena einmal bei einer dieser

Partys dabei gewesen und hatte sich geschworen: nie wieder. Das waren nicht ihre Leute gewesen, nicht ihr Umfeld. Sie hatte sich noch nie so sehr fehl am Platz gefühlt wie damals. Die Oberflächlichkeit, der Small Talk, das Gepose und Geprotze. Das war zwar schon sieben oder acht Jahre her, aber mit Sicherheit hatte sich an der hochnäsigen Klientel nichts geändert. Leena mochte Kira, sie kannten sich über Hanna seit dem Kindesalter. Sie war eine der wenigen, die trotz Bekanntheitsstatus Leenas Meinung nach überraschend normal und freundlich geblieben war. Dennoch wollte sie sich das morgen Abend nicht antun. Hanna selbst war Gott sei Dank ebenfalls noch keine von ihnen geworden, und Leena hoffte inständig, dass sie auch niemals so werden würde. Auch nicht, wenn der Weg sie anscheinend langsam, aber sicher nach Hollywood zu führen schien.

»Können wir nicht einfach an Weihnachten darauf anstoßen?«, fragte Leena und versuchte, heiter zu klingen und von der Party abzulenken.

»Komm mit! Ich weiß, es sind nicht deine Lieblingsleute. Aber hey, mir zuliebe. Das würde mir die Welt bedeuten.«

Wie Leena es in ihrem Kopf auch drehte, es war nicht gerade schwesterlich, ihr diesen Wunsch auszuschlagen. Vor über zehn Jahren hatte Hanna noch Klos geputzt und hinter der Bar gestanden, und jetzt war sie für den Oscar in der Kategorie »Bester internationaler Film« nominiert.

Es klingelte an der Tür. Wer konnte das um diese Uhrzeit sein? Es war bereits kurz vor zweiundzwanzig Uhr.

»Lass uns morgen reden, okay? Ich muss auflegen, es hat geklingelt.«

Das Klingeln an der Tür kam wie gerufen, auch wenn sie nicht wusste, wer es war. Alles in ihr sträubte sich dagegen, sich morgen Abend unter Kiras Freunde zu mischen und champagnernippenden, arroganten Selbstdarstellern dabei zuzuhören, wie sie sich selbst beweihräucherten.

»Alles klar, bis morgen! Ich warte auf deine Antwort!«

»Ich melde mich«, sagte Leena neutral und legte auf.

Dann betätigte sie die Freisprechanlage.

»Hallo?«

Keine Antwort.

»Hallo?«, wiederholte sie. Nichts.

Wahrscheinlich aus Versehen, jemand hatte die falsche Klingel gedrückt. Sie blickte automatisch durch den Spion, sah aber niemanden. Wer auch immer das gewesen war, er oder sie hatte sie zum richtigen Zeitpunkt vom Handy losgerissen.

Da bemerkte Leena, dass sie immer noch die drei Fotos in der Hand hielt. Sie betrachtete Hanna, damals erst vier Jahre alt. Sie trug ein rosafarbenes Prinzessinnenkostüm und strahlte bis über beide Ohren. Im Hintergrund war durch das Fenster der schneebedeckte Garten zu sehen. Obwohl sie so klein war, kam es Leena vor, als würden ihre Augen etwas Entschlossenes ausstrahlen. Hanna hatte sich damals schon nach Aufmerksamkeit und etwas Großem gesehnt. Sie war von Kindesbeinen an eine kleine Rampensau gewesen, laut, extrovertiert, und sie liebte es, im Mittelpunkt zu stehen. Das hatte sich auch mit Rickards Tod nicht geändert. Anders als Leena lebte sie ein sehr buntes, facettenreiches Leben. Für Hanna war es immer klar gewesen, dass sie Schauspielerin werden würde. Es war unglaublich schwer, an der Theaterhochschule in Helsinki aufgenommen zu werden, die jährlich nur eine überschaubare Anzahl an Schülern für den Studiengang Schauspiel akzeptierte. Leena hatte sich oft gefragt, woher Hanna ihr Selbstbewusstsein und den Glauben an sich selbst nahm, doch sie hatte sie immer dafür bewundert. Als Hanna sich das erste Mal beworben hatte, war sie abgelehnt worden. Sie hatte aber nicht aufgegeben und sich im darauffolgenden Jahr ein zweites Mal beworben und war wieder gescheitert. Im nächsten Jahr wagte sie einen dritten Versuch, obwohl Anna-Lena, ihre Mutter, ihr dringend davon abgeraten und mit allen Mitteln versucht hatte, es ihr auszureden. Wenn sie zwei Mal abgelehnt worden war, so hätte das schon seinen Grund, meinte sie. Sie solle doch etwas anderes studieren. Etwas Sinnvolles mit Zukunftsperspektive. Anna-Lena war Augenärztin, Rickard bei der Kriminalpolizei in führender Position tätig. Hanna hatte nie auf sie gehört, schon als Teenager nicht. Sie war immer die Rebellin gewesen, die ihren eigenen Kopf hatte. Die, die die Regeln gebrochen hatte, nachts zu Hause aus dem Fenster geklettert war, um auf Partys zu gehen, die eine Unterschrift für ein Tattoo gefälscht hatte, Alkohol geklaut, die Schule geschwänzt und ständig neue Typen gehabt hatte. Beim dritten Anlauf klappte es, und fünf Jahre später bestand Hanna das Schauspielstudium mit Auszeichnung. Inzwischen war ihre Schwester eine der gefragtesten, bestverdienenden und bekanntesten Schauspielerinnen Finnlands. Sie lebte mit ihrem finnischen Mann Kristian, einem Filmkomponisten, und ihren beiden kleinen Kindern Sofia und Anton in einem großen Haus auf der noblen Insel Karhusaari im Osten von Helsinki. Die Geldsorgen gehörten der Vergangenheit an. Während des Studiums hatte Hanna jeden Scheißjob angenommen, um sich irgendwie finanzieren zu können, sie war sich nie für etwas zu schade gewesen, immer hatte sie ihr Ziel vor Augen. Anna-Lena und auch Rickard, als er noch lebte, hatten sie bei ihrem Vorhaben nicht unterstützt – Schauspielerei war für sie etwas so Abstraktes, etwas so Fernes, wovon man garantiert nicht leben konnte. Hanna war vierzehn Jahre alt, als ihr Vater starb, doch ihr Berufswunsch stand schon damals fest. Manchmal hatte Leena das Gefühl, dass es ihrer Mutter insgeheim nicht passte, wie Hanna ihr bewiesen hatte, dass ihre Träume und Ziele keinesfalls *unrealistisch und lächerlich* waren, wie Anna-Lena immer behauptet hatte.

Leena legte die Fotos auf den kleinen Tisch und blickte dem geöffneten Karton herausfordernd entgegen. Sie hatte das Gefühl, dass sie es ihrem Vater schuldig war, herauszufinden, was ihm wirklich widerfahren war. Aus Liebe zu ihm. Eine Vielzahl an Zeitungsartikeln, sein Polizeidienstausweis, sein Portemonnaie, mehrere Briefe, eine Brille und zwei Pullover. Der Anblick des blauen Norwegerpullis versetzte ihrem Herz einen kurzen Stich. Sie konnte sich noch gut daran erinnern, wie er an ihrem Gesicht kratzte, wenn sie sich an ihn schmiegte. Rickard hatte ihn oft getragen.

Sie nahm ihn heraus und drückte ihn an sich.

Doch lediglich der modrige Geruch des Kellers schlug ihr entgegen und verdeutlichte ihr, dass ihr Vater für immer fort war.

9

Mittwoch, der 23. Dezember

Es war jedes Mal so. Dieses kalte, nackte Gefühl, welches Lilli am Morgen vereinnahmte. Wenn sie wieder am Fenster stand und in die Kälte starrte, ihre Augen einen Punkt oder meistens einen Menschen fixierten. Sie nur eine ganze Weile dastand und die Person auf der Straße beobachtete. Wie eine Art Soforthilfe bei einer sich anschleichenden Panikattacke, auch wenn es nicht direkt eine war. Oder doch?

Konzentriere dich. Beobachte diesen Menschen genau. Zähl alles auf, was dir auffällt.

Es war immer genau jener Augenblick, in dem sich ihr Körper mit einem nahezu unaushaltbaren Reue- und Schamgefühl füllte und die Einsamkeit sie mit voller Wucht zu erschlagen schien. Ironischerweise waren die Morgen, an denen sie einen Mann bei sich zu Hause hatte, die einsamsten. Und doch konnte sie es nicht sein lassen. Wäre die Einsamkeit schlimmer oder besser, wenn sie ab sofort auf ihre oft wechselnden männlichen Besucher verzichten würde?

An den eisig kalten Abenden und in den Nächten wahrscheinlich schlimmer, an den Morgen deutlich besser. Oder waren es die großen Mengen an Alkohol, die sie meistens an diesen Abenden trank, die sie in eine solche kaum auszuhaltende Gefühlslage versetzten? Als würde sich eine Kälte in ihrem Körper breitmachen, die sich bis in ihre Glieder fraß. Eine Einsamkeit und Verwundbarkeit, die schmerzte.

Hanxiety nannte man das heutzutage. Hangover anxiety.

Und das betraf sie oft in höchstem Ausmaß.

Lilli blickte zunächst auf den Wecker auf ihrem Nachttisch: 10:43 Uhr. Dann auf den Typen in ihrem Bett. Verdammt, wie hieß er noch mal? Er hatte überhaupt nicht geschnarcht. Normalerweise war sie das Schnarchen von betrunkenen Männern gewohnt. Einer hatte so laut geschnarcht, dass sie ihn nachts geschlagen hatte. Er hatte nicht reagiert, und sie hatte ihn so heftig gegen seinen Rücken und seine Schultern geschlagen, bis er endlich aus seinem Saufkoma aufgewacht war. Dann hatte sie ihn mit den Worten »Das kann man doch keinem antun!« rausgeworfen.

Aber der Typ, dessen Namen sie vergessen hatte, schlief wie ein Baby.

Sie schlich zu ihrem Schrank, aus dem sie sich Leggings, einen oversized Hoodie und dicke Socken schnappte, denn ihr war verdammt kalt. Bei den steigenden Preisen konnte sie es sich nicht leisten, ständig zu heizen. Allein für diese 32-Quadratmeter-Wohnung zahlte sie knapp tausend Euro Miete. Ungemütlich war sie nicht. Scheiße kalt war sie allerdings trotzdem. Sie lief ins Badezimmer und ließ vor Schreck fast einen Schrei los, als sie in den Spiegel schaute. Ihre Haare standen in alle Richtungen ab, und ihre Schminke war über das halbe Gesicht verteilt. Sie wusch sich schnell das Gesicht, lief wieder aus dem Badezimmer raus in die Küche, setzte Kaffee auf, trank ein Glas Leitungswasser. Sie schaute rüber zum Bett.

Komm schon, wie war sein Name? Mann! Wie war es möglich, dass sie so dermaßen abgestürzt waren? Ihr Blick fiel auf seine Jeans, die auf dem Boden lag, aus deren Hosentasche seine Geldbörse herausragte. Sie erkannte den Zipfel eines Fünfzigeuroscheins. Konnte sie …? Scheiße, nein. *Man beklaut keine Leute.* Aber sie war verdammt pleite. Es würde ja nur dieses eine Mal sein. Sie wusste einfach nicht mehr, wie sie den restlichen Monat überleben sollte. Ihre Geldsorgen verursachten ihr Bauchschmerzen. Manchmal wachte sie mitten in der Nacht deswegen auf. Die Angst, irgendwann auf der Straße zu landen, war präsent, und dass ihr größter Albtraum bald Realität sein könnte, war leider gar nicht mehr so weit weg, wenn ihr Leben so weiterging. »Also wenn alle Stricke reißen, würden deine Eltern dich doch aufnehmen«, hatte ihre beste Freundin Vilma immer gesagt. Aber war das wirklich so? Sie war sich nicht sicher. Nicht, weil sie es finanziell nicht konnten. Zumindest Robert hatte als Psychologe immer gut verdient und tat es immer noch. Sie fand es nach wie vor ironisch, dass ihr Vater Psychologe war und trotzdem jeder in ihrer Familie einen gewaltigen Dachschaden gehabt und dringend psychologische Hilfe benötigt hätte. Ganz besonders er selbst. Aber wahrscheinlich kam es nicht selten vor, dass gerade Psychologen ein paar Synapsen fehlten. Man könnte meinen, dass es selbstverständlich sei, dass Eltern ihre Kinder nicht auf der Straße sitzen lassen würden. Aber Lilli stellte das bei ihrer eigenen Familie infrage. Sie hatte nicht das Gefühl, sich im Ernstfall wirklich auf ihre Eltern verlassen zu können. Besser war es, wenn sie niemals an dem Punkt ankommen würde.

Dieses Gefühl, dass sie sich langsam, aber sicher in eine Abwärtsspirale begab, wenn sie nicht endlich bald die Kurve kriegen würde, war beängstigend.

Sie räusperte sich, um zu testen, wie fest er schlief. Er rührte sich nicht. Auf Zehenspitzen schlich sie die paar Meter zu seinen Jeans und versuchte geräuschlos, den Fünfzigeuroschein aus seiner Geldbörse zu ziehen.

Bitte, Gott, verzeih mir. Ich weiß, dass das nicht in Ordnung ist, aber ich muss es tun. Aus Not.

Was für ein Blödsinn, dachte sie bei dem Gedanken. Du könntest dir auch einfach wie jeder andere normale Mensch einen langweiligen Job suchen und dich dem trostlosen Hamsterradleben fügen, dann müsstest du deine One-Night-Stands nicht beklauen.

Der Geldschein steckte fest. *Bring es schnell hinter dich.*

Sie öffnete die zusammengeklappte Geldbörse ein wenig und zog den Schein mit einem Ruck heraus. Sie erstarrte. Der Typ, der vorher mit dem Gesicht zur Wand gelegen hatte, drehte sich zu ihr. Wenn er jetzt die Augen öffnete, war sie am Arsch. Schnell stopfte sie den Schein in die Innenseite ihrer Leggings.

Er gab ein leises Knurren von sich und schien wach zu werden.

»He, du«, rief sie kühl zu ihm rüber. Er hob den Kopf hoch. »Du musst jetzt leider gehen. Ich muss gleich los.«

Das stimmte nicht, aber sie wollte, dass er verschwand.

»He, du?«, wiederholte er ihre Worte. Seine Stimme klang sehr tief und heiser. »Wir haben den ganzen Abend miteinander verbracht, aber du kannst dich nicht mal mehr an meinen Namen erinnern?«

»Natürlich kann ich das, ich bin ja nicht blöd.« Bevor er darauf reagieren konnte, drehte sie den Spieß schnell um. »Wie heiß *ich* denn?«

Er blickte sie an. Ertappt.

Sie neigte ihren Kopf zur Seite und schaute ihn vorwurfsvoll an.

»Sorry. Ich war wirklich betrunken. Verzeih mir.«

»Lilli. Aber Hauptsache, erst mal Sprüche klopfen, was? Es ist gleich elf Uhr. Du musst jetzt gehen.«

»Krieg ich wenigstens noch einen Kaffee?«

»Nein.«

»Danke für Ihre Gastfreundlichkeit, Eure Hoheit.«

Er stand mühselig auf, und Lilli wusste für einen Moment nicht, wo sie hinschauen sollte. Er war nackt. Im Schneckentempo zog er sich an.

»Was ist bloß mit der Lilli aus letzter Nacht geworden? Da warst du einfühlsamer und lieber. Und jetzt machst du einen auf Kratzbürste.«

Sie erwiderte darauf nichts und ignorierte ihn.

»Wahrscheinlich willst du das jetzt nicht hören, so wie du drauf bist«, setzte er fort, »aber ich würde dich wirklich gern wiedersehen. Darf ich deine Nummer haben?«

Für einen kurzen Moment war sie verunsichert. Damit hatte sie nicht gerechnet. Was war bloß mit ihm? Bei einem One-Night-Stand hatte man Sex und ging dann. Von allein. Ohne Nummern auszutauschen.

»Nein, besser nicht«, erwiderte sie kühl und schaute kurz zu Boden. Hm. Na ja, obwohl, vielleicht war er ja noch mal zu gebrauchen? »Du kannst mir deine geben«, meinte sie gleichgültig, nahm ihr Handy vom Tisch, ging auf *Neuer Kontakt,* gab ihm das Handy und sagte: »Hier bitte.«

Jetzt musste er nämlich auch selbst seinen Namen eingeben. Den sie nicht wusste. Er tippte alles ein und klingelte sich dann selbst an.

»So, jetzt hab ich deine auch«, sagte er und lächelte sie sanft an.

So war das nicht gedacht. Sie nahm ihr Handy an sich. *Ville.* Ach ja, stimmt.

»Schön.« Sie lief langsam Richtung Tür.

»Okay, ich hab's verstanden, ich geh schon, Lilli.« Er

schaute auf das Namensschild an ihrer Tür. »Rosengard. Lilli Rosengard. Schöner Name.«

Sie hob die Augenbrauen hoch.

»Und schöne Frau.«

Sie hörte auf zu grinsen. Was für eine Schleimbacke.

»Also, wenn ich darf, würde ich mich noch mal bei dir melden. Ich würde mich wirklich freuen, dich wiederzusehen«, sagte er an der Tür.

Boah, nerv nicht.

»Wir schreiben«, erwiderte sie monoton und wollte gerade die Tür vor seiner Nase zumachen, als er seine Hand dagegen schlug und sie aufhielt.

»Gib die fünfzig Euro für keinen Schrott aus«, sagte er mit Nachdruck, schaute sie an, drehte sich um und verschwand dann im Treppenhaus.

Sie blieb wie angewurzelt stehen, während sie auf seine Schritte lauschte, die sich von ihr entfernten und immer leiser wurden. Er hatte sie doch gesehen. Echt jetzt? Scheiße, war das peinlich! Und warum hatte er nichts gesagt? Würde nicht jeder normale Mensch direkt reagieren, wenn er beobachten würde, dass sich jemand an seiner Geldbörse bedient? Sah sie so verdammt arm und bemitleidenswert aus, dass er sich dachte, die fünfzig Euro würden ihr Leben verbessern und ihm nicht wehtun? Lillis Körper füllte sich mit Scham. Denn genau so war es ja. Diese fünfzig Euro garantierten ihr für mehrere Tage Essen. Sie fühlte sich elendig. Es war nicht okay gewesen, ihn zu beklauen.

Sie schwor sich, das nie wieder zu tun. Wobei, eigentlich war es scheißegal. Sie hatte sowieso keine Geduld mehr für Männer. Lilli hatte die Erfahrung gemacht, dass Männer rein optisch zwar erst mal auf sie abfahren, aber sobald sie sie besser kennenlernen, mit ihr überfordert sind. Und sie wollte sich niemals von einem Mann abhängig machen, so wie ihre Mutter, die sich aus finanziellen Gründen nicht hatte scheiden lassen können, obwohl ihre Ehe immer mehr den Bach runtergegangen war. Ohne Robert hätte Krista mit Lilli und Joel auf der Straße gesessen. Lilli hatte schon als junges Mädchen mit angesehen, wie sich die Situation Jahr für Jahr zuspitzte und wie sehr Krista darunter litt. Seit Lillis Geburt war Krista nur Hausfrau gewesen. Obwohl sie ebenfalls Psychologie studiert hatte, war sie nie wieder ins Arbeitsleben zurückgekehrt. Sie hatte auf ihren Mann und ihre Ehe vertraut, und genau das war der Fehler gewesen. Wenn Lilli zu Hause eines gelernt hatte, dann, wie wichtig es war, finanziell immer so selbstständig zu sein, dass man jederzeit gehen konnte. Auch mit Kindern. Denn Menschen veränderten sich. Lilli wollte Eigenes erreichen. Es dauerte vielleicht etwas länger, aber sie würde es schaffen.

Die Kaffeemaschine gab ein Zischen von sich. Sie goss sich eine Tasse ein. Dann nahm sie sich noch eine hart gewordene Zimtschnecke von vorgestern und setzte sich auf die Couch. Ihr ganzer Körper schmerzte, und sie entdeckte ein paar blaue Flecken an den Beinen. Gott im Himmel, was hatten sie heute Nacht getrieben?

Der erste Schluck Kaffee tat unglaublich gut. Sie aß die Zimtschnecke, scrollte durch die *Helsingin Sanomat*-App und las die Nachrichten. Sie warf einen Blick auf die Zimtschnecke in ihrer Hand, die sie nach wenigen Minuten fast aufgegessen hatte. Was das alles an Kalorien war, die sie da gestern mit den Drinks zu sich genommen hatte. Sie wollte gar nicht erst drüber nachdenken. Sie hatten in der Bar gesessen, bis sie zugemacht hatte. Das war um kurz vor drei gewesen. Dann waren sie noch zum Imbiss gelaufen und hatten sich einen Burger geholt. Und jetzt stand auch noch Weihnachten an. Das hieß, morgen Abend würde es bei ihrer Mutter Schinken, Kartoffelauflauf, Rübenauflauf, Lachs, Hering, Kartoffeln, Weihnachtskuchen, Weihnachtstiramisu und Glögi geben. Sie schlang das letzte Stück vertrocknete Zimtschnecke hinunter und beschloss, bis zum Abend nichts mehr zu essen.

Dann ging sie ins Bad, musterte für einen Augenblick die Waage unter dem Waschbecken und beschloss, sich nicht daraufzustellen. Wenn sie es irgendwie noch schaffen wollte, in den nächsten Tagen das Haus zu verlassen, durfte sie sich jetzt auf keinen Fall wiegen. Die Gefahr war zu groß, dass sie dann morgen Abend nicht zu ihrer Mutter konnte. Den Tag darauf auch nicht und den Tag darauf auch nicht. Wie konnte sie gerade so blöd gewesen sein, die Zimtschnecke zu essen? Verdammt noch mal! Sie schaute zur Toilette.

Nein.

Das mit der Essstörung war ein merkwürdiges Spiel. Auf der einen Seite gab sie ihr Sicherheit, Kontrolle, Bestätigung. Sie war ein bisschen wie ihre beste Freundin, die ihr Halt gab. Wenn nichts mehr ging, wenn alles wegbrach, war die Bulimie trotzdem da. Auf der anderen Seite war sie ihr Feind und bestimmte ihr ganzes Leben. Wann sie das Haus verließ und wann nicht. Wann sie sich mit jemandem verabreden konnte und wann nicht. Sie kontrollierte ihre Laune, ob sie gut drauf war oder nicht, ob sie ein Date haben konnte oder nicht oder ob sie mit jemandem schlafen konnte oder nicht. Sie hatte Ville nur in ihr Bett gelassen, weil sie sich am Tag zuvor von Äpfeln, Gurken und fettarmem Joghurt ernährt hatte. Hätte sie gestern eine Scheibe Brot gegessen, wäre nicht daran zu denken gewesen. Er hätte es ihr angesehen, keine Frage. Er hätte ihren Körper beobachtet und sie für fett gehalten. Aber wenn sie keine Kohlenhydrate und nur kalorienarme Lebensmittel zu sich nahm, dann fühlte sie sich selbstbewusst, attraktiv und stark. Die Bulimie und sie, sie waren ein Team. Eine toxische Beziehung. Liebe und Hass.

Sie verknüpfte ihr Handy mit dem Bluetooth-Lautsprecher, drehte die Musik auf volle Lautstärke und stellte sich unter die Dusche. Das heiße Wasser prasselte auf sie nieder, und endlich wurde ihr warm. Was tat das gut ... Sie war so eine unglaubliche Frostbeule. Sie blieb fast für eine halbe Stunde unter dem heißen Wasser stehen, bis sie voll und ganz aufgewärmt war, dann kuschelte sie sich in ihren dicken Bademantel. Sie wickelte ihre nassen Haare in einen Turban, ging zum Spiegelschrank, nahm eine Tube heraus, trug sich eine schlammfarbige Gesichtsmaske dick auf und verließ das Bad. Sie nahm ihren Laptop vom Tisch und legte sich ins Bett, stand aber nochmals auf und zündete ein paar Kerzen an. Ohne Kerzen überstand sie den Winter nicht, sie besaß wahrscheinlich nichts in so großen Mengen wie Kerzen. Sie brauchte sie für ihre Seele und gegen ihre Einsamkeit.

Heute würde sie nur zu Hause bleiben, Beautyprogramm machen, sich auskurieren und hungern, damit sie morgen, an Heiligabend, wieder fit war.

10

Noch 10 Stunden

Als der Wagen vor Kiras Haus in Westend hielt, öffneten sie die Türen und stiegen aus dem Taxi. Leena hatte schon zu Hause zwei Gläser Rotwein und einen Cidre getrunken, in der Hoffnung, die Schnösel dann besser ertragen zu können. Sie hatte es nicht übers Herz gebracht, ihrer Schwester den Wunsch auszuschlagen. Es war doch nur dieser eine Abend, und den würde sie schon irgendwie rumkriegen.

Die Party war bereits in vollem Gange. Die meisten Leute waren seit dem frühen Abend da. Ein übertrieben lautes und willkommen heißendes Grölen kam aus einer Ecke des Wohnzimmers. Hannas Ehemann Kristian erblickte seinen Freund Niklas mit ein paar anderen Typen. Er konnte schon von Weitem erkennen, dass die Runde gut angetrunken war. Mit einer begrüßenden Kopfbewegung gab er zu verstehen, dass er gleich rüberkommen würde.

»Fühlt euch wie zu Hause! Ihr wisst ja, Essen hierhin, Getränke dahin«, sagte Kira freudig. »So schön, euch wiederzusehen! Und dich, Leena! Ist ja ewig her!« Sie drückte Leena kurz.

»Ja, keine Ahnung, wann wir uns das letzte Mal gesehen haben. Ist wirklich ewig her.«

»Hanna hat mir erzählt, was passiert ist. Was für ein Arsch. Aber du wirst sehen, vermutlich sollte es genau so kommen, weil du nämlich einen viel besseren Mann verdient hast!«, sagte Kira in dem Versuch, Leena aufzumuntern.

Dabei wollte sie genau das nicht. Dass irgendjemand sie heute darauf ansprach. Sie wollte nichts darüber hören.

»Du wirst hier Spaß haben, glaub mir. Zu mir kommen nur tolle Leute!«, fügte Kira hinzu, und Leena merkte an ihrem singenden Tonfall, dass sie bereits einen fortgeschrittenen Pegel erreicht hatte. Das war Blödsinn. Hier waren lauter Vollidioten.

Für einen kurzen Augenblick hatte Leena das Gefühl, dass Hanna und Kira sich einen Blick zuwarfen, der etwas zu bedeuten hatte. Als ob sie sich über etwas verständigten. Und Hanna infolgedessen kurz nickte.

»Ist Sören schon los?«, fragte Hanna.

»Ja, vor einer halben Stunde oder so. Hat Nachtschicht, mal wieder.« Kira klang genervt.

»Letztes Jahr auch, oder?«

Kira seufzte. »Yep. Ist nicht leicht, einen Unfallchirurgen als Mann zu haben! Ständig müssen sie die Welt retten«, behauptete sie theatralisch. »Aber *fuck it*, wir haben doch auch ohne ihn Spaß, oder?«

Leena respektierte Kira, auch wenn sie wie ihre Schwester in einer falschen Glitzerwelt arbeitete. In ihrer Gegenwart schien Kira nie abgehoben oder überdreht zu sein. Heute jedoch wirkte Kira anders auf sie. Sie konnte es nicht richtig benennen, nicht erfassen, was es war, aber irgendwas an ihr war anders.

»Ich stell das Essen mal kurz da vorne hin«, sagte Kristian und lief auf direktem Wege zur schon übervollen Kücheninsel. Auf der Theke daneben standen unzählige Flaschen und Dosen verschiedenster Alkoholsorten. Es gab wahrscheinlich nichts, was es nicht gab. Von Bier über Whiskey, Wodka, Gin, Champagner und Wein.

»Leute!«, rief Kira, und es wurde still. »Jetzt, wo wir vollzählig sind und Hanna es mit ihren üblichen zehn Stunden Verspätung auch endlich hierhergeschafft hat«, sie zwinkerte Hanna zu, »machen wir schnell noch ein Gruppenfoto, bevor ihr alle nachher zu betrunken seid!«

»Ich kann das Foto von euch machen«, sagte Leena. Sie gehörte nicht zu diesem Freundeskreis und hatte kein Problem damit, nicht auf dem Bild zu sein.

»Ja gut, gern!« Kira gab ihr das Phone. »Also! Alle mal aufstellen!«, rief sie.

Die Musik dröhnte aus den Boxen, und Leena goss sich das erste Glas Champagner ein, während sie ihren Blick durch den schön dekorierten Raum schweifen ließ. Sie schaute auf die Flasche. Veuve Clicquot. Daneben eine Flasche Bollinger. Billig gab es hier definitiv nicht. In diesem Haus war sie noch nie gewesen, aber sie fand es wirklich schön. Es war sehr ansprechend und elegant eingerichtet, in Beige und Grau mit schwarzen Akzenten. Designermöbel statt Ikea, schlicht und ohne zu viel Schnickschnack. Kira hatte zweifelsohne Geschmack. Oder ihre Innenarchitektin. Leena entdeckte mehrere Gesichter, die sie aus dem Fernsehen kannte. Schauspieler, Moderatoren, sogar zwei Eishockeyspieler aus der finnischen Nationalmannschaft, den Leijonat. Fast alle Männer trugen ein Hemd, und alle Frauen waren auffallend zurechtgemacht. Sie selbst kam sich underdressed vor, obwohl sie sich für ihre Verhältnisse wirklich aufgedonnert hatte. Sie trug roten Lippenstift und einen schwarzen Lidstrich, aber trotzdem sah ihr Gesicht nicht so aus wie die Kunstwerke der anderen anwesenden Frauen. Sie waren alle so makellos. Mit wem sollte sie überhaupt reden? Und über was? Auf dem Ecksofa sah sie ihre Schwester mit Kira und Jeanette, Niklas' Ehefrau, und noch jemand anderem sprechen. Kira lachte auf, aber es klang falsch. War ihr der Erfolg inzwischen doch zu Kopf gestiegen? Leenas Blick wanderte weiter zu der anderen Frau, die bei ihnen in der Runde saß. Sie kam ihr bekannt vor, konnte ihr aber keinen Namen zuordnen. Sie beobachtete die Gruppe eine Weile und sah, wie ihre Schwester Kira etwas ins Ohr flüsterte, woraufhin sie aufstanden. Leena ließ sie nicht aus dem Blick.

Ihr Handy vibrierte, und sie zog es aus ihrer Handtasche. Eine neue Nachricht auf Tinder. *Nein, nicht jetzt.* Sie nahm einen großen Schluck Champagner. Sie würde sie morgen lesen, wer auch immer ihr geschrieben hatte. Sie wollte sich gerade zu den anderen gesellen, als sie aufgehalten wurde. »Hei, wer bist du?«, fragte der Typ ganz direkt. Sie schaute ihn an. Es war einer der Eishockeyspieler. Samuel Pekkanen.

Sie lächelte. »Ich bin Hannas Schwester, die da drüben, im grünen …«

»Na hör mal, Hanna kennt doch jeder!«, sagte er und lächelte. »Interessant, ich wusste nicht, dass sie eine so süße Schwester hat. Wie heißt du?« Leena spürte, wie ihr das Blut in die Wangen schoss. Auf einmal fühlte sie sich wieder wie fünfzehn. Wann hatte sie das letzte Mal mit jemandem geflirtet? Sie nahm erneut einen großen Schluck Champagner. *Reiß dich zusammen, sei cool, du bist zweiunddreißig.*

»Ich bin Leena«, sagte sie. »Ich könnte dich jetzt auch nach deinem Namen fragen und so tun, als ob ich dich nicht kennen würde, aber erstens wäre das gelogen, und zweitens würdest du mir wahrscheinlich eh nicht glauben. Also, freut mich, dich kennenzulernen, Samuel.«

Er lachte und stieß mit ihr an. »Ehrlichkeit find ich immer gut. Warum warst du noch nie dabei?«

Sie zuckte mit den Schultern. »Keine Ahnung, sind ja Hannas Freunde und nicht meine.«

»Was machst du beruflich?«, fragte er.

»Ich arbeite bei der Polizei. Aber gerade habe ich Urlaub«, sagte sie und gab ihm mit einem gezwungenen Lächeln und einem festen Blick zu verstehen, dass sie jetzt nicht über ihren Beruf reden wollte. Was er charmant überging: »Und ist die letzten Jahre über Weihnachten viel passiert in unserem gefährlichen Land?«

»Ein Verbrechen nach dem nächsten, ich kam kaum zur Ruhe«, sagte sie mit ebenso viel Ironie in der Stimme. In Wirklichkeit hatte sie in den vergangenen Jahren zu Weihnachten meist Däumchen gedreht und über die Feiertage fast gar nichts zu tun gehabt.

Sie trank ihr Champagnerglas schneller leer als beabsichtigt. Aus Nervosität?

»Möchtest du noch was trinken? Ich hol uns was. Ich würde mich gern noch ein bisschen mit dir unterhalten.«

Leena war etwas verwundert, entgegnete aber: »Gern. Einen Gin Tonic.«

»Wird erledigt, Frau Polizistin!«

Was wollte jemand wie Samuel Pekkanen von ihr? Der konnte doch jede haben. Jetzt bloß nicht drauf reinfallen und sich Honig um den Mund schmieren lassen. Berühmte Leute können das eins a. Werde bloß nicht weich, das macht er mit jeder.

Sie schaute ihm nach und sah ihn die Drinks machen. Sie ließ ihren Blick noch einmal durch den Raum schweifen. So schlecht war Hannas Leben nicht. Oder war das schon der Alkohol, der da aus ihr sprach und den sie langsam wirklich merkte?

11

Donnerstag, der 24. Dezember

Mika wurde aus seinem Mittagsschlaf geweckt, als sein Handy klingelte. Er lief ins Wohnzimmer und nahm es vom Esstisch. Kurz nach dreizehn Uhr. Sein Display verriet ihm, dass sein Chef, Kalle Paavola, anrief. An Heiligabend? Es musste wirklich dringend sein. Er war zwar im Dienst, aber sie hatten ausgemacht, dass er am vierundzwanzigsten Dezember von zu Hause arbeiten durfte, nur jederzeit erreichbar sein musste.

»*Moi*«, ging er ran.

»*Moi*, Kalle hier. Tut mir leid, dich zu stören, aber es gibt einen Mord«, antwortete Paavola und kam direkt zum Punkt. »Eine bekannte Persönlichkeit, Kira Westerlund.«

»Kira Westerlund?«, wiederholte Mika fragend.

»Ja. Hat gestern Abend bei sich zu Hause eine Party gegeben. Ihr Mann kam vorhin aus der Klinik nach Hause und hat sie tot aufgefunden. Ermordet. Kannst du hinfahren? Ich schick dir die Adresse. Wäre gut, wenn du dich beeilst.«

»Mach ich.«

»Gut. Ich bitte Jonna ebenfalls dorthin.«

»Alles klar.«

Er legte auf.

Ein Mord an Heiligabend. Das hat ihm gerade noch gefehlt. Insgeheim hatte er gehofft, sich heute ein wenig ausruhen zu können. Er war in der Nacht wieder mehrmals aufgewacht, mal wieder die Schlafstörung, deren Ursache er sich nicht erklären konnte. Auf direktem Weg lief er zur Kaffeemaschine, betätigte den Knopf und ließ sich einen doppelten Espresso raus. Den brauchte er, um in die Gänge zu kommen.

Kira Westerlund. Natürlich war ihm der Name ein Begriff. Während der Espresso in die Tasse lief, googelte er ihren Namen. Eine attraktive blonde Frau tauchte auf. Die Frau aus *Finnland am Morgen*. Natürlich. Er trank eilig den doppelten Espresso und rief dann Luisa auf ihrem Handy an, die gerade mit ihrer gemeinsamen Tochter Nina bei ihrer Patentante war.

»Ich muss leider los, es gibt einen Mord. Kira Westerlund. Wurde in ihrem Zuhause tot aufgefunden.«

»Was? *Die* Kira?«, fragte Luisa ungläubig.

»Ja. Ich weiß noch nicht mehr. Keine Ahnung, wann ich zurück bin, ich melde mich. Nur dass du dich nicht wunderst, wo ich hin bin.«

»In Ordnung. Bis später.«

Im Auto angekommen, gab er die Adresse ins Navi ein, die Paavola ihm geschickt hatte. Hiiralankaari in Westend. Nur knapp zwanzig Minuten Fahrt. Eine traumhaft schöne und reiche Gegend, in deren perfektes Bild ein Mord nicht passen wollte. Paavola sprach von Mord. Das bedeutete, dass es keine Zweifel daran gab und Mika mit dem Schlimmsten rechnen musste.

Als er an der Adresse ankam, war das Haus bereits abgesperrt, und ein paar Leute standen auf der Straße oder gingen rein *zufällig* vorbei. Mika parkte seinen Wagen auf der gegenüberliegenden Straßenseite und steuerte auf das hohe, offen stehende Tor und dahinter liegende villenartige Haus zu.

»Verzeihung?«, hörte er auf einmal jemanden sagen.

Er blickte zu der Person, die neben ihm aufgetaucht war. Eine ältere Dame um die fünfundsiebzig stand vor ihm. Sie war geschminkt, hatte für ihr Alter noch ungewöhnlich blonde Haare, um den Hals trug sie dünne lange Goldkettchen und sah in ihrer dunkelblauen Jacke ziemlich elegant aus.

»Darf man fragen, was passiert ist?«

»Nein, tut mir leid«, entgegnete Mika. »Wir können noch keine Auskunft geben.«

»Ich bin die Nachbarin von Sören und Kira«, entgegnete die Frau und klang dabei so, als müsste er das wissen. »Erika Lehtonen.«

Mika nickte. Er hatte erst einmal keine Zeit für neugierige Nachbarn, der Tatort und die Kollegen im Haus gingen vor.

»Wir kommen später auf dich zu.«

»Dort drüben. Das gelbe Haus«, sagte Erika ungerührt zu seinem Rücken.

Mika war wortlos an ihr vorbeigegangen. Auch an Sören lief er zunächst vorbei, der mit gesenktem Kopf auf der kleinen Außentreppe saß. Er würde ihn schon noch befragen.

Vor der Haustür gab ein Kollege der Spurensicherung Mika Schutzanzug und Gummihandschuhe. »Direkt die

Treppe hoch«, brummte er. Mika nickte. Er musste sich zuerst ein Bild machen, bevor er die Aussagen aufnahm. Er zog sich die Sachen über und betrat das Haus, oder besser gesagt das gewaltige Chaos. *Das muss wirklich eine Party gewesen sein*, dachte Mika. Es stank nach Alkohol und Zigaretten, die Luft war abgestanden. Er nahm die Treppe nach oben, hier unten würde er sich später in Ruhe genauer umschauen. Vor dem Schlafzimmer blieb er stehen, schloss die Augen und atmete einmal tief ein und aus. Es war bei Weitem nicht das erste Mal, dass er eine Leiche zu Gesicht bekam, aber jedes Mal musste er kurz vorher innehalten und Distanz aufbauen. Er brauchte diesen Abstand, sonst würden die Taten ihn emotional überwältigen und nächtelang verfolgen.

Mika betrat das Schlafzimmer, in dem sich bereits die Spurensicherung und der Rechtsmediziner Teemu Björnsson befanden. Er kannte ihn von früheren Ermittlungen, sie hatten schon mehrmals zusammengearbeitet.

Der Anblick löste in ihm eine Kältewelle aus. Das bekannte Gesicht aus dem Fernsehen war in seine Richtung geneigt. Es war blass und fahl. Kira Westerlund war mit einem cremefarbenen Spitzennachthemd bekleidet. Ihre Finger- und Fußnägel waren dunkelrot lackiert, die weiß bezogene Bettdecke hing halb vom Bett herunter. Mika trat näher heran. Die leblosen Hände und Füße waren an das Bettgestell gefesselt. Mika ging neben der Toten in die Hocke. An vereinzelten Stellen ihres Körpers waren rötliche Verfärbungen zu sehen. Leichenflecke. Auch die Leichenstarre war bereits ausgeprägt.

»Todeszeitpunkt?«, fragte Mika.

»Nun«, entgegnete Björnsson. »Die Körpertemperatur beträgt noch fünfunddreißig Grad bei einer Raumtemperatur von einundzwanzig Grad, Totenstarre und Leichenflecke sind vollständig ausgeprägt. Letztere lassen sich noch komplett wegdrücken. Die Totenstarre ist nach Brechen wieder eingetreten. Ich konnte am rechten Oberarm noch einen idiomuskulären Wulst auslösen, und die Pupille hat sich nach einer Injektion von Atropin deutlich erweitert. Auch die mimische Muskulatur hat auf elektrische Reizung mit dem Reizstromgerät reagiert, zumindest ganz gering im Bereich des Oberlides. Alles zusammengenommen, gehe ich von einem Todeszeitpunkt von fünf bis sieben Stunden aus. Schätzungsweise gegen sieben Uhr heute früh«, entgegnete Björnsson, während er die Leiche weiter untersuchte.

Er hielt ihm eine Plastiktüte unter die Nase, die in einen Asservatenbeutel eingepackt war.

»Die Tatwaffe? Erstickungsmord?«, warf Mika hinterher.

»Gut möglich. Keine punktförmigen Einblutungen in den Lidbindehäuten der Augen oder den Augenlidern, da durch eine Plastiktüte Co_2 abgeatmet werden kann und bei einer derartigen Erstickungssituation keine Blutstauung auftritt. Auch sonst sind ihre Augen unauffällig. Auf den ersten Blick keine Spuren von Gewalt am Hals, an den Beinen oder Armen. Nichts deutet darauf hin, dass sie sich gewehrt oder gekämpft hat. Was aufgrund ihrer Fesselung wohl auch unmöglich war.«

»Gibt es Hinweise auf eine Vergewaltigung?«

»Bisher nicht.«

Es war nahezu unmöglich, jemanden so zu fesseln, dachte Mika, ohne auch nur einen Kratzer zu hinterlassen. Was war hier geschehen?

»Trotzdem müssen wir noch die Obduktion abwarten, um Genaueres sagen zu können«, setzte Björnsson fort und klang dabei gelassen wie immer. »Blutprobe, Lunge, Urin, Mageninhalt, du kennst das Spiel.«

»Drogen? Betäubungsmittel?«, fragte Mika weiter.

»Ist nicht auszuschließen. Zumindest war sie ordentlich alkoholisiert. Riecht man.«

»Eventuell waren mehrere Personen involviert?«, ergänzte Mika.

»Kann sein. Ich melde mich, sobald ich sie genauer untersucht habe. Irgendwas wird sich mit Sicherheit noch finden.«

Mika nickte und betrachtete Kira erneut.

Die Augen, dachte er. Die Augen waren immer das Schlimmste. Der leere Blick.

Nachdem die Spurensicherung, der Tatortfotograf und Björnsson fertig und wieder auf dem Weg ins Erdgeschoss waren, fing Mika Levin an, sich im Zimmer genauer umzuschauen. Er untersuchte penibel das Bett, lief den Raum genau ab, schaute unter und hinter die Möbel, kontrollierte die Fenster und die Tür zum Schlafzimmer. Nichts. Keine Auffälligkeiten, kein Blut, gar nichts. Er musste auf den detaillierten Bericht der Spurensicherung warten. Irgendwas würden sie finden. Er blickte auf den

Nachttisch. Legten die meisten Menschen dort nicht immer ihr Handy hin?

Mika schaute sich die gesamte obere Etage an. Wie war der Mörder ins Schlafzimmer gekommen? Hat Kira ihn freiwillig ins Haus und in ihr Bett gelassen?

Er ging zurück ins Erdgeschoss, wo gerade seine Kollegin Jonna eingetroffen war. Sie war mit zwei Kräften der Spurensicherung in der Küche.

Mika begrüßte sie, woraufhin sie nur kurz wortlos zu ihm aufblickte. Zu Beginn hatte er ihr Auftreten als abweisend empfunden, mit der Zeit aber verstanden, dass sie nur sehr introvertiert war.

»Habt ihr Einbruchspuren gefunden?«, fragte Mika.

Einer der Kriminaltechniker schüttelte den Kopf. »Bisher nicht. Wir sind noch nicht alle Fenster durch, aber an den Türen war nichts. Bislang sieht es nicht so aus, als ob sich jemand gewaltvoll Zugang verschafft hätte«, antwortete er in tiefem, nordfinnischem Dialekt.

»Habt ihr ein Handy gefunden?«

Der andere schüttelte den Kopf.

Mika nickte und verließ die Küche.

An der Wand gegenüber hingen mehrere Fotos von Kira und Sören, ihren Familien und Freunden. Er trat näher heran und musterte sie genau. Ein paar der Gesichter kamen ihm bekannt vor, zum Beispiel der Spieler der finnischen Eishockey-Nationalmannschaft, Samuel Pekkanen. Aber die meisten Personen kannte er nicht. Er blickte sich weiter um. Wenn man sich das Chaos und den Mord wegdachte, war es ein ziemlich beeindruckendes und schönes Haus. Er ging zur Vordertreppe.

»Hallo«, sagte er zu Sören Sundén. »Ich bin Mika Levin von der Kriminalpolizei Helsinki. Mein Beileid, es tut mir sehr leid, was passiert ist. Du bist der Ehemann von Kira Westerlund?«

Sören saß in dunkelblauer Winterjacke auf der Treppe und schaute zu Mika hoch, dann nickte er leicht. Bei seinem Anblick lief es Mika eiskalt den Rücken herunter. Sören sah furchtbar aus.

Mika setzte sich etwas zittrig neben ihn auf die kalten Stufen. Zum wiederholten Male nahm er wahr, wie sein Körper plötzlich zu schwächeln begann, wie so oft in letzter Zeit. Hatte er neuerdings Probleme mit seinem Blutzucker?

»Du hast deine Frau vorhin tot aufgefunden?«, fragte Mika.

Sören nickte stumm.

»Kannst du mir den gestrigen Tagesablauf schildern bis zu dem Zeitpunkt, als du heute nach Hause gekommen bist?«

Erneutes Nicken.

»Ich hätte heute früh um acht Uhr Feierabend gehabt. Aber wir hatten noch einen Notfall, deshalb kam ich erst gegen zwölf zu Hause an. Ich sag Kira eigentlich immer Bescheid, wenn ich später komme. Aber heute hab ich vergeblich versucht, sie zu erreichen ... mehrmals«, erzählte er. Starrte eine ganze Weile vor sich ins Leere. Mika ließ ihm die Zeit. Dann fing Sören an zu weinen. »Ich wollte ihr heute Abend eine Reise nach Paris schenken, über Silvester. Als Überraschung, weil wir so wenig Zeit füreinander hatten in den letzten Monaten. Oder besser gesagt, ich für sie.«

Mika Levin schaute ihn an. Er konnte nachempfinden, wie es Sören ging. Er hatte selbst erlebt, wie es war, wenn die geliebte Frau auf einmal aus dem Leben gerissen wurde. Es riss einem mit voller Gewalt das Herz aus der Brust. Laura hatte damals einen unglücklichen Unfall gehabt, aber Kira wurde vorsätzlich umgebracht.

Mika schwieg eine Weile. Er musste Sören befragen, auch wenn er so aufgelöst war. Und nichts, was er sagen würde, konnte den Schmerz ansatzweise lindern.

»Wann bist du gestern Abend zur Klinik gefahren?«

»Ungefähr um acht.« Er wischte sich mit dem Handrücken die Tränen weg.

»Hast du irgendeine Idee, was passiert ist? Hatte deine Frau mit irgendwem Probleme?«

Sören zuckte mit den Schultern. »Da denke ich schon die ganze Zeit drüber nach. Ob ich irgendetwas übersehen oder überhört hab. Vielleicht hat sie Hilfe gebraucht, und ich habe es nicht verstanden. Aber nein, mir fällt nichts ein. Sie hat mir nichts erzählt. Meiner Meinung nach war ihr berufliches Umfeld einfach unerträglich. Da würden so einige infrage kommen.«

»Wie meinst du das?«

»Diese Leute aus der Filmbranche und dem Fernsehen. Ich habe es nur so am Rande mitbekommen, aber ich fand die Leute immer sehr oberflächlich und irgendwie ... unecht. Hintenrum. Unsympathisch. Da denkt jeder nur an sich selbst. Ich habe meine Meinung Kira gegenüber für mich behalten. *Ich* muss mich ja nicht täglich mit denen abgeben. Und sooft es ging, habe ich es vermieden, bei irgendwelchen Events dabei zu sein. Ob Kira mit jemandem echte Probleme gehabt haben könnte, kann ich dir nicht sagen.«

Seine Intuition sagte Mika, dass Sören mit der Sache nichts zu tun hatte. Sie würden natürlich sein Alibi überprüfen.

»Hattet ihr in letzter Zeit Streit?«

»Nein, überhaupt nicht. Unser einziger Punkt, der in den vergangenen Monaten für Diskussion gesorgt hatte, war, dass ich so viel arbeite und zu wenig Zeit habe. Abgesehen davon war unsere Beziehung gesund, würde ich sagen. Wir waren glücklich.«

»Kanntest du alle, die auf der Party waren?«

Er zuckte mit den Schultern. »Ich weiß nicht genau, wer da war. Zwei Freunde von mir auf jeden Fall. Kristian und Niklas, deren Partnerinnen Hanna und Jeanette waren auch gut mit Kira befreundet. Sonst waren nur Kollegen und so von ihr da. Von denen kenne ich längst nicht alle.«

»Hatte sie beruflich irgendetwas erwähnt? Machte ihr jemand auf der Arbeit Ärger?«

Sören schüttelte den Kopf. »Denke nicht.«

»Jemand aus der Nachbarschaft? Gab es da irgendwas?«

»Nein. Aber wir wohnen auch erst seit Anfang des Monats hier.«

Mika nickte. »Okay. Das war es erst mal. Ich danke dir vielmals. Hier ist meine Karte, falls dir noch etwas einfällt oder du reden willst.« Er stand auf und überlegte, wieso er das gesagt hatte. *Oder du reden willst.* Er war doch nicht Sörens Psychologe, er war Ermittler, er war für die Fakten zuständig und für die Aufklärung des Mordes. Aber er konnte es nicht verdrängen, dass eine Seite in ihm großes Mitgefühl empfand. Dem armen Kerl stand genau dasselbe bevor wie ihm vor über zwanzig Jahren, und Gott bewahre, das wünschte er wirklich nicht einmal seinem größten Feind. Er wollte gerade wieder ins Haus gehen, da blieb er abrupt stehen.

»Weißt du, wo Kiras Handy ist?«

Sören sah ihn verwundert an. »Es fehlt?«

»Wir haben es bisher nicht gefunden.«

Sören schüttelte den Kopf. »Es war vorhin schon ausgeschaltet, als ich auf dem Weg nach Hause versucht habe, sie zu erreichen.«

Mika runzelte die Stirn. »Kannst du mir ihre Handynummer geben? Dann können wir zurückverfolgen, mit wem sie Kontakt hatte. Das wäre wichtig für die weiteren Ermittlungen.«

Sören nickte, holte sein Handy wie in Zeitlupe aus seiner Jackentasche hervor.

Mika Levins Gedanken überschlugen sich.

»Ich habe vorne am Tor eine Kamera bemerkt. Die funktioniert?«

Sören nickte. »Kannst du testen.«

»Das Tor ist immer zu? Oder lasst ihr es manchmal auf?«

»Immer zu. Man muss einen Chip davorhalten, damit es sich öffnet.«

Er blickte zum Tor. Es war nicht unmöglich, über das hohe Tor zu klettern, zumindest wenn man halbwegs sportlich war. Allerdings war es vereist. Es wäre schwierig, bei diesen Temperaturen Halt zu finden. Er hielt es für unwahrscheinlich, dass es sich um eine fremde Person handelte, die in keinerlei Bezug zu Kira stand. Ausgeschlossen war es natürlich nicht.

Sören reichte ihm sein Smartphone, und er notierte sich Kiras Nummer.

»Hat noch jemand einen Schlüssel zu eurem Haus?«

»Niklas und Jeanette haben einen. Unsere engsten Freunde. Falls mal etwas ist oder wir uns aussperren. Aber ansonsten niemand. Also nicht dass ich wüsste.«

Mika ließ sich den Nachnamen und die Anschrift der beiden geben und notierte sie sich in sein Diensthandy.

»Hast du eine Liste mit allen Personen, die anwesend waren?«

»Nein. Wie gesagt, ich kannte die Hälfte nicht einmal.«

»Habt ihr euren Schlüssel jemandem ausgeliehen? Sodass jemand ihn hätte nachmachen können?«

Sören schaute ihn mit leeren Augen an. »Nein. Es war kein Fremder. Ich weiß es einfach. Aber Niklas und Jeanette, da lege ich meine Hand für ins Feuer, die waren es nicht.«

Es lag Mika auf der Zunge zu fragen, was ihn da so sicher machte.

»Eine Sache noch«, setzte Sören mit leiser Stimme fort und kramte in seiner Jackentasche. Dann gab er Mika einen Gegenstand. »Ihr Ehering. Er lag auf ihrem Bauch. Wie in Szene gesetzt, absichtlich dort platziert. Ich habe ihn voller Panik an mich genommen. Ich weiß auch nicht, wieso ich das getan habe.«

Mika nahm den Ring mit seiner behandschuhten Hand, legte ihn in einen Beweisbeutel und betrachtete ihn. Auf der Innenseite befand sich eine Gravur. *6.8.2020.*

»Hast du eine Ahnung, was das bedeuten kann?«, fragte Mika. »Hatte jemand was gegen eure Ehe?«

Sören schüttelte den Kopf. »Nicht dass ich wüsste. Das ist alles ein beschissener fucking Albtraum. Was soll das sonst mit dem Ring? Aber ich habe wirklich keine Ahnung, wem wir etwas getan haben!«

Als Mika eine knappe Stunde später das Haus wieder verließ, sah er, dass die Nachbarin, Erika, immer noch auf der Straße stand. Er überlegte kurz, dann lief er intuitiv zu ihr rüber.

»Verzeihung, vielleicht kannst du mir doch schon helfen. Ist dir heute Morgen oder letzte Nacht etwas Besonderes aufgefallen?«

»Ja, selbstverständlich«, sagte sie und nickte eifrig. »Es hat hier gestern Abend eine Party gegeben. Das war nicht zu überhören.«

»Weißt du, ab wann es still wurde?«

»Ja. Ich habe wegen der lauten Musik schlecht geschlafen. Gegen vier wurde es langsam leiser. Ich bin dann kurz weggenickt und ungefähr Viertel vor sechs wieder aufgewacht. Da war auf jeden Fall Ruhe.«

»Aber du hast kein Schreien gehört, keinen Hilferuf, irgendwas? Kam dir irgendwas oder irgendwer auffällig vor? Eine Person? Ein Auto? Ein Geräusch?«

Mika wusste aus Erfahrung, dass Rentner, die ständig alles beobachteten und eigentlich jeden damit nervten, oft zu den wichtigsten Zeugen wurden.

»Nein.« Erika Lehtonen hielt kurz inne. Ihr traten Tränen in die Augen. »Furchtbar, dass sie nicht mehr am Leben ist. Ich habe jeden Morgen ihre Sendung geschaut. Und sie war immer so freundlich, wenn ich sie auf der Straße gegrüßt habe.« Erika seufzte. »Da war ... Doch, ja ... Es hat ein Auto vor ihrem Haus gehalten. In den frühen Morgenstunden. Das muss etwa gegen sieben gewesen sein.«

Mika sah sie aufmerksam an.

»Da habe ich aus dem Küchenfenster gesehen, als ich mir gerade Kaffee eingegossen habe. Ich habe gedacht, dass das bestimmt ihr Mann ist. Der kommt oft zu skurrilen Zeiten aus der Klinik. Mal morgens, mal abends, mal nachts, mal mitten am Tag.«

»Hast du jemanden gesehen?«

»Nein. Ich habe mir nichts dabei gedacht und bin direkt wieder ins Wohnzimmer gegangen. Ich habe nicht gesehen, wer ausgestiegen ist, aber es war auch noch stockdunkel. Ich bin, wie gesagt, davon ausgegangen, dass es ihr Mann ist. Ich meine, wer rechnet denn damit, dass ein Mörder hier in der Gegend herumfährt und …« Sie legte sich die Hand auf den Mund. »Hier ist noch nie etwas passiert. Noch nie. Und ich wohne hier schon sehr, sehr lange.« Erika schien besorgt, und ihr Blick schweifte über Garten und Haus, blieb an Sören hängen. »Wer sollte der guten Frau etwas Böses wollen?«

»Was war das für ein Auto? Kannst du das beschreiben?«, fragte Mika und ignorierte ihre Frage.

»Es war ein dunkles Auto, normalgroß … Ich weiß es nicht. Es war noch so dunkel.«

»Konntest du erkennen, ob ein Mann oder eine Frau ausstieg?«

»Nein«, sagte Erika, »vielleicht wissen die anderen Nachbarn mehr. Manche gehen so früh schon mit dem Hund raus, zum Beispiel Olavi aus der Nummer vierzehn, vielleicht hast du da mehr Glück.«

»Hattest du mit Kira Westerlund mehr zu tun als die bloße Bekanntschaft als Nachbarinnen?«

»Nein, wir haben uns nur gegrüßt. Sie war immer sehr freundlich. Aber die beiden wohnen ja erst seit Kurzem dort.«

»Vielen Dank, Erika.« Er gab ihr seine Visitenkarte. »Falls dir doch noch etwas einfällt oder du mit jemandem redest, der dir noch etwas erzählt, das wichtig sein könnte, ruf mich bitte an.«

Sie nahm die Visitenkarte entgegen, schaute drauf und nickte. »Das werde ich tun, Mika.«

12

Leena rollte sich langsam auf den Rücken und öffnete die Augen. Sie blickte direkt an die Decke des Zimmers, nahm aber im Augenwinkel noch etwas anderes wahr, was anders war als sonst. Auf einmal fiel der Groschen. Nein. Das hatte sie nicht getan, das hatte sie nicht … Sie drehte den Kopf langsam nach links. Was zur Hölle? Oh Gott, war das unangenehm.

»Guten Morgen«, brummte er neben ihr, auf dem Bauch liegend, alle viere breit von sich gestreckt. Seine Augen waren einen kleinen Spalt geöffnet. Am liebsten wollte sie gar nicht antworten. Ihn gar nicht anschauen. Am liebsten wollte sie einfach aufstehen, wortlos aus dem Zimmer gehen, die Wohnung verlassen und bis nach Lappland flüchten.

»Guten Morgen«, stammelte sie, was mehr wie eine verunsicherte Frage als eine Antwort klang. Sie blickte auf den Wecker auf ihrem Nachttisch und erschrak. Es war bereits fast vierzehn Uhr! Das durfte doch nicht wahr sein! Sie musste gleich schon los! Die Nacht war völlig außer Kontrolle geraten. Erst in den Morgenstunden waren sie eingeschlafen. Leena warf ihm einen kurzen Blick zu. Wie sollte sie sich nur verhalten? Die Frage hätte sie sich nicht zu stellen brauchen, denn im nächsten Augenblick packte er sanft ihren Arm und zog sie zu sich heran. Dann legte er seinen Arm um sie und gab ihr einen Kuss auf den Kopf.

»Bist du sehr verkatert?«, fragte er mit heiserer Stimme, hielt die Augen dabei aber geschlossen.

Ja. Mein Kopf fliegt gleich weg.

»Es geht so«, antwortete sie und versuchte, ansatzweise fit zu klingen. »Und du?«, fragte sie.

Er lachte. »Nee. Ich hab nach dem dritten Drink aufgehört. Hab heute und morgen frei, aber ab übermorgen wieder Training. Da muss ich mich zurückhalten. Also streng genommen dürfte ich gar keinen Alkohol trinken. Aber es war so nett, mit dir zu plaudern. Ich bin auch schon eine Weile wach, wollte dich aber nicht wecken.«

Hat er nicht die ganze Zeit mit ihr im gleichen Takt neue Drinks geholt? Das heißt also, er war fast nüchtern gewesen und weiß noch genau, was sie alles gesagt und getan hat, während sie selbst sich an so gut wie nichts erinnern kann? Hoffentlich hat sie ihn nicht mit Alexander vollgeheult.

Sie nahm ihr Handy vom Nachttisch. Fünf WhatsApp-Nachrichten und zwei Anrufe von Hanna.

»Ich will dich jetzt wirklich nicht rausschmeißen«, begann sie, »aber ich werde bereits in einer halben Stunde abgeholt und muss mich noch duschen und fertig machen und alles.«

Er lächelte sie sanft an, sagte aber nichts. Dann stand sie wortlos auf, lief schnellen Schrittes ins Badezimmer und schnappte sich ihren Bademantel.

Wieso schämte sie sich so? Mein Gott, Dinge passierten. In seinen Kreisen war das wahrscheinlich an der Tagesordnung. Als sie zurück ins Schlafzimmer kam, zog

Samuel sich gerade an. Sie lief zu ihrem Nachttisch und versuchte so zu tun, als wäre sie nur mit ihrem Handy beschäftigt, aber in Wirklichkeit beobachtete sie aus dem Augenwinkel ihn und seinen durchtrainierten Körper. Über die gesamte rechte Seite seiner Brust verlief ein riesiges Tattoo. Ein Löwe mit weit aufgerissenem Maul. Sein linker Arm war ebenfalls voll tätowiert. Sie liebte Tattoos bei Männern, es konnten ihr eigentlich nie zu viele sein. Samuel war riesig. Bestimmt fast zwei Meter. Seine blonden Haare standen in alle Richtungen ab, und er rieb sich über seinen Dreitagebart. Man konnte es nicht abstreiten: Er war durch und durch attraktiv.

»Gut, ich pack's dann mal«, sagte er zu ihr. »Ich wünsch dir auf jeden Fall schöne Festtage, vielleicht sieht man sich ja mal wieder.«

»Das wünsch ich dir auch«, gab sie zurück. Sie folgte ihm durch das Wohnzimmer und bemerkte, dass Samuel die Kiste betrachtete, die noch offen auf dem Boden stand.

Sie schloss die Tür hinter ihm und trat auf den Balkon, atmete die eiskalte Luft ein und schaute hinunter auf die Straße. Sie sah Samuel ins Taxi steigen. Obwohl es nie ihre Art gewesen war, One-Night-Stands zu haben, fühlte sie sich ein bisschen besser, das Loch in ihrem Herzen war ein Stückchen kleiner geworden. Sie bekam von einem anderen Mann Aufmerksamkeit, und zwar nicht von irgendeinem Mann, sondern von Samuel Pekkanen. Jeder kannte ihn. Und sie musste sich eingestehen, dass ihr das ziemlich schmeichelte. Sie schloss die Augen und hielt ihr Gesicht in die Wintersonne, die in wenigen Minuten wieder verschwinden würde, bevor sie nach drinnen eilte und unter die Dusche sprang.

13

Es klingelte an der Tür.

»Mama! Papa!«, rief Anton, warf die Legos in die Ecke und rannte aus dem Zimmer und die Treppen nach unten.

»Vorsichtig, nicht so schnell, sonst fällst du wieder hin«, rief Anna-Lena ihm nach, während sie die kleine Sofia an der Hand nahm und mit ihr langsam hinterherging.

Anton hatte bereits die Tür geöffnet.

»Na, mein Großer?«, sagte Hanna und hob ihren Sohn freudig hoch. »Habt ihr es schön gehabt bei Oma?«

»Ja!«, rief Anton.

»Frohe Weihnachten!«, sagte Anna-Lena und umarmte ihre beiden Töchter und ihren Schwiegersohn.

»Wir haben das Weihnachtsmärchen geschaut und Kekse gebacken!«, rief Anton begeistert dazwischen.

»Das klingt ja wunderbar!«

»Was ist in der Tüte? Habt ihr Geschenke für mich, Papa? Gib her!«, sagte Anton und zerrte wie wild an der Tüte, die sein Vater in der Hand hielt, aber nicht losließ.

»Immer ruhig«, sagte Kristian und hielt stand. »Das ist nicht für dich, das ist für Oma! Die Geschenke für die Kinder bringt der Weihnachtsmann, das weißt du doch. Und da draußen«, sagte er und deutete auf die Straße,

»verstecken sich überall die Wichtel vom Weihnachtsmann. Das sind seine Helfer. Die beobachten die Kinder schon viele Wochen vor Weihnachten und berichten dem Weihnachtsmann, wer brav war und wer nicht«, sagte Kristian und zwinkerte ihm zu. Abrupt hörte Anton auf, an der Tüte zu zerren, und schaute seinen Vater mit großen, blauen Augen aufgeregt an.

»Kommt rein«, sagte Anna-Lena und machte eine einladende Handbewegung.

»Hallo, mein kleiner Sonnenschein«, sagte Kristian und nahm Sofia hoch auf den Arm. »Papa hat dich schrecklich vermisst!«

Sofia schaute ihren Papa ein wenig verunsichert an. Im Gegensatz zu ihrem Bruder Anton war sie still und schüchtern, während er wie ein Rabauke herumbrüllte und durch die Zimmer raste.

Sie folgten Anna-Lena durch den Flur in das große Wohnzimmer. Das Feuer im Kamin verbreitete eine angenehme Wärme. Das alte Haus, das Anna-Lena vor vielen Jahren von ihrer eigenen Mutter geerbt hatte, war wunderschön, dachte Leena jedes Mal. Groß, im alten Landhausstil, hell gehalten, mit einer großen weißen Couch und einem abgenutzten Holzboden, der knarrte, wenn man über ihn lief. Von außen war das Haus falunrot angemalt und passte harmonisch zu den anderen, ähnlichen Häusern in dem Küstenstädtchen Loviisa.

»*Clair de Lune*«, sagte Kristian, als er das Wohnzimmer betrat. »Vorzüglicher Geschmack, Anna-Lena, wie immer. Ein fantastisches Werk.« Er blieb vor einem Fenster stehen, schaute nach draußen und lauschte der klassischen Musik, die leise aus den Lautsprechern tönte.

»Ich bin in der Tat kein Fan von den Franzosen, aber so manch eine Sache ist ihnen doch gelungen«, sagte er.

»Du schleimst dich doch nur bei meiner Mutter ein«, erwiderte Hanna scherzhaft.

»Nein, tu ich nicht. Ich lebe nur für die Musik. Das Großartigste, was die Menschheit je erschaffen hat.«

»Du hast auch die Filmmusik für *Der Teufel der Antarktis* komponiert, habe ich gehört?«, fragte Anna-Lena neugierig.

Kristian nickte.

»Ich glaube es immer noch nicht, ihr seid für den Oscar nominiert!«, fügte Anna-Lena aufgeregt hinzu, wobei Hanna immer noch jedes Mal das Gefühl beschlich, dass ihre Mutter es ihr nicht richtig gönnte. Genau wie beim Telefonat vorgestern, als sie es ihr mitgeteilt hatte.

»Ohne Kristians Musik wäre der Film nicht mal halb so gut geworden«, fügte Hanna hinzu, worauf Kristian ein klein wenig verlegen wirkte und sich zu dem anderen Fenster drehte und in den Garten blickte. Er mochte es nicht, wenn er zu sehr in den Fokus geriet. Gleich würde er das Thema wechseln. Aber Hanna hatte recht. Dass er die Filmmusik für einen oscarnominierten Film geschrieben hatte, hatte seine Karriere ein großes Stück nach vorne gebracht. Die Medien berichteten über ihn. Jeden Tag ein bisschen mehr. Einen Finnen, der als Hauptkomponist für den Oscar in der Kategorie »Beste Filmmusik«

nominiert war, hatte es in der Geschichte des Landes noch nicht gegeben.

»Du kannst wirklich stolz auf dich sein, Baby«, sagte Hanna liebevoll. »Du hast großartige Arbeit geleistet.«

»Jetzt ist aber gut«, sagte Kristian und lief an den Tisch.

»Genug über uns. Trinken wir Glögi?«

»Ich bin gleich zurück«, erwiderte Anna-Lena und verschwand in der Küche.

Leena lächelte Kristian an. Sie mochte seine Art. Er trat immer selbstbewusst und humorvoll auf, hasste aber zu viel Aufmerksamkeit.

Das Leben hier draußen war so viel ruhiger und entspannter, dachte Leena, ohne den städtischen Stress und die Hektik, ohne laute Geräuschkulisse um sich herum. Man konnte einfach in der Natur verweilen, auch wenn Loviisa manchen Menschen trostlos erscheinen mochte. Mal wieder schwor sie sich, es im Alter ihrer Mutter gleichzutun. Das Leben so nah an der Natur entschleunigte Geist und Körper.

Wenig später kam Anna-Lena mit einem Tablett aus der Küche, auf dem vier Glögi-Gläser mit vergoldeten Griffen standen, Mandeln und Rosinen schwammen schon im Glühwein. Daneben stand eine kleine Flasche Rum. Leena musste sich allein beim Anblick fast übergeben. Es war gestern einfach zu viel Alkohol gewesen.

»Bedient euch«, sagte Anna-Lena und deutete auf das Tablett. Hanna griff zur Rumflasche und gab sich und ihrer Mutter einen Schuss in den Glögi.

Wie kann sie schon wieder trinken, dachte Leena.

»Training«, sagte Hanna und schaute Leena grinsend an. Hatte sie die Frage gerade laut ausgesprochen? Nein, hatte sie nicht. Ihre Schwester kannte sie einfach nur gut und konnte ihren Blick deuten.

»Du auch?«, fragte Hanna.

Leena schüttelte den Kopf. Wenn sie nicht auf den Tisch kotzen wollte, besser nicht.

»Mein Engel, du hast aber abgenommen«, sagte Anna-Lena, während sie Hanna musterte. »Kristian, isst sie nicht genug? Du musst auf sie achtgeben!«

Hanna lachte laut auf. »Aber Mama, du weißt doch, ich esse immer genug. Hier duftet es übrigens köstlich! Ich hab richtig Hunger. Aber du weißt auch, dass die Vorgaben bei manchen Rollen ziemlich streng sind. Da kann ich nicht mal eben fünf Kilo zunehmen, dann kriege ich echt Probleme.«

Anna-Lena beäugte ihre Tochter kritisch. Hanna war dünn geworden. Um die Schultern herum schien sie geschrumpft, ihr Gesicht war deutlich schmaler geworden, und auch an den Oberschenkeln hatte sie viel verloren, dabei war sie ja schon immer sehr schlank gewesen, nie so muskulös und sportlich wie ihre Schwester. Unter ihren Augen lagen dunkle Schatten. Auch Leena bemerkte, dass ihre Mutter nicht ganz unrecht hatte.

»Na, wenn du das sagst. Jetzt stoßen wir aber erst mal an«, sagte Anna-Lena. *»Kippis!«*

Nachdem es sich alle auf der Couch gemütlich gemacht hatten, fragte Leena: »Warst du vorgestern auf dem Friedhof, Mama?«

»Nein, ich wollte, aber mir ging es nicht gut.«

»Ach so, ich war dort, und jemand hatte auf Papas Grab Kerzen angezündet, ich dachte, das warst du.«

Anna-Lena blickte sie verwundert an. »Nein, das muss jemand anderes gewesen sein. Seit wann besuchst du Rickards Grab?«

Berechtigte Frage.

»Ja, ich war schon ewig nicht mehr dort, ich weiß. Aber nun hatte ich das Bedürfnis, dort vorbeizugehen.«

Selbst Hanna zog verwundert die Augenbrauen hoch.

»Wo sind eigentlich Papas Sachen alle? Liegen die bei dir im Keller?«, fragte Leena.

»Ja, größtenteils. Einen Teil hatte ich schon dir und Hanna gegeben.«

»Ich weiß. Aber ich würde gern mal durch die anderen Sachen schauen, das habe ich nie gemacht.«

»Woher das plötzliche Interesse?«, fragte Anna-Lena. »Du hast dein ganzes Leben lang keinen Blick auf die Sachen deines Vaters geworfen, soweit ich mich erinnern kann.«

»Das mag sein. Aber jetzt würde ich es gern.«

»Suchst du was Bestimmtes?«, mischte sich Hanna ein.

»Nein. Ich will sie mir einfach nur ansehen.«

»Natürlich, du kannst jederzeit in den Keller.«

»Hast du viel bei dir?«, fragte Leena ihre Schwester.

Hanna schüttelte den Kopf. »Eine Kiste. Was da genau drin ist, kann ich dir aber gar nicht sagen.«

»Vielleicht gehe ich nachher mal nach unten, schauen.«

»Verschieb das doch auf die kommenden Tage. Im Keller ist eine ganze Menge, da brauchst du eine Weile. Den heutigen Tag sollten wir genießen und zusammen verbringen«, erwiderte Anna-Lena.

»Wann kommt der Weihnachtsmann denn endlich?«, fragte Anton ungeduldig.

»Der kommt ganz bald, mein Schatz, der ist noch unterwegs in Lappland und muss erst dort oben an die Kinder die Geschenke verteilen, weißt du? Und dann fliegt er mit seinem Schlitten immer südlicher, kommt hier vorbei und reist dann weiter nach Dänemark, Deutschland und runter nach Spanien und Italien. Vielleicht sehen wir nachher schon seinen Schlitten am Himmel! Wir müssen ab und zu rausschauen. Der Schlitten funkelt nämlich«, sagte Hanna.

»Komm«, sagte Kristian und nahm Anton auf den Arm. »Lass uns mal in den Garten gehen, vielleicht sehen wir schon was.«

»Weihnachtsmann!«, rief Sofia und strahlte. »Weihnachtsmann kommt!«

Was war Weihnachten in diesem Alter aufregend, dachte Leena. Und ehe man sich versieht, ist man erwachsen und versucht, Alkohol, Geschenkestress, Skandalen und Familienstreitereien auszuweichen.

»Wie geht's dir, Leena?«, erkundigte sich Anna-Lena.

»In Ordnung. Mir ging's schon mal besser. Aber jede Trennung braucht wohl ihre Zeit. Das wird schon.«

»Ach, wir hatten alle mal ein gebrochenes Herz. Und wir haben es überlebt. Die Zeit heilt alle Wunden.«

»Wie geht es denn dir, Mama?«, fragte Leena, um von sich selbst abzulenken.

»Ganz gut. Ich bin jetzt in diesem Bücherklub.«

»Bücherklub?«, fragte Leena.

Anna-Lena nickte. »Wir sind sieben Frauen. Wir lesen jede Woche ein Buch, dann treffen wir uns jeden zweiten Sonntag bei einer von uns und tauschen uns darüber aus, bei Kaffee und Kuchen oder auch mal mit Sekt.«

Im Flur klingelte Hannas Handy.

»Oh, kann mal eben jemand?«, sagte sie und reichte Sofia an ihre Schwester weiter, bevor sie aufstand und Richtung Flur lief. Sie kramte ihr Handy aus der Louis-Vuitton-Tasche, die auf der Kommode lag. *Jeanette*, zeigte ihr Display an. Was wollte sie denn an Heiligabend? - Jeanette rief sie eigentlich nie an.

»Hallo?«, ging sie verwundert ran.

Am anderen Ende schluchzte jemand.

»Jeanette?«, fragte Hanna.

Es kam keine Antwort, stattdessen ging das Schluchzen in ein lautes Weinen über.

»Jeanette? Was ist los?«, fragte Hanna und wurde unruhig. Sie schaute in den runden Spiegel, der an der Wand im Flur hing. »Was ist passiert?«, wiederholte sie. »Beruhige dich!«

»Du hast es also noch nicht gehört«, schluchzte -

Jeanette in den Hörer. Hanna fuhr es auf einmal eiskalt den Rücken runter. Sie wusste noch nicht, was passiert war, aber sie fühlte, dass etwas ihr Leben verändern würde.

»Was gehört?«, fragte sie vorsichtig. Ihr Herzschlag beschleunigte sich, und sie merkte, wie ihre Hände anfingen zu kribbeln.

»Kira. Sie ist tot«, hörte sie Jeanette sagen und sah in diesem Moment selbst im Spiegel, wie jegliche Farbe aus ihrem Gesicht wich.

14

»Was?«, fragte Hanna fassungslos. »Was sagst du da?«

Die Welt war stehen geblieben. Noch immer starrte sie sich selbst wie versteinert im Spiegel an. In ihrem Kopf tauchten die Bilder vom gestrigen Abend auf, wie sie alle Spaß hatten, gelacht und getrunken haben und Kira in ihrem bordeauxfarbenen Kleid fröhlich und angetrunken durch das Haus getanzt war. Das alles war noch keine vierundzwanzig Stunden her, und jetzt schien es wie aus einer anderen Welt. Das konnte nicht sein. Sie schaute den Flur runter und nahm im Hintergrund dezent ein Lachen wahr, das aus dem Wohnzimmer kam. Ihr Puls beschleunigte sich, und ihr Herzschlag dröhnte in ihren Ohren.

Die Drogen. Verdammte Scheiße. Eine Flut von Schuldgefühlen brach über sie ein. War *sie* schuld? Sie bemerkte, wie ihr Hals enger wurde und ihr der Schweiß auf die Stirn trat. Hatte sie ihre Freundin umgebracht? Sie hatte doch gewusst, dass Kira auf gewisse Substanzen heftiger reagierte als andere. Sie hatte es ignoriert. Weil sie Spaß haben wollten. Weil sie sich in einem durch Kokain ausgelösten Höhenflug befunden hatte. Die Panik, die sie nun vollständig unter Kontrolle hatte, war kaum auszuhalten. Sie riss die Haustür auf und trat nach draußen. Schloss die Augen, atmete tief ein und aus und fokussierte sich auf die eiskalte Luft, die in ihre Lungen strömte. Es lag ihr auf der Zunge, zu fragen, was genau passiert war, aber sie traute sich nicht. Sie wusste die Antwort. Es war ihre Schuld gewesen.

Sie atmete schweigend in ihr Handy, ihr Mund war staubtrocken. Gerade, als sie ansetzen wollte, um die gefürchtete Frage trotzdem loszuwerden, ergriff Jeanette das Wort.

»Oh, mein Gott«, sagte Jeanette auf einmal.

»Was?«, hauchte Hanna.

»Mach die Nachrichten an.«

15

Kristian, Leena und Anna-Lena starrten Hanna an, die vor ihnen im Wohnzimmer stand. Regungslos. Keiner konnte glauben, was Hanna gerade ausgesprochen hatte.

»Kira ist tot«, wiederholte Hanna, aber es klang eher wie ein Flüstern. »Macht die Nachrichten an«, befahl sie. »Aber warte, Mama, kannst du bitte mit den Kindern …

die müssen das nicht sehen …« Sie zeigte nach oben. Ihre Hand zitterte. Auf keinen Fall wollte sie, dass Sofia und Anton die Meldung über Kiras Tod sahen oder mit ansehen mussten, wie ihre Mutter zerbrach.

Die Drogen. Sie bekam die scheiß Drogen nicht aus dem Kopf. Und mehrere Leute wussten, dass sie es war, die die Drogen besorgt und Kira damit versorgt hatte, wenn man es so nennen konnte. Ihr wurde übel.

»Was?«, fragte Anna-Lena ungläubig. »Ja, natürlich. Kommt schon ihr beiden, Oma geht mit euch nach oben, damit der Weihnachtsmann kommen kann.«

»Nein, ich will hier unten spielen! Bei Mama und Papa!«, protestierte Anton.

»Das geht nicht, mein Liebling. Der Weihnachtsmann will unbeobachtet sein«, sagte Hanna und riss sich so gut zusammen, wie sie nur konnte.

Es war nachverfolgbar. Wenn man wollte, dann war das alles nachverfolgbar. Wer Kira die Drogen gegeben hatte, was genau und von wem Hanna sie bekommen hatte. Dieses Mal war sie zu weit gegangen. Sie war ruiniert.

Anton wurde still. Mit Geschenken bekam man ihn immer. Sie wusste, dass das nicht die pädagogisch wertvollste Methode war, aber es war egal. Jetzt war es wirklich egal.

Anna-Lena nahm die Kinder an die Hand und lief mit ihnen Richtung Flur, drehte sich aber noch mal um.

»Da warst du doch gestern Abend, oder? Bei Kira Westerlund?«, fragte sie.

»Nicht nur Hanna und Kristian waren auf der Feier«, gab Leena von sich. »Auch ich bin spontan mitgegangen.«

Als sie hörte, dass ihre Kinder an der Hand ihrer Mutter die Treppe nach oben gingen, brach Hanna in Tränen aus. Sie hasste es, vor ihren Kindern zu weinen.

»Was ist passiert?«, fragte Kristian erstaunt und nahm die Hand seiner Frau.

Hanna schnappte nach Luft. »Ich weiß nur, dass Kira tot ist. Es ist wohl schon in den Nachrichten.« Hanna packte mit zittriger Hand die Fernbedienung auf dem Couchtisch.

In diesem Moment vibrierte ihr Handy erneut. Sie schnappte es voller Panik vom Tisch.

Eilmeldung. TV-Moderatorin Kira Westerlund tot aufgefunden.

Jetzt wusste das ganze Land Bescheid.

Das Intro der Nachrichten erklang, und die Kamera zoomte auf die Moderatorin am Tisch. Leila Berggren, kein unbekanntes Gesicht im Fernsehen. Leena hatte sie schon öfter gesehen.

Guten Tag, ich begrüße Sie zu den 16-Uhr-Nachrichten, heute an Heiligabend, dem vierundzwanzigsten Dezember, begann Leila. Leider starten die Weihnachtstage mit einer schockierenden Mitteilung. Vor wenigen Minuten hat uns die Nachricht erreicht, dass unsere geschätzte und geliebte Kollegin Kira Westerlund in ihrem Haus im Stadtteil Westend in Espoo tot aufgefunden wurde.

Leila Berggren blieb verdammt gefasst. Wie musste es sein, den Tod einer Kollegin öffentlich im Fernsehen zu verkünden? Leena bekam Gänsehaut.

Sie ist vielen durch die YVT-Sendung Finnland am Morgen bekannt, die sie zusammen mit Sebastian Palm moderierte. Laut den Ermittlungen kann bereits jetzt mit Sicherheit bestätigt werden, dass Kira Westerlund einem Gewaltverbrechen zum Opfer gefallen ist. Vor noch nicht einmal vierundzwanzig Stunden hat sie bei sich zu Hause eine Weihnachtsfeier gegeben.

Ein Foto wurde eingeblendet. Leena erstarrte. Es war das Bild, das sie gemacht hatte.

Die Polizei hat die Ermittlungen aufgenommen und bittet um sachdienliche Hinweise. Wer letzte Nacht oder heute im Laufe des Tages auffällige Beobachtungen im Stadtteil Westend gemacht hat, meldet dies bitte umgehend der Polizei.

Gewaltverbrechen. Mehr Details gaben die Nachrichten nicht preis.

Hanna saß schockiert vor dem Fernseher, hielt sich die Hand vor den Mund und ließ ihren Tränen freien Lauf.

Nachdem die nächste Nachrichtenschlagzeile kam, klingelte ihr Handy erneut. Jeanette.

»Ich war noch nicht fertig«, setzte sie mit erstickter Stimme fort. »Sie wurde ermordet.«

»Ich weiß, ich ...«

»Die Details«, unterbrach Jeanette sie, »die haben sie gerade nicht in den Nachrichten gesagt. Ich weiß es von Sören. Kira wurde ans Bett gefesselt und mit einer Plastiktüte erstickt.«

Hanna sprang vom Sofa auf und rannte auf die Terrasse. Ihr Mageninhalt schoss nach oben. Es war eine eigenartige Mischung von Schock und Erleichterung, was dieses Gefühl und diesen Druck in ihrer Magengegend ausgelöst hatte. Gefesselt und erstickt. Dann waren ihre Drogen definitiv nicht schuld, allerdings war dieser Tod überhaupt nicht besser.

Gefesselt und erstickt.

Sie hörte diese Worte wie ein Echo in ihrem Kopf.

»Aber wer ...?«, setzte Hanna an, nachdem sie sich ein wenig gefangen hatte.

»Ich weiß es nicht.«

Sie drückte Jeanette weg und ging wie in Trance langsam nach drinnen zu den anderen.

»Ich kann mir einfach nicht vorstellen, dass ... also ... Ich glaube einfach nicht, dass es jemand von der Party gestern war. Nein, auf gar keinen Fall traue ich das auch nur einer Person dort gestern zu. Ich kenne diese Leute doch! Na ja, nicht alle. Aber viele. Keiner von denen hätte das gemacht!«, sagte sie nun lauter.

»Was glaubst du, wie oft ich in meinem Leben dachte,

jemanden gut zu kennen. Aber du kannst es nicht wissen«, sagte Kristian. »Leider.«

»Und ich will dich nicht beunruhigen«, fügte Leena hinzu, »aber die Wahrscheinlichkeit, dass es eine komplett fremde Person war, ist sehr gering.«

»Ja, unter normalen Leuten vielleicht«, gab Hanna zurück. »Aber Kira ist bekannt. Es war keiner, den wir kennen, keiner von *uns*«, wiederholte sie.

»Aber jetzt mal rein logisch gedacht …«, setzte Leena an. »Habt ihr auf der Herfahrt nicht gesagt, dass ihr die Letzten wart, die gegangen sind? Gegen vier? Kurz nach Samuel und mir?«

Kristian nickte. »Ja. Wir waren die Letzten. Sie meinte, sie würde direkt ins Bett gehen«, fügte er hinzu.

»Es war also niemand anderes im Haus. Der Mörder muss auch gewusst haben, dass Sören noch in der Klinik war. Ist jemand ins Haus eingedrungen, oder kannte Kira denjenigen und hat die Tür aufgemacht? Es muss in den Morgenstunden passiert sein«, dachte Leena laut. »Oder …«

»Oder?«, fragte Hanna.

»Hm, nein, das macht keinen Sinn. Ich dachte nur, was, wenn ihr doch nicht die Letzten wart, die gegangen sind?«

»Du meinst, dass sich jemand im Haus versteckt und gewartet hat, bis alle weg sind?«

Leena nickte. »Ja, aber das kann nicht sein. So viele waren wir nun auch wieder nicht, es waren ja keine hundert Leute dort, und alle kannten sich irgendwie. Es wird nicht allzu schwer sein, das zu überprüfen. Wir waren eine überschaubare Anzahl an Leuten.«

Sie konnte sich das auch nicht vorstellen.

Hanna starrte ihre Schwester an.

Kristian nahm seinen Glögi vom Tisch und gab noch einen großen Schuss Rum dazu.

»Wie kannst du denn jetzt trinken?!«, fuhr Hanna ihn an.

»Wir müssen das so oder so meinen Kollegen überlassen«, setzte Leena fort und wusste, dass dieser Fall vermutlich an Mika gegeben wurde.

Es herrschte kurz Stille.

»Was machen wir jetzt?«, fragte Hanna mit verstopfter Nase.

»Was sollen wir schon machen? Wir können nichts machen, so furchtbar das auch klingt«, entgegnete Kristian und nahm einen Schluck.

»Aber wir können doch nicht einfach so rumsitzen und fröhlich Weihnachten feiern, wenn gerade eine meiner engsten Freundinnen umgebracht wurde«, sagte sie vorwurfsvoll zu ihm.

»Ich weiß, es ist schlimm und es ist grausam«, mischte sich Leena ein, »aber Kristian hat recht. Du *kannst* nichts machen. Zu Kira fahren kannst du nicht, das ist ein Tatort. Du könntest nach Hause fahren, und dann? Dann schaust du da ständig Nachrichten, das kannst du genauso gut von hier. Hier hast du wenigstens uns. Und wir können uns um die Kinder kümmern. Du kannst nichts tun, du musst die Polizei ihre Arbeit machen lassen.«

Tatort. Allein wie das klang, fand Leena. Gestern war es noch die glitzernde Kulisse einer Promi-Party gewesen, und heute war es ein Tatort. Wie schnell sich alles ändern konnte. Von einem Tag auf den nächsten.

Leena ging nach draußen an die frische Luft. Sie wählte Mikas Nummer. Sie hatte es gespürt. Irgendetwas hatte mit Kira an diesem Abend nicht gestimmt.

16

Lilli konnte nichts dagegen tun. Das Essen an Heiligabend hatte sie wieder komplett aus der Bahn geworfen. Der große Weihnachtsschinken, die Aufläufe, die Schokolade, der Glögi und der Weihnachtskuchen. Viel zu viele Kalorien, bei denen sie zugeschlagen hatte, wild und quer, wie es eigentlich jeder an Weihnachten tat. Aber sobald sie aus ihrem Plan herausgeworfen wurde, den sie sich selbst zurechtgelegt hatte und durch den sie die Kontrolle darüber hatte, welche Lebensmittel sie ohne schlechtes Gewissen essen konnte und welche nicht, war alles zu spät.

Sie kniete über der Toilette und versuchte, sich so leise wie möglich zu übergeben. Wenn sie unsicher war, ob sich jemand zu nah am Badezimmer aufhielt, hatte sie es sich zur Gewohnheit gemacht, den Wasserhahn aufzudrehen, manchmal sogar auch die Dusche oder beides. Wobei sie die Dusche nur im Notfall zum Einsatz brachte, denn daraufhin folgte immer die Frage, wieso denn die Dusche im Bad lief, und das war in den meisten Fällen schwer zu erklären, wenn sie ungeduscht herauskam. Im besten Fall hatte sie es wirklich mit dem anschließenden Duschen kombiniert, dann schöpfte niemand Verdacht. Aber jetzt war sie sich sicher, dass alle unten waren, sie konnte die Stimmen aus der Ferne hören.

Was zu Beginn eine wahre Herausforderung gewesen war, war mittlerweile nur noch reine Routine. Das Gefühl, wenn der Druck verschwand. Erleichterung. Freiheit. Wie eine Droge, die kurzzeitig starke Glücksgefühle freisetzte.

Der Balanceakt war nicht immer einfach. Im Gegenteil, er kostete sie unglaublich viel Kraft. Manchmal kam es ihr vor, dass sie zwei gegensätzliche Seiten hatte. Wer war sie denn nun wirklich? Die Powerfrau mit frecher Schnauze oder das fragile, traurige und verlorene Mädchen? Es machte sie wahnsinnig. Innerhalb von Minuten konnte jeweils die andere Seite zum Vorschein kommen. War sie bipolar?

Sie wusste noch genau, wie das damals in Deutschland alles angefangen hatte, als sie noch klein gewesen war. Vielleicht elf? Dieser ständige kalte Krieg zwischen ihren Eltern. Genau so war er gewesen. Kalt. Und je schlimmer die Zustände mit jedem weiteren Jahr wurden, umso mehr hatte sie das Gefühl, die Verantwortung für alles übernehmen zu müssen. Sie musste ihr Zuhause aufrechterhalten, sie musste schlichten, das Ungleichgewicht in der Ehe ihrer Eltern ausgleichen. Dabei ahnte sie, dass es niemals reichen oder in Ordnung sein würde, es war nur eine Frage der Zeit, bis die emotionale Gewalt in physische übergehen würde.

Mach dich niemals von irgendwem abhängig. Niemals.

Sie hatte sich geschworen, diese Last tragen zu können, zumindest für sich und Joel. Aber sie war gescheitert. Sie war zwölf gewesen, als Robert eines Abends in ihr Zimmer kam und ihr sichtlich angetrunken, aber todernst mitteilte, sich umbringen zu wollen. Robert, der angesehene Psychologe an der Klinik für Psychiatrie und Psychotherapie an der Charité, an den die Menschen sich wandten, wenn sie Hilfe brauchten, verlief sich in das Kinderzimmer seiner kleinen Tochter, um einen Selbstmord anzukündigen. Fuck, war die Welt eine verdammte Lüge. Irgendwann hatte sie damit angefangen, in der Bulimie eine Zuflucht zu suchen, denn ganz ohne Ventil wäre sie durchgedreht.

Eines Nachts hatte Krista sie im Hausflur gefunden, komplett betrunken, mit kaputter Strumpfhose, verschmierter Schminke und einem Döner in beiden Händen.

»Was tust du da?«, hatte Krista entsetzt gefragt, den exklusiven *La Perla*-Morgenmantel über die Schultern geworfen. Ihre Mutter legte auf Optik größten Wert, sie trug nur Markenklamotten und ließ sich ständig die Haare und Nägel machen.

Lilli hatte es so satt. Dreimal die Woche Tanztraining, zweimal Tennis. Nachhilfe in Mathe, Englisch und Spanisch. Auch samstags. Sie war keine gute Schülerin. Und deshalb musste sie umso mehr Nachhilfestunden nehmen. Es wurde ständig an ihrem Aussehen herumgenörgelt, wenn ihre Mutter auch nur einen Minifleck fand, musste sie sich sofort umziehen gehen. Das Haus musste stets so sauber sein, als würde keiner darin wohnen. Wieso durfte sie nicht sein, wie sie war? Sich auch mal wie ein ganz normaler Teenager danebenbenehmen? Auch mal scheiße aussehen, faul sein, schlechte Noten schreiben?

»Ich esse einen Döner, damit ich ihn danach auf dich kotzen kann!«, hatte Lilli schließlich geantwortet. Sie hatte einen so unglaublich großen Hass verspürt und wollte es ihrer Mutter heimzahlen. »Schau.« Vor den Augen ihrer Mutter lief sie vom Flur ins Badezimmer, beugte sich über die Kloschüssel und steckte sich den Finger in den Hals.

»Lilli!! Hör auf!!«

»Toll, oder? Willst du es noch mal sehen?«

Sie steckte sich wieder den Finger in den Hals und übergab sich erneut, als ihre Mutter sie packte.

»Es reicht! Du bist ja völlig durchgedreht!«

Lilli hatte laut gelacht. »Nein. *Ihr* seid durchgedreht. Mein Leben mit euch unter diesem Dach, wie ihr mich behandelt, ist durchgedreht. Ich bin hier die Normalste!«

Seit diesem Tag gab Lilli ihr Bestes, um ihre Eltern zu enttäuschen und das Gegenteil von dem zu tun, was sie von ihr erwarteten, das Gegenteil von dem zu sein, was sie als Tochter haben wollten. Sie ließ sich piercen, tätowieren und färbte sich die Haare. Sie fing an, die Schule und das Training zu schwänzen.

Das alles war nun über zehn Jahre her, mittlerweile war das Verhältnis zu ihren Eltern wieder einigermaßen stabil, denn beide hatten sich seit der Trennung sehr zum Positiven verändert. Geblieben sind die Bulimie, die seelischen Narben der emotionalen Überbelastung, der Hass auf die Fassade der Leute, mit denen ihre Eltern verkehrten.

Joel hatte das ganze Drama damals gar nicht richtig mitbekommen, er ist zehn Jahre jünger als sie und war noch ein kleines Kind, als er mit Krista zurück nach Finnland ging. Kein Wunder, dass er so gut geraten war.

Nach einer Weile stützte sie ihre Ellbogen auf der Klobrille ab und legte den Kopf in die Hände. Ihre Augen waren mit Tränen gefüllt, was bei all dem Erbrechen automatisch geschah. Ihr Kopf pochte, als sie langsam und mit wackeligen Beinen aufstand, um ihr Gesicht am Waschbecken mit kaltem Wasser zu waschen. Sie musste immer ein paar Minuten warten, bis sie wieder rausgehen konnte, öffnete das Fenster und ließ die kalte Luft hereinströmen, in der Hoffnung, dass die Kälte ihrem Gesicht schnell wieder eine neutrale Farbe verlieh und ihre Wangen abschwollen. Nach mehreren Minuten öffnete sie die Badezimmertür einen Spalt, lauschte und stellte fest, dass sich alle immer noch im Erdgeschoss befanden.

Sie schlich in das Gästezimmer und wollte sich nur einen Moment hinlegen, bevor sie wieder nach unten ging. Es war erst der vierundzwanzigste Dezember, zwei Weihnachtsfeiertage standen ihr noch bevor. Zwei weitere Tage Fresserei. Meine Güte, so schwer konnte es doch nicht sein! Wieso konnte sie nicht ein einziges Mal diszipliniert sein und sich einfach zurückhalten. Nur ein Mal!

Verärgert über sich selbst, rollte sie sich auf dem Bett im Gästezimmer auf die Seite und schloss die Augen. Erneut wurden ihre Augen von Tränen geflutet, diesmal allerdings vor Traurigkeit und Kummer. Sie hatte das Gefühl, als würde ihr Körper versagen. Das Erbrechen ging auch nach jahrelangem Training nicht spurlos an ihr vorbei. Ihr Körper krampfte und schmerzte. Ihr Hals tat weh, sie vermied es, so gut sie konnte, zu schlucken. Sie wollte nur noch schnell einschlafen und den Tag vergessen. Ihr Leben vergessen. Besonders heute.

Sie atmete ruhig ein und aus und fiel völlig erschöpft in einen leichten, vorabendlichen Schlaf.

17

Sie waren noch am späten Nachmittag von Anna-Lena losgefahren und hatten Anton und Sofia erneut bei ihr zurücklassen müssen. Anton hatte ohne Ende Terror gemacht und wollte auf keinen Fall noch eine Nacht weg sein von Mama und Papa, aber als Kristian ihm versprochen hatte, ihn am Abend bestimmt abzuholen, ließ das Drama ein klein wenig nach. Leena hatte Mika informiert, dass sie vorbeikommen würden, um eine Aussage zu machen. Sie hatte ihn informiert, dass sie alle drei auf der Party gewesen waren. Ihnen kamen kaum Fahrzeuge entgegen, es war schließlich Heiligabend. Die Leute saßen mit ihren Familien zu Hause.

Sie parkten vor dem Polizeigebäude, und Leena fühlte sich verdammt komisch, nicht als Kommissarin, sondern als Zeugin ihren Kollegen gegenüberzutreten.

»Hei, Jeremias«, sagte sie, als sie am Empfang vorbeigingen.

Sie fragte sich jedes Mal, wie langweilig sein Job doch sein musste. Seine angefutterten Kilos ließen ihn gekrümmt und langsam gehen, während er Woche für Woche hinter der Scheibe an der Anmeldung saß und meistens irgendeinen ungesunden Mist in sich reinstopfte.

»Hallo, Mika«, begrüßte Leena ihren Kollegen und nickte Jonna zu, die neben ihm auftauchte.

»Das ist meine Schwester, Hanna Holmberg, und ihr Mann Kristian.«

»Hallo, ich bin Mika Levin, und das hier ist meine Kollegin Jonna Lund. Ich leite die Ermittlungen im Mordfall Kira Westerlund.« Er reichte beiden die Hand. Sein Blick blieb etwas länger an Hanna haften, und er merkte, dass ein paar Kollegen unauffällig oft ins Büro reinschauten.

»Mika, wir drei waren auf Kiras Feier und wollen eine Aussage machen«, begann Leena.

Mika nickte.

»Ja, lasst uns direkt anfangen. Wir bräuchten auch schnellstens eine Liste mit Namen und Handynummern aller anwesenden Gäste.«

Hannas Augen waren vom vielen Weinen geschwollen

und gerötet. Sie nickte stumm. »Die kann ich euch geben. Alle, die dort waren, dürften in unserer WhatsApp-Gruppe sein.«

»Danke. Jonna und ich werden euch jetzt getrennt befragen. Leena, folgst du bitte Jonna? Und Hanna, ich würde mit dir beginnen.«

Leena nickte. Sie verstand, dass er so vorging. Mika und sie waren so vertraut, fast schon Freunde. Zu Jonna hatte sie mehr Distanz.

»Du kannst so lange hier auf dem Flur Platz nehmen«, sagte Jonna zu Kristian und deutete auf die Stühle. »Willst du was trinken?«, fügte sie hinzu, aber Kristian schüttelte nur den Kopf.

Leena folgte Jonna in den Raum. Auf der falschen Seite des Tisches, auf der Seite des Zeugen oder Verdächtigen, nahm sie Platz. Es erschien ihr alles so wahnsinnig fremd. Es war ihre Kollegin, die ihr gegenübersaß, aber so kam ihr das überhaupt nicht vor.

Sie wusste, dass sie in diesem Fall ohnehin nicht ermitteln durfte, selbst wenn sie keinen Urlaub hätte. Als Zeugin war sie in diesen Fall involviert und somit von den Ermittlungen ausgeschlossen. Das musste ihr niemand extra sagen. Als verantwortungsbewusste Zeugin sah sie es als ihre Pflicht an, den Ablauf des Abends, so gut es ging, zu schildern. Vielleicht würde ihr beim Erzählen noch etwas einfallen? Hatte sie auf der Feier etwas übersehen?

Ihr fiel ein, dass ihr Geheimnis mit Samuel auch nicht länger ihr Geheimnis bleiben konnte. Um ihn von der

Liste der Verdächtigen zu streichen und Mika und seinem Team die Arbeit zu erleichtern, war sie gezwungen, Mika und Jonna mitzuteilen, dass er bei ihr übernachtet hatte. Unangenehm. Dennoch: Das war jetzt wohl das kleinste Problem.

Jonna blickte sie freundschaftlich und aufmunternd an. Leena fiel auf, dass sie sich stärker geschminkt hatte als sonst. Auch ihre Haare schienen eine Nuance heller geworden zu sein.

»Gleiches Prozedere wie immer, du weißt, dass ich das tun muss«, sagte Jonna und betätigte den Aufnahmeknopf auf dem Tablet.

»Donnerstag, der 24. Dezember 2023, 18:32 Uhr. Anwesend: Jonna Lund und Leena Victor«, begann sie.

Für Leena fühlte es sich nach wie vor verdammt befremdlich an. Doch dann begann sie zu erzählen. Und sie würde ihr auch mitteilen, dass Kira ihr bedrückt vorgekommen war. Doch den Schlüssel zum Mord, den hatte sie nicht.

Die Befragung war anstrengend gewesen. Den ganzen Abend Revue passieren zu lassen und so viel zu reden hatte sie ermüdet. Weihnachten war definitiv gelaufen. Leena mochte im Anschluss nicht mehr wieder zu Anna-Lena rausfahren, sie wollte einfach nur noch allein sein. Sie fuhr nach Hause, hatte sich die Sauna angestellt und schwitzte nun mit einem Bier in der Hand vor sich hin. Sie fragte sich, wie sie wieder in der Lage sein konnte zu trinken, als hätten der Schock und die Befragung sie stocknüchtern gemacht. In Gedanken ging sie wieder und wieder den gestrigen Abend durch. Die Situation war nahezu unwirklich. Und eine Stimme in ihr sagte, dass da etwas oder sogar alles nicht zusammenpasste. Nach dem Verhör stand sie mit Hanna und Kristian noch eine Weile vor dem Eingang des Polizeipräsidiums, immer noch fassungslos, dass der Mörder vermutlich unter den Gästen gewesen ist. Bis Hanna und Kristian sich so weit beruhigt hatten, dass sie wieder zu Anna-Lena und ihren Kindern fahren konnten.

Als Leena nach zwei langen Saunagängen und drei Dosen Bier im Jogginganzug auf der Couch saß und Musik einschaltete, schweiften ihre Gedanken von dem Mordfall ab. Zu Samuel über Alex und dann zu Hanna. Ihrer Schwester gab es Trost und Kraft, dass da immer diese andere Welt war, in die sie flüchten konnte, das hatte sie schon als Kind oft erzählt. Die Welt, in der sie jemand anders sein konnte, anders denken und anders fühlen konnte. Und ihr eigenes, schreckliches Leben für eine Weile hinter sich lassen. Es war Flucht und auch Verarbeitung ihrer Kindheit, eine Art Therapie. Sie hatten beide lange mit der Vergangenheit zu kämpfen gehabt. Und sich trotz des gemeinsam Erlebten in komplett unterschiedliche Richtungen entwickelt. Hanna lebte in einer lauten Welt, in der sie jemand anderes sein konnte, und bis sie Kristian kennenlernte, lenkte sie sich mit ständig neuen Männerbekanntschaften ab. Leena hatte angefangen, einen gewaltigen Schutzpanzer um sich aufzubauen, ließ nur wenige Leute an sich heran und neigte dazu, eher introvertiert, still und nachdenklich zu sein.

Sie nahm einen weiteren Schluck Bier, bis sie in einen leichten Dämmerschlaf fiel und sich jene Nacht zum bestimmt hundertsten Mal in ihren Träumen wiederholte. Nicht die Nacht des Mordes an Kira Westerlund, nein. Die Nacht, in der sie selbst starb.

18

Sie war klein. Ziemlich klein. Rickard hatte nie zu den Alkoholikern gehört, die zu Hause auf dem Sofa herumlagen und nicht in der Lage waren, einem Job nachzugehen. Bis zum Ende seiner beruflichen Karriere hatte kein Außenstehender von seiner zweiten Seite erfahren. Tagsüber war er der liebevolle Vater und Ehemann gewesen, ein erfolgreicher, von allen gemochter und angesehener Kriminalkommissar. Aber es verging kein Abend, an dem er nicht trank, und dann wurde er zu einem anderen Menschen. Sie verspürte eine ungeheure Angst, wenn sie in seine Augen schaute. Die Luft war immer so angespannt gewesen. Wer war dieses Monster, welches abends im Wohnzimmer saß und böse schaute?

Das war die eine Seite von Rickard gewesen. Die andere Seite war der tollste Vater der Welt, der für sie kochte und sie mit Geschenken überhäufte. Erst als Leena fast erwachsen war, wurde ihr klar, dass er all das hauptsächlich getan hatte, um sein schlechtes Gewissen zu beruhigen. Rickard war nie handgreiflich geworden. Bis zu jenem Abend. Sie hatte abends im Bett gelegen und gehört, wie ihre Eltern sich mal wieder stritten, und irgendwann hatte sie einen lauten Schlag gehört. Es war ein normaler Novemberabend, sie war sieben Jahre alt, sie war aufgesprungen und panisch zur Treppe gerannt, die hinunter ins Wohnzimmer führte. Verängstigt blieb sie oben stehen. Eine Vase lag zertrümmert am Boden. Ihre Mutter blutete am Kopf. Anna-Lena entdeckte sie und rief zu ihr hoch: »Leena, lauf zu Hanna ins Zimmer und schließt ab!«

Leena stand mit rasendem Herzen und vor Angst weit aufgerissenen Augen auf der Treppe, und obwohl sie so klein war, wusste sie, dass nun etwas Schlimmes folgen würde.

»Geh, Leena!«, rief ihre Mutter erneut.

Ihre kleinen Beine setzten sich wie von allein in Bewegung, als sie sah, dass ihr Vater sich auf den Weg zu ihr nach oben machte. In ihrem rosa Pyjama rannte sie durch den hellen Flur in Hannas Zimmer.

»Hanna! Wir müssen abschließen! Papa kommt!«, hatte sie panisch gerufen, das Licht angemacht und die Tür zugedrückt. Hanna war aufgesprungen und eilte ihrer kleinen Schwester zu Hilfe. Sie hatten gerade abgeschlossen, da schlug ihr Vater gegen die Tür.

»Warum ist Papa so böse?«, hatte Leena mit Tränen in den Augen gefragt. Die Schläge und das Gebrüll wurden lauter. Hanna hatte nicht geantwortet, sie schaute sich panisch im Zimmer um.

»Komm«, sagte sie zu Leena und öffnete ihren Kleiderschrank. »Schnell, hier, zieh dir das an.« Sie reichte Leena ein paar zu große Stiefel, einen Pulli, eine dicke Jacke und

eine Mütze. Dann zog sie sich selbst an. »Beeil dich!«, zischte Hanna.

Die Tür fing an zu wackeln.

Leena schrie auf. »Papa tritt gleich die Tür ein!«

Hanna öffnete das Fenster. Draußen regnete es. Es war bitterkalt und dunkel.

»Wohin gehen wir?«

»Ich weiß nicht, aber wir müssen hier weg! Komm jetzt!«

Das Haus der Victors war auf Felsen gebaut worden, was in vielen Teilen Finnlands üblich war. Direkt unter dem Fenster befand sich hartes Gestein. Hanna kletterte zuerst hinaus. Es war rutschig. Unten blieb sie im Regen stehen und schaute hinauf.

»Nimm meine Hand!«, sagte sie zu ihrer kleinen Schwester.

Leena schluchzte, ihr liefen die Tränen nur so herunter, sie kletterte aber ebenfalls aus dem Fenster und fasste nach der Hand ihrer Schwester.

Und dann hörten sie den Knall. Die Zimmertür war gewaltsam aufgetreten worden.

»Schnell!«, sagte Hanna und kletterte vom Felsen runter.

Hand in Hand fingen sie an zu rennen. Durch die verlassenen Straßen, so schnell sie konnten. Bis sie am Park ankamen und sich hinter einem großen Gebüsch versteckten. Ihre Herzen schlugen vor Angst und körperlicher Anstrengung so schnell, dass sie nach Luft schnappten. Ihre Lungen brannten.

Papa war ihnen nicht gefolgt.

»Was machen wir jetzt?«, fragte Leena weinend und schluchzte.

»Wir klingeln bei irgendwem.«

»Bei wem denn?«

Hanna zuckte mit den Schultern. »Bei irgendwem. Irgendwer wird uns helfen.« Dann schaute sie ihre kleine Schwester an. »Versprich mir, dass wir nie so werden. Versprich mir, dass wir ein anderes Leben haben, wenn wir groß sind.«

Leena nickte stumm.

»Und dass wir uns immer helfen.«

Leena nickte wieder. »Ich hab Angst«, flüsterte sie.

Hanna umarmte ihre kleine Schwester, die zitterte.

»Versprochen«, sagte Leena leise, nahm Hannas nasse Hand und schaute ihre ältere Schwester an, die ihr in diesem Moment vielleicht das Leben gerettet hatte.

»Was macht ihr da?«, fragte auf einmal eine Stimme hinter ihnen. Sie drehten sich erschrocken um und blickten in das Gesicht eines Mannes. Ein Mann, von dem sie zunächst dachten, dass er ihnen helfen würde.

19

Ihr Handy vibrierte, und Leena erwachte aus ihrem Dämmerschlaf. Es lag neben ihr auf dem Sofa. Instagram. Jemand hatte ihr eine Nachricht geschickt. Samuel.

Das ist wirklich unfassbar, was passiert ist. Scheiße. Können wir nachher reden?

Auf einmal war Leena wieder hellwach. Der Mord. *Er*

konnte es definitiv nicht gewesen sein. Er war bei ihr gewesen, die ganze Nacht. Wollte sie mit ihm reden?

Das Handy vibrierte noch einmal.

Ich könnte später kurz vorbeikommen. Ich habe das Bedürfnis, dich zu sehen. Oder wir gehen eine Runde spazieren?

Sie schaute auf die Uhr. Es war schon 21:35 Uhr. Jetzt noch?

Ja, bin zu Hause. Kommt drauf an, wann? Ist ja schon ziemlich spät.

Wenige Sekunden später hatte sie eine Antwort.

Dauert noch ein bisschen. Gegen 23 Uhr? Bescherung und gleich noch Nachtisch und so. Oder ist dir das zu spät? Sonst gern morgen. Versteh das.

Sie überlegte. Eigentlich war sie völlig erschöpft.

Meld dich einfach, wenn ihr fertig seid. Dann schauen wir spontan, schrieb sie.

Kurz darauf rief eine anonyme Nummer sie an. Wer konnte das denn jetzt sein? An Heiligabend?

»Hallo?«

Keine Antwort.

»Hallo?«, fragte sie erneut.

Nichts. Sie legte auf.

Merkwürdig.

Da machte ihr Smartphone das Geräusch, wenn eine E-Mail einging. Auch die Mail war von einem anonymen Absender. Obwohl sie wusste, dass man anonyme Mails niemals öffnen sollte, verspürte sie dennoch den Wunsch, genau das zu tun. Automatisch bewegte sich ihr Daumen auf das anzuklickende Feld. Die Mail war leer, nur ein Anhang war hinzugefügt worden. Ihr Herz fing an, etwas schneller zu schlagen, und obwohl sie auch das nicht tun wollte, glitt ihr Finger zu dem Anhang. Sie klickte drauf.

Es war ein Foto. Ein Foto ihrer erleuchteten Wohnung in der Dunkelheit, die unten von der Straße aus fotografiert worden war.

Es lief ihr eiskalt den Rücken herunter. Obwohl sie sich so gut wie sicher war, dass das Foto nicht in diesem Moment gemacht worden war, folgte sie dem Impuls, ans Fenster zu treten und runter auf die Straße zu blicken.

Ein paar Leute, die umherliefen, aber die dicken Winterklamotten machten es unmöglich, jemanden zu erkennen.

Trotzdem wusste sie es.

Irgendjemand war hinter ihr her.

20

Freitag, der 25. Dezember

Samuel war um kurz nach dreiundzwanzig Uhr aufgetaucht, und sie hatten für mehrere Stunden auf dem Sofa miteinander geredet, ohne sich auch nur zu berühren, und irgendwann war es fast drei Uhr gewesen und … Scheiße.

Sie griff nach ihrem Handy, es war fast elf Uhr morgens.

Sie schaute zu Samuel rüber, der wieder auf dem

Bauch schlief, aber sich diesmal mit dem Gesicht von ihr weggedreht hatte. Er schien tief und fest zu schlafen. Sie stand leise auf, nahm sich ein großes Shirt aus dem Schrank, das Alex gehört hatte, schnappte sich ihr Handy und lief aus dem Schlafzimmer. Sie beschloss, ihn schlafen zu lassen.

Kurzerhand entschied sie sich, ein Bad einzulassen. Eventuell nutzte er die Situation und verschwand ohne Aufstand. Zehn Minuten später legte sie sich in die Wanne. Das warme Wasser und der Duft des Schaumbads lösten in ihr unmittelbar ein wohliges Gefühl aus. Sie las ihre WhatsApps, danach googelte sie Samuel und checkte sein Instagram-Profil. Er war fast auf den Tag genau vier Jahre jünger als sie. Sie schaute sich die Bilder auf seinem Profil an. Kaum zu glauben, dass dieser Typ gerade nebenan in ihrem Bett schlief. Er war schon auf eine Art anders als die meisten Typen. Sympathisch. Charmant.

Trotzdem, die ganze Situation gefiel ihr nicht. Nicht jetzt. Ihr Blick fiel wieder auf die Tinder-App. Dieser Mist machte das alles nur noch schlimmer. Irgendwie war alles und jeder heutzutage so *austauschbar*. Es kam ihr vor wie im Supermarkt. Alles, was einem gefiel, wurde in den Warenkorb geschmissen. Aus Neugier öffnete sie die App und entdeckte eine Nachricht.

Hei, Leena, ich wünsch dir frohe Weihnachten! Ich hoffe, du hattest schöne Feiertage? Was steht so an? Food-Koma? ;)

Sie ignorierte die Anfrage und öffnete noch einmal Kiras Profil auf Insta. Sie betrachtete das Bild, das Kira von der Party gepostet hatte. Sie ging alle Personen nacheinander durch, blieb bei Kira hängen und musterte ihr strahlendes Gesicht.

Was ist passiert? Wer hat dir das angetan?

Sie war sich ziemlich sicher, dass der Mord kein Zufall war. Kein Fremder, der durch eine offene Tür zum Mord verleitet wird. Da hatte Mika einfach recht. Die Täter kannten ihre Opfer fast immer. Irgendetwas war geschehen. Irgendetwas in Kiras Leben war passiert, und irgendjemand hatte sich damit nicht abgefunden. Wieso an Weihnachten? Warum beging jemand ausgerechnet an Heiligabend einen Mord? Das Fest der Liebe. Hatte das eine Bedeutung, oder war es nur der einfachste Zeitpunkt für den Täter? Sie googelte Kira und stieß auf zahlreiche Beiträge über sie. Anschließend googelte sie Sören Sundén und fand ihn auf LinkedIn. Unfallchirurgie, Klinikum Meilahti. Ein gut aussehender, seriös wirkender Mann mit dunklen Haaren, der freundlich und vertrauenswürdig lächelte. Sie waren sich zweimal begegnet. Einmal waren sie vor ein paar Jahren alle zusammen in einer großen Runde auf dem Weihnachtsmarkt gewesen und dann noch einmal an Mittsommer 2018.

»Leena?«, hörte sie aus dem Wohnzimmer. Samuel war aufgewacht.

»Ich bin im Bad! Also, ich bade gerade, meine ich. Wir schreiben später!«

Er klopfte an der Tür. »Darf ich reinkommen?«

Bevor sie etwas sagen konnte, stand Samuel in der Tür. Er war oberkörperfrei, und der Ansatz seiner Bauchmuskeln trat hervor. Leena versuchte, nicht hinzustarren. Versuchte es.

»Guten Morgen«, sagte er. »Also, wenn du mich wieder direkt rauswerfen willst, sag Bescheid, ansonsten würde ich uns ein kleines Frühstück machen, solange du badest.«

Ihr Gesichtsausdruck schien ihre Gedanken gut wiederzugeben, denn er lachte leise, und ihr fiel auf, dass sie ihn einfach nur wortlos angestarrt hatte.

»Okay, dann mach ich Frühstück«, bestimmte er ungezwungen, ehe sie etwas sagen konnte, und schloss die Badezimmertür.

Was zur Hölle war los mit ihm? Wieso wollte er nicht gehen? Sie brauchte jetzt Zeit für sich, auch wenn sie nicht leugnen konnte, dass sie ganz tief im Inneren anfing, seine Gesellschaft zu genießen.

21

»Da wären wir. Tehtaankatu 26«, sagte Mika, als sie im Stadtteil Ullanlinna im Zentrum von Helsinki ankamen, einem der teuersten Viertel der Hauptstadt.

»Ich glaube, wir müssen direkt in den Innenhof reinfahren, hier ist sowieso nichts frei«, fügte Jonna hinzu. Mika fiel auf, dass sie sich heute mehr zurechtgemacht hatte als sonst. War sie beim Friseur gewesen? Sie hatte sich auffälliger geschminkt, was sie noch nie getan hatte. Doch es stand ihr, wie er fand. Ansonsten war ihre Erscheinung bisher eher unscheinbar gewesen. Sie fuhren in den Hof, parkten und gingen auf das Gebäude zu, dessen gelbe Fassade im Sonnenlicht kräftig erstrahlte.

»Hier ist es«, sagte er und deutete auf eines der vielen Klingelschilder. »Lindemann.« Er betätigte den Knopf.

Wenige Sekunden später erklang eine männliche Stimme durch die Gegensprechanlage. »Ja?«

»Hallo, Kriminalpolizei Helsinki, wir hätten ein paar Fragen.« Weswegen, das brauchte er nicht hinzuzufügen, das dürfte allen Beteiligten klar sein.

»Oh, ja, selbstverständlich«, entgegnete die männliche Stimme etwas zögerlich. »Kommt hoch, fünfter Stock.« Die Tür öffnete sich mit einem lauten Surren.

»Danke.«

Als sie aus dem Fahrstuhl stiegen, stand vor ihnen ein dunkelhaariger und gepflegter Mann in dunkelblauem Kapuzenpullover und Jeans, der die Wohnungstür bereits offen hielt und ihnen mit festem Händedruck begegnete. »Hallo, ich bin Niklas Lindemann. Bitte.«

Mit einer Geste bat er sie herein.

Mika und Jonna stellten sich kurz vor, zeigten ihre Dienstausweise und traten ein. Die Wohnung war exquisit eingerichtet. *Schlecht scheinen die nicht zu verdienen*, dachte Jonna. Eine solche Wohnung in diesem Stadtteil, da musste das Gehalt schon mehr als in Ordnung sein.

»Meine Frau ist gerade mit dem Hund draußen, aber nehmt gern Platz.« Er deutete auf das einladende orangefarbene Sofa. »Möchtet ihr einen Kaffee?«

»Sehr gern«, antwortete Mika, denn der dunkle Winter setzte ihm dieses Jahr kräftig zu.

Jonna nickte zustimmend. Sie setzten sich auf das Sofa.

»Hallo«, begrüßte sie jemand von der Tür, und sie drehten sich zu ihm um. Sören Sundén trat herein, und Jonna erschrak bei seinem Anblick, so schlecht sah er aus.

»Oh, hallo, du bist auch hier«, entgegnete Mika.

»Ja, Sören und ich sind gut befreundet«, mischte sich Niklas ein.

»Verstehe. Trotzdem darfst du bei der Befragung nicht dabei sein. Wir müssten mit Niklas allein sprechen«, ergänzte Mika und schaute in Sörens Richtung. »Aber eventuell haben wir nachher noch ein paar Fragen an dich.«

Sören nickte wortlos und ging langsam davon.

»Wohnt er gerade bei dir?«, fragte Jonna, aber Niklas schüttelte den Kopf.

»Nee, er hat bei seinen Eltern in Porvoo übernachtet und bleibt dort auch erst mal eine Weile. Er hat sich vorerst beurlauben lassen, er ist gerade wirklich zu gar nichts mehr in der Lage. Und wie schon gesagt, wir sind seit vielen Jahren gut befreundet, er ist heute einfach nur zu Besuch und hatte sich eine Weile im Gästezimmer hingelegt. Ihr könnt mir glauben, das ist ein anderer Sören als der, den ich kenne.«

»Verständlich. Wie lange kanntest du Kira schon?«

»Ich kenn sie nur durch meine Frau, Jeanette. Die beiden sind schon lange eng miteinander befreundet«, sagte

Niklas, während er in der offenen Küche die Kaffeemaschine betätigte.

»Hast du auch manchmal was mit Kira zu zweit unternommen?«

Niklas schüttelte den Kopf. »Nein, nie. Wie gesagt, sie war Jeanettes Freundin. Wenn, dann nur in der Gruppe.«

»Und was hieltst du von ihr?«

Niklas überlegte kurz, schaute durch die hohen Altbaufenster nach draußen und verschränkte die Arme, während er locker an der Küchentheke lehnte und der Kaffee vor sich hin zischte.

»Kira war sehr offen, nett und unterhaltsam. Sie hat die Gruppe oft zum Lachen gebracht.«

»Kannst du dir vorstellen, wer sie umbringen wollte? Was passiert ist?«

»Nein, gar nicht. Ich habe keine Ahnung.«

»Wann bist du von der Party weggegangen?«

»Hmm, das war gegen zwei. Aber ich kann nachschauen, ich hatte uns nämlich per App ein Taxi bestellt. Also mir und Jeanette.« Er kramte sein Handy aus seiner Hosentasche und tippte auf dem Display herum. »02:11 Uhr bestellt. 02:22 Uhr fuhr es vor.«

Er kam mit drei Tassen Kaffee und einer kleinen Karaffe Milch auf einem Tablett zu ihnen herüber, stellte alles auf dem massiven Holztisch ab und setzte sich in den Sessel gegenüber. Er lehnte sich entspannt zurück und verschränkte die Arme.

»Was machst du beruflich, wenn ich fragen darf?«, fragte Mika.

»Ich bin Pilot bei Finnair. Langstrecke«, antwortete er mit einem unüberhörbaren Anflug von Stolz. »Ich habe aber über die Feiertage und Neujahr eine Woche frei.«

Mika nickte. »Wie war deiner Meinung nach das Verhältnis zwischen Sören und Kira?«

»Gut, soweit ich weiß. Er hat sich zumindest nicht beklagt. Also nicht bei mir.«

Dem muss man auch jedes Wort aus der Nase ziehen.

»Dir ist also in letzter Zeit nichts auffällig oder ungewöhnlich vorgekommen, was uns irgendwie weiterhelfen könnte? Mit irgendwem muss Kira Probleme gehabt haben.«

»Leider nein. Ich wünschte, ich könnte euch helfen, aber ich habe absolut keine Ahnung, was passiert ist.«

Mika nickte und nahm einen Schluck von seinem Kaffee, gleichzeitig ging die Wohnungstür auf, und ein Golden Retriever rannte bellend in das Wohnzimmer und beschnupperte die Kommissare neugierig.

»Das ist Henri«, sagte Niklas. »Er freut sich immer über Besuch«, fügte er lächelnd hinzu, »sogar von der Kriminalpolizei. Schatz!«, rief er zu Jeanette in den Flur rüber. »Das sind Mika Levin und seine Kollegin Jonna Lund von der Kriminalpolizei. Sie sind hier wegen Kira.«

»Hallo«, sagte Jeanette, während sie ihre dicken Winterklamotten im Flur auszog. »Ich komme sofort.«

Kurze Zeit später gab ihnen eine attraktive blonde Frau in einem rosafarbenen Jogginganzug und von der Kälte gerötetem Gesicht die Hand und sagte mit heller

Stimme: »Ich bin Jeanette, hallo. Entschuldigung, meine Hände sind noch eisig.«

»Hallo, wir müssen auch dir ein paar Fragen stellen zu Kira.«

»Ja, aber natürlich! Es ist so furchtbar, was passiert ist«, erwiderte sie und schaute die Polizisten traurig an.

»Niklas, wäre es möglich, Jeanette kurz allein zu sprechen?«

»Selbstverständlich, ich wollte sowieso noch zum Supermarkt gegenüber.« Er gab seiner Frau einen Kuss und stand auf.

»Bis später.«

»Du warst Kiras beste Freundin, ist das korrekt?«

Jeanette nickte. »Ja. Wir kannten uns seit der Schule. Ich habe von Sören erfahren, was genau passiert ist. Es ist so grausam für uns alle, aber insbesondere natürlich für ihn. Wer zur Hölle kann ihr das angetan haben? Stimmt es, dass sie ans Bett gefesselt und vermutlich erstickt wurde?« Ihre Stimme klang nun schwer.

»Leider ja. Du kannst dir vorstellen, wir wollen den Täter so schnell wie möglich zu fassen kriegen. Hast du eine Ahnung, was passiert ist oder wer das gewesen sein könnte? Hatte Kira mit irgendjemandem Probleme?«, fragte Mika gefühlt zum zwanzigsten Mal.

»Nein, nicht direkt. Also … Es gibt eine Sache …«

Sie schaute an den Polizisten vorbei und wurde still. Ihr Blick blieb für einen kurzen Augenblick an der Gästezimmertür haften. »Ist Sören noch im Gästezimmer?«, fragte sie fast flüsternd.

Mika nickte. »Ja, warum?«

»Also, das war tatsächlich ein Geheimnis, aber Sebastian, ihr Kollege …«, sagte sie dann leise.

»Sebastian Palm?«

Jeanette nickte. »Sie hatte so etwas wie eine kurze Affäre mit ihm gehabt. Das wusste aber keiner außer mir, nicht einmal Niklas habe ich das erzählt. Ich hatte es ihr versprochen. Angeblich ist da auch nur zwei- oder dreimal was passiert und dann nie wieder.«

»Wann war das?«

»Genau kann ich das nicht sagen, ist aber noch nicht lange her. Anfang November oder so? Um den Dreh? Sören weiß davon nichts. Sie meinte, es kommt nie wieder vor, und na ja, natürlich habe ich als beste Freundin mein Wort gehalten und das niemandem erzählt.«

»Eifersucht könnte also eine Rolle gespielt haben«, meldete sich Jonna zu Wort.

»Wie gesagt, es wusste niemand. Und selbst wenn, Sören würde Kira niemals etwas antun. Niemals! Selbst wenn er es auf irgendeine Weise erfahren hätte. Er ist der gutmütigste Mensch, den ich kenne, der kann noch nicht einmal laut werden.«

Das sind oft die schlimmsten Psychopathen, dachte Mika.

»Wie gut kennst du Sebastian Palm?«

»Ich? Gar nicht. Ich habe ihn nie getroffen, und auf die Party war er natürlich nicht eingeladen. Über ihn kann ich nur berichten, was Kira mir erzählt hat. Dass er witzig ist, charmant und ... ja.«

»Und?«

»Nichts und. Ich kannte ihn nicht persönlich. Aber Kira mochte ihn. Also als Kollegen, mehr nicht«, sagte sie vorsichtig und mit Blick zum Gästezimmer. Es war ihr offensichtlich wichtig, dass Sören auf keinen Fall etwas davon mitbekam.

Mika und Jonna warfen sich einen Blick zu.

»Bist du sicher, dass Sören davon nichts weiß?«, hakte Jonna nach.

Jeanette überlegte kurz. »Ich habe ihm nichts gesagt, und nur ich wusste es. Das ist zumindest mein Stand der Dinge ... also, dass sie es nur mir gesagt hat. Aber sonst fragt ihn gern selbst. Wobei ... Er wird sich danach noch schlechter fühlen, das ist euch hoffentlich klar.«

Jonna nickte. Da hatte Jeanette recht. Erst wird die eigene Ehefrau ermordet, und dann erfährt man im Nachhinein noch, dass sie einen betrogen hat.

»Was machst du beruflich?«

»Ich bin Make-up-Artist drüben bei Stockmann in der Innenstadt. Also unter anderem. Ich schminke aber auch die Schauspieler am Nationaltheater und am Schwedischen Theater.«

Jonna nickte. »Wie würdest du Kira als Menschen beschreiben?«

Jeanettes Gesichtsausdruck wurde weich und warm. »Sie war ... Sie war toll. Wir kannten uns seit der fünften Klasse. Wir haben alles zusammen gemacht und waren viel auf Reisen. Mit ihr haben die Leute immer gelacht, sie war mutig … ich habe sie immer ein bisschen bewundert. Dabei hat sie es im Leben nicht gerade leicht gehabt.«

»Inwiefern?«, fragte Mika.

Jeanette schaute mit Tränen in den Augen erstaunt zu ihm rüber. »Na ja …« Sie räusperte sich. »Sie hatte nicht gerade eine sorgenfreie, glückliche Kindheit. Um ehrlich zu sein, hatte sie eine furchtbare Kindheit. Sie hat damals oft bei uns übernachtet, weil es bei ihr zu Hause nicht auszuhalten war. Und ihr Vater Gustav, der hat sich vor – puh, wann war das – dürfte schon um die zwölf Jahre her sein – hat sich umgebracht. War schizophren.«

»Und die Mutter?«

»Ellen? Die ist im Heim. Alzheimer im Frühstadium. Aber sie wollte an Heiligabend zu Sören und Kira, das weiß ich.«

»Warum war Kiras Kindheit so schlimm?«

»Also, so ganz detailliert weiß ich auch nicht alles. Kira hat selten und wenn, nur in Bruchstücken davon geredet.« Jeanette Lindemann schnappte nach Luft, offensichtlich fielen ihr diese Worte schwer. »Ich habe Kira nie mit so viel Hass und Verachtung sprechen hören, wie wenn sie über ihren Vater gesprochen hat.«

»Hat sie Geschwister?«

»Ja, einen Bruder. Leevi. Aber der hat Finnland schon lange den Rücken gekehrt. Das Letzte, was wir von ihm hörten, war, dass er nach Spanien gezogen ist. Das war kurz nach Gustavs Tod, er wollte neu anfangen. Danach hat er jeglichen Kontakt abgebrochen, zu seiner Schwester und zu seiner Mutter.«

»Da wird es sich nicht um Kleinigkeiten gehandelt haben, bei so einem radikalen Kontaktabbruch zu seiner Mutter«, dachte Mika laut. »Aber warum zu Kira?«

Jeanette zuckte mit den Schultern. »Ich glaube, es war für ihn leichter, mit allem abzuschließen, wenn er mit niemandem mehr Kontakt hatte. Wahrscheinlich erinnerten sie ihn an sein bisheriges Leben, das er um jeden Preis aus seiner Erinnerung löschen wollte.«

»Ist er älter oder jünger?«

»Jünger. Drei Jahre.«

»Wie lautet sein Nachname?«

»Falls er nicht mittlerweile den Nachnamen einer Frau angenommen hat, dann Leevi Westerlund.«

»Wie hat Gustav sich umgebracht, wenn man fragen darf?«, fragte Jonna direkt.

»Erhängt. In der Garage«, antwortete Jeanette leise. So, als würde sie es nicht aussprechen wollen.

Mika hatte das Gefühl, dass Jeanette nicht alles sagte, was sie wusste. »Hatten du und Kira ab und zu Streit? Oder kam es manchmal zu Auseinandersetzungen?«

»Werde jetzt etwa ich verdächtigt?«, fragte sie in leicht vorwurfsvollem Ton.

»Reine Routine«, entgegnete Mika sachlich.

»Na ja, selten. Natürlich sind wir manchmal aneinandergeraten, das tun doch alle ab und an, die über viele Jahre hinweg eng miteinander befreundet sind. Aber es war nie so, dass es wirklich schlimm wurde und wir keinen Kontakt mehr hatten.«

»Und in letzter Zeit? Hattet ihr da Streit?«

»Streit nicht direkt. Aber als sie mir die Sache mit Sebastian eröffnet hat, habe ich ihr schon meine Meinung gesagt, vor allem, nachdem es mehrmals passiert ist. Ich mag Sören, er war wirklich immer gut zu ihr. Ich konnte da nicht tatenlos zusehen, wie sie ihren Mann betrügt. Da sie mich in die Sache mit reingezogen hat, fühlte ich mich ihm gegenüber auch als Lügnerin. Ich durfte nichts sagen und ... na ja, das hat mir nicht gepasst.«

»Bitte *was* hat sie?«

Alle drei drehten sich um. Sören stand in der Zimmertür und war noch blasser als davor.

»Scheiße«, fluchte Jeanette. »Scheiße! Ich wollte nicht, dass du das hörst. Es tut mir leid!«

»Weißt du was? Du kannst mich mal!«, sagte er wütend und rannte aus der Wohnung, die Tür hinter ihm knallte heftig zu.

Jeanette widmete sich wieder den Beamten.

»Verdammt, das wollte ich nicht!«, ärgerte sie sich und machte eine kurze Pause.

»Kira hat auch gestern Abend total fröhlich und gut gelaunt gewirkt. Ich habe keine Ahnung, was passiert sein könnte. Es ist mir ein Rätsel. Aber bitte«, flehte sie, »bitte findet denjenigen, der ihr das angetan hat.

Eine andere Beschreibung als jene, die Mika von Leena zu hören bekommen hatte.

»Was hältst du von den beiden? Oder von allen dreien?«, fragte Jonna, als sie wieder im Auto saßen.

»Ich weiß nicht. Niklas kam mir ziemlich kühl vor. So, als würde ihn das Ganze nicht sonderlich tangieren, oder?«, sagte Mika.

»Ja, ein wenig. Und Sören?«, fragte sie.

»Seine Trauer wirkt auf mich nach wie vor aufrichtig.«

»Du glaubst also, ihn können wir ausschließen?«

»Ja. Oder hat er auf dich einen anderen Eindruck gemacht?«

»Nein, eigentlich nicht«, entgegnete sie.

»Ich habe Hunger«, sagte Mika.

»Wie kannst du jetzt an Essen denken?«

»Wie kann ich nicht an Essen denken? Ich habe seit neun Uhr nichts mehr zu mir genommen, das sind schon fünf Stunden. Da vorne ist Veggie Club, lass uns da kurz anhalten.«

Jonna band sich ihre blonden Haare zu einem Pferdeschwanz.

Mika lag es auf der Zunge, ihre auffällige Verwandlung anzusprechen, doch er wusste, dass ihm das nicht zustand. In Finnland unterlagen Kommentare bezüglich des Äußeren gegenüber den Kolleginnen äußerst strengen Regeln. Selbst ein nett gemeintes Kompliment konnte ihn schon in Schwierigkeiten bringen. Er glaubte nicht, dass Jonna es falsch auffassen würde, aber um sicherzugehen, ließ er es doch bleiben. Hatte sie sich getrennt und war wieder Single?

Als er fünf Minuten später mit einem grünen Smoothie und einem veganen Wrap wieder herauskam, tauschten sie die Plätze, damit er während der Fahrt essen konnte. Sie bogen auf die Laivasillankatu ab, und vor ihnen erstreckten sich das weiße zugefrorene Meer und der kristallblaue Himmel. Über dem dicken Eis befand sich eine Nebelschicht.

»Schau dir das an«, sagte Mika. »Der Winter kann so schön sein.«

»Ich bevorzuge den Sommer.«

Mikas Handy klingelte. Kalle Paavola, ihr Chef.

»Ja?«, ging Jonna ran, weil Mika den Mund voll hatte.

»Wir haben gerade die Daten von Kira Westerlunds Mobilfunkanbieter erhalten«, meldete er sich zu Wort. Mika und Jonna spitzten die Ohren.

»Ihr Handy ist nach wie vor verschwunden, aber wir haben die in letzter Zeit eingehenden und ausgehenden Nummern überprüft. Tatsächlich hatte Sören am Vormittag dreimal versucht, sie zu erreichen. Ansonsten noch Jeanette, Hanna, das Heim ihrer Mutter mehrmals, das YVT-Studio, ein Kosmetikstudio, das Finanzamt und mehrmals Ida Koskinen. Sie ist ebenfalls Moderatorin und eine Kollegin von Kira bei YVT. Die vorherigen Telefonate mit ihr waren lang. Geht als Nächstes bitte ihre Kollegen durch. Sowohl Ida Koskinen als auch Kiras gesamtes Umfeld beim Sender, diesen Moderationskollegen Sebastian Palm und ihren Vorgesetzten, Programmchef Jussi Bergdahl, solltet ihr schnellstmöglich befragen.«

»Alles klar, wir fahren jetzt kurz zurück zum Präsidium. Mit Sebastian Palm hatte sie übrigens eine Affäre, haben wir gerade erfahren.«

»Na, wenn das mal kein Zufall ist«, meinte Paavola. »Ihr Laptop ist bei der IT-Forensik, um Kiras Cloud zu checken und Nachrichten zu überprüfen. Wir sehen uns also gleich.«

22

Leena musste dringend raus. Sie lief in Richtung Töölönlahti, nahm an der Oper die Straßenbahn Richtung Arabia und stieg drei Haltestellen später an der Station Urheilutalo aus, neben der während der Wintermonate eine Eislaufbahn aufgestellt war. In den verlassenen Landschaften fernab der Stadt konnte man auf einsamen zugefrorenen Seen Schlittschuh laufen, hier im Zentrum musste man sich mit den künstlichen Bahnen zufriedengeben. Was das Kunsteis anging, hielt sich Leenas Begeisterung in Grenzen, aber sie war einfach zu faul, den weiten Weg aus der Stadt auf sich zu nehmen. Wobei das momentan sowieso nicht in Betracht kam, denn es lag viel zu viel Schnee. Idealerweise waren die Seen zugefroren, aber nicht schneebedeckt. Ganz auf das Eislaufen verzichten wollte sie allerdings auch nicht. Es war eine Art Meditation für sie.

Um die kreisenden Gedanken zu stoppen, hatte sie ihre Schlittschuhe gepackt und war losgegangen. Sie würde in der schon untergehenden Nachmittagssonne ein paar Runden auf dem Eis drehen, sich Musik auf die Ohren setzen und ihre Gedanken freibekommen. In einer Woche war das Jahr vorbei, endlich. Sie hatte eine harte Zeit hinter sich. Nachdem sie am Morgen mit Samuel gefrühstückt hatte, was zwar nett gemeint, sich für sie aber befremdlich angefühlt hatte, hatte sie es offen angesprochen. Sie hatte ihm die Sache mit Alexander erzählt und dass sie aktuell nicht bereit für irgendwen oder irgendetwas sei. Es ging ihr zu schnell, dass er Frühstück machte und bei ihr bleiben wollte, gleich nach dem zweiten Treffen. Und er konnte wie ein Wasserfall reden, ganz unfinnisch. Samuel zeigte Verständnis und war direkt nach dem gemeinsamen Frühstück gegangen.

Sie setzte sich auf die Bank, schnürte ihre weißen Schlittschuhe zu, nahm ihren Rucksack und lief auf das Eis. Leider war es sehr voll, keine große Überraschung mitten in der Innenstadt und am Weihnachtstag.

Als sie eine gute halbe Stunde später vom Eis stolperte und auf die Bank zuhielt, fiel ihr eine junge Frau ins Auge, die dort saß und etwas Heißes trank. Ihr Blick war verträumt, leicht abwesend, aber sie war nicht zu übersehen mit ihren auffälligen rosablonden Haaren.

Als Leena an der Bank ankam, bemerkte die junge Frau sie und schaute zu ihr hoch. Sie lächelte kurz. »Du bist wirklich gut.«

»Wie bitte?«

»Im Eislaufen. Ich hab dich gesehen.«

Leena lachte. »Ach so, danke. Das ist wirklich keine

große Kunst, wenn man in diesem Land aufgewachsen ist.«

Die Frau lächelte. »Das mag sein. Ich kann es auf jeden Fall nicht. Ich lauf auf dem Eis wie ein Storch im Salat. Aber ich bin auch nicht hier aufgewachsen, sondern in Deutschland.«

»Ach, und was treibt dich hierher?«

»Meine Mutter ist von hier, mein Vater ist Deutscher.« Die junge Frau schaute immer noch starr auf das Eis und wirkte irgendwie kühl und sympathisch zugleich. »Mein Bruder und Stiefvater gehen ständig Eishockey spielen. Ich denke jedes Mal, dass mein Bruder das Zeug zum Nationalspieler gehabt hätte, wenn er drangeblieben wäre.« Sie verstummte.

»Ein herrlicher Tag, das muss man ausnutzen. Ich meine, wenn die Sonne überhaupt mal zum Vorschein kommt«, sagte Leena, während sie sich die Schlittschuhe aufschnürte.

»Vielleicht sollte ich es doch mal versuchen. Aber nicht heute.« Die Frau nahm einen Flachmann aus der Jackentasche, öffnete ihren Coffee-to-go-Becher und gab einen Schuss Hochprozentigen in den Kakao.

»Wie heißt du?«, fragte Leena.

»Lilli, und du?«

»Leena.«

»*Kippis!* Minttu Kaakao«, sagte Lilli und hob ihren mit Kakao und Pfefferminzschnaps gefüllten Pappbecher. »Hol dir doch da vorne an dem Stand auch einen Kakao, ich hab noch genug Minttu viinaa übrig«, sagte sie und grinste.

Warum eigentlich nicht? Warum sollte man bei Fremden grundsätzlich immer alles ablehnen? Leena überlegte kurz. »Gern, bin gleich wieder da.«

Sie lief die paar Meter zu dem mit Weihnachtsgirlanden und Lichtern geschmückten Stand und kam mit einer heißen Schokolade zurück. »So, bin bereit.«

»*No niin!*« Lilli öffnete den Flachmann erneut und goss etwas Pfefferminzschnaps in Leenas Becher.

»Eigentlich kann ich das gerade sehr gut gebrauchen, danke«, sagte Leena.

»Warum?«

»Trennung. Nach fünf Jahren. Hat mich betrogen und eine andere geschwängert.«

»Oh, fuck. Das ist echt beschissen. Darauf trinken wir. Aber wenn's dich beruhigt: Mein Jahr war auch scheiße. Ich habe einfach keine Ahnung, was ich mit meinem Leben anfangen soll.«

»Was meinst du?«

»Ach, hauptsächlich beruflich. Ich finde jeden Job irgendwie echt zum Kotzen. Es frisst mich auf. Ich hab zwar studiert, aber weiß nicht wozu. Ich fühl mich so verdammt leer, als sei mein Leben sinnlos und absolut alles bisher umsonst gewesen.«

Leena nickte. »Da bist du nicht die Einzige. Ich kenne viele, denen es so geht. Es ist heutzutage echt nicht einfach.«

Lilli nickte. »Was machst du beruflich?«

»Ich bin bei der Kriminalpolizei.«

»Oha. Auch nicht grad easy, oder?«

»Mal so, mal so. Habe gerade Urlaub. Was machst du denn gern?«

»Wie meinst du?«

»Na ja, so generell. Was macht dir Spaß?«

»Ich habe mich schon immer für Kunst interessiert. Aber selbst da bin ich im Kopf völlig zerstreut.«

»Künstler sind doch immer zerstreut«, erwiderte Leena lächelnd. »Welche Art von Kunst denn?«

»Eigentlich alles. Theater, Schauspiel ... Aber ich zeichne und male auch unglaublich gern.«

Leena überlegte, ob sie von Hanna erzählen sollte, behielt es aber erst einmal für sich. Es war nie gut, ihre berühmte Schwester zu früh zu erwähnen.

»Warum machst du dann nicht irgendwas in die Richtung?«

»Weil ich einfach nicht weiß, wo ich anfangen soll. Und weil mir als Kind ständig eingeredet wurde, dass man damit kein Geld verdienen kann.«

Leena lachte. »Als Kind, ja. Da wird uns vieles eingeredet. Aber jetzt bist du kein Kind mehr, die Ausrede zählt also nicht.«

Hanna war der beste Beweis dafür, dass man sogar sehr gut Geld verdienen konnte, wenn man nur die nötige Ausdauer mitbrachte. Es war kein Glück. Es war nie Glück. Es war harte Arbeit und eiserne Disziplin.

»Ja, das bin ich wohl nicht mehr«, sagte Lilli ernst.

»Wenn du in irgendetwas gut bist, und das bist du

oder wirst du, wenn es dir großen Spaß macht, dann kannst du sehr wohl Geld damit verdienen. Egal, was es ist. Dein Glück liegt in deiner eigenen Verantwortung, die musst du selbst übernehmen.«

Leena musterte sie und überlegte, dass jemand wie Lilli es wahrscheinlich sogar ziemlich leicht haben würde. Allein ihr Aussehen entsprach so gar nicht der Norm, sie stach aus der Masse heraus. Sie trug extrem auffällige pinke Boots, eine schwarze Jeans mit Rissen und eine schwarze dicke Jacke. Sie sah besonders aus, aber es war vor allem ihr Gesicht. Das vergaß man nicht.

»Fang mit irgendwas an, was dir Spaß macht, den Tipp kann ich dir geben. Nichts zu tun ist das Schlimmste, was man machen kann. Fang mit irgendetwas an, was dich interessiert, du wirst sehen, es wird dich voranbringen.«

Lilli blickte sie an. »Bist du nebenberuflich Life Coach?«

Sie lachte laut auf.

»Nein. Aber ich kenn das nur zu gut.«

Ungefähr eine halbe Stunde später saß Lilli in der Straßenbahn Richtung Kallio. Sie und Leena hatten noch Handynummern ausgetauscht, über alles Mögliche geredet und viel gelacht. Leena hatte eine besondere Energie gehabt, und sie fühlte sich motiviert, auch wenn sie noch nicht sagen konnte, wofür. Doch es war so, als hätte sie neue Kraft getankt. Sie kramte ihr iPhone aus der Jackentasche und googelte nach Bastelläden, dabei bemerkte sie, dass ihr schwarzer Nagellack langsam anfing abzusplittern. Zwei Haltestellen vor ihrem Zuhause stieg sie aus und lief fünf Minuten zu einem Laden, der ihr online angezeigt wurde. Als sie den Laden betrat, wusste sie immer noch nicht, wonach sie eigentlich suchte, bis ihr Blick bei den Mal- und Zeichenutensilien hängen blieb. Sie beschloss, da ihr Gehalt übermorgen sowieso endlich kommen würde, ihr Konto ins Minus zu ziehen, und deckte sich mit Material für knapp vierzig Euro ein. Sie stellte sich an die Kasse.

»Was machst du denn hier?«, fragte auf einmal eine tiefe Stimme hinter ihr. Erschrocken drehte sie sich um. Es war Ville.

»Gott sei Dank gibst du meine fünfzig Euro wirklich für keinen Mist aus.«

Er grinste und stand selbst mit Malutensilien da.

23

Kalle Paavola betrat eilig den Raum, kurz nachdem Mika und Jonna Platz genommen hatten.

Paavola ergriff das Wort. »Wir haben Neuigkeiten. Die Gerichtsmedizin hat bestätigt, dass Kira zum Zeitpunkt ihres Auffindens seit fünf bis sieben Stunden tot war. Sie ist also morgens zwischen sechs und acht getötet worden. In ihrem Blut wurde Alkohol und eine riskante Menge Kokain festgestellt. Aber da ist noch was.«

Er legte die Papiere der Untersuchungsergebnisse auf den Tisch.

»Sie war schwanger. Zehnte Woche.«

»Ach«, sagte Jonna. »Davon hat Sören uns kein Wort gesagt.«

»Möglicherweise, weil er es nicht wusste«, entgegnete Paavola.

»Zehnte Woche«, wiederholte Mika. »Das heißt, das Baby könnte ebenso von Sebastian Palm gewesen sein, wenn man den Zeitraum der Affäre berücksichtigt, den Jeanette Lindemann uns genannt hat.«

»Was ich allerdings seltsam finde, ist, dass Jeanette es auch nicht gewusst hat«, hakte Jonna ein. »Komm schon, die beste Freundin?« Sie schaute Paavola und Mika an. »Nennt mir eine Frau, die so was nicht als Erstes ihrer besten Freundin oder Schwester erzählen würde.«

Mika nickte zustimmend. »Es sei denn, man ist ungewollt schwanger und will es gar nicht. Schnell abtreiben, ohne dass irgendjemand davon erfährt. Und es spricht wohl vieles dafür, dass Sören nicht der Vater ist.«

»Welchen Eindruck hat Jeanette Lindemann auf euch gemacht?«, fragte Paavola.

»Ich kann mir nicht vorstellen, dass sie in den Mord verwickelt ist, aber ich hatte das Gefühl, dass sie uns irgendetwas nicht sagen möchte«, sagte Mika.

»Wir sollten so schnell wie möglich noch mal die anderen Nachbarn befragen«, fügte Jonna mit Nachdruck hinzu. »Auch wenn Mika diesen Olavi nicht erwischt hat, müssen wir die restlichen Nachbarn alle befragen. Irgendjemand muss etwas mitbekommen haben.«

»Ich schicke nachher zwei Kollegen in die Nachbarschaft von Kira und Sören. Zwischen sechs und acht am Morgen ist schließlich nicht mitten in der Nacht. Irgendjemand wird schon noch etwas gesehen haben. Erika Lehtonen hatte Mika gegenüber schon das Auto erwähnt. Jonna, was konntest du über Kiras Familie herausfinden?«

»Ihre Mutter, Ellen Vik, lebt im Heim. Alzheimer. Sie hätte Heiligabend bei den beiden verbracht, Kontakt hatten sie also. Vor zehn Jahren hat sich ihr Vater Gustav Westerlund in der Garage erhängt, ihr jüngerer Bruder Leevi Westerlund ist kurz darauf nach Spanien ausgewandert und hat seitdem angeblich das Land nicht mehr betreten.«

»Es kam noch ein Hinweis aus der Rechtsmedizin«, setzte Paavola fort. »Die Leiche weist keine Merkmale auf sexuelle Misshandlung auf. Trotz der Fesselungen. Wir brauchen das Mordmotiv!«

»Inzwischen sind alle Partygäste befragt worden. Wir haben das im Team aufgeteilt. Niemand scheint Kira Böses gewollt zu haben«, fasste Mika die Aussagen zusammen. »Hat die Spurensicherung etwas Neues ergeben?«

»Definitiv keine Einbruchspuren. Ansonsten stehen die Kollegen vor einer großen Herausforderung. Das ganze Haus ist voll mit DNA-Spuren von den Partygästen. Überall Spuren, alles wurde von zahlreichen Personen angefasst. Sogar im Schlafzimmer befinden sich unzählige

DNA-Spuren und im Bett Spermaspuren von mehreren Personen. Bei der Party scheinen mehrere Leute ihren Spaß gehabt zu haben.«

»Und bei der Leiche keine Spermaspuren? Gar nichts?«

Paavola schüttelte den Kopf. »Nein. Nichts. Und wie gesagt, auch sonst keinerlei Verletzungen. Sie hat sich nicht gewehrt. Oder besser gesagt, wehren können, sie war ja an Händen und Füßen gefesselt.«

Sie schwiegen kurz.

»Die Party war für den Mörder unglaublich hilfreich. So viele Leute waren im Haus. Seine – oder ihre – Spuren sind verwischt. Kiras Füße waren mit dicken Seilen ans Bett gefesselt, die Hände mit Handschellen. So was hat man nicht eben mal dabei. Außerdem ist eine solche Fesselung nicht an jedes Bett möglich, beispielsweise nicht an ein Boxspringbett. Der Täter oder die Täterin wusste demnach, wie das Bett aussah. Die K-Supermarket-Tüte kann von Kira sein, oder der Täter hat sie selbst mitgebracht. Laut Sören gut möglich, dass sie aus ihrem Zuhause stammt«, überlegte Mika laut.

»Die Tat war geplant«, fügte Jonna hinzu. »Kira war kein Zufallsopfer.«

Paavola sah sie beide nachdenklich an und nickte. »Kümmert euch als Nächstes um Sebastian Palm, Jussi Bergdahl, Ida Koskinen und Kiras andere Kollegen«, gab er die Richtung vor. »Ich werde in der Zwischenzeit mehr über Ellen Vik herausfinden, wie weit die Krankheit sie schon beeinträchtigt hat. Eventuell können wir sie noch befragen.«

Einer der IT-Forensiker betrat den Raum. Mika kannte ihn vom Sehen, konnte sich aber nicht an seinen Namen erinnern. Er ließ mehrere A4-Seiten auf den Tisch fallen.

»Sorry für die kurze Störung. Wir sind mittlerweile mit der Liste der Partygäste durch. Wenn das alle sind, die da waren, befand sich keine dieser Nummern zum Tatzeitpunkt im örtlichen Funknetz. Das muss im Endeffekt aber nichts heißen.«

»Danke, Matti«, entgegnete Paavola, nahm die Seiten in die Hand und warf einen Blick drauf.

»Was uns jedoch stutzig macht, ist, dass ihre Mails verschlüsselt sind. Wir haben ihren Mann kontaktiert. Das Passwort für ihren Laptop wusste er. Der wird gerade genauestens untersucht, jedoch sind wir noch nicht weiter. Das Passwort für ihren E-Mail-Account konnte er uns nicht nennen. Weder die Cloud noch die Analyse der Metadaten oder Back-up-Dateien haben uns weitergebracht, was ziemlich ungewöhnlich ist. Kira hat ihren Mailzugang doppelt und dreifach verschlüsselt, wenn man so will. Und da stellt sich die Frage: Warum? So etwas macht keiner ohne Grund. Die Mails stellen uns vor eine Herausforderung. Wir brauchen noch etwas Zeit, sind aber dran.«

»Wie du schon sagst, sie wird den Zugang nicht ohne Grund verschlüsselt haben. Bleibt dran, tut, was ihr könnt, für einen Brute-Force-Angriff haben wir nun wirklich keine Zeit.«

»Wenn wir vor 2028 fertig sein wollen, dann nicht«, sagte er scherzhaft und verließ das Büro.

»Sie hatte mit irgendwem Kontakt, und es war ihr so wichtig, dass keiner davon erfahren würde, sodass sie sogar ihr E-Mail-Konto auf diese Art und Weise verschlüsselt hat«, dachte Paavola laut, nachdem Matti den Raum wieder verlassen hatte.

»Kira hat selbst die Tür geöffnet«, setzte Jonna nach einer kurzen Pause fort. »Oder der Mörder war ein Gast und noch im Haus. Oder die Person hatte einen Schlüssel. Es deutet alles darauf hin, dass sie ihn kannte.«

»Irgendein Fenster oder die Tür war nicht richtig zu?«, hakte Mika nach. »Aber dann hätte der Täter oder die Täterin erst einmal über das Tor klettern müssen. Nicht unmöglich, aber unwahrscheinlich. Es ist ziemlich hoch«, fügte er hinzu. »Und es ist bei diesen Temperaturen vereist.«

Paavola holte einmal tief Luft: »Wir müssen alle noch einmal befragen, und ich sage es so: Theoretisch wollen wir nicht alle Details dieser Party wissen, faktisch kommen wir aber nicht drum rum. Ich halte es für am wahrscheinlichsten, dass Kira in ihrem Bett überrascht wurde. Sie war sich sicher, dass niemand mehr im Haus war. Die Letzten, also Hanna und Kristian, gingen gegen vier, dann ist Kira schlafen gegangen.«

»Hanna und Kristian waren sich absolut sicher, dass sie die Letzten waren«, bekräftigte Jonna noch einmal.

»Jemand kam zurück«, sagte Mika. »Keiner von den letzten Gästen, aber jemand anderes kam zurück.«

»Hat er geklingelt?«, fragte Paavola.

»Möglich. Aber Kira hat eine Kamera, die die Person am Tor zeigt. Sie hätte garantiert nicht aufgemacht, wenn es ein Fremder gewesen wäre. Das war auch Sörens Aussage«, entgegnete Mika.

»Es sei denn, sie war komplett betrunken und auf Kokain, wie der Befund sagt, und hat nicht genau hingeschaut«, fügte Jonna hinzu. »Eventuell nur wenige Minuten später, nachdem Hanna und Kristian und kurz davor Leena und Samuel gegangen waren. Sie dachte, jemand von ihnen hat etwas vergessen.«

Paavola und Mika schauten sie an.

»Was denn?«, fragte Jonna. »Kann doch sein. Stell dir vor, deine Freunde verlassen alle dein Haus. Sie sind weg. Du gehst kurz pinkeln, dann klingelt es zwei Minuten später an der Tür, da würdest du doch auch denken, okay, ist noch mal einer von denen, und machst blind die Tür auf. Zumindest finde ich das ziemlich nachvollziehbar.«

»Punkt für dich«, antwortete Mika. »Aber Kokain lässt dich eher klar denken und dich nüchterner fühlen.«

»Mag sein, aber sie war im Partyrausch. Es klingelt, sie denkt nicht nach, drückt unbekümmert auf den Knopf. Schaut vielleicht gar nicht so genau hin, wer da jetzt kommt.«

»Oder«, setzte Mika fort, »sie hat doch hingeschaut und kannte die Person. Von der sie offensichtlich nichts Böses erwartet hat.«

Stille.

»Oder«, machte Paavola weiter, »wir kommen wieder

zu meiner Theorie: Der Täter hat seinen Weg allein ins Haus gefunden. Wie sollte er Kira ohne irgendeine Verletzung oder Kratzer im Handumdrehen eine Etage höher schleppen und sie ans Bett fesseln? Warum ins Bett, wenn das Erdgeschoss leer war? Das ergibt doch keinen Sinn. Und ich erinnere euch: keinerlei Kampfspuren im gesamten Haus. Nichts. Sofern sich das mit Bestimmtheit sagen lässt, wenn man all die verschiedenen DNA-Spuren in dem Saustall berücksichtigt.«

»Oder«, sagte Jonna, »es war ihr Liebhaber, den sie freiwillig in ihr Bett gelassen hat. Sie sind hochgegangen. Kira dachte, es läuft auf die eine Sache hinaus. Und dann ...«

»Sebastian Palm«, sagte Mika. »Aber der müsste ein wasserdichtes Alibi haben. Er macht die Morgensendung und müsste, denke ich, seit fünf Uhr morgens im Studio gewesen sein, und er hat an diesem Morgen moderiert.«

»Es sei denn, es gibt einen weiteren, unbekannten Liebhaber«, meinte Jonna.

»Na ja, also bei allem Respekt, drei Leute? Mit denen sie gleichzeitig ein Verhältnis hatte?«

Das Bild über Kira, welches sich gerade in Mikas Kopf formte, widerstrebte ihm. Es passte nicht zu der Frau, die er bisher kennengelernt hatte.

»Es gibt nichts, was es nicht gibt«, antwortete Jonna. »Und ich erinnere euch: Drogen, Celebrities ... Du hast vorhin selbst gesagt, dass wir theoretisch nicht alle Details wissen wollen, Kalle.«

»Hmm«, machte Paavola. »Ich für meinen Teil bin

mir sicher, dass sie im Bett überrascht wurde. Macht euch auf den Weg zu Sebastian Palm. Auch wenn er es nicht gewesen sein kann. Er hatte zur Tatzeit Sendezeit und stand vor der Kamera. Aber wir brauchen ihn. Überprüft außerdem als Nächstes Sören Sundéns Familie genau.«

»Schon erledigt«, meinte Jonna. »Sein Bruder war im Ausland, die Eltern in der Tatnacht in Lappland. Sie kamen erst vergangene Nacht zurück. Wären gern noch länger geblieben, aber sind natürlich nach Hause gekommen, als sie gehört haben, was passiert ist.«

»Beweise?«, fragte Paavola.

»Handfeste. Ich habe sie noch gestern telefonisch kontaktiert und sie um Information gebeten, in welchem Hotel sie waren. Dort habe ich unmittelbar den Zeitpunkt des Check-outs angefordert, den ich vorhin erhalten habe. Nachdem sie von dem Mord erfahren haben, haben sie gestern um 16:08 Uhr ausgecheckt und sind die Nacht über zurückgefahren. Das Resort in Saariselkä, wo sie waren, verfügt auch über Überwachungskameras, deren Aufnahmen ich mir angesehen habe. Wasserdicht. Die Fluggesellschaft hat mir ebenfalls bestätigt, dass Sörens Bruder Arne den Flug am neunzehnten Dezember nach Alicante angetreten ist. Außerdem wurde seine Kreditkarte gestern Abend in Spanien benutzt. Sein Rückflug ist für morgen, den sechsundzwanzigsten, gebucht. Sicherheitshalber werde ich dann auch noch einmal überprüfen, ob er den Flug angetreten ist.«

Paavola nickte.

»Gute Arbeit, Jonna. Macht euch auf den Weg.«

Als Mika das Präsidium verließ und zum Auto lief, überkam ihn wieder diese bleierne Müdigkeit. Zum Auto waren es Gott sei Dank nur noch wenige Meter. Zunächst hatte er an eine extremere Form der Winterdepression gedacht, auch wenn er nur selten davon betroffen war. Wahrscheinlich hatte er einen Mangel an Mikronährstoffen, was seine Müdigkeit erklären würde – bei Langzeitveganern kam das vor. Als er im Auto saß und nach Hause fuhr, ertönte das Intro der Nachrichten, und die Schlagzeilen wurden wiedergegeben.

Immer noch keine Neuigkeiten im Mord von Kira Westerlund.

Nach ein paar Minuten vibrierte sein Handy. Als er an einer roten Ampel stand, checkte er die Nachricht, sie war von Paavola. Jussi Bergdahl wohnte in Sundsberg, was an Espoo angrenzte, nur knapp zehn Minuten mit dem Auto von ihm entfernt. Immerhin würde er es morgen früh nicht weit haben. Falls Jussi überhaupt zu Hause war. Morgen war der zweite Weihnachtsfeiertag, und *Finnland am Morgen* lief selbstverständlich an Feiertagen, wenn auch mit gesondertem Programm. Er fuhr durch die Stadt Richtung Westen nach Espoo. Er würde sich heute einen faulen Abend machen, den brauchte er dringend. Er fühlte sich unendlich erschöpft.

24

Samstag, der 26. Dezember

Es war bereits nach zehn, als Mika das Labor in Espoo verließ. Er hatte gestern spät am Abend online noch einen Termin zur Blutabnahme gebucht. Seine Augen fühlten sich geschwollen an, als er direkt im Anschluss zu der Adresse von Kiras Vorgesetztem Bergdahl fuhr, die Paavola ihm am Vorabend geschickt hatte.

Es war immer noch eisig kalt, die Temperaturanzeige im Auto verriet minus sechzehn Grad. Der Himmel war heute Morgen dunkelgrau. Ungefähr zehn Minuten später hielt er in Sundsberg, einer gepflegten Siedlung mit vielen Einfamilienhäusern. Er parkte vor dem roten Haus und sah drinnen Licht brennen. Er stieg aus, lief zur Haustür und klingelte. Ein großer, junger, blonder Mann mit blauem Sweatshirt und kindlichem Gesicht, schätzungsweise um die achtzehn, öffnete die Haustür.

»Hallo?«, fragte er und trat für sein junges Alter sehr selbstsicher auf.

»*Päivää*, ich bin Mika Levin von der Kriminalpolizei Helsinki. Ich hätte gern Jussi Bergdahl gesprochen, es geht um den Mord an einer seiner Angestellten, Kira Westerlund«, sagte Mika freundlich.

Die Augen des Jungen wurden groß. »Jussi?«

»Genau«, sagte Mika.

»Ja, der ist da, Moment.«

Der junge Mann verschwand und kam wenig später mit einem Mann zurück.

»Ja?«, fragte Bergdahl. Seine dunklen Haare, die allmählich grau wurden, waren zerzaust, er trug einen dunkelblauen Jogginganzug sowie eine markante schwarze Hornbrille.

»Hallo, ich bin Mika Levin von der Kriminalpolizei Helsinki. Ich müsste dir ein paar Fragen zu Kira Westerlund stellen.«

»Ja, selbstverständlich. Komm rein.«

»Danke.«

Mika betrat das Haus, das klassisch, elegant und minimalistisch eingerichtet war. Ganz im nordischen Stil. Ihn traf der Duft von Kaffee, und die Wärme im Haus breitete sich angenehm in seinem Körper aus.

Er folgte Jussi Bergdahl ins Wohnzimmer. Eine Frau wischte gerade den Esstisch ab und schaute Mika verwundert an.

»Das ist meine Lebensgefährtin, Krista, und das ist Joel, mein Stiefsohn«, sagte Bergdahl und deutete mit der ausgestreckten Hand auf beide. »Und das ist Mika Levin von der Kriminalpolizei«, sagte er zu Krista. »Geht um Kira.«

»Hallo«, sagte die Frau und klang dabei etwas verwundert.

»*Terve*«, grüßte Mika sie freundlich zurück, nickte und sagte anschließend: »Ich müsste deinem Lebensgefährten ein paar Fragen stellen, unter vier Augen.«

Krista sah Jussi an. Ein wenig Angst mengte sich unter ihre Verwunderung.

»Nimm doch Platz. Darf ich dir einen Kaffee anbieten?«, fragte Bergdahl freundlich.

»Ja gern, *kiitos*.«

Jussi Bergdahl verschwand in der Küche und kam einen kurzen Augenblick später mit zwei Kaffeetassen zurück. Der erste Eindruck, den Mika von ihm bekam, schien entspannt und freundlich. Er setzte sich ihm gegenüber auf das Sofa.

»Gut, dass wir miteinander sprechen können«, begann Bergdahl das Gespräch und nahm einen Schluck von seinem Kaffee. »Hast du mittlerweile schon etwas herausfinden können?«

»Wir stehen noch am Anfang der Ermittlungen. Ich frage mich, ob Kira auf der Arbeit mit irgendwem Probleme hatte? Wie man weiß, ist es keine konkurrenzfreie Branche.«

Jussi überlegte kurz, schüttelte dann entschieden den Kopf. »Das stimmt, das ist es nicht. Aber nein, ich denke nicht. Ich habe zumindest nichts mitbekommen. Ob sie privat mit einem ihrer Kollegen Probleme hatte, kann ich nicht sagen. Aber auf beruflicher Ebene ist mir selbst nichts aufgefallen oder zu Ohren gekommen.«

»Wusstest du von der Affäre mit Sebastian Palm? Und dass sie schwanger war?«

Jussi hielt kurz inne. Er schien überrascht. »Nein, das ist mir tatsächlich neu. Beides.« Er runzelte die Stirn. Jussis Blick schweifte an Mika vorbei nach draußen in den Garten.

Er scheint auf einmal etwas abwesend zu sein, dachte Mika.

»Wie würdest du Kira beschreiben?«

Jussi atmete tief ein und aus und überkreuzte die Beine. »Sehr professionell, fleißig, ehrgeizig. Manchmal war sie mir schon fast ein bisschen zu perfektionistisch. Sie war immer top vorbereitet und ließ sich nie etwas nachsagen. Durch ihren Perfektionismus konnte sie manchmal etwas kühl und unnahbar rüberkommen, aber so war sie eben. Ihren Job hatte sie drauf. Sie war beliebt beim Publikum.«

Jussi machte eine Pause und dachte nach.

»Ich frag mich wirklich, wer ihr so etwas antun konnte. Und ich muss gerade alles umplanen, es ist die Hölle los, das kannst du mir glauben. Jemanden zu finden, der annähernd so kompetent ist wie Kira, ist eine große Herausforderung. Die Zuschauer müssen die Person lieben, sonst verlieren wir Einschaltquoten, und das war's dann. Glaub mir, das geht schnell, die Zeit sitzt mir im Nacken. Wenn ich mich für den falschen Nachfolger entscheide und die Einschaltquoten sinken, bin ich weg vom Fenster.« Er atmete einmal tief ein und aus. »Aber natürlich ist das Wichtigste, dass der Täter ausfindig gemacht wird. Dennoch sitzt mir der Sender im Nacken.«

»Wo warst du in der Nacht vom dreiundzwanzigsten auf den vierundzwanzigsten Dezember?«

Jussi schaute zugleich verwundert und amüsiert. »Du verdächtigst doch nicht ernsthaft mich?«

Mika mochte diese Frage nicht und wiederholte, wie so oft: »Nein, reine Routine, dass ich diese Fragen stellen muss.«

»Ich war hier, habe geschlafen und war ab ungefähr sechs Uhr wieder in meinem Büro. Das kann der Empfang bestätigen.«

Mika nickte. »Bist du verheiratet?«

»Nein. Ich bin geschieden, Krista ist meine neue Partnerin.«

»Und der junge Mann von vorhin ist dein Stiefsohn, meintest du?«

Jussi nickte. »Genau, Joel.«

»Wie lange arbeitest du schon als Programmchef bei YVT?«

»Seit Mai. Davor habe ich mehrere Jahre in England für BBC News, in Atlanta bei CNN und in Stockholm als Programmchef bei NordEcho gearbeitet, bin dann aber aus privaten Gründen wieder zurück nach Finnland.«

»Gut, das war's erst mal. Ich gebe dir meine Karte. Falls dir noch etwas einfällt, melde dich gern.«

»Das werde ich mit Sicherheit tun.«

Sie standen auf und gingen zur Tür.

»Danke für deine Zeit und den Kaffee«, sagte Mika und trat aus der Tür.

»Es ist schon komisch, seit Kira nicht mehr da ist. Die Stimmung im Sender ist dahin. Hoffentlich habt ihr den Kerl bald«, sagte Jussi. Als Mika sich beim Auto noch einmal umdrehte, nickte Jussi ihm kurz zu und schloss dann die Tür.

Mittlerweile hatte Mika von Paavola auch die Adresse und Apartmentnummer von Ida Koskinen bekommen und beschloss, direkt zu ihr zu fahren. Er zuckte zusammen, als er den Straßennamen las. Viides linja. Dort hatte er damals mit Anfang zwanzig zusammen mit Laura gewohnt.

Ungefähr vierzig Minuten später fuhr er an der Adresse vor. Um nichts in der Welt würde er wieder nach Kallio ziehen. Aber damals hatte er es toll gefunden. Hatte glückliche Erinnerungen an die Zeit. Wahrscheinlich lag es auch am Alter. Je älter man wird, umso mehr zieht es einen ins Grüne und weg von all den Bars und den vielen Leuten. Er hatte Glück, fand direkt vor dem R-kioski einen Parkplatz und eilte im Schneeregen über die Straße. Er klingelte bei Apartment Nummer dreiunddreißig. Nichts. Er versuchte es noch einmal. Wieder nichts. Er blickte sich auf der Straße um und wartete eine Weile. Dann klingelte er noch zweimal. Seiner Erfahrung nach machten die Leute oft nicht die Tür auf, obwohl sie zu Hause waren. Wenn man beharrlich blieb und sie mit der Klingel nervte, gaben sie irgendwann nach. Aber Ida schien wirklich nicht zu Hause zu sein. Oder konnte sein Geklingel mit einer Engelsgeduld ignorieren. Er blickte auf die Uhr. Kurz nach zwölf. Es konnte gut sein, dass sie noch im Sender war. Er hätte einfach direkt dorthin fahren sollen. Er setzte zu einem letzten Versuch an.

Wartete.

Nichts.

Er wollte gerade gehen, da kam eine Frau auf das Gebäude zu. Obwohl Mika die Morgensendung nicht sehr häufig schaute, kam ihm das Gesicht sofort bekannt vor. »Entschuldigung, bist du Ida Koskinen?«

Die Frau schaute ihn verblüfft an. »Ja? Wieso? Wer bist du?«

Ida blickte ihn mit dunklen Schatten unter den Augen an. Ihr war anzusehen, dass sie schon lange wach war.

»Mika Levin von der Kriminalpolizei Helsinki.« Er zeigte seinen Dienstausweis. »Es geht um deine Kollegin Kira Westerlund. Ich müsste dir dringend ein paar Fragen stellen.«

Ida Koskinen sah genervt aus. »Ich habe eigentlich keine Zeit. Ich muss gleich wieder los. Aber wenn's schnell geht – komm kurz mit hoch. Hier im Schneeregen will ich nicht rumstehen.«

Sie schloss die Tür auf, und Mika folgte ihr ins Gebäude. Im Fahrstuhl tippte sie schnell etwas in ihr Handy und würdigte ihn keines Blickes. Im dritten Stock stiegen sie aus und liefen zu ihrer Wohnung. Ida schloss die Tür auf.

»Setzen wir uns kurz in die Küche, ich habe aber wirklich nicht lange Zeit.«

Sie zogen beide die Schuhe aus und liefen direkt in die Küche. Sie setzten sich an den hölzernen Küchentisch.

»Also, was gibt's?«, fragte Ida.

»Wir befragen alle, die mit Kira in Kontakt standen,

und du hast mehrmals mit ihr telefoniert. Du warst nicht auf der Party, richtig?«

»Richtig. Kira und ich hatten privat wenig miteinander zu tun. Um ehrlich zu sein, nichts.«

»Wieso habt ihr dann abends öfter miteinander telefoniert? Und das meistens über eine halbe Stunde?«

»Das war rein beruflich. Wir kommunizieren abends oft noch über WhatsApp oder rufen uns an, das ist bei unserem Job wirklich nichts Ungewöhnliches, da die Sendung am Morgen um 6:25 Uhr beginnt und man so früh nicht mehr die Zeit hat, gewisse Dinge zu besprechen.« Unter ihrer weißen Mütze und ihren weißblonden Haaren schauten ihre rehbraunen Augen nicht gerade freundlich hervor.

Ida Koskinen war alles andere als sympathisch. Sie war klein, vermutlich um die ein Meter sechzig, schien aber ein äußerst großes Ego zu haben.

»Was hieltst du von Kira?«

Ida wandte ihren Blick zum ersten Mal von Mika ab und schaute kurz aus dem Fenster. »Na ja, wie gesagt, wir waren Kolleginnen, *that's it*. Sie ging mir mit ihrer überheblichen Art manchmal auf die Nerven. Die Chemie zwischen uns war nicht die beste, aber wir kamen schon irgendwie miteinander aus.«

»Wie ist dein Verhältnis zu den anderen Kollegen?«

Ihre Augen schossen zu Mika zurück. »Zu wem genau von den Hunderten von Leuten, die bei YVT arbeiten?«

»Beispielsweise Sebastian Palm?«

»Neutral. Gut. Wir verstehen uns gut.«

»Neutral oder gut?«

»Gut.«

»Habt ihr privat miteinander zu tun?«

Ida zögerte einen Moment, schüttelte dann aber den Kopf. »Nein.«

»Nein? Du schienst dir grad nicht sicher gewesen zu sein.«

»Wir haben privat nichts miteinander zu tun. Warum bist du so an Sebastian interessiert?«

Mika ignorierte ihre Frage. »Magst du deinen Job?«

»Warum fragst du?«

»Warum antwortest du nicht einfach?«

Ida Koskinen versuchte, ihm auf der Nase herumzutanzen.

»Weil es dich nichts angeht?«

»Ist das so eine komplizierte Frage?«

»Was soll das?«, sagte sie nun etwas empört.

»Wieso reagierst du so allergisch? Es ist eine ganz normale Frage.«

Ida schwieg und schaute Mika böse an.

»Was stört dich so? Kira? Irgendjemand anderes?«

»Das kann dir zwar wirklich egal sein«, sagte sie nun und versuchte auffallend, ruhig zu bleiben. »Aber doch ja, ich mag meinen Job. Sehr sogar.«

»Und warum hat dich die Frage so gestört? Denn wäre es so, hättest du doch ganz entspannt drauf antworten können.«

Ida seufzte. »Meine Laune hat nichts mit Kira zu tun«, erwiderte sie, und ihre Stimme wurde schlagartig sanft.

»Ich habe einfach überhaupt keine Lust, gleich zu meinen Eltern zu fahren.« Sie versuchte nun, eine andere Schiene zu fahren.

Was für ein Bullshit. Was für eine unfassbar schlechte Ausrede.

»Ida, ich glaube, wir wissen beide, dass es da etwas gibt, was du mir nicht sagen möchtest. Also rück raus mit der Sprache.«

Idas Blick wurde kühl.

»Wohnst du allein hier?«

»Ja.«

»Warum mochtest du Kira in Wahrheit nicht?«

»Das, was ich gesagt habe, ist die Wahrheit. Die Chemie hat nicht super gepasst, mehr gibt's nicht zu sagen. Dafür gibt es nicht immer eine Erklärung. Oder verstehst du dich einwandfrei mit all deinen Kollegen?«

»Wie lange arbeitest du schon bei YVT?«

»Seit etwas über einem Jahr.«

»Wo warst du in der Nacht vom dreiundzwanzigsten auf den vierundzwanzigsten Dezember?«

»Das ist nicht dein Ernst?«, fragte Ida und lachte dabei auf.

Ida Koskinen machte einen äußerst unreifen und intriganten Eindruck, wie er fand.

»Hier zu Hause. Ich habe bis vier Uhr geschlafen und bin dann zum Sender. Ich bin Kiras Vertretung bis Neujahr.« Sie schaute ihn nicht an, ihre Arme waren immer noch verschränkt. »Gibt's noch etwas?«, fragte sie ungeduldig. »Oder kannst du jetzt gehen? Ich muss wirklich los.«

»Hast du irgendeine Ahnung, wer etwas gegen Kira gehabt haben könnte? Hast du irgendetwas mitbekommen?«

»Nein.« Dann stand sie auf. »Ich muss jetzt wirklich los, tut mir sehr leid.«

»In Ordnung. Ich gebe dir noch meine Karte, falls dir etwas einfällt.«

Sie nahm seine Visitenkarte wortlos entgegen.

Mika stand ebenfalls auf und folgte ihr zur Haustür.

Ida Koskinen war nicht ehrlich. Sie verheimlichte definitiv irgendwas.

25

Leena und Hanna drehten sich erschrocken um. Hinter ihnen stand ein Mann mit einem kleinen Hund.

»Was macht ihr zwei hier draußen allein um diese Zeit? Warum versteckt ihr euch?«

Hanna und Leena hatten ihn schon ein paarmal gesehen. Er wohnte in der Nachbarschaft.

»Wir ...«, sagte Hanna. »Wir sind weggerannt.«

»Weggerannt? Vor was?«, fragte der Mann.

Leena hatte angefangen zu weinen. »Vor Papa.«

»Ihr seid doch die Kinder der Victors, oder? Von da drüben?«

»Ja«, antwortete Hanna.

»Ich würde sagen, ihr kommt erst einmal mit zu mir, ich mache euch eine heiße Schokolade, und dann erzählt ihr mir in Ruhe, was passiert ist.«

»Aber wir müssen wieder nach Hause«, entgegnete Hanna.

»Wir können aber nicht nach Hause!«, weinte Leena.

»Ich werde euch helfen«, sagte der Mann. »Kommt, ich wohne nicht weit von hier. Ihr könnt doch nicht bei diesem scheußlichen Wetter draußen bleiben, ihr werdet noch krank. Das wollt ihr doch nicht, oder?«

Hanna und Leena schüttelten den Kopf.

»Das ist übrigens Telma«, sagte der Mann und deutete auf seinen kleinen Hund. Sofort erhellte sich die Miene der beiden Mädchen ein wenig.

»Oh, ist der süß«, sagte Leena.

»Mögt ihr Hunde?«

Leenas Augen leuchteten. »Ja, aber wir bekommen keinen, sagen unsere Eltern.«

»Das ist aber schade«, sagte der Mann enttäuscht. »Ich habe zu Hause noch zwei weitere Welpen. Möchtet ihr sie sehen? Sie sind erst zwei Wochen alt und so klein.« Er formte mit seinen Händen die Größe der Welpen nach.

Der kleine Hund kam und beschnupperte die beiden.

Hanna hörte, wie die Worte ihrer Mutter in ihrem Kopf widerhallten: Niemals mit einem Fremden mitgehen. Aber der Mann sah freundlich aus. Definitiv freundlicher als Papa. Und irgendwo mussten sie doch schließlich hin.

»Ich mache die allerbeste heiße Schokolade, ihr werdet se-

hen. Und dann bringe ich euch später nach Hause, und wir werden nach dem Rechten sehen.«

Leena und Hanna liefen neben dem Mann mit dem kleinen Hund her.

»Wie heißt du?«, fragte Hanna.

»Antti.«

»Ich habe Angst«, sagte Leena leise.

Der Mann lächelte freundlich. »Wovor? Vor dem dunklen Park? Du musst keine Angst haben, wir sind gleich da. Und außerdem passen Telma und ich auf euch auf. Wenn du magst, kannst du mir auch deine Hand geben«, sagte der Mann zu Leena.

Sie blickte zu ihm auf und gab ihm anschließend zögernd die Hand. Seine Hand war kräftig und rau, und der Mann atmete tief ein und aus, als seine Hand Leenas umschloss.

»Da vorne ist mein Haus, seht ihr? Das kleine gelbe.«

»Das ist aber ein schönes Haus«, sagte Hanna. »Wo sind wir?«

Der Mann ignorierte sie. »Es ist schön hier, oder?«, sagte er stattdessen.

Die Mädchen nickten stumm. Endlich kamen sie vor dem Haus an.

Geht nicht rein. Geht auf gar keinen Fall rein, sagte Hannas innere Stimme, als sie auf die Tür zusteuerten. Sie hatte ein merkwürdiges Gefühl.

Der Mann namens Antti öffnete die Tür. Im Flur brannte ein Licht.

»Petra, wir sind wieder da!«, rief er nach oben. »Kommt, meine Frau hat gebacken, es riecht himmlisch!«

Leena und Hanna bewegten sich auf das Haus zu, gingen ein paar Stufen nach oben auf die Veranda und betraten dann das Haus.

Lauf, *sagte Hannas Stimme.*

Nimm deine Schwester und lauf.

Dann schloss sich hinter ihnen die Tür.

Hannas Gefühl hatte sie nicht getäuscht.

Es duftete nicht nach Gebackenem.

26

Wie brechend voll es doch war, dachte Leena, als sie am Abend den Pub 99 in Töölö betrat. Sie liebte die dunkle urige Kneipe, in der immer etwas los war. Hanna und sie kamen gern zusammen hier hin, es war sozusagen ihr Stamm-Pub.

Sie war ganz in Schwarz gekleidet, unter den kurzen Ledershorts trug sie Strumpfhosen, dazu ein Spitzenoberteil und schwere Boots. Sie blickte sich um, entdeckte Hanna aber nirgends. Sie machte sich gerade daran, ihr Smartphone aus der Handtasche hervorzuholen, als sie *ihn* an der Theke sitzend erblickte. Sie überlegte kurz. Woher kannte sie ihn? Dieses froschähnliche Gesicht kam ihr bekannt vor. Sie blickten sich an. Dann stand er auf und kam auf sie zu. Ehe sie reagieren konnte, stand er schon vor ihr.

»*Moi*, du musst Leena sein!«

Sie starrte ihn an. Na klar. Der ekelhafte Typ von Tinder. Sie hatte die App mittlerweile vom Handy gelöscht. Aber wie …? Sie war selten sprachlos. Doch das Einzige, das ihr nun entglitt, war: »Äääh …«

»Hanna«, sagte er lediglich und grinste.

»Hanna?«, fragte Leena. »Wovon sprichst du?«

»Hanna hat das hier arrangiert.«

»Ihr kennt euch?«

Er nickte stolz. Sie verspürte Ärger. Ärger, der langsam zu Wut überging. Wie konnte Hanna ihr so etwas antun? Ein Date mit diesem selbstverliebten Poser arrangieren? Was zur Hölle? Er war wirklich der allerletzte Typ, mit dem sie sich freiwillig getroffen hätte.

Leena blickte ihn finster an. »Ich kann das nicht glauben. Sorry, aber ich bin nicht interessiert!« Sie machte kehrt und steuerte auf den Ausgang zu.

»*Come on*, jetzt warte doch mal kurz!«, sagte er und hielt sie sanft an der Schulter fest. »Lass uns wenigstens einen Drink nehmen.«

»Warum sollte ich?«, fuhr sie ihn an. Sie konnte immer noch nicht glauben, dass Hanna hinter dieser Sache steckte.

»Du gibst mir ja nicht mal eine Chance«, sagte er. »Bist du echt so oberflächlich? Hast keine Minute mit mir geredet und stempelst mich direkt ab?«

Ja!, hätte sie am liebsten gesagt. Man weiß direkt, was du für einer bist. Man sieht es dir an.

»Das hat damit nichts zu tun«, log sie, da die Wahrheit in dieser Situation doch zu unhöflich gewesen wäre. »Ich bin aktuell nicht auf der Suche nach jemanden«, sagte sie bestimmt.

»Ach ja? Warum dann Tinder?«

»Weil meine bescheuerte Schwester mich dort angemeldet hat!«, sagte sie lauter als beabsichtigt und verfluchte die App noch mehr denn je. Herrgott!

»Einen Drink«, sagte er erneut.

Sie schaute ihn an.

Auch wenn sie überhaupt keine Lust auf ihn hatte, verspürte sie den dezenten Impuls, doch kurz hierzubleiben. Wenigstens für einen Moment. Sie würde den Drink innerhalb weniger Minuten hinunterkippen und dann schnell von hier verschwinden.

27

Er wollte Jeanette nicht antworten, er wollte gar niemandem mehr antworten. Sören Sundén fühlte sich unglaublich leer und schaute auf die vielen unbeantworteten WhatsApp-Nachrichten. Kira hatte ihn betrogen. Das machte alles noch schlimmer. Tränen liefen ihm über das Gesicht, er fühlte sich innerlich wie zerschmettert. Er hätte alles für Kira getan, und sie hatte ihn verdammt noch mal betrogen. Er wollte gar nicht wissen, mit wem, das hatte er nicht gehört, und er würde es auch nicht ertragen. Der Gedanke hämmerte in seinem Kopf. Nie würde er in dem Haus weiterleben können. Er würde alles verkaufen. Ihr zarter Duft lag weiterhin in der Luft. Die reinste Folter. Als wäre sie noch immer da. Ein Albtraum jagte den nächsten, er döste nur noch vor sich hin, schlief ein, hatte sich selbst Medikamente besorgt, um irgendwie schlafen zu können und die Gegenwart auszuhalten. Die Schmerzen quälten ihn zu jeder Tages- und Nachtzeit. Noch nie hatte er sich von seinen eigenen Emotionen so überwältigt gefühlt, so machtlos und unterlegen. Er, der immer alles unter Kontrolle hatte, der immer ruhig und ausgeglichen gewesen war.

Er stand vom Bett auf und lief ins Bad. Die Person, die aus dem Spiegel zurückschaute, war nicht er selbst. Als er aus dem Badezimmer hinaustrat und wieder in sein altes Kinderzimmer gehen wollte, kam seine Mutter Helena um die Ecke.

»Du musst etwas essen. Wenigstens eine Kleinigkeit. Ich habe dir eine Suppe gemacht. Komm und iss doch ein wenig mit mir und deinem Vater.« Helena Sundén schaute ihren Sohn mitfühlend an. Sören schüttelte den Kopf.

»Nein. Vielleicht später.«

Er lief wieder in das Zimmer und schloss die Tür. Er konnte nicht mehr in sein altes Haus. Nie wieder. Wie sollte er es überhaupt schaffen, dort alles zu verkaufen? Allein dafür musste er das Haus betreten. Und irgendwann musste er auch wieder in die Klinik, er konnte sich nicht bis zum Ende seines Lebens krankschreiben lassen. Er rollte sich auf die Seite und fing erneut an, bitterlich zu weinen. Sein ganzer Körper verkrampfte sich. Es konnte nicht wahr sein. Das alles konnte einfach nicht wahr sein.

Er griff in die Nachttischschublade und nahm die Tabletten heraus. Er hatte die vorgegebene Tagesdosierung schon weit überschritten.

28

Genau deshalb hasste sie Dates. Genauso hatte sie sich Tinder vorgestellt. Gezwungene und langweilige Gesprächseinstiege. Sie saß hier erst seit knapp zwanzig Minuten, aber sie hatte sich nicht geirrt. Der Typ, der sich als Daniel vorstellte, war charakterlich genauso unsympathisch, wie seine Bilder auf Tinder es angedeutet hatten.

Noch keine einzige Sache hatte er sie gefragt. Redete nur von sich, seiner Trainingsroutine, seinen Fotoshootings und erwähnte rein beiläufig, was für einflussreiche, wichtige Personen er doch kannte.

»Ja, *anyway*, so Shootings sind fucking anstrengend. Von außen sieht das immer so aus, als würden wir uns vor die Linse stellen, dann drückt der Fotograf paarmal ab und fertig. Aber in Wahrheit dauert das Stunden. Bis man *das* Foto hat. Ist schon ein hartes Business. Aber macht Bock. Ist schon *nice*, man kommt auch viel rum und so.«

Leena nickte gelangweilt und blickte um sich.

»Entschuldigung, könnte ich bitte noch eine Cola Zero haben?«, sagte er zum Barkeeper, ohne zu fragen, ob sie auch etwas wolle.

Er schien Leenas fragenden Blick zu bemerken.

»Kalorien«, entgegnete er. »Mehr als ein Bier ist nicht

drin. Sonst muss ich morgen ewig Sport machen. Das kann ich mir nicht erlauben. Anfang Januar hab ich ein Shooting für Burberry, die kennen kein Pardon. Haste da paar Gramm zu viel, biste weg.«

Darauf fiel Leena nichts mehr ein.

»Erzähl mal von dir. Verfolgt die Polizei gerade etwas Spannendes?«, fragte er, klang dabei jedoch nicht ernsthaft interessiert. Er fuhr sich mit der Hand durch die blonden, längeren Haare und schaute sie nicht einmal an.

»Ach ... gerade ist nicht so viel los«, sagte sie. Sie würde mit ihm bestimmt nicht über ihren Beruf reden.

»Ermittelt ihr gerade in dem Mord an Kira Westerlund?«

Leena nickte. »Ja, aber nicht ich. Ich habe Urlaub.«

»Und gibt's schon einen Verdächtigen? Ich habe sie ein-, zweimal auf Events getroffen, aber wir haben kaum miteinander geredet. Nur flüchtig. Aber die Medien sind ja voll von dem Mord.«

»Wie gesagt, ich weiß nichts. Bin nicht dafür zuständig.«

Er nickte und nippte auf feminine Art und Weise an seiner Cola Zero. »YVT«, gab er dann leicht abfällig von sich.

»Was?«

»Na, die hat doch bei YVT gearbeitet. Hat *Finnland am Morgen* moderiert.«

Leena nickte. »Ja, und?«

»Ist da nicht dieser Kotzbrocken jetzt der Chef? Wie heißt der, Jussi Bergström oder so?«

»Du meinst Jussi Bergdahl?«

»Ja, genau.« Daniel nickte. »Dieser arrogante Finnlandschwede.«

»Wieso Kotzbrocken? Kennst du ihn?«

Er schüttelte den Kopf. »Nee, aber meine Ex hat mal für den in Schweden gearbeitet. Scheint ein mega Vollidiot zu sein. Irgendwann hat sie dann gekündigt.«

»Aha. Wieso Vollidiot?«

»Hat sich bei der Arbeit Frauen gegenüber wohl gern mal unangemessen verhalten. Ich bin damals fast ausgerastet. Sie hat bei NordEcho in Stockholm gearbeitet, und er war ihr Chef. Und jetzt kam dieser Bastard nach Finnland zurück und macht hier wahrscheinlich mit genau der gleichen Scheiße weiter.«

»Du meinst, dass er gegenüber Frauen übergriffig ist?«

Daniel nickte. »Schon, ja.«

»Hat sie ihn darauf angesprochen?«

Er nickte erneut. »Ja, klar. Aber da hat man als Frau keine Chance, wenn die anderen nicht mitziehen. Schon gar nicht gegen ein so hohes Tier wie Bergdahl. Aber ist mir jetzt auch egal, ist doch eh meine Ex«, sagte er etwas verächtlich.

Leenas Gedanken liefen auf einmal auf Hochtouren. Was ging in dem Sender vor? Lag hier ein Motiv?

»Wie heißt deine Ex?«

Er schaute Leena an. »Sanna Lundqvist. Warum?«

Den Namen gibt es ja nur fünftausendmal, dachte Leena.

»Nur so. Wohnt die noch in Schweden?«

Er zuckte mit den Schultern. »Keine Ahnung, denk schon. Stockholm. Haben aber keinen Kontakt mehr. Ist doch egal. Erzähl mal von dir. Machst du Sport?« Dabei ließ er seine Augen mit einem prüfenden Blick über ihren Körper gleiten, was ihr höchst unangenehm war.

»Boxen. Zwei- bis dreimal die Woche.«

»Boxen ist super. Krasses Work-out. Aber wenn du mehr Fett verbrennen willst, solltest du Ausdauersport machen, Joggen oder Rad fahren oder so.«

Zum zweiten Mal an diesem Abend war sie kurz sprachlos. Was ließ ihn glauben, dass sie mehr Fett verbrennen wollte? Dieser Mensch, der vor ihr saß, war unglaublich dreist. Und befand sich zudem offensichtlich auf einem veralteten Wissensstand.

»Ich mein nur, bisschen Hüftgold haste ja. Aber ist an sich nicht schlimm. Bist trotzdem 'ne Hübsche.«

Während sie vor zehn Jahren vor Selbstzweifel und Verunsicherung wahrscheinlich in Tränen ausgebrochen wäre, musste sie nun anfangen zu lachen, stand dann auf und zog sich ihren Mantel an. »Ich muss jetzt los«, sagte sie nüchtern.

»Jetzt schon? Wir haben doch so einen netten Abend?«

Sie schüttelte innerlich den Kopf, grinste aber immer noch über ihn. Manche Menschen verstand sie einfach nicht.

»Hast du das gerade böse aufgefasst? Leena, ich finde dich trotzdem *hot*, auch mit paar Kilos mehr«, sagte er mit großer Selbstsicherheit und einem Lächeln, als hätte er ihr gerade das schönste Kompliment aller Zeiten gemacht.

»Mach's gut, Daniel. Viel Spaß bei deinen Fotoshootings, und ich hoffe, dass deine Bauchmuskeln intakt bleiben.«

Sie drehte sich um und quetschte sich durch die Menschenmenge zum Ausgang. Mit verdutztem Gesicht blieb Daniel zurück, rief ihr noch einmal hinterher, aber sie drehte sich nicht mehr um.

29

Sonntag, der 27. Dezember

»Guten Morgen, Mika Levin und Jonna Lund von der Kriminalpolizei Helsinki. Wir müssten mit Sebastian Palm sprechen«, sagte Mika und zeigte am Eingang seinen Dienstausweis vor. Die junge Frau am Empfang blickte ihn erstaunt an, nickte aber und bat um einen kleinen Augenblick. Sie betätigte auf ihrem Telefon eine Taste und telefonierte kurz. »Einmal bitte folgen«, sagte sie anschließend.

Sie liefen durch das weitläufige Erdgeschoss mit Cafeteria. Mika sah, wie am Ende eines Flures gerade eine massive Tür geschlossen wurde, auf der groß und in Rot *Studio 2* stand.

Auf einmal blieben sie an einer Tür stehen, und die

junge Frau, die Mika auf fünfundzwanzig schätzte, klopfte an der Tür.

»Herein«, hörten sie eine Stimme.

Die Frau vom Empfang machte die Tür auf. Im Raum befanden sich zwei Schreibtische gegenüber, an einem saß Sebastian Palm und am anderen Ida Koskinen.

Als Mika sie erblickte, nickte er ihr kurz zu, rollte innerlich aber mit den Augen.

»Guten Tag, ihr seid von der Kriminalpolizei?«, fragte Sebastian, stand auf und reichte beiden höflich die Hand. »Bitte setzt euch doch.« Er deutete auf zwei Stühle an der Wand.

»Danke. Wir müssten aber mit dir allein sprechen«, sagte Mika und schaute zu Ida.

»Ja, ich geh schon«, gab sie pampig zurück und stand auf. »Hab eh Hunger. Soll ich dir was mitbringen?«, fragte sie Sebastian, während sie sich ihre Jacke anzog.

»Nein, danke.«

Sie nickte nur.

»Es geht um Kira, nehme ich an«, sagte Sebastian, nachdem Ida den Raum verlassen hatte.

»Genau. Was kannst du uns über Kira sagen?«

Sebastian atmete einmal tief ein und aus. »Ich mochte sie unglaublich gern«, sagte er mit warmer Stimme. Ein Glanz trat in seine Augen, und Jonna konnte erkennen, dass er alles versuchte, um den Tränen keinen Raum zu geben. Er vermied den Blickkontakt mit den Kommissaren, und auch Mika bemerkte, dass es ihn große Mühe kostete, seine Emotionen zu kontrollieren.

»Und du hattest ein Verhältnis mit ihr, wie wir bereits erfahren haben«, sagte Jonna.

Sebastian nickte langsam und geistesabwesend. »Ja«, sagte er und versuchte gar nicht erst, diese Aussage abzustreiten. »Woher wisst ihr das? Wir hatten uns eigentlich geschworen, es niemandem zu sagen.«

»Das tut nichts zur Sache«, meinte Jonna.

»Sie war seltsam in letzter Zeit«, fuhr Sebastian fort, ohne auf Jonnas Antwort weiter einzugehen. Er starrte immer noch in die Ecke und sprach wie in Trance.

Mika und Jonna schauten sich an.

»Inwiefern?«

»Irgendetwas hat sie belastet, das konnte ich spüren. Ich habe versucht, mit ihr zu reden, immer wieder, aber sie sagte nur, sie wolle mich da nicht mit reinziehen.« Seine Stimme war sanft und leise.

»Hast du irgendeine Ahnung, um was es sich da gehandelt haben könnte?«

»Nein, wirklich nicht. Ich habe ja versucht, mit ihr zu reden.«

»Kanntest du Kiras Mann persönlich?«, fragte Jonna.

»Sören? Nein, warum? Also ja, ein-, zweimal flüchtig gesehen, aber mehr nicht. Hallo gesagt, das war's.«

»Wie lange ging das mit euch?«

»Nicht lange ... zwei Monate oder so«, erwiderte Sebastian zögernd, ohne den Blick zu heben.

»Wusstest du, dass sie schwanger war?«

Sebastian schaute wie vom Blitz getroffen hoch zu den Kommissaren. »Entschuldigung?«

»Sie war schwanger«, wiederholte Jonna.

Sebastian rührte sich nicht.

»Kann es sein, dass du der Vater gewesen wärst?«

»Ich ... äh ... eigentlich, eigentlich nicht, nein.« Er griff nach einer Flasche Wasser und öffnete sie hastig.

»Eigentlich?«, hakte Mika nach. »*Eigentlich* klingt nicht so ganz überzeugend. Zehnte Woche ungefähr.«

Jegliche Farbe wich aus Sebastians Gesicht.

Atmet der überhaupt noch?

»Ich kann es nicht ausschließen«, sagte er nach mehreren Sekunden Stille und schaute beschämt auf den Boden.

»Du meintest, Kira wirkte bedrückt. Seit wann war das so?«, fragte Mika.

»Hmm. Verstärkt aufgefallen ist es mir seit ungefähr einem Monat. Sie wurde stiller, wirkte niedergeschlagen. Anders als sonst, nicht mehr so lebhaft. Sie hatte grundsätzlich eine zurückhaltende, leicht reservierte Persönlichkeit, aber nicht so. Irgendetwas war passiert. Da bin ich mir sicher. Ich kannte sie gut.«

»Und du hast wirklich keine Ahnung, was das gewesen sein könnte?«, bohrte Mika noch einmal nach.

»Nein, leider«, wiederholte Sebastian.

»Ab wie viel Uhr warst du am Morgen des Vierundzwanzigsten hier im Sender?«, erkundigte sich Jonna.

Sebastian überlegte einen Augenblick. »Ungefähr ab fünf. Die genauen Zeiten könnt ihr am Empfang bekommen, minutengenau, wir checken uns ein. Ich habe sie nicht umgebracht«, entgegnete er mit einer kühlen Gelassenheit und schaute die Kommissare an.

»Das haben wir dir nicht unterstellt.«

»Ich hätte ihr nie etwas angetan. Niemals. Im Gegenteil, ich hätte die ganze Welt für sie in Bewegung gesetzt.« Seine Stimme klang jetzt sentimental und weich.

»Verstehe.«

»Wie ist das Betriebsklima hier bei YVT?«, fragte Jonna.

»Ganz okay«, sagte Sebastian und zuckte kurz mit den Schultern.

»Gab es zwischen irgendwem Spannungen?«

»Nicht dass ich wüsste. Also nicht anders oder schlimmer als bei anderen Sendern auch. Druck ist schon da, der gehört zum Business, so ist's nicht. Biste scheiße, biste weg.«

»Verstehe. Ich gebe dir meine Karte. Melde dich jederzeit, falls dir noch etwas Wichtiges einfällt«, entgegnete Jonna.

»Das mache ich. Tut mir leid, dass ich euch nicht weiterhelfen konnte.«

Sie standen auf, und Sebastian öffnete den Kommissaren die Tür.

»Lass uns noch einmal zur Anmeldung gehen«, sagte Mika zu Jonna.

Wenige Minuten später waren sie wieder am Empfang.

»Habt ihr eine genaue schriftliche Dokumentation im

System, wer das Gebäude wann betreten und wann verlassen hat?«

Die junge Frau mit den rötlichen Haaren nickte. »Ja, selbstverständlich. Das Gebäude kann nur mit einem Chip betreten und verlassen werden. Die Zeiten werden immer bis zum Monatsende aufbewahrt.« Sie klickte ein paarmal mit der Maus, schaute auf ihren Bildschirm, druckte anschließend mehrere Seiten aus und übergab sie den Kommissaren. »So, bitte. Die Zeiten jedes einzelnen Mitarbeiters ab dem ersten Dezember.«

»Danke. Und du bist?«

»Maria. Maria Olsson.«

Mika nickte. »Warst du hier und kannst bezeugen, dass Sebastian Palm und Ida Koskinen am Morgen des vierundzwanzigsten Dezembers im Sender waren? Ungefähr ab fünf Uhr?«

Maria sprach leise. »Ja, das waren sie. An dem Morgen hatte ich Schicht. Ich habe beide reinkommen sehen, das war ungefähr zehn nach fünf, meine Schicht beginnt um fünf, aber an dem Tag kam ich selbst ein paar Minuten zu spät. Die beiden kamen kurz nach mir herein.«

»Zusammen?«

Maria nickte.

»Und Jussi Bergdahl?«

Sie nickte erneut.

»Der kam ein wenig später ...«

Sie blickte auf die Unterlagen, suchte Bergdahls Namen.

»05:54 Uhr«, sagte sie.

Mika fragte sich, warum Maria so leise sprach. »Herzlichen Dank«, sagte er und verließ zusammen mit Jonna das große Gebäude.

»Ich rufe noch mal Paavola an, ob er meint, wir sollten Kiras Mutter im Heim aufsuchen oder ob ihr Zustand das nicht zulässt. Dann könnten wir da direkt vorbeifahren«, sagte Jonna, als sie wieder im Auto saßen.

Mika nickte und startete den Motor.

Für einen kurzen Moment dachte Jonna, dass sie Kiras Affäre mit Sebastian Palm nachvollziehen konnte. Er trat sehr charismatisch auf, hatte das gewisse Etwas. Sie klappte den kleinen Sonnenblendenspiegel vor sich hinunter und trug sich etwas Lippenstift auf. Sie bemerkte, dass Mika sie prüfend von der Seite anblickte. Er brauchte nicht zu wissen, was in ihr vorging.

30

Leena starrte auf das Bild von Jussi Bergdahl, das ihr bei LinkedIn angezeigt wurde. Das, was Daniel ihr in der Bar erzählt hatte, passte überhaupt nicht zu dem Mann, den sie hier vor sich sah. Aber sie wusste nur zu gut, dass es da draußen jede Menge Idioten und Psychopathen gab, die unglaublich charmant, intelligent und sympathisch waren. Sie wählte Mikas Nummer.

»Ja?«, ging er ran.

»Hei, Mika, ich bin's. Du, ich wollte dir nur etwas mitteilen, keine Ahnung, ob das relevant sein könnte, aber ich hatte gestern Abend ein Treffen mit jemandem. Also ein Date.«

»Das freut mich. Und deshalb rufst du mich an?«, fragte er, und sie konnte hören, wie er grinste.

»Genau. Ich wollte dir sagen, dass es ein schöner Abend war. Ich dachte, das interessiert dich. Nein, Quatsch, hör zu: Er hat am Rande eine Bemerkung fallen lassen, der ihr vielleicht nachgehen solltet. Jussi Bergdahl.«

»Was ist mit ihm?«

»Die Ex von dem Typen, den ich getroffen hab, hat mal für ihn gearbeitet. Er war ihr Programmchef bei Radio NordEcho in Stockholm.«

»Und?«

»Mein Date hat erzählt, dass seine Ex-Freundin damals gekündigt hat, weil Jussi übergriffig wurde, und nicht nur bei ihr, sondern mehreren Frauen gegenüber.«

»Wie bitte?«, antwortete Mika. »Aber er war nachweislich zur Tatzeit im Sender. Wir haben überprüft, wann welche Mitarbeiter anwesend waren. Er kann es nicht gewesen sein. Trotzdem werde ich diesem Hinweis nachgehen, danke, Leena. Ekelhaft, manche Männer.«

»Ich sage ja nicht, dass er es war. Aber die Übergriffe können trotzdem was mit Kiras Tod zu tun haben. Und selbst wenn nicht, sollten wir mal mit einem Auge draufschauen, was im Sender und in Jussis Umfeld vor sich geht, findest du nicht?«

»Wenn an der Sache wirklich was dran wäre, dann

hätte doch eine der Angestellten schon längst etwas gemeldet. Ich denke, das sind Gerüchte. Von einer Ex.«

Leena fing fast an zu lachen. Genau hier lag der Denkfehler. Immer.

»Eben nicht! Nicht unbedingt.«

»Gut, wie dem auch sei. Danke für die Info, ich habe es im Hinterkopf«, sagte Mika.

»Danke«, gab Leena zurück. Sie wurde aber das Gefühl nicht los, dass es Mika überhaupt nicht interessierte. Er klang merkwürdig. Wenn nicht gar ein wenig abwesend. »Gibt's sonst was Neues?«, fragte sie, während sie die leichten Schneeflocken vor dem Fenster beobachtete.

»Nein, noch nicht. Die ausschlaggebende Spur fehlt leider immer noch.«

»Verstehe.«

»Eine ordentliche Menge Kokain und Alkohol hatte sie im Blut«, fügte er dann hinzu. »Und sie war schwanger.«

»Ach?«

»Ich muss auflegen, wir hören uns.«

Dann legte er auf. Was war bloß los mit ihm? Er verhielt sich so sonderbar.

Leena starrte vor sich hin. Dann gab sie bei Google einen neuen Namen ein.

Rickard Victor.

Mehrere Artikel über ihren Vater tauchten auf, in denen er damals zu verschiedenen Fällen Stellung genommen hatte. Die meisten dieser Berichte kannte sie schon, schließlich googelte sie ihn nicht zum ersten Mal. Sie erhoffte sich, irgendetwas Neues zu entdecken. Aber egal, wie viel sie hin und her klickte, sie stieß auf keinerlei neue Informationen. Natürlich nicht. Er war schließlich seit zweiundzwanzig Jahren tot. Intuitiv griff sie erneut zu ihrem Handy und wählte den Kontakt ihrer Mutter.

»Mama, ich bin's. Kann ich in den kommenden Tagen noch mal vorbeikommen und mir die Kisten von Papa anschauen?«

Ihre Mutter wirkte wenig erfreut. »Die müsste ich erst mal heraussuchen. Weißt du, wie viel Zeug im Keller steht? Ich weiß nicht genau, wo seine Sachen sind.«

»Ich kann selbst danach suchen. Dann musst du das nicht machen.«

»Um Himmels willen, nein, danach finde ich ja erst recht nichts wieder, wenn du da alles durchwühlst. Ich mache das selbst. Gib Bescheid, bevor du kommst. Auch wenn ich mich wirklich frage, warum du dich auf einmal so brennend für deinen cholerischen Vater interessierst.«

»Danke, Mama, ich melde mich, wenn ich weiß, wann ich es schaffe«, antwortete Leena und ignorierte Anna-Lenas letzte Bemerkung.

31

Sören war aus einem langen Nachmittagsschlaf erwacht. Es war schon fast Abend. Kurz vor achtzehn Uhr.

Es klopfte an der Tür, und sie ging leicht auf. Sören

drehte sich nicht um, sondern blieb mit dem Gesicht zur Wand im Bett liegen.

»Dein Bruder ist zu Besuch gekommen«, sagte Helena vorsichtig. Schließlich drehte er sich doch langsam um und erblickte seinen jüngeren Bruder, der in der Tür stand.

»Du musst irgendwas machen, ich bin am Verzweifeln«, hörte er seine Mutter Arne zuflüstern.

»Ich bin nicht taub, Mama.«

»Verzeih mir, Liebling, aber ich weiß einfach nicht mehr weiter. Ich möchte dir so gern helfen. Ich mach mir solche Sorgen.« Er kannte diesen besorgten Ton in ihrer Stimme nur zu gut, sie schlug ihn an, wenn sie kurz davor war zu weinen. Er hörte, wie die Tür geschlossen wurde und Schritte sich ihm näherten.

»Hi«, sagte sein Bruder und setzte sich in den Sessel in der Ecke. »Komm, lass uns eine Kleinigkeit essen gehen. Du musst mal was anderes anglotzen als deine Wand«, sagte Arne. »Sorry, dass ich erst jetzt vorbeikomme. Ich war bis heute verreist. Ich hab dir geschrieben und versucht, dich anzurufen, aber du bist nicht rangegangen. Mama sagt, du hast seit Tagen nichts gegessen.«

»Wie soll ich bitte an Essen denken, wenn meine Frau ermordet wurde, du dämlicher Vollidiot!«

Arne erwiderte nichts.

Tatsächlich musste Sören sich eingestehen, dass es ein klein wenig guttat, die Stimme seines Bruders zu hören. Als er sich umdrehte, erschrak Arne für einen kurzen Augenblick. Ein äußerst blasses Gesicht mit leeren Augen blickte ihn an.

»Fuck. Du siehst furchtbar aus, Mann. Wenn du noch ein paar Tage hier rumliegst, hast du vielleicht Glück, und es ist gar nichts mehr von dir übrig. Wie viel hast du bitte abgenommen in den letzten Tagen? Komm. Schwing deinen dünnen Arsch aus dem Bett. Wir gehen im Pub was essen und trinken.«

»Ich schaff das nicht«, sagte Sören.

»Doch.«

Ungefähr fünfundvierzig Minuten später saßen sie bei *Joes*, einem Mexikaner am Rande von Porvoo. Sie tranken ihr erstes Bier und hatten gerade Essen bestellt.

»Mein Leben war wirklich so gut«, sagte Sören leise. »Ich hatte alles, was ich wollte. Ein schönes Zuhause, eine tolle Frau und einen Job, der mir gefällt. Und dann? Dann ist sie auf einmal tot, und ich erfahre hinterher auch noch, dass sie mich betrogen hat. Womit hab ich das verdient? Womit?« Er schaute durch das Fenster auf die dunkle Straße, die durch ein paar Straßenlaternen beleuchtet wurde.

»Ich habe Angst«, sagte er.

»Wovor?«, fragte Arne.

»Dass es mir nie wieder gut gehen wird. Dass dieser Zustand der Panik und Trauer und vor allem dieser fucking brutale Schmerz nie mehr weggehen werden. Dass ich nie mehr glücklich sein kann. Es fühlt sich so hoffnungslos an, so verloren, das kannst du dir nicht vorstellen.«

»Es wird seine Zeit brauchen, natürlich. Aber es wird dir besser gehen. Du hast uns. Du bist nicht allein, wir sind für dich da. Und du bist nicht der erste Mensch auf Erden, dessen Partner gestorben ist. Andere haben auch zurück ins Leben gefunden, sich neu verliebt und wurden glücklich. Warum solltest ausgerechnet du es nicht schaffen?«

»Na ja«, sagte Sören und nahm einen Schluck von seinem Bier. »Der Unterschied ist, dass meine Frau brutal zu Hause ermordet wurde. Von irgendwem. Auf wie viele Paare trifft das wohl zu?«, fragte er und schaute seinen Bruder an. Er nahm direkt noch einen weiteren Schluck. »Ich kann das nicht verarbeiten. Wie soll ich damit weiterleben?« Er schluckte schwer, und seine Stimme wurde zittrig. »Ich werde diese grauenhaften Bilder niemals aus dem Kopf kriegen, verstehst du, und ich wünschte mir, ich hätte nie mitbekommen, dass sie mich betrogen hat.« Er nahm sein Bier und trank es fast in einem Zug aus. Der Kellner lief vorbei.

»Noch eins?«, fragte er.

»Mach zwei draus«, sagte Arne, der seins ebenfalls fast ausgetrunken hatte.

Der Kellner nickte und lief davon.

»Mit wem hat sie dich eigentlich betrogen?«

»Den Namen habe ich nicht gehört. Und es ist wirklich besser so, denn ich würde denjenigen umbringen.«

Arne schaute auf den Tisch. »Das hätte ich von Kira

wirklich niemals gedacht.« Das Bier wurde zeitgleich mit dem Essen serviert.

»Einen guten Appetit«, sagte der bärtige, korpulente Kellner mit den langen Haaren und stellte die zwei Burger mit Pommes auf den Tisch. Sören schaute das Essen an und nahm direkt ein paar Pommes frites. »Schmeckt sogar halbwegs«, sagte er monoton, und Arne grinste ihn leicht an.

»Ich weiß doch, dass Burger und Pommes deine Welt immer ein kleines Stück besser machen. Das war bei dir schon immer so«, entgegnete Arne und biss in seinen Burger.

Sören musterte seinen kleinen Bruder. Auch wenn sie sich nie sonderlich nahe waren, spürte er heute vielleicht zum ersten Mal, wie dankbar er Arne war. Seine Anwesenheit spendete ihm Trost.

»Ich überlege ständig, was ich übersehen hab, weißt du? Es ist alles so unwirklich. Wir waren so glücklich, und kurze Zeit später bringt jemand sie um. Die Polizei hat keine Einbruchspuren, keine verräterische DNA gefunden, nichts. Wegen dieser scheiß Party.«

»Hatte jemand einen Schlüssel?«, fragte Arne.

Sören schüttelte den Kopf. »Hat die Polizei mich auch schon gefragt. Nein, niemand. Nur Niklas und Jeanette haben einen. Verdammt noch mal, sie hätte doch mit mir gesprochen, wenn sie bedroht worden wäre oder Angst gehabt hätte! Ich versteh das einfach nicht!« Er hörte abrupt auf zu essen. Niemals, unter gar keinen Umständen hätte er früher vor seinem Bruder geweint.

Es fühlte sich so verdammt falsch an, und dennoch konnte er nicht anders. Er wollte keine Schwäche zeigen, wollte stark bleiben. Ja, seine Frau war ermordet worden, und dennoch hatte er das Gefühl, dass es falsch war zu weinen. Insbesondere vor seinem Bruder. Aber die Kräfte jedes Einzelnen waren nun mal begrenzt. Auch bei ihm.

32

Montag, der 28. Dezember

Weihnachten war vorbei, und eigentlich hätte das Casting schon vor den Feiertagen stattfinden sollen, wurde aus organisatorischen Gründen aber auf den heutigen Tag verlegt, was Hanna schrecklich nervte. Es war mitten in ihren Ferien. Wobei man in ihrem Job selten so richtig Ferien hatte. Es war immer irgendwas. Selbst wenn sie keine Dreharbeiten hatte, waren da Fotoshootings, Interviews oder Talkshows. Und wäre sie nicht so verdammt scharf auf diese Rolle, würde sie nicht zum Casting gehen. Für die Hauptrolle der Nina in dem Psychothriller *Behind the Moon,* dessen Dreharbeiten im März in Lappland beginnen sollen, sind in der letzten Auswahlrunde drei Darstellerinnen: Laura Järvinen, Josefin Valkonen und sie selbst. In den nächsten Tagen wird die Entscheidung getroffen werden. Die Rolle reizte sie mehr als alles, und das Drehbuch hatte sie sofort überzeugt. Der Film würde ein Erfolg werden, da war sie sich sicher. Nach Rücksprache mit ihrem Agenten Mikael hatte sie alles gegeben, um in diese letzte Runde zu kommen.

Sie war müde, war schon gegen sechs Uhr aufgestanden, um ihren Text noch einmal in Ruhe durchzugehen. Jetzt war es kurz nach zehn.

Sie lag gut in der Zeit und würde bei den Media Suomi Film Studios in Toukola vorfahren. Den Verlust von Kira spürte sie immer noch tief in den Knochen, und sie würde lügen, wenn sie behaupten würde, sich nicht zusammenreißen zu müssen. Der Tod ihrer Freundin ging ihr extrem nah. Sie fühlte sich traurig und schwer, und Anton und Sofia raubten ihr die letzte Energie. Gott sei Dank hatte sie Kristian. Denn heute musste sie sich unbedingt zusammenreißen.

Sie parkte ihren Wagen, stieg aus und lief auf die massive Tür der Halle zu. Sie war schon oft hier gewesen, für verschiedenste Dreharbeiten und Castings. Helsinki war keine sonderlich große Stadt. Wenn man ein paar Jahre in der Schauspielbranche tätig gewesen war, kannte man schnell alle Studios, die es hier so gab. Sie öffnete die Tür, erblickte den Regisseur Max Salminen, ganz in schwarzen Klamotten und lässiger Beanie-Mütze auf dem Kopf, und am anderen Ende der Halle den Produzenten Patrick Helm, wie sie laut miteinander redeten.

»Ach, hallo, Hanna!«, sagte Max nach einer Weile und drehte sich zu ihr um.

Hanna lief auf ihn zu. »Hei, Max. Schön, dich wiederzusehen.« Max Salminen und sie kannten sich seit ungefähr sechs Jahren, und sie hatte schon in mehreren seiner

Filme mitgespielt, allerdings noch nie eine Hauptrolle unter seiner Regie.

»Danke, ebenfalls! Erzähl, wie geht's dir? Möchtest du einen Kaffee?« Etwas weiter hinten in der Halle erblickte Hanna ein paar Techniker, von denen ihr jedoch keiner bekannt vorkam. Sie waren mit Licht und Technik beschäftigt und knobelten mit Kabeln herum.

»Ja, danke. Mir geht's so na ja. Die Sache mit Kira hast du ja mitbekommen, was soll ich sagen. Wir waren sehr gut befreundet.«

»Klar habe ich das mitbekommen, aber ich wusste nicht, dass ihr so eng befreundet wart. Das tut mir sehr leid, das ist schrecklich.«

Hanna zuckte mit den Schultern. Wenn sie in ihrem Beruf eines gelernt hatte, dann war es, Sorgen von jetzt auf gleich ausblenden zu können. Man konnte keine überzeugende schauspielerische Leistung liefern, wenn man sich von seinen eigenen Gefühlen zu sehr ablenken ließ. »Ich krieg das schon hin.«

Er lächelte sie an. »Tapferes Mädchen. Komm, wir holen dir da drüben einen Kaffee.« Er lief mit ihr zu Patrick rüber, der Hanna auch schon bekannt war.

»Hei, Patrick«, sagte sie, und er nickte reserviert zurück, ohne ein Wort von sich zu geben.

Patrick war nie der Gesprächigste gewesen.

»Sorry noch mal für die Terminverschiebung, aber leider ging es diesmal wirklich nicht anders, ich musste vor den Feiertagen noch kurzfristig nach London. Mir steht die Arbeit bis über den Kopf. Aber man soll ja nicht jammern. Wir haben wahnsinnig tolle Projekte und ein wahnsinnig tolles Jahr vor uns, das wird absolut genial.« Max gab Hanna einen Kaffeebecher. »Bitte schön. Wenn du magst, kannst du noch einmal kurz deinen Text durchgehen, ich bin gleich wieder da.«

Er verschwand und kehrte ungefähr fünf Minuten später wieder zurück. »Gut. Also, wenn du so weit bist, Hanna, können wir loslegen.«

Sie nickte und stellte ihren Kaffeebecher ab, stand vom Stuhl auf und trat vor den riesigen aufgestellten Backdrop. Die großen Scheinwerfer leuchteten direkt auf sie. Sie konnte sich noch gut daran erinnern, wie sie am Anfang ihrer Karriere immer gedacht hatte, dass sie von diesem grellen Studiolicht erblinden würde, aber mittlerweile hatten sich ihre Augen daran gewöhnt. Sie atmete ein paarmal tief ein und aus und konzentrierte sich ausschließlich auf ihre Atmung, so wie sie es bei Castings immer tat, bevor sie loslegte. Dann begann sie zu sprechen.

Nach ungefähr fünf Minuten war sie fertig.

»Das war großartig, Hanna! Großartig!«, sagte Max und sprang begeistert auf. »Wir machen noch eine andere Szene«, fügte er hinzu. »Ich brauch dich mal kurz als Komparsen«, sagte er zu Patrick. »Du spielst mit Patrick die Szene im Drehbuch, als du spätabends betrunken von der Bar nach Hause kommst und dich an ihn ranmachst. Weißt du welche?«

Hanna nickte. »Alles klar.«

Sie wusste, dass sie sich unter solchen Umständen nicht eins zu eins an den Text aus dem Drehbuch halten musste, denn natürlich hatte sie nur den geplanten Text für das Casting auswendig gelernt. Sinngemäß musste sie die Rolle und was im Drehbuch stand, wiedergeben, es ging nur darum, wie sie den Charakter verkörperte. Dass Caster oder Regisseure spontan noch eine andere Szene sehen wollten, kam oft vor. Sie schaute Patrick an und fokussierte sich auf ihn. Dann legte sie los. Als sie fertig war, schaute sie zu Max, der nun nicht mehr lachte, sondern sie ernst anschaute.

»Was war das?«

Hanna war verwirrt. »Was meinst du?« Worauf wollte er hinaus?

»Komm schon, das war nix«, sagte er abfällig, als wüsste sie es selbst. »So funktioniert das nicht. Nicht bei *dieser* Szene. Zieh dich mal aus, wir sind doch unter uns.«

Hanna schluckte kurz. Natürlich hatte sie schon oft halb nackte Szenen drehen müssen, aber dass sie sich bei einem Casting ausziehen sollte, war nicht normal. Sie schaute ihn scharf an.

»Was?«, fragte Max vorwurfsvoll mit einer ausholenden Geste, als er ihre Miene sah.

»Willst du mich für blöd verkaufen?«, sagte sie mit fester Stimme.

»In dieser Szene hast du doch eh kaum was an«, sagte er und zuckte gleichgültig mit den Schultern. »Also los«, fügte er in scharfem Ton hinzu, der keinen Raum für Diskussionen ließ.

Hanna lachte auf.

Nun schaute Max sie scharf an. Diese Seite von ihm

hatte sie nie zuvor zu sehen bekommen, in all den sechs Jahren nicht. Wie eine andere Persönlichkeit, die auf einmal zum Vorschein kam. Max blickte zu Patrick, sie nickten sich dezent zu, und Patrick verschwand durch die Tür.

»Vertraust du mir nicht?«, schwenkte er um und versuchte, mit einer sanfteren Tonlage ihr Vertrauen zu gewinnen. »Schätzchen, du kennst mich seit vielen Jahren! Du weißt doch, dass ich keinen Mist mit dir machen würde.«

»Ach ja? Für mich riecht das hier schon ganz schön nach Mist«, sagte sie scharf. Er hat keine Chance, dachte sie. Er hat vergessen, wer hier vor ihm steht.

»Gut«, sagte er dann und kam langsam auf sie zu. »Musst du wissen, ob du die Rolle haben willst oder nicht. Ich habe bestimmt kein Problem damit, eine andere Besetzung zu finden. Der Film wird ein großer Erfolg werden, das weißt du genauso gut wie ich. Meine Filme werden immer ein Erfolg. Was bist du bereit, dafür zu tun? Außerdem willst du doch bestimmt nicht, dass ich ein schlechtes Wort über dich verliere?« Auf seinem Gesicht formte sich ein kaum erkennbares ekelhaftes Grinsen.

Hanna stockte der Atem. Das war nicht sein Ernst. Nicht Max, nicht dieser Max, den sie schon seit sechs Jahren kannte, mit dem sie immer gut ausgekommen war, der sich immer höchst professionell verhalten hatte. Wer war der Mann, der da auf einmal vor ihr stand?

»Dein Ernst? Du willst mich erpressen?«

Er schwieg und schaute sie einfach nur an. Sein Blick verriet Macht und Boshaftigkeit.

»Wie gesagt, meine Süße, es liegt an dir. Die Rolle oder keine Rolle?«, sagte er dann mit ruhiger Stimme.

Ihr Herz raste, während sie fassungslos zu den Männern in der Crew blickte.

»Wer sind *die* überhaupt?«, fluchte sie laut und machte eine Handbewegung in ihre Richtung. Auf einmal beschlich sie ein ungutes Gefühl. Die paar wenigen Typen, die dort pseudomäßig an der Technik herumgefummelt hatten, waren keine Techniker.

Sie lief zu ihrem Stuhl und nahm ihre Sachen.

Und dann ging alles schnell. Die angeblichen Techniker verließen die Halle, sodass sie nun mit Max allein war. Die Tür fiel ins Schloss.

Er kam auf sie zu, stand jetzt direkt vor ihr.

»Zieh dich aus.«

Sie schüttelte den Kopf. »Einen Scheiß werde ich!«, fauchte sie ihn wütend an.

Sie hatte die Worte kaum ausgesprochen, da packte er ihre Handgelenke und drückte sie mit Gewalt an die steinerne Wand, deren unangenehme Kälte sie in ihrem Rücken spürte. Seine linke Hand packte sie hart an ihrer rechten Brust, während seine andere Hand sie festhielt. Sie hatte keine Chance. Er war groß, und sie spürte, wie unglaublich viel Kraft er hatte. Sie versuchte sich zu wehren, war aber wie versteinert. Vor Schock. Vor Angst. Sie konnte sich nicht rühren. Seine Hand wanderte von ihrer Brust zwischen ihre Beine, öffnete ihre Hose. Sie kniff die Augen zusammen, hörte ihn lauter atmen. Im nächsten Augenblick war seine Hand in ihrem Slip. Er versuchte, sie gewaltvoll zu küssen, drängte seine Zunge in ihren Mund, während er sie mit seiner linken Hand gegen ihren Willen zwischen den Beinen brutal anpackte.

Ihr drohte die Luft wegzubleiben. Tränen schossen ihr in die Augen, sie konnte kaum klar denken. Und auf einmal sah sie *ihn* vor sich. Wie er sich über sie beugte, sie erinnerte sich, wie alkoholisiert er roch. Erinnerte sich an den massigen, ekeligen Leib, der ein kleines Mädchen vergewaltigen wollte. Der Schmerz war wieder da. Ergriff ihren ganzen Körper, sodass sie nur noch schreien wollte.

Der Mann war wieder da.

Er war zurück.

Sie riss die Augen auf und blickte direkt in Max' Augen. Konnte es sich nicht erklären, aber gerade jener Schmerz, der ihren Körper nun vollständig besetzte, verwandelte sich auf einmal in eiserne Kräfte. Überlebenskräfte. Ihr Überlebenswille. Sie setzte all ihre Kraft ein und wusste nicht, wo sie auf einmal herkam. Ersetzte auf einmal die Angst. Hanna versetzte ihm einen gewaltigen Tritt zwischen die Beine, spuckte ihm ins Gesicht und schlug dann wie wild auf ihn ein.

»Ich bring dich um!!! Hörst du! Ich bring dich um!!!«

Er sank zu Boden. Wie eine Furie saß sie nun auf ihm, während er unter ihr lag, kratzte ihn mit ihren langen Fingernägeln, schlug ihm mehrmals ins Gesicht, stand dann auf und trat mit ihrem scharfen Absatz direkt in seinen Bauch. Er schrie laut auf.

Die Tür schoss auf. Patrick kam hereingestürmt.

Hanna wusste, dass sie jetzt nur noch wenige Sekunden hatte. Die Männer waren in der Überzahl, und sie wusste nicht, was alles passieren würde. Sie stürmte zu ihrer Tasche, griff nach ihrem Mantel und eilte Richtung Ausgang.

»Wenn du mich noch einmal anfasst, bringe ich dich um!!!«, brüllte sie auf dem Weg. Es war riskant, ihre Wut so grenzenlos zum Ausdruck zu bringen, aber sie war nicht zu bremsen. Sie kochte. Es brodelte nur so in ihr, und sie konnte sich nicht daran erinnern, jemals in ihrem Leben eine solch gewaltige Rage verspürt zu haben. Eine Rage, die sie nahezu ersticken ließ, so fühlte sie sich an. Sie stand in der Tür, hatte sie bereits einen großen Spalt geöffnet.

»Du denkst, meine Karriere liegt in deinen Händen, ja? Du denkst, du kannst so was mit *mir* abziehen?«, wobei sie das Wort *mir* extrem betonte und dabei mit zitternder Hand auf sich selbst zeigte. Max erhob sich langsam mit schmerzverzerrtem Gesicht vom Boden. Patrick starrte sie einfach nur an, als sei sie geisteskrank. »Schieb dir die Rolle einfach ganz tief in deinen Arsch, du widerliches Stück Scheiße.«

Sie donnerte die Tür der Halle hinter sich zu und eilte zum Auto. Sie wollte gerade losfahren, als sie noch einmal innehielt und überlegte. Würden nicht gleich auch die anderen kommen? Für wann waren Laura und Josefin bestellt? Kamen sie überhaupt? Oder war sie als Einzige hierhergelockt und verarscht worden? Sie würde einen Augenblick im Auto warten, vielleicht tauchte ja eine ihrer Kolleginnen auf. Falls einer der Männer rauskommen und nach ihr sehen würde, könnte sie immer noch schnell losfahren. Sie war so dermaßen wütend, dass sie ein paarmal gegen das Lenkrad schlug. Das durfte doch verdammt noch mal nicht wahr sein. Es war nicht das erste Mal, dass etwas in diese Richtung passierte. In ihrer Branche wimmelte es von schwarzen Schafen, aber sie hatte gelernt, damit umzugehen. Meistens handelte es sich *nur* um unangebrachte, herablassende Kommentare, auf die sie schlagfertig konterte. Aber nicht so etwas. Nicht Übergriffe in diesem Ausmaß. Er wollte sie vergewaltigen. Es passierte ihr schon wieder. Was sie vor allem erschütterte, war, dass sie dachte, ihn gut zu kennen. Sie hatte ihm vertraut. Ihn eigentlich gemocht. Wie hatte sie sich so gewaltig irren können? Mit Kira hatte sie mal darüber gesprochen, dass – fuck. Sie hielt inne. Wieso hatte sie nicht früher daran gedacht? Wieso kam ihr das erst jetzt in den Sinn? Sie blieb noch eine ganze Weile in ihrem Auto sitzen und dachte nach. Sie war eine gefühlte Ewigkeit in Gedanken versunken und wollte gerade vom Gelände fahren, als sie sah, wie eine junge Frau eilig auf die Halle zusteuerte. Hanna blickte genauer hin, während sie näher kam. Es war ein junges Mädchen. Wie alt war sie? Hanna versuchte, sie besser zu erkennen. Höchstens fünfzehn. Sie lief auf den Eingang der Halle zu und blieb direkt davor kurz stehen. Hanna konnte erkennen, dass sie nervös war. Dann öffnete das Mädchen mit beiden Händen die schwere Tür zur Halle. Oder besser gesagt das Tor zur Hölle.

Hanna entschied sich, noch nicht zu fahren.

33

Leena stieg gerade mit zwei vollen Einkaufstüten aus dem Aufzug und steckte wenige Sekunden später den Schlüssel in die Wohnungstür, als ihr Handy klingelte. Bis sie drinnen war und die Sachen abgestellt hatte, hörte das Klingeln wieder auf. Sie trug die Sachen in die Küche, als es erneut begann.

Genervt ging sie ran: »Hei, sorry, ich wollte dich gleich zurückrufen, bin gerade erst mit vollen Einkaufstüten zur Tür reingekommen.«

Keine Antwort.

»Hanna?«, fragt sie, in der Erwartung, die Stimme ihrer Schwester zu hören, die versucht hatte, sie anzurufen.

Sie blickte auf das Display.

Anonym.

Es war nicht Hanna.

Jemand atmete.

»Wer ist da?«, fragte sie mit Nachdruck. »Hallo?!«

Dann legte die Person auf.

Ihr Herz pochte.

War das ein schlechter Scherz? Wollte ihr jemand Angst einjagen? Erst die anonyme Mail mit dem Foto, jetzt dieser Anruf. Für eine Weile blieb sie mitten in der Küche stehen, starrte vor sich hin und dachte nach. Der Anrufer hatte seine Nummer natürlich unterdrückt. Sie zog ihre Sachen aus und machte sich daran, die Einkaufstüten auszupacken. Leena versuchte, ihre Gedanken zu sortieren. Innerlich machte sich eine große Unruhe in ihr breit, sie versuchte, ruhig zu atmen. Wahrscheinlich hatte das überhaupt nichts zu bedeuten. Da draußen gab es eine Menge Idioten, die sich einen Scherz erlaubten. Sie hatte furchtbaren Hunger, machte sich Fleischbällchen und Kartoffelpüree in der Mikrowelle warm und aß anschließend vor dem Fernseher. Der Anruf wollte ihr nicht aus dem Kopf gehen, aber sie versuchte, ihn zu verdrängen.

Leena überlegte kurz, dann fasste sie einen Entschluss.

Sie erreichte ihre Schwester nicht, schrieb ihr dann auf WhatsApp eine Nachricht und bat sie um Daniels Nummer. Entgegen ihrer Erwartung fragte ihre Schwester nicht nach dem Grund, wieso sie nach einem angeblich so furchtbaren Date seine Nummer haben wollte, und schickte sie ihr kommentarlos. Leena hatte sie noch direkt nach dem Date angerufen und ihr am Handy die Hölle heißgemacht. Sie war so wütend auf ihre Schwester gewesen.

Sie wählte Daniels Nummer. Nach ein paarmal Klingeln ging er ran.

»Daniel Nieminen«, meldete er sich mit ganzem Namen.

»Hei, Daniel, ich bin's Leena. Sorry, ich hoffe, ich störe gerade nicht. Ich habe nur eine kurze Frage.«

»Leena?«, fragte er überrascht. »Also mit dir habe ich ja nicht mehr gerechnet. Cool, von dir zu hören«, sagte er freundlicher als erwartet. Im Hintergrund hörte sie verschiedene Stimmen, wahrscheinlich war er wieder bei einem seiner wichtigen Fotoshootings. »Warte mal kurz …«, fügte er hinzu. Sie hörte ein Rascheln. *»I will be back in a second. Gotta take this call quickly, excuse me«*, hörte sie ihn zu jemandem sagen, wobei sein britischer Akzent furchtbar aufgesetzt klang.

»So, jetzt bin ich wieder da.«

»Ich möchte dich um einen Gefallen bitten. Du hast mir doch von der Sache mit deiner Ex und Jussi Bergdahl erzählt.«

»Ja. Und?«

»Hast du noch die Nummer von deiner Ex-Freundin Sanna?«

Am anderen Ende der Leitung war es still.

»Ja«, sagte Daniel nach einer längeren Pause.

»Würdest du sie mir schicken? Wir bräuchten dringend den Kontakt zu ihr, es wäre wirklich wichtig.«

»Wofür denn?«

»Es könnte sein, dass Sanna uns da in einer Sache helfen könnte«, sagte sie schließlich knapp und hoffte, dass er nachgeben und vor allem nicht weiterfragen würde.

»Hm«, machte er nur und schwieg kurz. »Was krieg ich dafür? Ein zweites Date?« Leena fing beinahe an zu lachen, das konnte er doch unmöglich ernst meinen.

»Du bist auf einmal einfach gegangen, und jetzt willst du meine Hilfe?«, fragte er und lachte. »Aber gut. Ich will mal nicht so sein und tue etwas für mein Karma. Ich schick dir gleich ihre Nummer auf WhatsApp. Allerdings weiß ich nicht, ob die noch aktuell ist. Wir haben schon seit langer Zeit keinen Kontakt mehr.«

Du hast was gut bei mir, wollte sie sagen, behielt es dann aber doch für sich, denn das stimmte nicht. Am Ende kam er noch auf dumme Gedanken.

»Ich hab was gut bei dir«, sagte er, als hätte er ihre Gedanken hören können.

Sie presste die Lippen zusammen. »Wir sehen uns«, sagte sie und legte auf, bevor sie konkreter werden musste.

Das werden wir ganz bestimmt nicht.

Kurz nachdem sie aufgelegt hatten, klingelte ihr Handy erneut. Was war denn heute los?

Sie sah den Namen auf dem Display. Lilli.

»Ich habe gedacht, ich versuche es doch mal mit dem Schlittschuhlaufen. Aber ich habe es ewig nicht mehr gemacht. Bestimmt fast zwanzig Jahre. Willst du mitkommen? Ich könnte bestimmt Hilfe gebrauchen.« Lilli kam sofort zum Punkt.

Leena blickte auf die Uhr. Es war kurz nach elf Uhr. Bis es dunkel war, hätten sie noch knapp vier Stunden.

»Warum nicht, ein bisschen Bewegung schadet nie. Wollen wir zum Tuusulanjärvi? Ein bisschen rausfahren? Das Wetter ist heute ideal dafür. Ich kann dich abholen, aber dann sollten wir jetzt direkt los.«

»Alles klar. Ich schick dir meine Adresse. Ich wohne in Kallio.«

»Okay. Ich fahr dann gleich los.«

»Super, bis gleich.«

34

Es war eng und dunkel im Kofferraum. Sie sahen fast nichts. Es rüttelte, und Hanna hörte das panische Weinen und Wimmern ihrer kleinen Schwester.

»Was passiert jetzt?«, hatte Leena gefragt. Dabei hatte sie so leise gesprochen, als traue sie sich kaum, zu fragen. Hanna hatte keine Ahnung. Sie hatte so schreckliche Angst, dass sie nicht sprechen konnte. Wohin fuhren sie? Was würde passieren? Wären sie doch bloß nicht von zu Hause weggerannt.

»Ich will zu Mama!«, rief Leena panisch.

Und da fasste Hanna einen Entschluss. Sie war erst zwölf, aber sie würde ihre kleine Schwester retten. Wie, das wusste sie noch nicht, aber es war ihre Aufgabe. Sie war die Große.

Es verging eine Ewigkeit, bis der Wagen endlich zum Stehen kam. Sie hörten, wie die Autotür zugeschlagen wurde und Schritte um das Auto herumliefen. Dann öffnete sich der Kofferraum.

»Aussteigen«, sagte Antti. Es war, als würde eine andere Person sprechen als die, die ihnen vorhin im Park hatte helfen wollen. Ängstlich und zitternd kletterten die Mädchen aus dem Kofferraum. Sie standen direkt vor einer Hütte mitten im Wald, deren Umrisse in der pechschwarzen Dunkelheit gerade so zu erkennen waren. Nur das Rauschen des Windes war zu hören.

Der Mann packte sie beide am Arm und zog sie zur Hütte. Leena fing an zu schreien.

»Ja, schreit, so viel ihr wollt, hier hört euch niemand!«

Hanna und Leena schlugen wild um sich, versuchten sich

zu befreien, aber es war unmöglich. Die Hände des Mannes hatten eine eiserne Kraft. Als Leena versuchte, ihn zu treten, packte er sie beide am Kragen und hob sie hoch, sodass sie in der Luft strampelten.

Mit einem Fuß drückte er die Klinke der Hütte herunter. Sie war nicht abgeschlossen. Er warf die Mädchen hinein. Dann machte er das Licht an und schloss die Tür. Es war kalt, Hanna blieb vor Schock fast der Atem weg. Sie saßen in der Falle.

Es roch modrig und hölzern. Es war nicht so gemütlich eingerichtet wie das Mökki von Mama und Papa. Hier war alles so kalt. Und dreckig. In der Ecke standen mehrere leere Flaschen Schnaps, Wodka und Bierdosen. An der Wand hing eine Uhr. Auf der Küchenzeile stand benutztes Geschirr, in der Ecke ein Bett. Der Mann lief mit schweren Schritten zu dem kleinen Schrank in der Küche und öffnete ihn. Er nahm eine Flasche Schnaps heraus. »Wollt ihr auch?«, fragte er.

Hanna traute ihren Ohren nicht. Papa und Mama hatten ihnen immer verboten, davon zu probieren. »Bist du verrückt?«, antwortete sie.

Der Mann lachte. Es war kein freundliches Lachen. »Ja, das könnte man vielleicht so sagen. Aber halb so wild, ich hab in eurem Alter auch schon Alkohol getrunken.«

»Warum sind wir hier?«, fragte Leena.

Sie bekam keine Antwort. Der Mann öffnete die Schnapsflasche, setzte sich auf einen Stuhl, fing an zu trinken und schaute sie an.

»Ich will nach Hause!«, schrie Leena.

»Halt's Maul!«, fuhr Antti sie an. »Leg dich aufs Bett«, sagte er auf einmal und stierte dabei Leena an.

Leena rührte sich keinen Zentimeter.

»Ich habe euch vorhin geholfen, habt ihr das schon vergessen? Jetzt könnt ihr mir doch wohl einen kleinen Gefallen tun«, sagte er nun wieder mit warmer, freundlicher Stimme, aber sein Blick war finster. Hanna ertrug es nicht. Sie ertrug das alles nicht. Sie ertrug Antti nicht, sie ertrug die eisig kalte Hütte nicht, aber vor allem ertrug sie die Angst nicht, die sich im Gesicht ihrer Schwester abzeichnete. Leena hatte Todesangst. Noch nie hatte sie etwas so Furchtbares gesehen wie den Gesichtsausdruck ihrer kleinen Schwester in diesem Moment. Keine Sekunde länger konnte sie ihre Schwester so sehen. Und weil sie nicht wusste, was sie sonst tun sollte, täuschte sie vor, ohnmächtig zu werden, und kippte um.

Sie musste Zeit gewinnen. Nachdenken. Eine Lösung finden. Es zählte jede Sekunde. Aber er würde Leena nicht anfassen.

Erst viele Jahre später, als Hanna bereits fast erwachsen war, war ihr bewusst geworden, dass es genau dieser Moment gewesen war, der sie zur Schauspielerei angetrieben hatte. Jemand anders sein. Auf Knopfdruck. Zu sein, wer du jetzt sein musst.

Damals, um zu überleben. Heute, um zu überzeugen.

Zeit zum Üben hatte sie nicht. Ihr Training war das Leben gewesen. Und sie schwor sich, dass sie bei jeglicher Darbietung auf der Bühne ihres Lebens immer absolut überzeugend sein würde.

Laura Järvinen und Josefin Valkonen waren nicht erschienen. Das junge Mädchen befand sich nun seit ungefähr fünfzehn Minuten in der Halle.

Sie sah wieder die angsterfüllten Augen ihrer Schwester vor sich. Den Mann über ihr.

Nein. Sie öffnete die Fahrertür und ging schnellen Schrittes zur Halle. Ihre Intuition täuschte sie nicht. Nie.

Und sie würde nicht schlafen können in dem Wissen, davongefahren zu sein, während einem weiteren jungen Mädchen etwas Schreckliches passierte. Natürlich konnte sie nicht alle davor bewahren. Aber selbst wenn es nur dieses eine Mädchen war, war es ein Mädchen, das gerettet werden konnte.

35

Lilli seufzte, als sie vergebens nach ihrem Handy in der Handtasche suchte. Shit. Sie hatte es tatsächlich zu Hause vergessen. Ville hatte ihr vorgeschlagen, heute Abend spontan ins Kino zu gehen, und als sie nach draußen schaute und dieses ekelhafte Wetter auf sich wirken ließ, hatte sie irgendwann zugestimmt. Auch wenn das alles verrückt war. Es war verrückt, dass er im Laden hinter ihr gestanden hatte. Am liebsten wäre sie davongerannt. Und sie verstand die Sache mit den fünfzig Euro immer noch nicht. Am Ende hatten sie sich vor dem Laden noch eine Weile unterhalten, und sie hatte den inneren Drang verspurt, ihn einfach zu fragen, wieso er das getan hatte.

Warum er tatenlos zugesehen hatte, wie sie ihm fünfzig Euro klaute. Seine Antwort lautete, dass sie das ja nicht getan hätte, wenn sie das Geld nicht dringend brauchen würde.

Und jetzt konnten sie sich gegenseitig nicht erreichen. Hervorragend. Sie hatten noch nicht entschieden, in welchen Film sie gehen würden. Sie konnte ihn nur über Instagram kontaktieren, dafür brauchte sie aber ein Handy oder einen Laptop. Sie blickte zum Esstisch. Jussis Laptop. Er hatte vor wenigen Sekunden das Haus verlassen und war kurz einkaufen gefahren. Konnte sie einfach mal eben ...? Abrupt stand sie auf, lief zum Esstisch und öffnete sein MacBook. Tatsächlich brauchte sie wie erwartet kein Passwort, denn es war genau wie bei ihrem eigenen, dass sich die Passwortsperre erst nach zwei Minuten aktivierte. Sie loggte sich auf Instagram ein und schrieb Ville, dass sie ihr Handy vergessen hatte und ob sie um neunzehn Uhr James Bond anschauen und sich ungefähr eine halbe Stunde vorher vor dem Kino treffen wollten. Er antwortete kurz darauf, dass das in Ordnung gehe. Sie reagierte auf die Nachricht mit einem Daumen hoch, schrieb *bis später* und loggte sich wieder aus. Sie ging auf den Verlauf und löschte ihre Spuren. Wahrscheinlich würde es Jussi nicht auffallen, jedoch wollte sie sichergehen. Es war besser, wenn er nicht mitbekam, dass sie heimlich an seinem Laptop war. Sie wollte den Laptop gerade wieder schließen, als rechts oben auf dem Bildschirm eine neue Benachrichtigung erschien. Eine neue E-Mail. Sie kam auf eine Taste, und die Mail öffnete sich automatisch. Eine Mail vom Stromanbieter. Langweilig. Sie wollte die Mail gerade schließen, als sie merkte, dass sie sie versehentlich gelöscht hatte. Scheiße. Schnell klickte sie auf das Papierkorb-Symbol und wollte die Mail eben wiederherstellen, als ihr Blick auf etwas anderes fiel. Einen Absender. *Kira Westerlund.*

Das geht dich nichts an, sagte Lillis innere Stimme. Du wirst diese Mail nicht öffnen.

Mensch, wie blöd, dass ich schon immer ein kleiner Rebell war.

Sie hatte gerade ungefähr die Hälfte der Mail gelesen, da hörte sie, wie jemand den Schlüssel in die Tür steckte, schloss panisch die Mail und den E-Mail-Ordner, klappte das MacBook zu und machte einen Satz zurück aufs Sofa, kurz bevor die Haustür aufging und Krista zur Tür hereintrat.

36

Mist! Sie hätte den E-Mail-Verlauf von Jussis Laptop an sich selbst weiterleiten und ihn danach aus dem Gesendet-Ordner löschen sollen. Aber Krista war zu schnell nach Hause gekommen.

Das Gelesene wühlte sie auf. Sie konnte sich das nicht vorstellen. Es passte nicht zu Jussi. Zu gern hätte sie den E-Mail-Austausch zu Ende gelesen, aber eine zweite Möglichkeit würde sich ihr sicherlich nicht bieten.

Als sie aus der Straßenbahn stieg, schlug ihr kalte Luft

entgegen, und sie lief über den großen Platz am hell beleuchteten Kamppi-Einkaufszentrum vorbei, das an der Außenfassade mit einer riesigen roten Schleife dekoriert war. Hoffentlich bot Ville ihr gleich kein Popcorn oder, noch schlimmer, Cola an, oder im allerschlimmsten Fall beides, denn sie würde ablehnen müssen. Oder ein paarmal während des Films aufs Klo gehen.

Sie steuerte auf den Eingang des Tennispalatsi zu, und bereits beim Öffnen der großen Eingangstür sah sie Ville wenige Meter vor sich stehen. Sie setzte ein übertriebenes Lächeln auf und lief auf ihn zu.

»Hei«, sagte er und umarmte sie herzlich. Er duftete gut, stellte sie fest. Und er sah gut aus. Seine dunklen Haare waren dezent nach hinten gekämmt, aber nicht zu viel. Er trug eine olivgrüne Winterjacke, einen grauen Schal und Jeans. »Ich habe die Tickets schon online gekauft«, sagte er.

Gott sei Dank.

»Oh, danke!« Sie fragte nicht, ob sie ihm etwas schuldete.

»Komm, wir holen uns noch was zu snacken.«

Bitte nicht.

»Bist du Team Popcorn oder Nacho? Oder was ganz anderes? Eis? Süßigkeiten?« Er lächelte sie freundlich an, während sie zur Snackbar liefen.

»Eigentlich, muss ich gestehen, bin ich ziemlich voll von dem ganzen Weihnachtsgefresse. Ich glaube, ich nehme nur etwas zu trinken«, versuchte sie locker rüberzubringen. Sowohl die Kalorien als auch die mittlerweile unfassbar hohen Kosten der Snacks im Kino waren gute Gründe, nichts zu kaufen.

»Ach komm, Kino ohne Popcorn oder Nachos ist doch langweilig, das gehört dazu. Ich lad dich ein.«

Jetzt waren es nur noch die Kalorien, die dagegensprachen.

»Nein, ich bin echt voll, danke. Ich habe vorhin zu Hause total viel gegessen.«

Alles, was sie gegessen hatte, waren Abführtropfen und ein paar Gurkenscheiben, aber es fühlte sich so gut an, nach all den Eskapaden über Weihnachten, dem Körper wieder all die Kalorien vorzuenthalten.

»Na gut. Ich hole mir aber trotzdem was«, sagte er. »Ihr Frauen esst doch am Ende eh immer mit, auch wenn ihr zuerst sagt, dass ihr nichts wollt«, sagte er und grinste sie an.

Sie grinste zurück, während sie dachte: Da musst du dir bei mir wirklich keine Gedanken machen.

Als sie fast drei Stunden später das Kino verließen, hatte Lilli ein eigenartiges Gefühl. Sie hatte tatsächlich den Eindruck, dass sie anfing, ihn ein wenig zu mögen. Während des Films hatte sich eine Art Vertrautheit zwischen ihnen entwickelt. Er hatte irgendwann ihre Hand genommen, und sie hatte sich an ihn gelehnt. Sie fühlte sich bei ihm wohl. Tatsächlich hatte sie ein bisschen von seinem Popcorn mitgegessen, ohne im Anschluss aufs Klo rennen zu müssen. Was vielleicht auch daran lag, dass sie den schönen Moment nicht unterbrechen wollte. Er hatte etwas an sich, was dafür sorgte, dass sie sich bei ihm wohlfühlte.

»Willst du noch mit zu mir kommen?«, fragte sie ihn direkt, nachdem sie sich über den Film ausgetauscht und das Kino verlassen hatten.

Er schüttelte den Kopf. »Nein«, sagte er nüchtern.

Lilli blieb vor Verwunderung stehen. »Nein?«, wiederholte sie in einem Ton, als hätte sie dieses Wort noch nie zuvor gehört.

»Nein«, sagte er erneut und lachte anschließend. »Ich möchte dir etwas zeigen. Komm.« Damit packte er ihre Hand so entschlossen, dass sie gar nicht anders konnte, als ihm zu folgen. Sein Auto parkte um die Ecke. Ein schwarzer Audi A7.

»Madame«, sagte er und hielt ihr die Beifahrertür auf.

»Wohin geht die Reise?«

»Tja, das ist eine Überraschung«, sagte er und lächelte.

Sie zögerte.

»Ich werde dich schon nicht entführen«, fügte er hinzu. »Versprochen.«

Schließlich stieg sie ein. Sie fuhren los Richtung Norden, durchquerten Vantaa, und auf einmal wurde die Gegend immer verlassener. Sie waren schon über eine halbe Stunde unterwegs.

»Also wenn es heute Nacht bis nach Nordfinnland gehen soll, musst du mir schon früher Bescheid geben. Ich habe in den nächsten Tagen nämlich noch ein paar andere Dinge geplant, weißt du?«, versuchte sie, sich und die Situation zu entspannen. War sie komplett dumm gewesen, bei ihm ins Auto zu steigen? Bei einem Fremden, den sie so gut wie gar nicht kannte? Sie versuchte, sich zu beruhigen. Ihr zunehmendes unruhiges Gefühl war doch albern, aber es war typisch für sie. Sie dachte manchmal sofort an das Schlimmste.

»Erzähl schon, wo bringst du mich hin?«, hakte sie erneut nach.

»Jetzt sei nicht so neugierig, wir sind gleich da«, sagte er ausweichend.

Sie bogen von der Hauptstraße auf eine einsame Straße ab, die zwischen dichten Bäumen verlief. Sie blickte zu ihm. Er schaute gelassen geradeaus. Wo zur Hölle waren sie? Die Gegend kam ihr nicht bekannt vor.

»Ich mein's ernst. Sag schon, wo wir hinfahren«, forderte sie mit Nachdruck. »Ich mag dieses Spiel nicht. Das ist gruselig.«

Er schaute langsam zu ihr rüber, und ihre Blicke trafen sich.

»Wie gesagt, du wirst es gleich sehen.«

»Ich will es aber nicht gleich sehen, ich will es jetzt wissen!«

Er blickte wieder geradeaus, ohne ein Wort zu sagen. Es machte sie wahnsinnig. Er machte eigentlich nicht den Eindruck, dass er wirklich etwas Böses im Schilde führte. Allerdings beunruhigte sie die immer einsamer werdende Gegend, in der sie sich mittlerweile befanden. Dann sah sie auf einmal das Schild: *Serena Ski.*

Doch. Sie war hier schon einmal gewesen. Vor Ewigkeiten.

»Hast du vor, mit mir mitten in der Nacht Ski zu fahren?«

»So ähnlich.«

Nach wenigen Minuten erreichten sie einen überraschend gut besuchten Parkplatz, was Lilli erleichtert aufatmen ließ. Er hatte es ihr offensichtlich angemerkt und lachte sie besänftigend an. »Du hast nicht wirklich geglaubt, dass ich etwas Schlimmes mit dir vorhabe?«, sagte er und strich ihr liebevoll durch die Haare. Sie verspürte ein Kribbeln in ihrem Körper.

»Nein«, log sie. »Aber du musst das verstehen. Ich steige bei einem Halbfremden ins Auto, und wir fahren mitten ins Nirgendwo. Welche Frau würde da nicht ein wenig nervös werden?«

Er nickte. »Okay, da hast du recht. Verzeihung, daran habe ich dummerweise nicht gedacht.«

»Ist schon okay. Aber was machen wir hier?«

»Komm«, sagte er und stieg aus. »Hier ist heute Schlitten-Nacht.« Er öffnete seinen Kofferraum.

»Du willst nicht ernsthaft mit mir Schlitten fahren?!«

Hallo? Wie alt waren sie? Fünf?

»Doch!«, lachte er, während er einen Schlitten aus dem Kofferraum hob.

»Du bist doch bescheuert, ich geselle mich wohl kaum zu den kreischenden Kindern da oben und fahr mit dir Schlitten«, nörgelte sie und verschränkte die Arme. »Außerdem hab ich dazu auch nicht die passenden Klamotten an.«

»Kinder? Ich seh keine. Es ist zweiundzwanzig Uhr, da sind die Kinder im Bett. Außerdem, dreh dich mal um.« Er zeigte auf eine Bude, die Schneeanzüge zum Verleih anbot.

»Das ist nicht dein fucking Ernst«, sagte Lilli.

Er lachte noch lauter und schien sich bestens über ihre Fassungslosigkeit zu amüsieren. »Doch. Tut mir leid, aber da musst du jetzt durch.« Dann nahm er eine Thermoskanne aus dem Auto und öffnete sie. »Schau mal. Ich habe dir sogar etwas zum Mutantrinken mitgebracht.«

Als er die Flüssigkeit in den Becher kippte, erkannte Lilli sofort am Duft, dass es sich um Kakao mit Minttu-Schnaps handelte.

»Woher weißt du, dass ich total darauf stehe?«

»Tja, ich bin einfach allwissend. *Kippis!*«

Sie liefen zu der Bude, an der die Schneeanzüge verliehen wurden. Sie konnte nicht glauben, dass sie wirklich mitging. Und sie wusste, dass ihr gleich die schlimmste aller Fragen gestellt werden würde. Lilli versuchte, sich die Unruhe nicht anmerken zu lassen.

»Welche Größe?«, fragte die grauhaarige Frau hinter der Theke.

Panik schoss ihr durch die Glieder. Wenn sie nicht in S passen würde, kam das einem Weltuntergang gleich. Sie erinnerte sich an den schrecklichen Moment, als sie vor mehreren Jahren in Österreich Skier und Skiklamotten ausleihen musste und man sie nach ihrem Gewicht, ihrer Körpergröße und Konfektionsgröße fragte. Sie hatte irgendwelche Zahlen genannt, und sie hatte nicht in den Skianzug gepasst, der ihr ausgehändigt wurde. Es war ein Desaster. Sie hatte danach auf dem Hotelzimmer geheult und sich geschworen, nie mehr Anzüge oder Ähnliches irgendwo auszuleihen, ehe sie nicht ordentlich abnahm und garantiert in die kleinste Größe passte.

»S«, sagte Lilli.

Die Frau nickte und reichte ihr einen grässlichen lilafarbenen Anzug.

Ihr Puls beschleunigte sich. Bildete sie sich das ein, oder schaute Ville sie fragend an?

Sie bemerkte, wie ihr unter der Jacke der Schweiß ausbrach.

»Und du?«, fragte die Frau Ville.

»Fallen die klein aus?«

»Normal.«

»Mach mal lieber XXL«, sagte er mit großer Gelassenheit.

Lilli bewunderte ihn. Er schien sich nicht zu schämen. Er war auch nicht dick, aber groß, stabil und muskulös. Aber allein die zwei Buchstaben XL auszusprechen, das war zumindest ihre Meinung, musste für jeden Menschen unangenehm sein. Doch das entsprach offensichtlich nicht der Realität.

Die Frau nickte. »Braucht ihr auch einen Schlitten?«

Ville schüttelte den Kopf. »Nein.«

»In Ordnung. Das macht dann für euch beide zweiundzwanzig Euro.«

Er zückte seine Karte und hielt sie ans Gerät.

»Umziehen könnt ihr euch hier nebenan in der Hütte.«

Er nickte. »Wunderbar. Danke.«

Lilli wurde schlecht. Was, wenn sie doch nicht in den Anzug passte?

»Alles okay?«, fragte er. »Du bist so still.«

»Alles gut, ich bin nur ewig keinen Schlitten mehr gefahren.«

»Das kann man nun wirklich nicht verlernen. Da muss man nichts können. Das wird lustig!«

Sie hatte Glück. Großes Glück. Sie passte in den Anzug. Erleichtert atmete sie auf, aber der Schweiß stand ihr auf der Stirn.

Als der Lift sie nach oben auf den Hügel gebracht hatte, positionierte Ville den Schlitten.

»Setz dich vor mich«, sagte er und nahm auf dem Schlitten Platz. Lilli setzte sich vor ihn. Sie schaute den für ihren Geschmack recht steilen Abhang hinunter. Dann legte er seine Arme um ihren Körper. Ein wohliges Gefühl durchströmte sie. Für einen Moment verharrten sie in dieser Position und Lilli drehte ihren Kopf ein wenig zur Seite. Zu ihm.

»Bereit?«, fragte er.

Sie nickte. »*Let's go.*«

Sie drückten sich vom Fleck und schossen in einem Affentempo den Hang hinunter. Als sie unten ankamen, verloren sie das Gleichgewicht und fielen seitlich vom Schlitten. Beide konnten sich vor Lachen nicht mehr halten, Ville versank kopfüber im Schnee und kam prustend wieder hoch, und Lilli wischte sich lachend das pappige Weiß vom Schneeanzug.

»Du darfst dich nicht abrupt so stark zur Seite lehnen!«, fluchte er im Spaß.

»Ach, jetzt ist das meine Schuld?!«, schoss Lilli zurück.

»Natürlich, wessen sonst!«

»Du bist hinten gesessen!«, wehrte sie sich. »Der, der hinten sitzt, lenkt! Das musst du doch wissen, du Idiot!«

»Sitz doch selbst hinten!«

Nach etwas über einer Stunde und zwei weiteren Tassen Kakao mit Schnaps liefen sie zurück zum Auto. Lilli spürte den Alkohol in ihren Gliedern, vor allem, weil sie tagsüber kaum etwas gegessen hatte.

»Und, war es sehr furchtbar? Ich finde, man könnte fast meinen, dass du Spaß hattest«, sagte er flapsig, legte seinen Arm um sie und drückte sie an sich.

»Es war der Horror«, antwortete sie theatralisch, sodass ihm klar wurde, dass sie es nicht ernst meinte.

Schnell bückte sie sich, formte innerhalb von zwei Sekunden einen Schneeball und feuerte ihn in seine Richtung, während sie gleichzeitig von ihm wegrannte.

»He!«, rief er.

Sie formte den nächsten Ball und traf ihn erneut.

»Na warte«, sagte er und tat dasselbe, während er ihr hinterherrannte. Die ersten Meter in den Wald hinein, bis er sie einholte, von hinten schnappte und hochhob. Sie kreischte und strampelte mit den Beinen in der Luft, bis er sie wieder runterließ. Da hörte sie auf zu lachen und wurde ernst.

»Was ist?«, fragte er verwundert.

Sie musterte ihn streng. »Du siehst lächerlich aus in deinem orangefarbenen Schneeanzug. Wie ein lebendiger Kürbis.«

»Halt doch einfach mal die Klappe«, sagte er, zog sie fest an sich und küsste sie.

37

Dienstag, der 29. Dezember

Leena erkannte die blonde Frau vor dem Café sofort. Sie sah genauso aus wie auf dem WhatsApp-Bild. Nur war sie hochschwanger. »Sanna Lundqvist?«

»Ja, genau.«

»Hallo, ich bin Leena. Wollen wir reingehen?«

Leena hatte mit offenen Karten gespielt. Sie hatte ihr gesagt, wie sie an ihre Nummer gekommen war und warum sie sie kontaktierte. Die Frau schien mit der Situation sehr entspannt umzugehen. Sie hatte mit der Trennung von Daniel abgeschlossen und lebte schon seit drei Jahren in einer neuen Beziehung.

»Du hast also in Stockholm für Jussi Bergdahl gearbeitet?«, begann Leena.

Sanna nickte. »Genau. Das war vor fünf Jahren ungefähr. Als Volontärin bei NordEcho.«

»Er war der Programmchef?«

»Oh ja. Und es war die reinste Hölle.«

»Was ist passiert?«

Sie atmete laut auf. »Um ehrlich zu sein, wundert es mich, dass du mich kontaktiert hast, wenn ich das so sagen darf. Und ich wundere mich fast noch mehr darüber, dass ich mich mit einer fremden Frau treffe, um dieses Thema noch einmal durchzukauen. Aber irgendwie ...« Sie hielt inne. »Ich schätze, dass ein Teil von mir immer noch hofft, dass man dieses Monster irgendwann drankriegt. Auch wenn ich die Hoffnung so gut wie aufgegeben habe. Keiner hat ihn angezeigt. Keiner hat einen Ton von sich gegeben.« Sie machte eine kurze Pause. »Ich war machtlos. Jussi Bergdahl ist ganz anders, als er so rüberkommt. Nachdem ich ungefähr vier Monate bei NordEcho war, hat er mich in sein Büro gerufen. Ich war damals einundzwanzig. Ich ging zu ihm, und er fragte mich, ob ich mir vorstellen könnte, meine erste eigene Sendung zu moderieren. Ich war natürlich komplett aus dem Häuschen, schließlich war ich noch nicht mal ein halbes Jahr dort.«

»Und dann?«

»Na ja, ich sagte natürlich zu und dass ich mich sehr freuen würde. Ich fühlte mich unendlich geschmeichelt, ich meine, wer bekommt schon nach so kurzer Zeit die erste eigene Sendung? Und dann fing er an, zu erzählen, wie glücklich ich mich schätzen sollte und dass die allermeisten Anfängerinnen nicht so schnell die Möglichkeit bekamen oder sogar nie. Ich nickte und meinte, dass ich das verstehe und sehr zu schätzen wüsste.«

Sie spielte mit ihrem Kaffeelöffel.

»Und dann sagte er, dass die Branche ein hartes Pflaster sei und ob ich dafür bereit wäre. Ich nickte wieder, denn ich verstand damals noch nicht, worauf er hinauswollte. Dann stand er auf, schloss die Bürotür ab, stellte sich vor mich hin und meinte, dass ich eine sehr attraktive Frau wäre. Und dass er glaubt, dass ich eine große Karriere vor mir habe, aber dass wir ab jetzt ein Team wären.«

Leena beobachtete sie aufmerksam.

»Ich fragte ihn, was er damit meinte, und er sagte nur: Du verstehst schon. Dann setzte er mich auf seinen Tisch und fasste mir an die Brust.«

Leena sah die Hände des Mannes. Ihre Schwester. Die Hütte.

»Ich wehrte ihn ab, schlug seine Hand weg und sagte ihm, er solle aufhören. Und er meinte, dass er das selbstverständlich tun könne. Also aufhören. Aber was er ebenso tun könne, wäre, mir zu kündigen, und dann war's das mit der eigenen Sendung. Oder generell mit meiner Anstellung.«

Sanna erzählte das alles mit ruhiger und gefasster Stimme. Sie wirkte beinahe abgeklärt.

»Unfassbar. Und dann?«

»Ich antwortete nicht. Ich bekam Angst, stand unter Schock. Ich war jung, ich war schüchtern. Ich wusste nur, dass es immer mein allergrößter Traum gewesen war,

Moderatorin zu werden. Ich wollte das um jeden Preis, und jetzt war es zum Greifen nahe. Dann hat er mich geküsst und begrapscht. Am Hintern, zwischen den Beinen, meine Brüste. Danach bin ich aus dem Büro gelaufen, aber bevor ich ging, machte er mir klar, was passieren würde, wenn ich jemandem davon erzählte. Und was soll ich sagen? Heute hätte ich ihm wahrscheinlich in die Eier getreten und herzlich auf meinen Job geschissen, das kannst du mir glauben«, sagte sie entschlossen. »Aber damals nicht. Welche junge Frau in dem Alter macht so was schon? Mit Anfang zwanzig hat man doch weder die Reife noch den Mut, sich zu wehren. Ich war auf den Job angewiesen, dachte ich zumindest. Aber ich erinnere mich noch, dass ich komplett unter Schock stand, als ich sein Büro verließ. Ich lief geradewegs zum Klo und schloss mich für eine Weile ein. Ich konnte niemanden ansehen, ich verstand nicht, was da gerade geschehen war. Ich fühlte mich dreckig.«

»Ja, ich verstehe. Und wie ging es weiter? Hast du es irgendwem erzählt?«

»Ich entwickelte scharfe Antennen und begann, die Frauen in der Redaktion zu beobachten. Ich fragte mich, ob er das nur bei mir machte oder auch bei anderen. Die Übergriffe auf mich wiederholten sich, aber nicht immer so extrem. Oft waren es auch nur Kommentare.«

Nur ist gut, dachte Leena.

»Und dann fiel mir bei einer Kollegin, Viktoria, auf, dass sie bedrückt aussah, wenn sie aus seinem Büro kam. Sie moderierte damals die *NordEcho Morning Show.* Das war die beliebteste Radiomorgensendung in ganz Schweden. Ich versuchte unauffällig, mit ihr ins Gespräch zu kommen, etwas aus ihr rauszukriegen, aber sie blockte ab. Und irgendwann ging sie.«

»Sie ging?«

»Ja. Nach ein paar Monaten eröffnete sie allen, dass sie gekündigt hatte. Und ließ sich sofort krankschreiben. Als sie an jenem Tag den Sender verließ, bin ich ihr gefolgt. Sie erzählte mir, dass sie nicht gekündigt hat. Ihr wurde gekündigt. *Pass auf dich auf,* sagte sie zu mir. Ich wusste ja Bescheid. Ich fragte sie, ob sie das melden wolle. Aber sie meinte, sie habe keine Kraft dazu. Sie sei durch mit dem Laden. Und jetzt rate mal, wer die neue Besetzung für die *NordEcho Morning Show* war: ich. Mein Traum war in Erfüllung gegangen. Aber mein Leben wurde immer schlimmer.«

»Es ist unglaublich, wie oft dieser Machtmissbrauch vorkommt. Danke, dass du es mir erzählst. Ich weiß, wie kräftezehrend das sein kann.«

»Später habe ich noch ein paarmal versucht, Viktoria zu überreden, dass wir gemeinsam zur Polizei gehen. Eine Stimme ist nicht viel, zwei werden eher gehört. Aber sie wies mich entschieden ab. Sie wollte keine Schlagzeilen riskieren und sah die Gefahr, dass niemand ihr weitere Moderationsjobs anbieten würde. Das verstand ich. Wenn du als Frau so was meldest und dazu noch bekannt bist, wirst du für immer mit dieser Sache in Verbindung gebracht. Und wer will das schon? *Das ist doch die, die damals den Bergdahl angezeigt hat. Die mit dem Skandal.*

Darauf haben andere Programmchefs auch keine Lust, folglich wollen sie dich nicht mehr haben. Kurz, du setzt deine gesamte Karriere aufs Spiel. Bestenfalls. Na ja, jedenfalls machte ich ab da die *NordEcho Morning Show*, und wir hatten zwei neue Volontärinnen. Da ging das Spiel von vorne los. Das System lief einfach weiter, verstehst du? Entweder du hast mitgemacht, oder du warst weg vom Fenster, so simpel war das. Der Unterschied bei mir war, dass ich tatsächlich irgendwann von selbst gekündigt habe. Eines Tages ist mir ein Licht aufgegangen. Von da an wusste ich, dass ich das nicht mehr mit mir machen lasse. Überraschung. Ich bekam ein miserables Arbeitszeugnis. Aber das war mir egal, mir war die Lust auf den Job und die Branche sowieso vergangen.«

»Und du bist nie zur Polizei?«

»Nein. Ich wollte, aber ich hatte keine Beweise. Hätte ich Viktoria als weitere Zeugin gewonnen, wäre vielleicht alles anders gekommen, aber sie weigerte sich. Das ist das Schlimme daran, wenn du keine handfesten Beweise hast und dazu noch allein bist. Da bist du am Arsch, wenn ich das mal so sagen darf. Du bist absolut machtlos. Und es gab noch ein anderes Problem: Jussi ist exzellent in seinem Job. Wenn die Einschaltquoten und der Umsatz stimmen, können sich die Leute in den Chefetagen so gut wie alles erlauben. Da muss das Beweismaterial absolut idiotensicher überzeugend sein, vorher rührt kein Entscheider auch nur seinen kleinen Finger. Weißt du, wie riskant das wäre, jemand Neues einzustellen, wenn der aktuelle Chef seinen Job grandios macht? Da haben die keine Lust drauf. Wenn jemand richtig gut ist, so wie Jussi, dann wird er nicht mal eben ersetzt, nur weil sich ein paar Leute beschweren oder etwas melden. Denn das Wichtigste ist der Umsatz und dass der Laden läuft. Traurig, aber genauso ist es.«

»Wenn es zu Jussis Verhalten weitere Zeugen gäbe«, begann Leena, »die mit der Polizei sprechen, würdest du dann aussagen?«

Sanna schaute sie erwartungsvoll an.

»Haben sich noch andere gemeldet?«

38

Sie hatte Saaga gestern noch nach Hause gefahren. Unter falschem Vorwand war das junge Mädchen, das sogar erst vierzehn Jahre alt war, ins Studio gelockt worden. Die große Tür war verschlossen gewesen, als Hanna außer Atem an der Halle ankam.

Die rauen Hände. Der Griff. Der Alkoholgestank. Sie schwor sich, dass er dafür büßen würde. Keine Ahnung, wie sie und Leena hier wieder lebend rauskommen sollten.

Bevor sie gegen die Tür hämmerte, holte sie ihr Smartphone heraus und steckte es in ihre Manteltasche, sodass die Kamera oben rausschaute. Sie startete eine Videoaufnahme. Es bestand die Gefahr, dass die Männer es entdeckten, aber das war ihr gerade egal. Sie hämmerte gegen die Tür, bis sie einen winzigen Spalt aufging. Patrick blinzelte hindurch, machte aber keinerlei Anstalten, sie weiter zu öffnen.

»Hast du was vergessen?«, fragte er kühl.

»Ja, hab ich. Mein Portemonnaie, ich muss kurz reinkommen.«

»Das ist hier nicht.«

»Es muss dort sein.«

»Nein.«

»Lass mich rein!«, hatte sie ihn schließlich angeschrien und kurzerhand mit all ihrer Kraft die Tür aufgedrückt, sodass Patrick nicht schnell genug reagieren konnte und Hanna in den Raum stürmte. Ihre Befürchtung hatte sich bestätigt. Das Mädchen saß vor laufender Kamera auf einem Stuhl und war bereits in Unterwäsche.

»Ich glaube das nicht!«, schrie Hanna Max an und warf ihm einen Todesblick zu. »Du bist wirklich das Allerletzte!«

»Komm«, sagte sie zu dem Mädchen. »Zieh dich an. Wir gehen.«

»Verlass sofort den Raum, Hanna. Du hast hier überhaupt nichts zu melden.«

Max, der auf einem Stuhl in der Ecke gesessen hatte, war aufgestanden. Seine Stimme klang bedrohlich und ernst, sein Blick war kalt. Hanna ignorierte ihn. »Wir machen ein Casting. Du hast hier nichts verloren, also verpiss dich!«, fauchte er sie an.

Das Mädchen blickte ängstlich, nahezu panisch zwischen ihnen hin und her.

Hanna lachte auf. »Ein Casting! Dass ich nicht lache!«

Sie drehte sich wieder zu dem Mädchen um, dann sammelte sie selbst die Klamotten auf und lief zu ihr. »Haben sie dich gezwungen, dich auszuziehen?« Sie achtete darauf, dass sie seitlich zu dem Mädchen stand, sodass die Kamera sie im besten Fall auffing. Das Mädchen nickte verunsichert. Dann lief Hanna ein paar Schritte durch den Raum, redete und gestikulierte wütend vor sich hin und stellte sich so neben das Mädchen, dass nun Max und Patrick auf dem Video zu sehen waren. »Zieh dich an, wir gehen. Hier geht es nicht um eine Rolle.«

Das Mädchen blieb starr sitzen, bewegte sich nicht vom Fleck. Sie schaute Hanna an.

»Komm«, wiederholte Hanna sanfter. »Zieh dich an, wir gehen.«

»Ich kann jetzt nicht einfach gehen«, antwortete das Mädchen leise, fast flüsternd. Die Angst schien ihr in der Kehle zu stecken.

»Die verarschen dich. Das ist kein Casting. Sie meinen es nicht ernst«, warf sie ihr nun schonungslos die Wahrheit vor die Füße.

»Hör nicht auf die, Kleines!«, mischte Max sich ein. »Du bleibst.«

Verdammte Scheiße. Was sollte sie nur tun? Sie konnte dieses Mädchen unmöglich hierlassen. Nein. Das ging nicht.

Sie blickte das Mädchen etwas länger an. »Wie heißt du?«

»Saaga«, antwortete sie leise.

»Saaga, du kennst mich bestimmt. Ich bin Hanna Holmberg.«

Das Mädchen nickte.

»Ich arbeite schon lange in dieser Branche. Ich kenne die beiden. Sie meinen es nicht gut mit dir, du musst mir glauben, Saaga. Ich will dir helfen.«

»Halt die Fresse!«, brüllte Max nun so laut, dass Saaga zusammenzuckte und ihr die Angst ins Gesicht geschrieben stand.

Hanna wusste, dass er sich damit ins eigene Fleisch geschnitten hatte. Seine Aggression verängstigte ein junges Mädchen in jedem Fall. Und sie behielt recht. Saaga sprang vom Stuhl auf und fing an, sich hektisch anzuziehen.

»Du bleibst«, drohte Max ihr. »Du setzt dich wieder hin!«

Saaga ignorierte ihn und beeilte sich umso mehr, sich anzuziehen.

»Sie bleibt nicht«, sagte Hanna ruhig und bestimmt. Sie blickte Max direkt an. Sie hatte keine Angst vor ihm.

»Warte draußen auf mich«, befahl Hanna dem Mädchen. »Ich komme gleich.«

Saaga rannte zur Tür.

Während Hanna sich vorhin noch selbst in Gefahr gesehen hatte, verspürte sie nun Mut und Entschlossenheit. Sie trat nah an Max heran.

»Wenn du wirklich glaubst, dass ihr damit durchkommt, dass ihr dieses Spiel einfach weiterspielen könnt, und das wer weiß wie lange, habt ihr euch geirrt. Mir wird schlecht, wenn ich drüber nachdenke, die wievielte sie wohl war.«

»Ach ja? Und wie willst du das beweisen?«, sagte er.

Sie drehte sich um und lief erhobenen Hauptes und in aller Seelenruhe zur Tür. Das würde er noch sehen.

Vielleicht war es immer so. Wenn eine jüngere, andere Person involviert und in Gefahr war, vergaß sie ihre eigene Angst. Musste sie vergessen. Denn mit anzusehen, wie jemand anderes litt, wie jemand anderem etwas Schlimmes bevorstand, war viel beängstigender und schlimmer. Dann musste sie die Starke sein. Das hat sie schon immer müssen.

Als Saaga und sie sich ins Auto setzten, fing das Mädchen an, heftig zu weinen und am ganzen Körper zu zittern. Hanna nahm sie in den Arm. Und weil sie es selbst immer hasste, wenn man gesagt bekam, dass man doch nicht weinen solle, sagte sie stattdessen: »Wein ruhig. Das ist völlig in Ordnung.« Warum durfte man nicht weinen, wenn man traurig oder wütend war und wenn einem wehgetan wurde?

Nach einer Weile sagte sie: »Komm, lass uns etwas Warmes zu trinken holen. Möchtest du mir dann erzählen, was passiert ist?«

Das Mädchen schüttelte heftig den Kopf.

»Okay, musst du natürlich auch nicht«, sagte Hanna einfühlsam. »Aber dann möchte ich dir eine Geschichte erzählen, die mir passiert ist, als ich ungefähr so alt war wie du.«

Das Mädchen blickte Hanna verheult und unsicher an.

Weil sich nicht viele Cafés in der Nähe befanden, eigentlich kein einziges, hielt Hanna spontan an der nächsten Tankstelle und kaufte für sich einen Kaffee und für Saaga eine heiße Schokolade. Dann setzte sie sich wieder in den Wagen. Es war sowieso besser, denn im Auto konnten sie ungestört sprechen.

»Als ich so alt war wie du, ist mir etwas Furchtbares passiert«, fing Hanna an. Dann erzählte sie die Geschichte von ihr und *einer Freundin*, ließ dabei jedoch mehrere Teile aus. Sie wollte nicht erzählen, dass das ihr und ihrer Schwester passiert war. Das könnte zu viel preisgeben. Denn was genau geschehen war, durfte nie jemand erfahren. Das war der Schwur. Und ihr Plan war aufgegangen. Als sie fertig war, fing Saaga von allein an zu erzählen. So war es immer. Keiner sprach, keiner erzählte, bis einer endlich als Erster anfing und das Schweigen brach. Wie sich herausstellte, waren vor Hannas Erscheinen im Studio ein paar weitere Dinge passiert. Ein paar Dinge zu viel. Hanna konnte sie ermutigen, am nächsten Tag eine Anzeige zu erstatten. Sie hatte ihr angeboten, sie zur Polizei zu begleiten, doch Saaga hatte abgelehnt. Sie würde die Anzeige online machen. Hanna hatte ihr für den Notfall ihre Handynummer gegeben, falls sie Hilfe brauche. Von dem Video in ihrer Manteltasche erzählte sie Saaga nichts.

»Ich finde das wirklich großartig von dir, dass du dem Mädchen hilfst, aber eigentlich ist es nicht deine Angelegenheit«, warf Kristian ein, als sie am Abend mit einem

Glas Rotwein auf der Couch saßen, die Kinder schon schliefen und Hanna ihm von dem Vorfall mit Saaga erzählt hatte. Die vergangene Nacht war er beruflich in Stockholm gewesen und erst heute am späten Nachmittag wieder zurückgekehrt. Sie wollte warten, bis er zu Hause war und ihn während seines Aufenthaltes in Schweden nicht ablenken, da er einen wichtigen und langen Termin in den Baggpipe Studios hatte. Bisher hatte sie nur von Saaga erzählt und nicht davon, dass Max auch sie vergewaltigen wollte. Sie fürchtete sich vor dem Zorn, der dann in ihr aufsteigen würde. Und noch mehr fürchtete sie sich davor, dass dies wiederum dazu führen würde, dass sie Kristian erzählen musste, was ihr und Leena damals passiert war. Dass es aus ihr herausbrechen würde. Und das konnte sie nicht.

»Wie bitte? Ich kann doch nicht ein junges Mädchen wissentlich ins Verderben rennen lassen?«

»Ja, das verstehe ich. Aber es passiert so oft, du wirst es nicht bei allen verhindern können.«

»Darum geht es doch auch gar nicht, Kristian. Natürlich kann ich das nicht. Keiner kann das. Aber wenn man etwas mitbekommt, findest du nicht, dass man dann reagieren sollte?«

Kristian machte eine Pause.

»Doch. Sollte man. Aber ich sorge mich um dich. Es wird dich wahnsinnig viel Energie kosten, wenn du in dieser Sache jetzt mitmischst. Wer weiß, was für einen langen Rattenschwanz das mit sich zieht.«

Hanna schaute ihn wortlos an.

»Ich will doch nur nicht, dass du dich in etwas einmischst, was zu deinem Nachteil sein könnte. Wenn dein Name mit dieser Geschichte in die Medien gerät, ist das auch für dich anstrengend.«

»Zu meinem oder *deinem* Nachteil?«, fragte sie kritisch. »Ich glaube, du hast eher Angst, dass das dann mit deinem Namen in Verbindung gebracht werden könnte, der mittlerweile auch groß in der Öffentlichkeit steht«, ergänzte sie zynisch.

»Nein, ich ...«

»Ja?«

»Ach, keine Ahnung.« Kristian zuckte mit den Schultern. »Gott, bin ich müde. Versteh mich nicht falsch, ich bin voll auf deiner Seite. Du hast mit allem recht. Aber für Männer hat sich das gesellschaftliche Klima auch gewandelt, man muss heutzutage bei jedem Wort vorsichtig sein, nicht etwas Falsches zu sagen. Alle sind so überempfindlich geworden.«

»Ach?«, fragte Hanna spitz. »Du findest also, ich übertreibe?«

Kristian stellt sein Glas Rotwein entschlossen auf den Tisch.

»Nein. Aber schau mal, einfaches Beispiel: Eine Frau darf einem Mann ein Kompliment machen, oder? Zum Beispiel: Hey, das Hemd steht dir richtig gut! Hab ich recht?«

Hanna zuckte mit den Schultern, nickte dann aber.

»Ich denke schon.«

»Siehst du? Und wenn ein Mann zu einer Frau sagt:

Hey, das Kleid steht dir richtig gut, dann fühlen sich wer weiß wie viele Frauen direkt zum Objekt degradiert und sexuell belästigt. Zumindest in diesem Land. Viele Frauen interpretieren oft etwas rein, obwohl man es wirklich nur freundlich und ohne irgendwelche sexuellen Absichten meinte. Weißt du, was ich meine? Es ist ein schmaler Grat …«

Hanna dachte nach.

»Es ist in unserer Gesellschaft zugelassen, dass Frauen Männer offen kommentieren dürfen, aber andersherum nicht. Wenn Männer etwas sagen, werden viel schneller Konsequenzen gezogen. Wenn Frauen so was machen, wird das viel mehr toleriert. Ich weiß, das tut jetzt nichts zu der Sache, die du mit Saaga erlebt hast, das war etwas anderes, ganz klar. Aber dennoch, es ist so.«

»Du hast nicht unrecht. Mit Sicherheit ist auch nicht euch gegenüber alles gerecht und fair. Aber wenn es um körperliche Übergriffe geht, bin ich mir schon ziemlich sicher, dass die weiblichen Täterinnen in der deutlichen Minderheit sind.«

»Das mag sein. Dennoch *gibt* es auch weibliche Täter.«

»Bestimmt gibt es sie. Aber das ändert jetzt nichts an der Tatsache, dass ich nicht dabei zusehen und es akzeptieren kann, wie Max Salminen versucht hat, einen Teenager zu missbrauchen.«

»Nein, natürlich nicht. Ich verstehe das schon.«

Er gähnte ausgiebig.

»Ich muss ins Bett, bin echt hundemüde«, sagte er.

Dann gab er ihr einen Kuss auf die Wange und stand auf. »Schlaf gut später.«

Hanna blieb im Wohnzimmer zurück. Sie sollte in der Lage sein, ihrem eigenen Mann davon zu berichten, was ihr selbst widerfahren war. Aber sie konnte es nicht. Sie hatte sogar Angst, dass ihn diese Information überfordern würde, denn sie hatte es oft miterlebt. Wenn man Leuten von so etwas berichtete, waren sie überfordert. Und leider Gottes richtete sich ihre Wut dann oft auf die Betroffenen, nicht auf die Täter. Sie hatte Sorge, dass es auch bei Kristian so sein würde, und das konnte sie im Augenblick nicht ertragen.

Ein Typ für Rache war Kristian nicht. Er würde Max nicht aufsuchen, glaubte sie zumindest. Mit Sicherheit wissen konnte sie es aber nicht. Trotzdem war sie sich sicher, dass es zunächst einmal besser war, die Sache für sich zu behalten.

Sie schnappte sich ihr Rotweinglas und trank es nachdenklich aus. Sie selbst wusste genau, warum sie so hinter Max und Patrick her war. Und warum sie weitere junge Mädchen beschützen wollte. Und warum sie sich ganz sicher nichts gefallen lassen würde.

Wegen dieser einen Nacht. Diese eine Nacht im Herbst, von der sie Kristian bis heute nichts erzählt hatte. Von der bis heute niemand etwas wusste. Niemand außer ihr und Leena.

Denn das hatten sie sich geschworen.

39

Mittwoch, der 30. Dezember

Tatsächlich war er nicht mehr mit zu ihr gekommen, er hatte sie nur zu Hause abgesetzt. Das nagte an ihrem Ego. Das mit den Männern war für Lilli immer ein leichtes Spiel gewesen. Und noch dazu hatten sie wirklich einen schönen Abend verbracht. Sie hatte seit Langem mal wieder richtig Spaß gehabt. Sie schnappte sich ihr Phone vom Nachttisch und schrieb Leena eine Nachricht auf WhatsApp, dass sie ihr etwas erzählen müsse.

Es war ein grauer Tag. Lilli kämpfte sich durch den dicht fallenden Schnee, als sie sich auf den Weg zur Straßenbahnhaltestelle machte. Es war schon 12:45 Uhr, und Ville hatte sich immer noch nicht gemeldet. Warum war ihr das auf einmal so wichtig? Sonst war es ihr doch auch egal, ob sie noch einmal was von den Typen hörte oder nicht. Als sie das *Fazer Café* fast fünfzehn Minuten zu spät betrat, sah sie Leena schon am Tisch sitzen. Wie immer war es dort voll. Das Café lockte reichlich Touristen und auch viele Einheimische an. Sie holte sich an der Theke einen Kaffee, warf einen Blick auf die unglaublich gut aussehende Schokoladentorte, aber verzichtete darauf, sich ein Stück zu bestellen.

»Erzähl«, begann Leena. »Was genau hast du auf Jussis Laptop gesehen?«

Auf WhatsApp hatte sie Leena schon im Vorfeld grob informiert.

»Also …« Lilli erzählte ihr, wie sie die E-Mail vom Stromanbieter aus Versehen in den Papierkorb entsorgt hatte, sie wiederherstellen wollte und dabei unter den Mails Kiras Namen entdeckte.

»Sie beschuldigte ihn, sich ihr und anderen Mitarbeiterinnen gegenüber unangemessen zu verhalten. Sie sexuell zu belästigen. Ihr Ton in der Mail war sehr direkt. Nur kann ich mir das bei Jussi überhaupt nicht vorstellen. Leider konnte ich nur knapp die Hälfte lesen, bevor meine Mutter nach Hause kam. Sie hätte mir die Hölle heißgemacht, wenn sie mich erwischt hätte, wie ich in seinem Laptop herumschnüffle. Kira hatte ihm damit gedroht, ihn anzuzeigen, wenn er ihr gegenüber nicht sofort aufhöre.«

»Okay, dann muss an der Sache was dran sein.«

Es war nicht das erste Mal in ihrem Leben, dass der Zufall ihr in die Karten spielte. Ja, Finnland war hinsichtlich der Bevölkerung klein, und es war ihr schon mehrmals passiert, dass sie jemanden kennenlernte und sich später herausstellte, dass sie die gleiche Person kannten. Aber hatte es einen Grund, dass sie ausgerechnet Bergdahls Stieftochter beim Eislaufen traf?

»Was macht dich da so sicher?«

»Ich habe gestern mit einer Person gesprochen, die dasselbe behauptet hat.«

»Was?«, fragte Lilli überrascht. »Wer?«

Leena erzählte ihr die Story von Sanna Lundqvist und

ihrem Treffen mit Daniel, ohne die Namen zu erwähnen oder zu sehr ins Detail zu gehen.

»Bei Jussi scheint es sich nicht nur um einen einmaligen Ausrutscher zu handeln. Wer ist die Person, die mit meiner Mutter zusammenlebt? Ich kann das einfach nicht glauben. Hat der so eine Art Doppelleben? Glaubst du, er ist in den Mord an Kira Westerlund involviert?«

»Doppelleben ist möglicherweise übertrieben. Aber definitiv hat er noch eine andere Seite. Wir brauchen mehr Beweise. Ich muss das mit den E-Mails, die du gelesen hast, unbedingt meinem Kollegen erzählen. Sie müssen Jussi noch einmal verhören. Aber es wäre noch besser ... Glaubst du ...?« Leena zögerte. »Glaubst du, also ich weiß, dass ich das unmöglich von dir verlangen beziehungsweise dich darum bitten kann. Aber glaubst du, du hast irgendeine Möglichkeit, noch einmal an seinen Laptop zu kommen? Es wird keiner erfahren, dass du das getan hast. Es ist nur für meine Kollegen. Für uns intern.«

Lilli schien über den Vorschlag nicht sonderlich überrascht oder empört. »*To be honest,* ist mir sogar scheißegal, ob er das erfährt, dass ich an seinen Sachen war. Wenn es stimmt, ist er ein Drecksack. Wird allerdings nicht ganz einfach sein. Er hat natürlich eine Passwortsperre, ich kam da nur ran, weil er kurz davor aus dem Haus gegangen ist und sich die Sperre erst nach ein paar Minuten aktiviert. Dazu müsste ich noch einmal in genau so eine Situation kommen. Ist ziemlich unwahrscheinlich.«

»Verstehe. Na ja, ich lass mir was einfallen. Aber vielleicht wäre es gut, wenn du vorerst keinem etwas davon sagst. Auch nicht deiner Mutter oder deinem Bruder. Das könnte die Ermittlungen schwieriger gestalten, wenn Jussi darauf vorbereitet ist, dass die Polizei ihn im Blick hat. Jemand könnte ihn decken, Spuren vernichten«, fügte Leena hinzu.

»Ja, du hast mein Wort. Es würde eh nichts bringen, wenn ich meine Mutter darauf anspreche. Krista ist, was Männer angeht, manchmal unglaublich naiv, und du kannst mir glauben, sie würde mich für verrückt erklären. Garantiert.«

»Und du verhältst dich weiterhin ihm gegenüber ganz normal, kriegst du das hin?«

»Auf jeden Fall.«

Das klang so selbstsicher, dass Leena nicht die geringsten Zweifel hatte.

»Ich halte die Augen und Ohren offen«, sagte Lilli und nahm einen Schluck von ihrem Kaffee.

»Und wie geht's dir sonst?«, wechselte Leena das Thema, sie biss herzhaft in ihre Zimtschnecke.

Ein scheues Lächeln huschte über Lillis Gesicht.

»Was? Erzähl«, sagte Leena neugierig mit vollem Mund.

»Ich hab da jemanden kennengelernt, und irgendwie war der Abend gestern echt cool. Aber keine Ahnung. Das hat eigentlich total dumm angefangen.«

»Ach? Wer? Ich will alles wissen.«

Lilli erzählte ihr alles von Anfang an, vom One-Night-Stand und den gestohlenen fünfzig Euro. Leena musste breit grinsen. Obwohl sie Polizistin war und Lilli geklaut hatte, war die Art und Weise, wie Lilli die Geschichte zum Besten gab, wahnsinnig amüsant. Leena begann zu lachen. Lilli war einfach … Lilli.

»Der Typ scheint wirklich anders zu sein«, stimmte Leena ihr anschließend zu. »Wer schaut schon tatenlos dabei zu, wenn er beklaut wird?«

Lilli zeigte ihr Villes WhatsApp-Profilbild.

»Der sieht gut aus«, sagte Leena zustimmend und musterte ihn genau.

»Ja. Na ja. Mal schauen.« Sie erzählte ihr die Story vom Bastelladen, und Leena fing erneut an zu lachen.

»Der und malen? Das kann ich mir beim besten Willen nicht vorstellen.«

»Hat mich auch überrascht, aber er hat's echt drauf. Hat mir gestern auf seinem Handy ein paar seiner Werke gezeigt.«

»Na, dann passt ihr doch gut zusammen«, sagte Leena aufrichtig froh. »Was macht er beruflich? Und wehe, ich bin nicht zur Hochzeit eingeladen.«

»Er ist Autoverkäufer.«

Leena nickte. »Halt mich auf dem Laufenden.«

»Werde ich. Was gibt's bei dir Neues?«

Leena seufzte. »Mir geht es schon ein wenig besser tatsächlich. Irgendwann wird es vorbeigehen.«

»Das mit Alex? Immer noch so schlimm? Vielleicht solltest du mal wieder jemanden daten.«

»Na, wo das hinführt, haben wir ja gesehen. Zu weiteren ungefragten Privatermittlungen, aber bestimmt nicht zu einem besseren Liebesleben«, scherzte Leena.

»Was ist denn mit Samuel? Entwickelt sich da doch etwas?«

Leena gestand, dass sie ihn mochte und seine Anwesenheit ihr guttat, sie aber noch nicht bereit für eine neue Beziehung war. Dabei fielen ihr wieder der mysteriöse Anruf und die E-Mail ein, aber sie hatte jetzt keine Lust, darüber zu reden. Doch trotzdem ließ der Gedanke sie nicht los, dass irgendetwas nicht stimmte.

40

Mika saß auf einem Stuhl vor dem Behandlungszimmer seines Arztes im Ärztehaus in Espoo und wartete darauf, aufgerufen zu werden. Paavola hatte bereits das Heim von Kiras Mutter kontaktiert, jedoch wurde ihm mitgeteilt, dass sie gesundheitlich zu einer Befragung nicht mehr in der Lage war. Deshalb war Mika gestern noch einmal persönlich in die Nachbarschaft von Kira und Sören gefahren und hatte Haus für Haus abgeklappert. Die meisten Nachbarn waren zu Hause gewesen, auch Olavi hatte er dieses Mal erwischt. Dennoch hatten ihn auch diese Befragungen nicht weitergebracht. Keinem war etwas aufgefallen. Wie konnte das sein, dass niemand etwas mitbekommen hatte?

Er blickte auf die Uhr an der Wand. Gleich würde er endlich erfahren, an was es ihm mangelte, und mit ein paar Aufbaupräparaten oder Nahrungsergänzungsmitteln würde er das in den Griff kriegen. Er war nun mal auch nicht mehr der Jüngste. Meistens bekam man die Blutergebnisse unkompliziert per App mitgeteilt, er jedoch hatte einen Anruf erhalten. Man hatte ihn gebeten, persönlich vorbeizukommen.

Die Tür öffnete sich.

»Mika Levin?«, sagte eine männliche Stimme. Mit ernstem Blick stand Jaakko Laaksonen im Türrahmen und rückte seine drahtige Brille auf der Nase zurecht. Laaksonen war genauso groß und knochig wie Mika selbst. »Hallo, komm doch bitte mit.«

Er folgte dem Arzt ins Behandlungszimmer und setzte sich auf einen Stuhl neben dem Tisch, an dem Laaksonen Platz nahm.

Laaksonen räusperte sich.

»Also Mika. Wir haben die Ergebnisse vorliegen.« Er nahm seine Brille ab, während er sich auf dem Tisch abstützte und Mika direkt ansah. »Ich habe leider keine guten Nachrichten für dich, weshalb ich dich auch persönlich sprechen wollte.«

Ein Schmerz bohrte sich durch Mikas Oberkörper. Er fuhr ihm direkt durch die Glieder.

»Dein Blutbild hat sich verändert. Das Labor hat gezeigt, dass die Zahl der roten Blutkörperchen und Blutplättchen sich verringert und die der weißen Blutkörperchen massiv gestiegen ist. Das Blutbild allein reicht uns aber nicht aus, um eine endgültige Diagnose zu stellen. Wir müssen eine Knochenmarkpunktion durchführen, um ganz sicher zu sein.«

»Eine endgültige Diagnose? Für was?«

»Ich möchte dir keine Angst machen. Aber es besteht die Möglichkeit, dass du an Leukämie erkrankt bist. Doch wie gesagt, das ist noch nicht bestätigt. Damit keine Fehldiagnose gestellt wird, sind diese Untersuchung und dieser Schritt zwingend notwendig. Ich leite das sofort ein.«

Mika rührte sich nicht. Leukämie? Er? Das konnte nicht sein.

Für eine Weile sagte Mika gar nichts.

»Aber wie kann das sein? Ich habe immer gesund gelebt. Ich trinke kaum, rauche nicht, mache viel Sport, ernähre mich sehr gesund.«

»Das glaube ich dir sofort. Aber leider kann es jeden erwischen«, sagte Laaksonen mit sanfter Stimme. »Wir müssen das untersuchen, Mika.«

»Aber wie kann das sein? Ich war immer fit, ich ... ich hatte nie irgendwas ...«, sagte Mika mit leiser Stimme.

»Leider gibt es dafür keine Erklärung. Wie gesagt, es kann jeden treffen, manchmal auch unabhängig davon, wie gesund oder ungesund man lebt. Leider. Ich würde dich jetzt sofort im Anschluss ins Krankenhaus überweisen. Damit die Kollegen dort noch heute die Untersuchung vornehmen.«

»Ich muss arbeiten«, platzte es aus Mika heraus, als sei das eine unglaublich gute Erklärung dafür, das Krankenhaus und die Untersuchung zu verschieben.

Jaakko Laaksonen schaute ihn scharf an. »Es ist wichtig. Es eilt. Und ja, es muss heute gemacht werden«, sagte er dann so nachdrücklich, dass Mika dem nichts mehr entgegensetzen konnte.

Als er eine knappe halbe Stunde später das Ärztehaus verließ, lief er langsamen Schrittes und gedankenverloren zu seinem Auto. *Das wird es nicht sein. Ich habe ganz bestimmt keine Leukämie.* Er wählte Paavolas Nummer. Nach dreimal Klingeln ging sein Vorgesetzter ran.

»Hallo?«

»Ich bin's, Mika. Ich komme gerade vom Arzt und ...« Er schluckte.

»Ja? Alles okay?«, fragte Paavola.

»Ich muss noch kurz ins Krankenhaus«, sagte er dann möglichst beiläufig, als würde es sich um nichts Ernstes handeln und als würde er in ein paar Stunden ins Büro kommen. Als würde alles wieder okay werden.

»Oh, in Ordnung«, antwortete sein Chef verwundert. »Ich hoffe, es ist nichts allzu Schlimmes?«

Nein. Ich habe nur vielleicht Krebs.

»Nein, nein. Bestimmt nicht. Ich weiß aber nicht, wie lange das dauert. Hoffentlich nicht den ganzen Tag.«

Das stimmte nicht. Laaksonen hatte ihn ausführlich über den Eingriff aufgeklärt. Er würde heute nicht mehr zur Arbeit können. Wieso konnte er das nicht einfach sagen?

»Hmm«, machte Paavola.

Mika war nie krank. Und er merkte, dass Paavola spürte, dass etwas im Busch war und Mika nicht mit der Sprache herausrückte. Er kannte seine Mitarbeiter gut, und er wartete auf weitere Informationen. Nicht weil er einen Tag auf Mika verzichten musste, sondern weil er sich Sorgen machte. Aber es stand ihm nicht zu, genauer nachzufragen.

»Okay. Dann rechne ich mal lieber damit, dass du heute nicht mehr auftauchst. Wenn was ist, melde dich.«

»Das werde ich. Bis dann.«

»Gute Besserung. Und danke fürs Bescheidgeben«, erwiderte Paavola und legte auf.

Er rief auch nicht Luisa an, sondern fuhr direkt ins Krankenhaus. Er wollte sie nicht im Vorfeld beunruhigen.

In der Klinik angekommen, wusste man schon Bescheid. Mika setzte sich ins Wartezimmer.

Wenig später googelte er die Anzeichen für Leukämie. Ein großer Fehler, denn da war eine Stimme in ihm, die ihm sagte, dass er sich bereit machen solle.

41

Sie hatte die Augen geschlossen und wusste nicht, wie sie weitermachen sollte. Denk nach. Mach irgendwas, verdammt, irgendwas!

Ihr Herz raste, und sie tat weiterhin so, als sei sie ohnmächtig, bis sie plötzlich einen Griff zwischen ihren Beinen spürte. Da konnte sie nicht anders, als vor Schock die Augen aufzureißen. Der Mann kniete über ihr.

»Nein«, sagte Hanna fast lautlos vor Panik, als er versuchte, ihr die Hose runterzureißen. »Nein!!!«, schrie sie dann aus Leibeskräften und fing an zu weinen, während er ihre Hände festhielt und sich über sie beugte.

Sie hatte keine Chance. Er war viel zu mächtig. Lag wie ein riesiger schwerer Stein auf ihr. Sie wimmerte und weinte, konnte sich nicht vom Fleck rühren, sosehr sie es auch versuchte.

Dann riss er ihre Hose samt Unterhose mit voller Gewalt nach unten.

»Hör auf! Hör auf!!!«

Hanna nahm wahr, wie ihre Schwester herumbrüllte und wie verrückt an dem Mann zerrte.

»Hör auf!!!«

Hanna starrte an die hölzerne Decke, unfähig, einen einzigen Gedanken zu fassen. Starr vor Angst. Im Augenwinkel nahm sie wahr, dass Leena sich entfernte, aber sie konnte nicht genau erkennen, was sie tat. Ihr Körper war komplett verkrampft, fast versteinert, ihr Herz schlug so laut und schnell, dass sie kaum noch Luft bekam.

Er begann, seine Hose zu öffnen, und dann hörte sie auf einmal einen bestialischen Schrei. In Zeitlupe ließ er von Hanna ab. Sie kroch unter ihm hervor und sah, dass ein großes Messer tief in seinem Rücken steckte. Leena schrie panisch auf, offensichtlich im Schock darüber, was sie getan hatte. Der Mann kippte zur Seite, konnte sich nicht bewegen. Er war zu ungelenkig, um das Messer selbst entfernen zu können. Sein Schrei verriet, dass er nicht nur von Schmerz, sondern auch von ungeheurer Wut erfüllt war.

»Los!«, rief Leena und half Hanna aufzustehen.

Hanna keuchte, stand auf wackeligen Beinen. Versuchte, irgendwie Luft zu bekommen, zitterte am ganzen Körper, während sie sich wieder ihre Hose hochzog.

Sie wollten die Tür öffnen, als sie merkten, dass sie verschlossen war. Hannas Gedanken rasten. Er hatte den Schlüssel beim Hereinkommen in die Hosentasche gesteckt, das hatte sie gesehen. Oder? Sie schaute zu ihm runter. Er lag seitlich gekrümmt auf dem Boden und kam nicht an das Messer ran, das in seinem fetten Rücken steckte. Blut floss aus ihm heraus. Sie hoffte, dass der Schlüssel in der Hosentasche war, die Richtung Decke zeigte. Schnell griff sie hinein. Himmel sei Dank. Hätte er sich in der anderen Hosentasche befunden, hätten sie ihn irgendwie umdrehen müssen. Unmöglich.

Er schrie sie an: »Wenn ich euch jemals wieder erwische, dann werdet ihr durch die allerschlimmste Hölle gehen.« Sein Blick verfolgte sie bis heute in ihren Träumen.

Hanna zitterte, als sie den Schlüssel in die Tür steckte. Jetzt mussten sie es schaffen, sie mussten entkommen. Sonst würde sie nie mehr in den Armen ihrer Mutter liegen, würde nie mehr in ihre warmen Augen blicken und ihre Hände spüren, die ihr liebevoll über das Haar strichen, wenn sie abends jammerte, dass sie am nächsten Tag nicht zur Schule wolle. Ihr betrunkener, cholerischer Vater kam ihr auf einmal harmlos vor.

Sie öffnete mit einem Ruck die Tür des Mökkis, und Leena sprang hinaus. Eiskalte Luft strömte ihnen entgegen.

Warum hatte er sie entführt? Ihre Gedanken verwandelten sich in reinste Abscheu. Das Wort Wut beschrieb ihr Gefühl nicht annähernd. Ihre Gefühle grenzten an Wahnsinn.

Hanna schloss die Tür von außen ab. Warum, wusste sie nicht. Es gab sowieso kaum eine Chance, dass er überlebte.

»Komm«, sagte sie dann und nahm die Hand ihrer klei-

nen Schwester. Leena stand völlig unter Schock, atmete schnell, hyperventilierte fast. Dann rannten sie los, fielen immer wieder hin. Der Schnee erhellte die Dunkelheit, aber die Angst saß ihnen in den Gliedern, und vor Kälte gefror ihr Atem. Sie stolperten langsam vorwärts, bis sie vor einem kleinen Schuppen standen.

Eilig zog Hanna Leena hinter sich her. Der Zustand ihrer Schwester war kaum auszuhalten. Und Hanna fühlte sich innerlich zerstört. Zutiefst verletzt. Von diesem Tag an lernte sie, jemand anders zu sein. Denn sie selbst zu sein und zu leben bedeutete, extreme Schmerzen erleiden zu müssen. Sie musste einen anderen Ort finden. Einen Ort, wo sie weiterleben konnte. Und sie würde ihn finden. In all den Rollen, die sie später spielen würde.

42

Morgen würde dieses beschissene Jahr endlich ein Ende haben. Leena hatte sich ihren dunkelblauen Jogginganzug angezogen, Kerzen angezündet, schaute sich den Film *Happy New Year* an und trank bereits das dritte Glas Rotwein. Im neuen Jahr musste sie wirklich weniger trinken. In den letzten Monaten hat sie ihren Schmerz öfter mit Alkohol betäubt, als ihr lieb war. Eigentlich war sie nie jemand gewesen, der Gefühle mit Alkohol verdrängte. Wozu das führte, hat sie ja bei ihrem Vater gesehen. Nun aber stieg ihr der Rotwein schon zu Kopf.

Am Nachmittag war sie bei Anna-Lena in Loviisa vorbeigefahren und hatte über eine Stunde die Kisten im Keller durchgeschaut, in denen ihre Mutter Erinnerungen und Sachen von Rickard aufbewahrte. Am Ende war es gar nicht so viel gewesen. Anna-Lena meinte, dass sie mittlerweile viel entsorgt hatte und nur noch das behielt, was für sie von Bedeutung war. Man könnte nicht jede Kleinigkeit bis in alle Ewigkeit aufbewahren, hatte sie gesagt. Man musste loslassen. Behalten hatte sie Dinge wie seine Lieblingsklamotten, Fotos, Zeitungsartikel zu seinen Fällen, Polizeiabzeichen, seine Aktentasche, die er immer mit zur Arbeit mitgenommen hatte, eine Schreibmaschine, seine Brille und ein paar alte Tagebücher. Leena hatte angefangen, die Tagebücher zu lesen. Sie stammten aus der Zeit von vor ihrer Geburt. Ein Großteil von Rickards Einträgen handelte von der kalten und brutalen Beziehung zu seinem Vater. Wie er mit dem Gürtel ausgepeitscht oder im Keller eingesperrt wurde. Leena merkte, wie ihr ganz anders wurde. Sie wusste, dass jeder Mensch seine eigene Vorgeschichte hatte, die erklärte, warum man so war, wie man war. Als ihr Vater starb, war sie noch so jung gewesen, dass sie nie mit ihm über seine eigene Kindheit hatte sprechen können. Auch ihre Mutter hatte ihr nie etwas darüber erzählt. Vielleicht hätten sie das getan, wenn Leena erwachsen war. Vielleicht hätte Rickard über seine eigene Kindheit nachgedacht, seine Fehler als Vater eingesehen und sich entschuldigt. Vielleicht wollte sie das auch nur glauben. Doch als Leena seine Tagebücher las, begriff sie: Seine eigenen Wunden waren nie geheilt. Deshalb war er so verzweifelt.

Polizist schien er jedoch mit ganzem Herzen gewesen zu sein, denn auch darüber schrieb er, und Leena sah schwarz auf weiß, dass er seinen Beruf mit Leidenschaft ausgeübt hatte. Er selbst hatte nie Hilfe bekommen, aber er wollte trotzdem andere Menschen vor Leid bewahren und für Gerechtigkeit sorgen. Nur bei seiner eigenen Familie war er kläglich damit gescheitert. In Anna-Lena schien er die Liebe seines Lebens gefunden zu haben, bis die Beziehung scheiterte. Rickard war immer verschlossen gewesen. Die einzigen Emotionen, die zum Vorschein kamen, waren seine Wutanfälle. Es schmerzte Leena, als sie daran zurückdachte. Wie seine wütende Stimme in ihren kleinen Kinderohren geschmerzt hatte. Wie ihr Herz sich beschleunigt hatte, wenn sie Angst vor ihm bekam. Wie ihre Mutter versucht hatte, sie und Hanna zu beschützen, aber damit meistens überfordert gewesen war.

Doch das war nun vorbei. Sie war jetzt erwachsen. Sie hatte die Angst hinter sich gelassen. Nun stand sie vor der Wahl, wie sie mit der Vergangenheit umgehen wollte.

Sie nahm einen weiteren Schluck Rotwein und legte das Tagebuch zur Seite. Genug Informationen über ihren Vater für heute.

Wie ferngesteuert griff ihre Hand nach ihrem Smartphone und öffnete die Instagram-App. Wahrscheinlich war es der Rotwein, der sie schon wieder auf Karolina Karlssons Instagram-Profil führte. Sie sollte diese dämliche App endlich löschen. Es tat ihr einfach nicht gut, dass ihre Finger wie automatisch ihren oder Alexanders Namen ins Suchfeld eingaben. Aber sie verstand einfach nicht, was er an ihr fand, denn Karolina präsentierte sich in den sozialen Medien als ein Typ Frau, über den Alex sich all die Jahre lustig gemacht hatte. Auf jedem Foto posierte sie lasziv, halb nackt und gewollt. Sie wirkte unglaublich billig, fand Leena. Alex und sie hatten immer über die Selbstverliebtheit gelacht, die diese Influencer an den Tag legten und von denen die sozialen Medien heute voll waren. Manchmal wünschte Leena sich, dass sie in einer anderen Zeit gelebt hätte. In einer Zeit, in der Selbstdarstellung und Fitnesswahn noch keine Rolle gespielt haben. Überall *me, myself and I.*

Leena schaute sich Karolinas Storys an. Dieses Gelaber konnte doch kein Mensch ertragen. Sie trank einen Schluck Rotwein und schaute weiter. Heute waren sie im Einkaufszentrum gewesen und hatten Babyklamotten geshoppt. Dann ging sie auf die *Highlights.*

Wenn ich jetzt schon mal dabei bin, kann ich mir auch direkt alles reinziehen, dachte Leena frustriert. Und danach würde sie Karolina und Alex blockieren, sodass sie ihre scheiß Profile nicht mehr aufrufen konnte. Oder sie würde Instagram ganz löschen, noch besser. Dieses Stalken musste aufhören. Sie *musste* von ihnen loskommen, von beiden.

Sie tippte auf das Highlight *Christmas,* welches mit Sternchen und Weihnachtsmann-Emoji versehen war.

Schauen wir doch mal, wie eklig perfekt euer Weihnachten war.

Sie tippte in dem Highlight von Story zu Story. Ein für die Follower penibel in Szene gesetzter Tannenbaum, der aussah wie aus einem amerikanischen Film, Glögi, Weihnachtsbäckerei, Geschenke, kleine Kinder im Hintergrund, Happy Family, Selfies mit Alex und mehrere Kooperationen für Weihnachtsprodukte. Dann eine Story, in der die Uhrzeit eingeblendet war.

5:57 Uhr.

»Oh Gott, Leute, ihr glaubt es nicht, wir wollten eigentlich nur auf ein Klassentreffen, und zack war es sechs Uhr morgens! Ich glaube, Heiligabend, also heute Abend, packen wir nicht. Oder, Schatz? Lass uns einfach schwänzen! Lass uns einfach faul im Bett bleiben! Keine Ahnung, wie ich diese Nacht mit dieser dicken Kugel im Bauch ausgehalten hab. Aaaaber«, sagte sie überschwänglich, »wir wünschen euch schon mal ganz frohe Weihnachten und ein tolles Fest mit ganz, ganz viel Liebe und fantastischem Essen! Wir warten hier gerade auf unser Taxi, das jeden Augenblick da sein müsste. Macht's gut, ihr Lieben!«

Blablabla, dachte Leena. Unerträglich. Hörte sich jemand dieses Gesabbel freiwillig an?

Du selbst offensichtlich, du Dummkopf.

Noch ein Schluck Wein. Sie ging auf die nächste Story.

»Wieso enden Klassentreffen eigentlich immer so böse? Kennt ihr das auch? Ich bin ja wenigstens nicht betrunken, aber Alex hier ... Das wird ungemütliche Folgen für ihn haben«, lachte Karolina und filmte Alex, wie er völlig fertig an der Straßenlaterne lehnte.

Noch ein Schluck Wein. Sie tippte auf die nächste Story.

Moment. Was war das?

Sie ging auf die vorherige Story zurück und hielt an. Was?

Sie ignorierte Karolinas perfekte Fratze mit den aufgespritzten Lippen und den langen, blonden Haaren und sah eine Person im Hintergrund unter der Straßenlaterne neben Alex vorbeilaufen. Leena schaute sich die Story noch mal an. Hielt an. Und noch mal.

Jussi Bergdahl. Ja, er war es.

Leena schaute auf die Uhrzeit, die Karolina in der Story vermerkt hatte. 5:57 Uhr. Diese Uhrzeiten konnte man auf Instagram nicht fälschen, und da sah sie es: Rechts unten hatte Karolina auch den Stadtteil, in dem sie waren, klein vermerkt. Westend, Espoo.

Leena schaute sich alles erneut an. Es blieben keine Zweifel, es war Jussi Bergdahl. Karolinas Kamera bot eine Eins-a-Qualität. Das Bild war gestochen scharf. Dank der Straßenlaterne erkannte man ihn auf dem Video gut.

Ich glaube, Heiligabend, also heute Abend, packen wir nicht.

Das waren Karolinas Worte gewesen. Tatsächlich. Es war die Nacht vom dreiundzwanzigsten auf den vierundzwanzigsten Dezember, wie in der Ecke oben rechts ersichtlich. Hochgeladen vor sechs Tagen.

Und das bedeutete, dass Jussi Bergdahl gar nicht wie angegeben im Sender gewesen war, wie die Anwesenheitslisten bezeugten. So wie es alle behauptet hatten. Jussi Bergdahl wurde gedeckt. In diesem Augenblick klingelte ihr Handy.

43

»Dich schickt das Universum«, ging Leena ran. »Du glaubst nicht, was ich gerade zufällig herausgefunden habe, Mika.« Sie setzte sich kerzengerade hin und merkte, wie der Rotwein in ihrem Kopf schwankte.

»Hm?«, machte Mika, er klang wahnsinnig desinteressiert.

»Wahrscheinlich denkst du jetzt wieder *typisch Frau,* wenn ich dir von meiner Quelle erzähle, aber *typisch Frau* hat uns gerade näher an unser Ziel gebracht. Oder an euer Ziel. Ich bin ja im Urlaub und nicht am Fall Kira Westerlund dran, aber ich habe etwas total Wichtiges herausgefunden!«

Sie erzählte ihm, was sie vor wenigen Minuten in Erfahrung gebracht hatte.

»Das ist nicht dein Ernst?«, sagte Mika auf einmal hellwach. »Wie kann das sein, ich habe seine Anwesenheit zehn Mal überprüfen lassen. Ich habe mir vom Empfang sogar die Listen ausdrucken und aushändigen lassen, wer wann im Sender war, wer nicht erschienen ist oder krankgemeldet war. Jeder Mitarbeiter muss sich elektronisch einloggen, um das Gebäude zu betreten und zu verlassen. Die Uhrzeiten werden im System genauestens dokumentiert. Und wir haben Zeugen, die bestätigt haben, dass Jussi im Sender war! Wie zur Hölle kann das sein!« Für seine Verhältnisse klang er relativ erregt, auch wenn seine Stimme nur minimal lauter wurde. Der Ärger kam trotzdem durch.

»Ach ja? Was waren das für Zeugen? Anscheinend wurde er gedeckt und die Listen manipuliert. Denn er war ganz offensichtlich nicht im Sender. Und ich habe noch was: Ich habe in den letzten Tagen eine Person kennengelernt, die Bergdahls Stieftochter ist. Wir haben uns angefreundet. *Long story short*: Sie musste an seinen Laptop, weil sie kurz Internet brauchte, und ist dann aus Versehen auf seine gelöschten Mails gekommen. Dort war eine Mail von Kira, allerdings hatte sie leider keine Zeit, alles durchzulesen, da ihre Mutter nach Hause kam. Sie glaubt auch nicht, dass sie noch mal problemlos an seinen Laptop rankommt. Aber Fakt ist, dass Kira Bergdahl geschrieben und sich wohl darüber beklagt hat, dass er gegenüber den Frauen im Unternehmen alles andere als professionell auftritt. Sie hat sich belästigt gefühlt. Und sie hat ihm Druck gemacht.«

Mika machte eine Pause.

»Leena, das wären sowieso illegale Privatermittlungen. Du kannst nicht einfach eine nahezu wildfremde Person, die du gerade kennengelernt hast, bitten, für uns zu ermitteln und im Hintergrund illegal Informationen zu besorgen!«, sagte Mika nun immer noch ruhig, aber in einem unüberhörbaren Anflug von Ärger.

»Mann, Mika, ich weiß! Aber Fakt ist, dass sie nun mal diese Mail zu Gesicht bekam, und dazu habe ich sie bestimmt nicht gebeten! Aber so war es nun mal, und findest du nicht, dass wir dem auf den Grund gehen sollten?«

»Doch. Bestimmt. Leite mir die Storys bitte dringend weiter. Ich muss sie sehen. Schnell.«

»Mach ich. Du wirst sehen. Und es ist sogar der Stadtteil vermerkt.«

»Erkennt man ein Straßenschild oder so?«

»Nö. Leider nicht. Wir könnten natürlich ...« Und schon bereute Leena, dass sie diese Worte laut ausgesprochen hatte.

»Ja?«, bohrte Mika nach.

Das würde sie auf gar keinen Fall tun. Sie schwieg.

»Hallo?«, ertönte Mikas Stimme erneut.

»Na ja, bevor wir Jussi vorläufig festnehmen, wäre es vielleicht interessant, von jemand anderem zu erfahren, wo genau in Westend das war. Das bedeutet, wir müssten Karolina oder Alex kontaktieren. Aber da ich ja blöderweise offiziell nicht ermitteln darf, da ich persönlich in den Fall involviert bin, musst du das leider machen. Tut mir so leid«, sagte sie und war unfassbar froh, dass es so war. Unter gar keinen Umständen würde sie auch nur ein Wort mit Alexander oder Karolina wechseln.

»Verstehe, du bist froh, dass ich das tun muss«, bemerkte Mika sofort.

Leena schwieg.

»Versteh ich«, fügte er verständnisvoll hinzu. »Also, ich schau mir das gleich an, nachdem wir aufgelegt haben, und kümmere mich drum, aber eigentlich habe ich wegen etwas ganz anderem angerufen«, sagte er, und seine Stimme veränderte sich.

»Weshalb?«

»Ich habe vielleicht Leukämie, Leena.«

»Was?« Leena setzte sich abrupt kerzengerade hin. »Und ich rede hier von diesem Instagram-Scheiß. Mika, das ist ja furchtbar.« Das war also der Grund, wieso er in letzter Zeit so verändert und abwesend gewirkt hatte. Er war nicht desinteressiert. Er war besorgt.

»Na ja, *Instagram-Scheiß* würde ich es jetzt nicht nennen. Das ist ja keine unwichtige Info, die du da herausgefunden hast. Ich bin gerade aus dem Krankenhaus nach Hause gekommen. Die Untersuchung war zum Glück fast schmerzfrei, die Ergebnisse bekomme ich vermutlich in drei oder vier Tagen. Luisa ist noch beim Yoga, sie weiß noch nichts, ich wollte sie nicht beunruhigen.«

»Du willst ihr vorher nichts sagen?«

»Nein. Ich kann nicht. Ich will ihr und Nina nicht unnötig Angst machen. Nachher ist es doch halb so wild, und sie hatte umsonst schlaflose Nächte. Du weißt doch, wie sie ist.«

»Hm. Verstehe. Bitte gib mir Bescheid, wenn du die Ergebnisse hast oder wenn ich irgendetwas für dich tun kann. Das meine ich ernst. Ich bin für dich da. Auch wenn du nur reden willst. Ich hoffe, das weißt du.«

»Natürlich weiß ich das, danke, Leena.«

Er klang viel weicher als sonst. Emotionaler. Normalerweise wirkte er immer so gefasst und sachlich. Stark. Sie hörte, wie er schluckte. Das war ein ganz anderer Mika als der, den sie kannte.

»Weiß Paavola schon Bescheid?«

»Nein, ich ... Es weiß noch niemand. Ich hatte einfach

den Drang verspürt, zuerst dich anzurufen. Manchmal ist es leichter, mit einer befreundeten Person zu sprechen als mit der eigenen Lebensgefährtin.«

Leena wusste, dass Mika Luisa nichts sagen wollte, da er ihr gegenüber keine Schwäche zeigen wollte. Es war eine Art Beziehungsphänomen und tief in der Mentalität des finnischen Mannes verankert. Ein Mann hatte seiner Frau gegenüber stark zu sein. Zumindest war es so in den Köpfen der Männer. Sie hoffte, dass sich dieses Bild eines Tages verändern würde. Wenn man nicht einmal in einer Beziehung Schwäche und Verletzlichkeit zeigen durfte, wo denn dann? Da war jemand möglicherweise sterbenskrank, und nicht einmal das schien Grund genug zu sein, Gefühle zu zeigen.

»Du kannst mich immer anrufen.«

»Ich muss jetzt aufhören«, sagte er und blockte ab. »Ich wollte nur ... na ja, ich glaube, ich wollte es nur irgendwem mitteilen. Und mit Luisa will ich das gerade nicht besprechen. Bitte sag ihr nichts.«

»Nein, mache ich nicht«, antwortete Leena, auch wenn sie es nicht richtig fand, dass er seiner Frau die mögliche Erkrankung vorenthielt.

»Ich schau mir gleich die Videos von deinem Lieblings-Influencer-Pärchen an«, sagte er in dem Versuch, das Gespräch wieder aufzulockern.

»Haha, sehr witzig«, sagte Leena und lächelte sanft. »Du kannst mich jederzeit erreichen. *Heippa*, Mika, und halte mich auf dem Laufenden.«

»Mach ich. Danke, Leena. *Moikka!*«

In der Wohnung war es still. Und ihr war, als wäre sie auf einmal wieder nüchtern.

Lieblings-Influencer-Pärchen. Ja, wie scheiße das doch alles war, was ihr widerfahren ist. Aber eine so ernste Nachricht wie die von Mika rüttelte sie wieder wach. Es gab so viel Schlimmeres. Dagegen war ihr Problem doch nichts. Ihr lief ein unangenehmer Schauer über den Rücken. Wenn Mika wirklich Leukämie hatte ... Das durfte nicht sein. Nicht Mika. Nicht einer der herzlichsten, emphatischsten und tollsten Menschen, die sie kannte. Tränen stiegen ihr in die Augen, und sie schaute nach draußen in den Himmel. Dann schloss sie die Augen und fing leise an zu weinen.

Nicht auch noch das. Sie betete. Betete für Mika und seine Familie, dass es nicht so kommen würde.

44

Hanna streckte sich nach der Weihnachtsgirlande an der Treppe. Sie war dabei, die letzten Weihnachtsdekorationen zu entfernen, wie sie es jedes Mal spätestens an Silvester tat. Saaga hatte einen Rückzieher gemacht. Sie hatte ihr gestern geschrieben, dass sie erfahren hatte, dass es keinen Weg gab, eine Strafanzeige zu erstatten, ohne dass ihre Eltern im Nachhinein von ihrem Vorsprechen und dem Übergriff erfuhren. Hanna hatte sie daraufhin angerufen. Saaga hatte erzählt, dass sie sich zu sehr dafür schäme, was passiert war, und außerdem würden ihre Eltern ihr die Hölle heißmachen, wenn sie erfuhren, dass sie ungefragt zu Schauspielcastings ging.

»Meine Eltern werden nur mir die Schuld geben«, hatte sie immer wieder betont. Hanna wollte einwenden, dass das mit Sicherheit nicht so sein würde, aber sie hielt sich zurück. Sie ahnte, dass Saaga recht hatte. Sie war sich sogar sicher, dass ihre Eltern sie auch dafür verurteilt und ihr die Schuld an allem gegeben hätten, wenn sie in der Situation gewesen wäre.

Und doch war es unglaublich, dass die Angst vor den eigenen Eltern Minderjährige davon abhielt, Anzeige zu erstatten. Was für eine verdrehte Welt.

Saaga war sich ihrer Entscheidung sicher gewesen, dankte Hanna trotzdem noch einmal und verabschiedete sich dann.

Sosehr sie auch gehofft hatte, dass das Mädchen eine Anzeige erstattete: Sie konnte ihre Entscheidung verstehen.

Sie packte die Girlande in den bereits prall gefüllten Karton, der im Flur auf dem Boden stand, und öffnete die Haustür, um die roten Glocken an der Außenseite zu entfernen. Danach schloss sie den Karton.

Sie lief nach oben in ihr Arbeitszimmer und öffnete ihren Laptop. Eine halbe Stunde später hatte sie das Formular ausgefüllt.

Dann hielt sie inne, las alles noch einmal durch. Sollte sie das Video von Saaga hinzufügen?

Sie stand auf, lief runter in die Küche und goss sich einen Schuss Koskenkorva-Espresso ins Glas. Damit lief sie zurück in ihr Arbeitszimmer und nahm einen großen Schluck.

Sie wusste, dass es unumgänglich sein würde, dass Saaga dieses Video zu Gesicht bekam, falls sie es anhängen würde. Sie konnte die Polizei darum bitten, Saaga nichts davon zu erzählen, aber sie wusste, dass sie es tun mussten.

Sollte sie Saaga schützen? Wenn sie das tat, würde der Prozess gegen Max umso länger dauern. Das Video war ein eindeutiger Beweis. Saaga würde ihr das niemals verzeihen. Dass sie sie halb nackt gefilmt hat. Dass sie sie zwang, eine Aussage zu machen und sich ihren Eltern zu stellen. Die Polizei würde sie anrufen und sie zur Dienststelle bitten. In Begleitung ihrer Eltern, da sie noch minderjährig war. Um die Anschuldigungen zu bestätigen.

Wollte sie ihr so etwas antun?

Sie nahm noch ein paar Schlucke.

Blickte immer noch auf den Bildschirm ihres Laptops, spielte mit den Tasten.

Dann klickte sie auf *Anzeige abschicken.*

Max hatte bei ihr das Fass zum Überlaufen gebracht.

Deine Anzeige ist bei uns eingegangen.

45

Donnerstag, der 31. Dezember

Als Leena aufwachte, hatte sie zwei verpasste Anrufe von Samuel. Sie rief ihn zurück. Er wollte sie fragen, ob sie ihn heute Abend auf eine Silvesterparty bei einem Freund begleiten würde. Dankend lehnte sie ab.

Eine Silvesterparty bei Fremden war wirklich das Letzte, worauf sie Lust hatte. Auf Kiras Party hatte sie genügend Small Talk gehabt. Sie fand es jedes Mal so verdammt anstrengend.

Sie würde den Jahreswechsel ausnahmsweise mit ihrer Mutter verbringen. Leena sehnte sich nach einem ruhigen Abend mit Sauna, Raclette und einem Film. Es war schon lange her, seit sie mit Anna-Lena zusammen Silvester gefeiert hatte. Das letzte Mal war sie noch ein Kind gewesen.

Zwei Stunden später verließ sie mit ihrer großen Sporttasche das Haus. Sie hatte spontan noch eine private Boxstunde per App gebucht, das Auspowern würde ihr guttun. Von dort würde sie direkt zu ihrer Mutter nach Loviisa fahren.

Als sie mit dem Aufzug unten in der Tiefgarage ankam und zu ihrem Auto lief, hatte sie das Gefühl, hinter sich Schritte zu hören. Sie drehte sich schlagartig um. Blickte um sich, sah aber niemanden. Wurde sie schon paranoid? Die mysteriösen E-Mails und Anrufe mussten ihr zu Kopf gestiegen sein. Das war doch albern. Sie setzte ihren Weg zum Auto fort.

Schon wieder. Da war doch ein Geräusch? Sie drehte sich erneut um, konnte aber niemanden entdecken.

»Hallo?«, rief sie laut. »Ist da jemand?«

Die Tiefgarage wirkte verlassen und düster. Ein unangenehmer Schauer lief ihr über den Rücken. Das Gefühl, beobachtet zu werden, ließ sie nicht los.

Sie stieg ins Auto und gab Gas.

46

Mit schnellem Herzschlag öffnete Hanna die Tür zum Schuppen. Ein modriger Geruch kam ihnen entgegen. Wenn man panische Angst hatte, nahm man jeden Geruch in der Luft, jeden Geschmack auf der Zunge, jedes Geräusch und jedes noch so kleine Detail wahr. Sogar das Atmen ihrer Schwester. In der Dunkelheit erkannte sie, dass rechts neben der Tür ein Lichtschalter war. Schnell drückte sie drauf. Holz. Jede Menge Holz. Ein Moped. Zwei Liegen. Eine Axt, Teelichter, Schwimmwesten, Schneeschuhe, Zeitschriften, mehrere Stühle, ein Tisch, eine dreckige Decke und Feueranzünder. Sie blickte sich weiter um. Links in dem kleinen Regal entdeckte sie Streichhölzer. Blickte weiter um sich. Wenn es ein Moped gab …

Tatsächlich. Ihr Blick blieb an einem Kanister hängen.

Sie nahm die Streichhölzer vom Regal und steckte sie in ihre Jackentasche. Dann griff sie nach dem Benzinkanister.

Er war ziemlich schwer, aber sie schaffte es, ihn hochzuheben. Papa hatte ihr mehrmals davon erzählt, wie manche Menschen auf diese Weise ein Feuer angezündet hatten und dafür bestraft worden waren. Manche von ihnen waren ins Gefängnis gekommen.

»Komm, wir müssen schnell weiter«, wimmerte Leena panisch und zog am Arm ihrer großen Schwester.

»Warte. Wir müssen noch mal zurück.«

»Was willst du denn?«, fragte Leena.

»Dafür sorgen, dass er wirklich stirbt.«

47

»Karolina Karlsson?«, fragte Mika, als eine schwangere Frau die Tür öffnete. Sie hatte einen weiten Norwegerpulli in Rosatönen an und war auffällig stark geschminkt.

»Ja?«, fragte sie erstaunt. Ihre eisblauen Augen blickten ihn skeptisch an, ihre Stimme klang hell, fast piepsig. Schon in der Instagram-Story war sie ihm unangenehm aufgefallen. Wahnsinnig anstrengend für die Ohren.

»Kriminalpolizei Helsinki. Mika Levin mein Name.« Er zeigte ihr seinen Dienstausweis.

Sie blickte ihn fragend und überrascht an.

»Keine Sorge«, beruhigte Mika sie schnell. »Es geht nicht um dich, ich habe nur eine Frage. Dürfte ich kurz hereinkommen?«

»Na ja …«, sagte Karolina etwas unsicher. »Nein. Ungern. Ich lasse keine Menschen in mein Haus, die ich nicht kenne, und ich weiß ja nicht einmal, ob dein Ausweis echt ist.«

»Verstehe, kein Problem. Dann eben hier vor der Tür.«

Sie nickte, schnappte sich eine rosa Daunenjacke, zog schnell Schuhe an und trat zu ihm hinaus. »Worum geht's?«

Er holte sein Handy hervor und zeigte ihr das Video. »Es geht um diesen Beitrag von dir in den sozialen Medien, genauer gesagt auf Instagram. Im Rahmen einer Ermittlung muss ich dringend wissen, wo und wann du das aufgenommen hast.«

Sie schaute auf sein Handy. »Das? Also das war frühmorgens am vierundzwanzigsten Dezember. So gegen sechs, steht da ja. Das war in Espoo, Westend, um genau zu sein. Steht da auch. Warum?«

»Es geht um den Herrn, der im Bild direkt hinter dir unter der Straßenlaterne vorbeiläuft.«

Sie schaute noch einmal genauer hin. »Der? Wieso? Was ist mit ihm?«

»Wir sind in einer laufenden Ermittlung. Leider darf ich dir nicht mehr dazu sagen. Dein Video ist ein Beweismittel. Könntest du mir bitte die genaue Adresse sagen, wo du das aufgenommen hast?«

»Das war in der Puolukkatie. Da waren wir bei einer Freundin noch zur Afterparty nach unserem jährlichen Klassentreffen. Das ist jedes Jahr am dreiundzwanzigsten Dezember. Die Hausnummer müsste ich nachschauen, die weiß ich nicht mehr.«

Mika nickte und machte sich ein paar Notizen in sein iPhone.

»Die Straße reicht, Hausnummer brauche ich nicht, danke.«

»Um was geht es denn?«, fragte Karolina neugierig.

»Nicht weiter wichtig«, blockte Mika schnell ab. »Kannst du dich an den Mann erinnern?«

Sie nickte. »Um diese Zeit war kaum jemand unterwegs, die Straßen waren leer. Es sah so aus, als hätte er es verdammt eilig, deshalb ist er mir aufgefallen. Unser Taxi hat ewig gebraucht. Als es dann endlich kam, sind wir ihm mit dem Wagen noch mal entgegengekommen. Er lief nämlich zurück in die Richtung, aus der er gekommen war.«

»Das war wann genau?«

»Moment, ich schau in der App nach.«

Sie ging ins Haus und holte ihr Handy.

»Um 6:05 Uhr kam das Taxi an. Wenige Minuten später kam er uns noch einmal entgegen.«

»Ich danke dir vielmals. Eventuell musst du bei uns auf der Dienststelle eine offizielle Aussage machen, falls ja, melden wir uns bei dir. Und dein Partner auch, er war ebenfalls Zeuge. Ist das in Ordnung?«

Sie nickte vorsichtig. »Denke schon«, sagte sie, wobei sie unsicher klang.

»Vielen Dank. Ich melde mich bei dir. Und bitte nicht in den sozialen Medien erwähnen, dass ich hier war oder wonach ich gefragt habe. Das könnte unsere Ermittlungen behindern.«

Karolina nickte gehorsam, ihr Blick immer noch verwundert.

So einen dämlichen Schachzug traute er Karolina zu. Influencer posaunten ja alles in der Öffentlichkeit herum, und dass die Kripo bei ihr zu Hause war, könnte schönes Futter für ihre Follower sein.

»Mika?«, ertönte auf einmal eine Stimme hinter ihr. Die Tür ging auf. Es war Alexander. Mikas Miene verfinsterte sich.

»*Moi*, Alex.«

»Was machst du denn hier?«

»Ihr kennt euch?«, fragte Karolina überrascht.

»Kann man so sagen«, erwiderte Mika nüchtern. »Leider muss ich jetzt los, hab's eilig. Ich brauchte nur die Aussage. Frohes Neues.« Er zog schnell eine Visitenkarte aus seinem Portemonnaie und gab sie Karolina. »Falls noch irgendwas sein sollte.« Mika nickte beiden zu und machte kehrt, bevor er noch gezwungen war, weitere Worte mit Alex zu wechseln.

Er schlug seinen Kragen hoch und eilte zurück zum Auto. Der Schneesturm wurde wieder stärker. Vielleicht schien es manchmal doch von Vorteil zu sein, dass es diese Influencer gab, die jeden Mist mitfilmten und veröffentlichten.

48

Draußen schimmerte die Sonne leicht durch die Wolken hindurch. Es war mehr ein dezentes, oranges Licht, das durch die dicke Wolkendecke brach. Lilli war zurück in ihrer Wohnung in Kallio, hatte schon Schuhe angezogen und schminkte sich im Flur vor dem Spiegel ihre vollen Lippen. Es hatte sich keine Möglichkeit mehr ergeben, an Jussis Laptop zu kommen. Sie konnte sich ohnehin immer noch nicht vorstellen, dass er so tickte. Sie hatte darüber nachgedacht, ob sie selbst jemals das Gefühl gehabt hatte, dass er vielleicht auch *sie* mit anderen Augen ansehen würde. Hatte er sie jemals anzüglich angeschaut? Einen unangebrachten Kommentar fallen lassen? Nein. Nie. Ihr gegenüber hatte er sich immer gut verhalten. Egal. Sie schob den Gedanken beiseite.

Ihr Smartphone leuchtete auf der Kommode auf. *Ich bin in fünf Minuten da,* schrieb Ville auf WhatsApp. Am letzten Tag des Jahres wollten sie zusammen einen Ausflug machen, und obwohl sich jede Zelle ihres Körpers dagegen wehrte, hatte sie das beängstigende Gefühl, dass sie anfing, ernsthafte tiefe Gefühle für ihn zu entwickeln. Wieso empfand sie das als beängstigend? Das war doch albern. Es war doch gut, wenn man jemanden mochte. Es kam selten genug vor, dass sie jemanden mochte. Sie sollte es genießen. Sie setzte sich die schwarze Mütze auf und warf einen letzten Blick in den Spiegel. Ihre wie immer kräftig geschminkten und dunkel umrandeten Augen, die im starken Kontrast zu ihren rosablonden Haaren standen, schauten zurück.

Sie schnappte sich ihren Rucksack. Sie hatte warme Wollsocken, frische Unterwäsche, einen dicken Fleecepullover, eine Leggings, eine Jogginghose und ihren Kosmetikbeutel eingepackt. Sie und Ville waren beide zu der Erkenntnis gelangt, dass sie Silvester hassten, und da hatte er spontan gefragt, ob sie nicht einfach zu zweit irgendwohin fahren wollen. Weg aus der Stadt, weg von dem ganzen Neujahrsstress. Lilli hatte nach ein wenig Überlegung zugestimmt, denn auf Party hatte sie auch keine Lust. In Kallio versammelten sich an Silvester sowieso nur Junkies und Kriminelle. Es war überall laut, dreckig und eklig. Die Leute kotzten und pinkelten in die Ecken und prügelten sich vor und in den Kneipen. Es war also eindeutig besser, mit Ville einen Abend zu zweit zu verbringen und keinen Fuß in die Innenstadt zu setzen.

Sie eilte die fünf Stockwerke nach unten.

Immer die Treppe.

Verbrennt mehr Kalorien.

»Oh, Verzeihung!«, sagte sie zu Kari, ihrem Nachbarn, in den sie fast reingerannt wäre, als sie unten schwungvoll die Tür aufriss.

»Na hoppla«, lachte dieser. »Wohin so eilig am letzten Tag des Jahres?«, fragte der alte Mann mit kratziger Stimme. Kari war weit über achtzig, aber schien körperlich und mental wirklich fit zu sein. Er trug immer dieselbe graue Kappe, egal zu welcher Jahreszeit.

»Ich, äh, muss leider schnell los. Ich wünsch dir ein

frohes Neues, Kari!«, sagte Lilli und lächelte ihm zu, während sie weiterging. Sie kannte längst nicht alle im Haus, aber Kari war sie öfter begegnet.

»Das wünsche ich dir auch!«, rief er ihr hinterher, während sie schon in Villes Auto stieg. Ville gab ihr entgegen ihrer Erwartung sofort einen Kuss. Damit hatte sie nicht gerechnet, aber ihr Herz machte einen kleinen Sprung.

»Also, wohin geht's?«, fragte Lilli neugierig, denn Ville wollte sie erneut überraschen. Doch nun vertraute sie ihm.

»Warte ab«, sagte er und grinste sie charmant von der Seite an.

»Komm schon, spielst du mit mir jetzt das gleiche Spiel wie letztes Mal?«

Er lachte. »Vielleicht?«

Durch die Sitzheizung breitete sich eine wohlige Wärme in ihrem Körper aus.

»Und auch dieses Mal verrate ich dir nichts. Aber glaub mir, es wird dir gefallen«, fügte er vielversprechend hinzu.

Tatsächlich zweifelte sie daran nicht.

Dann legte er liebevoll seine Hand auf ihren Oberschenkel.

Sie lächelte ihn an. »Wie lange fahren wir?«

»Nicht lange. Ungefähr anderthalb Stunden, bei diesem Schneefall und Verkehr vielleicht zwei, wenn's schlecht läuft.«

Sie fuhren raus aus der Stadt in Richtung Osten. Die

Sonne schien jetzt etwas kräftiger durch die Wolken und blendete sie durch die Frontscheibe. Vielleicht würde dieses anstrengende Jahr wenigstens noch gut enden.

49

»Ja, hallo?« Hanna war die Treppe von oben aus dem Kinderzimmer nach unten gesprintet, als sie ihr Handy klingeln hörte.

»Hei, hier ist Mikael«, meldete sich ihr Agent.

»Oh, hei«, sagte Hanna und stellte im selben Augenblick fest, dass um sie herum noch absolutes Chaos herrschte. Heute Abend um achtzehn Uhr würden zwei befreundete Pärchen zu ihnen kommen, und sie musste noch dringend aufräumen, putzen und den Tisch dekorieren. Ausgerechnet heute waren Anton und Sofia schlecht drauf und bummelten furchtbar, hauptsächlich Anton. Sie musste ihm ständig alles zehnmal sagen. *Räum die Spielsachen auf, hör auf, deine Schwester zu ärgern, hör auf, mit dem Essen um dich zu werfen, räum dein Zimmer auf, verteil nicht alle Sachen im Haus.* Und er machte genau das Gegenteil von dem, was sie sagte. Kristian war noch unterwegs, um die letzten Zutaten für das Fondue zu besorgen.

»Stör ich gerade?«, fragte Mikael.

»Nein, tust du nicht.«

Komischer Tag, an dem ihr Agent anruft, dachte Hanna. Es musste wirklich dringend sein, wenn er sie an Silvester sprechen wollte.

»Leider hab ich keine guten Neuigkeiten für dich«, sagte er mit bedrückter Stimme.

Sofort beschlich sie ein ungutes Gefühl.

»Ja? Worum geht's?«

»Der Drehstart von *Mittsommerangst* im März …« Er zögerte.

»Ja?«, drängte Hanna ihn.

»Also, glaub mir, ich habe alles versucht, aber …«

»Was ist los, Mikael?« Sie wurde ungeduldig und ihr Bauchgefühl immer schlechter.

»Sie haben die Rolle neu besetzt.«

Ihr Herz setzte einen Schlag aus. Ihre Hände wurden kalt.

»Was?!«, entfuhr es Hanna laut und fassungslos. »Wie, neu besetzt? Wovon redest du? Was meinst du?« Sie konnte es nicht fassen. Ein Schmerz zog sich wie ein Blitz durch all ihre Glieder, und ihr wurde schwummrig.

»Du hast die Rolle nicht mehr«, sagte Mikael nun direkter und mit Nachdruck.

»Was redest du für einen Mist? Ist das ein verdammter Scherz?«

»Ich wünschte. Aber Fakt ist«, seine Stimme festigte sich wieder, »ich habe vorhin einen Anruf von Fredrik Nykänen erhalten.«

Der Regisseur des Projektes.

»Er meinte, dass es ihm sehr leidtue, aber dass sie sich kurzfristig doch noch umentschieden haben.«

»Das ist nicht dein Ernst?«

»Es kommt sogar noch schlimmer. Für das Projekt *An*

deiner Seite wurdest du auch überraschend abgelehnt, obwohl wir bereits die mündliche Zusage hatten, wenn auch der Vertrag noch nicht unterschrieben ist. Ich habe keine Ahnung, was da los ist, Hanna, ich schwöre es dir. Ich habe Himmel und Hölle in Bewegung gesetzt, um erstens den Grund zu erfahren und zweitens diesen Leuten den Kopf zurechtzurücken. Ich kann es mir nicht erklären.«

Hanna war, als ob ihr der Boden unter den Füßen weggezogen würde.

Max. Es war Max. Sie wusste es. Es war Rache.

»Gibt es da etwas, das ich nicht weiß, Hanna?«, fragte Mikael, als hätte er ihre Gedanken hören können. »Das alles erscheint mir nicht nachvollziehbar. Ist etwas an mir vorbeigegangen? So etwas habe ich noch nie erlebt, nicht so radikal und so kurzfristig, und ich bin schon lange im Business. Da stimmt doch was nicht.«

Mikael war seit mehr als fünf Jahren als ihr Agent tätig. Er hatte die besten Rollen für sie an Land gezogen, er war mit Abstand der Beste, den sie sich hätte vorstellen können, nachdem sie davor zwischen ein paar anderen hin- und hergewechselt und mit keinem richtig zufrieden gewesen war. Er hatte sie immer professionell beraten, von Rollen abgeraten oder ihr gut zugeredet. Und er hatte am Ende immer recht behalten. Wenn es Probleme gab, hatte er immer gewusst, wie sie am besten damit umgehen solle. Wieso zur Hölle hatte sie nach der Sache mit Max nicht mit Mikael gesprochen? Sie hatte nicht einmal daran gedacht. Sie war so in Rage gewesen, so wütend, sie war ... Verdammt! In diesem Fall wollte sie keine Beratung von ihm! Sie wollte einfach nur ... Ja, was wollte sie eigentlich?

Dem kleinen Mädchen helfen. Anderen helfen.

Vielleicht hatte sie unterbewusst gedacht, dass Mikael ihr ganz bestimmt davon abraten würde, Max anzuzeigen. Und genau das wollte sie nicht. Sie wollte nicht wieder stillschweigend alles hinnehmen. Nicht erneut. Vielleicht hatte sie so gehandelt, weil sie Angst hatte, dass sie sonst den Mut verlieren würde, wenn sie zu lange darüber nachdachte. Dass sie sonst von ihm oder jemand anderem in ihrer Entscheidung beeinflusst worden wäre. Und genau so wäre es wahrscheinlich auch gekommen. Manchmal war es nicht von Vorteil, vorher zwanzig verschiedene Szenarien und Konsequenzen im Kopf durchzugehen und alles mit fünf verschiedenen Leuten zu besprechen.

Sie hatte schnell gehandelt. Hatte sie zu schnell gehandelt?

Verdammt, Hanna! Vielleicht hätte sie den Vorfall einfach ignorieren sollen. In ihrem Kopf kämpften zwei Stimmen.

»Verdammte Scheiße!«, schrie sie auf einmal und nahm einen Teller, der neben ihr auf dem Tisch stand, und schmiss ihn, so kräftig sie konnte, gegen die Wand.

Sie hörte, wie die Kinder panisch die Treppe im Flur runterrannten.

»Mama?«, rief Anton, und sie konnte die Angst in seiner Stimme hören.

So etwas war ihr noch nie passiert, zumindest nicht vor den Kindern.

»Geht wieder nach oben«, versuchte sie mit ruhiger, aber bebender Stimme zu sagen. »Mama muss telefonieren und etwas klären. Ich komme gleich zu euch hoch. Bitte wartet oben.«

Ausnahmsweise gehorchte Anton, ohne zu widersprechen, und ging mit seiner Schwester wortlos und mit verängstigtem Blick die Treppe hoch. So hatte sie ihn noch nie erlebt. Wenn er auf Anhieb gehorchte, musste er wirklich Respekt haben.

»Hanna, was ist passiert?!«, drängte Mikael. »Wir sind ein Team. Seit fünf Jahren. Ich muss wissen, was hier vor sich geht, nur dann kann ich versuchen, das Ruder herumzureißen und dir zu helfen.«

Sie atmete einmal laut ein und aus. »Es war Max.«

»Max?«, fragte er so ahnungslos, als hätte er keine Ahnung, von wem sie spricht.

»Max Salminen.«

»Was hat Max Salminen mit diesen beiden Projekten zu tun?«

»Gar nichts«, sagte Hanna seufzend und schlenderte Richtung Küche auf die Flasche Rotwein zu. Das war alles nur ein böser Traum. Und doch hätte sie es kommen sehen müssen. »Absolut gar nichts«, wiederholte sie. »Er hat nur dafür gesorgt, dass ich in genau diese Situation komme.«

»Wovon redest du? Sprich Klartext.«

»Max war es, der dafür gesorgt hat, dass mir die Rolle entzogen wurde. Nein, die *Rollen*«, verbesserte sie sich.

»Und warum sollte er das tun?« Mikael klang überrascht.

»Weil ich ihn angezeigt habe. Er hat ein Mädchen belästigt, Mikael. Ach, was sage ich, er war kurz davor, sie zu missbrauchen. Belästigt ist untertrieben. Und er ist mir gegenüber gewalttätig geworden. Genauer gesagt, wollte er mich vergewaltigen.«

Mikael schwieg. Als er endlich sprach, klang seine Stimme schwach, fast resigniert. »Das ist nicht dein Ernst. Was ist passiert, Hanna?«

Und dann fing sie an zu erzählen.

50

Die Funkzellenabfrage hatte einen Treffer gelandet: Jussi Bergdahls Nummer war zur Tatzeit im Funknetz der Gegend eingeloggt. Hätten sie das schon früher überprüft, wären sie deutlich schneller vorangekommen, ärgerte Mika sich, aber Jussi hatte nun mal ein überzeugendes Alibi und Zeugen gehabt.

Mika und Jonna befanden sich gerade auf dem Weg zum Sender. Ab neunzehn Uhr hatte Mika sich für den Silvesterabend und den ersten Januar freigenommen, er wollte den Abend mit Luisa verbringen. Ihr war es schon immer wichtig gewesen, diesen Abend gemeinsam zu begehen, sodass sie guter Dinge ins neue Jahr starten konnten, während ihm selbst Silvester nie sonderlich am Herzen gelegen hatte. *Guter Dinge*, dachte Mika. So würde er seine aktuelle Lage nicht unbedingt beschreiben. Er schluckte seine Sorgen runter, von denen auch Jonna noch nichts wusste, und bremste auf dem großen Parkplatz vor dem YVT-Gebäude.

15:12 Uhr verriet seine Uhr im Wagen, und es war schon so gut wie dunkel. Er fühlte sich erneut wie erschlagen, seine Augen waren schwer wie Blei. Sie liefen durch die gläserne Tür ins Gebäude und geradewegs zum Empfang. Die junge Frau, mit der sie vor wenigen Tagen gesprochen hatten und deren Namen er vergessen hatte, war gerade dabei, ihren Mantel anzuziehen.

»*Päivää*«, sagte Mika und blieb vor ihr stehen. »Ich habe da noch eine Frage. Kann es sein, dass die Liste der Anwesenden, die du mir ausgedruckt hast, nicht korrekt ist? War Jussi Bergdahl am Morgen des vierundzwanzigsten Dezembers ab 5:54 Uhr hier im Gebäude?«

Die Frau blickte auf die Stelle des Papiers, auf der Mikas Zeigefinger ruhte. Dann hob sie ihren Blick und sah dem Kriminalkommissar in die Augen. »Und?«, fragte sie.

»Und das ist falsch«, sagte Mika.

Sie hielt seinem Blick stand. Dann schluckte sie. »Ich habe schon seit einer Viertelstunde Feierabend. Es tut mir leid«, sagte sie.

»Wie war dein Name noch einmal? Maria?«

»Ja.«

»Maria weiter?«

Sie schluckte wieder, wirkte verunsichert. »Olsson«, sagte sie.

»Wer ist für die Dokumentation dieser Pläne verantwortlich? Wer hat Zugriff darauf?«

»Ich«, sagte eine selbstbewusste Frauenstimme hinter ihr.

Jonna und Mika blickten an Maria vorbei.

»Und du bist?«

»Emmi Ahonen«, sagte die Frau, die schätzungsweise ein paar Jahre älter als Maria und ziemlich adrett angezogen war. »Ich arbeite wie Maria am Empfang.«

»Ist Jussi Bergdahl im Sender?«

Maria bekam große Augen und starrte ihn an. Langsam nickte sie.

Er schlug schwungvoll mit einer Handfläche auf den Tresen.

»Kann eine von euch mich zu ihm bringen? Es ist dringend.«

Emmi nickte.

Mika warf Jonna einen Blick zu, die mit Maria Olsson am Empfang zurückblieb.

Emmi und Mika liefen Richtung Fahrstuhl, um hoch zu Jussi in den dritten Stock zu fahren.

Zwei Minuten später klopfte Emmi an seiner Tür.

»Ich bin beschäftigt«, sagte Jussis Stimme.

Mika öffnete die Tür.

»Nicht mehr. Du bist vorläufig festgenommen.«

51

»Wow, was für ein schönes Mökki«, sagte Lilli bewundernd, als sie die kleine Hütte im Wald betrat. Innen war es eisig kalt. Die Fenster waren dick vereist, und beim näheren Herantreten erkannte sie die kleinen Eisblumen.

»Ich mache sofort den Kamin und die Heizung an. Wenn du noch mehr an Klamotten brauchst, gib Bescheid, ich hab genug dabei«, sagte Ville und trug seine Einkaufstüten direkt in die Küche. Dann schaltete er die elektrische Heizung an. »Ich hole eben Holz, bin gleich wieder da.«

Sie waren fast anderthalb Stunden Richtung Osten zu einem See namens Lapinjärvi gefahren. Lilli konnte sich nicht daran erinnern, jemals in einem so gemütlichen Mökki gewesen zu sein. Zwei große dunkelrote Samtsessel standen auf einem weichen blauen Teppich vor einem einladenden Kamin, daneben ein eckiger Esstisch und vier Stühle, und gleich am Eingang führte eine steile Treppe nach oben, zu einer Empore, auf der sich ein Bett und ein Fernseher befanden. Alles war aus hellem Holz. An der Wand gegenüber vom Eingang hing ein großes Fell. Für ein Mökki schien alles ziemlich neu, ein wenig aufwendiger als in vergleichbaren Hütten, fast gehoben, edel und so modern, als wäre alles erst vor wenigen Monaten eingerichtet worden. Lilli fühlte sich auf Anhieb wohl, auch wenn die bittere Kälte an ihr nagte. Hoffentlich würde es schnell warm werden.

Ville erschien wieder an der Tür, klopfte vor der Hütte

den Schnee von seinen Schuhen und kam mit einem vollen Kaminholzkorb herein.

»Komm schon, das hast du nicht selbst eingerichtet«, sagte sie neckisch, aber es klang eher wie eine Frage.

»Was meinst du?«

»Ich will dir nicht zu nahe treten, aber wie soll ich sagen? Man hat ein Gespür dafür, wenn etwas von einer Frau eingerichtet wurde.« Sie grinste.

Ville lachte auf, ging vor dem Kamin in die Hocke und legte Baumrinde und drei größere Stücke Holz hinein, die er gegeneinander auftürmte. »Ganz schön frech. Du traust mir also so viel Geschmack nicht zu? Das willst du damit sagen?« Er nahm Streichhölzer aus seiner Jackentasche und zündete die Baumrinde an.

»Das hab ich nicht gesagt!«

»Doch, genau das hast du gesagt«, antwortete er schmunzelnd.

Sie warteten eine Weile schweigend, bis das Holz Feuer fing.

»Komm, ich zeig dir noch oben.« Er ging die steile Treppe hoch, sie folgte ihm. Am Kopfende des Bettes befand sich ein großes Fenster, das einen malerischen Blick auf die hohen, verschneiten Tannen und Birken eröffnete. Die Bäume umstanden den See und reichten, so weit das Auge blickte. Die schon wieder bald untergehende Sonne tauchte die Landschaft in ein malerisches Dämmerlicht. Auf dem See lag eine dicke Schneeschicht. Lilli hielt für einen Augenblick den Atem an. Wenn etwas für sie magisch sein konnte, dann die Natur.

»Es ist unglaublich«, sagte sie leise. Er lächelte.

»Nachdem wir gleich die Einkaufstüten ausgepackt haben, gehen wir runter zur Sauna, heizen sie ein und machen uns ein Eisloch in den See. Und heute Abend kochen wir was Leckeres.«

Dann kam er langsam auf sie zu, nahm ihr Gesicht in seine Hände und küsste sie leidenschaftlich. Er griff fester in ihre Haare und zog ihren Kopf leicht nach hinten. Dann küsste er ihren Hals.

In ihrem Magen kribbelte es. Er hob sie hoch und warf sie aufs Bett.

Sie kamen nicht einmal dazu, die Einkaufstüten auszupacken.

52

Das Mökki brannte lichterloh, das knisternde Feuer nahm ihnen fast den Atem.

Danach steckten sie das Auto an. Keiner durfte wissen, dass sie und Leena darin gewesen waren.

Sie hatten jemanden umgebracht.

Leena presste sich die Hand vor den Mund und schluchzte unaufhörlich. Die Tränen rannen ihr übers Gesicht, sie klammerte sich an Hannas Arm.

Es war schrecklich kalt.

Hanna schwieg. Es war nicht mehr die Angst, die sie beherrschte. Es war nur noch pure Wut.

Und dann liefen sie los. Der viele Neuschnee war so hell,

dass sie die Umrisse der einzelnen Bäume erkennen und ein wenig den Weg vor sich ausmachen konnten. Ohne ihn hätte man nicht mal seine eigene Hand vor Augen sehen können. So schwarz war die Nacht hier draußen im Wald.

Sie rannten weiter und weiter.

Nachdem sie mehrmals hingefallen waren und nicht mehr konnten, blieben sie stehen. Durch den hohen Schnee zu laufen war unglaublich anstrengend.

»Wir haben ihn getötet«, flüsterte Leena. Sie stand immer noch völlig unter Schock.

»Wir werden jetzt nach Hause gehen. Du musst mir versprechen, dass wir niemandem davon erzählen, niemals, bis wir sterben. Wir kennen diesen Mann nicht, und wir waren niemals hier.«

»Und wo waren wir dann? Und wie kommen wir nach Hause?«

»Bis wir zu Hause sind, sage ich dir, was du allen sagen sollst.«

Sie hatten keine Ahnung, wohin sie liefen, in welche Richtung, es war nirgends etwas zu hören. Kein Auto und keine Straße, an der sie sich orientieren konnten. Kein Kind überlebte lange im finnischen Winterwald auf sich allein gestellt. Ein Wettlauf gegen die Zeit begann.

Auf einmal hielt Hanna inne und blieb stehen.

»Was?«, fragte Leena.

»Pssst«, machte Hanna und legte ihren Zeigefinger auf den Mund. »Ich glaube, da ist jemand«, flüsterte sie leise. Ihr Herz sprang ihr fast aus der Brust.

Etwas weiter vor sich meinte sie, eine Gestalt erkennen zu können. Sie stand neben einem Baum.

53

»Ich habe sie nicht getötet, ich war nicht einmal in ihrem Haus, verdammt noch mal!«, fuhr Jussi ihn an.

»Du hast uns angelogen! Du warst zur Tatzeit nicht im Sender, sondern ganz in der Nähe des Tatortes. Wir haben den Beweis, dass du nicht einmal einen Kilometer entfernt warst. Komischer Zufall, nicht?«, entgegnete Kalle Paavola. Er warf Mika einen Blick zu, der neben ihm saß. »Die Listen vom Empfang sind manipuliert. Von wem? Dir selbst?«

Jussi schüttelte den Kopf.

»Ich komme an die Listen nicht ran. Also doch, ich habe Einsicht, meine ich, aber ich kann sie nicht bearbeiten. Das ist rein technisch gar nicht möglich. Keiner kann das einfach so.«

»Doch, irgendjemand kann es. Oder es kam irgendjemand mit deinem Chip herein. Um dich zu decken. Wieso, frage ich mich, wenn du angeblich nichts zu verbergen hast? Du weißt sicherlich, dass diese Falschaussage schwere Konsequenzen für dich haben wird.«

Jussi atmete tief ein und aus.

»Wir haben Zeugen, die dich gesehen haben. Es gibt eine Videoaufnahme von dir, verstehst du? Wir wissen, dass du zur Tatzeit nicht einmal in der Nähe des Senders warst. Sondern in Westend. Nur ungefähr einen Kilometer von Kira Westerlunds Haus entfernt.« Er beugte sich nach vorne und sprach mit Jussi so deutlich und langsam, als wäre er zurückgeblieben. »Du willst ernsthaft versuchen, dich da noch rauszureden? Es liegt an dir, wie lange wir hier brauchen. Einen Tag, zwei oder eine Woche. Also?«

»Ich hab mit der Sache nichts zu tun!«, erwiderte Jussi empört und stützte seine Ellbogen auf den Tisch.

Es klopfte an der Tür. Jonna trat herein. »Ich müsste euch beide mal einen Augenblick sprechen. Es ist dringend.«

Mika Levin und Kalle Paavola warfen sich einen fragenden Blick zu und standen auf.

Paavola und Mika betraten den kleinen Besprechungsraum. Am Tisch saß niemand anderes als Matti von den IT-Forensikern. Vor ihm lagen mehrere Seiten ausgedruckter Text.

»Was ist das?«, fragte Paavola direkt.

»Kiras E-Mail-Verlauf. Beziehungsweise ihre Nachrichten an Jussi Bergdahl. Wir konnten ihr Passwort endlich hacken. Ich glaube, das hier solltet ihr euch durchlesen.«

Er reichte den Papierstapel Paavola, während Jonna und Mika von beiden Seiten mitlasen.

»Ich glaube, ihr habt euren Tatverdächtigen.«

Die drei setzten sich, gingen Seite für Seite durch.

»Es hört mit einer Drohung auf, und zwar einer deutlichen«, sagte Paavola nach wenigen Minuten.

»Sie hatte ihm mehrmals deutlich gemacht, sich keiner weiblichen Kollegin mehr auf diese Art und Weise zu nähern«, ergänzte Mika.

»Hört es hier auf? Wo sind die Antworten von Jussi? Ich sehe nur Mails von Kira«, fragte Paavola, seinen Blick auf Matti gerichtet.

Der schüttelte den Kopf. »Wahrscheinlich hat er befürchtet, dass diese Mails irgendwann in fremde Hände geraten könnten. Er hat sich per Mail nicht dazu geäußert, vermutlich wollte er vermeiden, dass später irgendetwas gegen ihn verwendet werden könnte.«

»Ihre letzte Nachricht an ihn wurde am frühen Vormittag des dreiundzwanzigsten Dezembers versendet. Da war sie im Sender«, gab Jonna zu bedenken.

»Und knapp vierundzwanzig Stunden später war sie tot.«

»Das ist kein Zufall«, sagte Mika.

»Ich werde unmittelbar einen richterlichen Beschluss beantragen, um Jussis Laptop und Handy zu beschlagnahmen. Vielleicht finden wir da noch mehr Beweismaterial. Jetzt haben wir etwas gegen ihn in der Hand.«

»Kira wollte gegen ihn vorgehen«, sagte Jonna.

»Und Bergdahl wollte es dazu nicht kommen lassen«, fügte Mika hinzu.

»Und deshalb hat er sie getötet«, sagte Paavola. »Sein falsches Alibi, die Nähe zum Tatort und jetzt diese Anschuldigungen, ich bin gespannt, wie er sich da versuchen wird herauszureden.«

Mikas schlechtes Gewissen fraß ihn innerlich auf. Hätte er Leenas Hinweis doch nur früher verfolgt. Sie hatte doch die alte Geschichte von Jussi bei NordEcho erwähnt. Schweiß trat ihm auf die Stirn.

»Maria Olsson«, sagte Jonna und zeigte auf eine Stelle im Text.

»Hier steht: Du denkst vielleicht, alle Menschen in diesem Gebäude sind blind und kriegen nichts mit. Aber nicht ich, Jussi. Ich weiß, dass du das nicht nur mit mir abziehst. Ich sehe auch, wie Maria sich verändert hat. Aber ich sag dir eins: Mit mir hast du dir die Falsche ausgesucht. Und hier weiter unten, am Ende steht: Du denkst vielleicht, du kannst mich aus der Sendung kicken, wenn ich dich melde. Aber wie willst du das machen? Wie wirst du das begründen? Außerdem weißt du genau, dass du nicht so schnell jemanden wie mich finden wirst. Und falls du mich doch rauswerfen solltest, wie du mir angedroht hast, dann glaub mir, dann finden diese Worte hier ihren Weg an die Öffentlichkeit. Wenn du nicht sofort aufhörst, mich zu belästigen und mir zu drohen, werde ich zur Polizei gehen. Nein, nicht ich. Wir werden uns zusammentun, die anderen und ich. Das alles hier hat ab sofort ein Ende, hast du verstanden?«

»Sie bringt alles schön auf den Punkt. Und setzt ihn unter Druck«, sagte Paavola.

»Vier Mails an Bergdahl waren es von ihr insgesamt«, ergänzte Matti. »In den letzten sieben Wochen. Sie fing mit recht dezenten Formulierungen an, doch mit jeder Mail wird ihre Aggression und Wut deutlicher. *Sie* wird deutlicher.«

Die drei nickten zustimmend.

»Die anderen und ich«, wiederholte Jonna. »Es ist deutlich, dass nicht nur von ihr und Maria die Rede ist, sondern noch von weiteren Frauen im Sender. Er hat ihr gedroht, sie aus der Sendung zu kicken. Und sie hat ihm gedroht, ihn anzuzeigen. Und einen Tag später ist sie tot.«

»Deswegen hatte sie ihre Mails verschlüsselt?«, fragte Paavola.

Matti zuckte mit den Schultern.

»Nehme ich an. Sie hatte Sorge, dass sie jemand zu Gesicht bekommt. Sie schien für die schlimme Situation allein eine Lösung finden zu wollen.«

»Danke, Matti, gute Arbeit. Lasst uns wieder zu Bergdahl gehen, jetzt haben wir ihn. Jonna, du befragst bitte schnellstens Maria Olsson«, fügte er hinzu und stand auf. »Am besten hier im Präsidium.«

»Wird gemacht.«

Paavola und Mika betraten den Verhörraum, in dem Jussi seit Stunden saß. Als sie zur Tür hereinkamen, sah er sie fragend an. Paavola knallte den Papierstapel vor ihn auf den Tisch.

»Was sagst du dazu?«

Sie nahmen Platz.

Jussi blickte auf die Seiten vor ihm und wurde kreidebleich.

»Ohne meinen Anwalt sage ich gar nichts mehr«, entgegnete er.

Er wurde sichtlich nervös.

»Kira hat gedroht, dich anzuzeigen, wegen sexueller Belästigung. Sie wollte gegen dich vorgehen. Einen Tag später ist sie tot, und du hast damit rein gar nichts zu tun. Willst du uns für blöd verkaufen?«

»Wie gesagt, ohne meinen Anwalt sage ich gar nichts mehr.«

Paavola nickte. Auch wenn er in sich eine leise Lust verspürte, die Wahrheit aus Jussi herauszupressen, würde er selbstverständlich auf die Ankunft von Jussis Anwalt warten müssen.

54

»Sie sagt nichts«, sagte Jonna zu Paavola, als sie nach über einer Stunde aus dem Verhörraum kam, in dem sie Maria Olsson befragt hatte.

»Das sehe ich«, antwortete er verärgert.

»Ich habe alles versucht. Was machen wir?«

Paavola schwieg, starrte geradeaus durch die Scheibe hindurch zu Maria. Sie hatte sich geweigert, mit einem männlichen Beamten zu sprechen.

»Das Merkwürdige ist, dass sie ja auch nichts verneint! Sie verneint nicht, dass Jussi Frauen gegenüber sexuell übergriffig ist, als ich diese Behauptung in den Raum geworfen habe, was ja schon eine Bestätigung sein kann.

Aber das reicht natürlich nicht. Wir brauchen eine konkrete Aussage. Schau sie dir an, wie sie dasitzt! Wie schlimm muss die Angst sein, die sie vor ihm hat?«

Sie blickten alle zu Maria, die mit hochgezogenen Schultern, eingezogenem Kopf und verängstigtem Blick am Tisch saß und nach unten starrte.

»Da hängt ein gewaltig großer Fisch dran. Jussi scheint nicht nur in den Mordfall verwickelt, sondern auch in andere hässliche Angelegenheiten, die sich bei YVT abspielen. Aber ich kriege Maria nicht dazu, sich uns anzuvertrauen.«

»Wir brauchen Leena«, sagte Mika bestimmt.

»Sie hat Urlaub«, erwiderte Jonna.

»Andererseits können wir hier jetzt nicht eine Woche Däumchen drehen und warten. Es geht um einen Mord! Wir müssen schneller sein«, entgegnete Paavola.

Er blickte Mika an. »Was ist in letzter Zeit eigentlich los mit dir?«

Seine Stimme klang verärgerter als beabsichtigt. Er machte sich Sorgen um Mika, der von Tag zu Tag blasser wurde.

»Was meinst du?«, fragte Mika.

»Du scheinst seit einer Weile völlig neben der Spur zu sein.«

Mika blickte ihn wortlos an, wusste nicht, was er darauf sagen sollte.

»Ihr wollt Leena aus dem Urlaub holen?«, fragte Jonna.

»Wollen bestimmt nicht. Dürfen auch nicht. Sie ist ja

Zeugin und in den Fall involviert! Aber ich muss«, gestand Paavola sich ein. »Wenn der Mord mit Sexualdelikten bei YVT in Zusammenhang steht, wovon ich ausgehe, dann brauchen wir Leena. Wenn jemand Maria dazu bringt, ihr Schweigen zu brechen, dann sie.«

Jonna blickte nach unten. Da war es wieder, dieses Gefühl in ihr, nicht gut genug zu sein. Nicht so gut wie die anderen. Als Polizistin, aber auch als Person. Sie würde niemals zu denjenigen gehören, die herausstachen. Zu denjenigen, die eine Sache besonders gut machten, besser als die anderen.

»Ich rufe sie an«, sagte Paavola.

Jonna blieb zurück und blickte zu Maria.

Sie hatte versagt.

Mal wieder.

Nein.

Einen letzten Versuch würde sie noch machen. Sie betrat erneut den Verhörraum, in dem Maria saß.

55

Leena übte mit Gerd gerade eine weitere Selbstverteidigungsmethode, als ihr Handy ununterbrochen zu klingeln begann. Wer hatte es so eilig?

»Sorry, es scheint dringend zu sein«, sagte sie zu Gerd, während sie schweißüberströmt zu ihrer Tasche lief.

Sie blickte auf ihr Display. Paavola? Was wollte der denn?

»Hallo?«, ging sie völlig außer Atem ran.

»Verzeihung, Leena, ich bin's, Kalle.«

»Hei«, sagte sie überrascht.

»Tut mir wahnsinnig leid, dich in deinem Urlaub zu stören. Aber ich glaube, wir brauchen dich.«

»Was ist passiert?«

»Jussi Bergdahl. Er ist mordverdächtig. Und nicht nur das. Es verdichtet sich der Verdacht, dass er bei YVT Frauen sexuell belästigt. Wir haben hier eine wichtige Zeugin nebenan im Verhörraum. Maria Olsson, Empfangsdame bei YVT. Aber sie schweigt, besteht zudem auf eine weibliche Beamtin. Jonna kommt nicht voran, alle anderen sind im Urlaub. Kannst du bitte herkommen? Selbstverständlich kriegst du deinen Einsatz im Urlaub gesondert bezahlt.«

»Aber ich ...«

»Ja, ich weiß, du darfst gar nicht, du bist persönlich involviert«, sagte Paavola mit Nachdruck und ohne Raum für weitere Fragen. »Aber wir haben keine Wahl. Bitte komm her.«

Er schien sich seiner Entscheidung sicher.

»Auf deine Verantwortung«, sagte Leena. »Du weißt, dass das Konsequenzen haben kann.«

»Ja, auf meine Verantwortung. Wo bist du gerade?«

»Beim Boxtraining. Ich gehe schnell duschen und mache mich dann gleich auf den Weg.«

»Danke, Leena.«

»Ich denke, ich brauche so eine Stunde. Bis gleich.«

Sie legte auf.

Wenn Paavola gegen die Regeln verstieß, musste er wirklich unter Druck sein. Sie müsste es nicht tun, sie hätte auch ablehnen dürfen. Den Mord aufzuklären war eine Sache. Herauszufinden, was bei YVT wirklich vor sich ging, eine andere. Und je schneller die Dinge aufgedeckt wurden, umso besser.

Eine gute Stunde später betrat sie die Dienststelle in Pasila.

»Was machst du denn hier? Hast du nicht Urlaub?«, fragte Jeremias hinter dem Empfang, während er einen Muffin aß.

»Hei, Jeremias. Doch, habe ich. Wurde spontan hergeholt«, antwortete sie und ging flott an ihm vorbei, geradewegs zu Paavolas Büro.

Nachdem Paavola sie über den aktuellen Stand der Dinge ausführlich informiert hatte, betrat Leena den Verhörraum. Sie wusste, Paavola, Mika und Jonna würden die Aussagen von nebenan mitverfolgen.

Leena nahm Maria gegenüber Platz.

»Hallo, Maria, mein Name ist Leena Victor. Ich bin Kriminaloberkommissarin bei der Mordkommission Helsinki.«

Maria Olsson schien ängstlich, erschöpft und fast ein wenig weinerlich.

»Zunächst einmal möchte ich dir sagen, dass du hier

in einem geschützten Raum bist. Du bist hier sicher, und all deine Aussagen werden vertraulich behandelt.«

Maria nickte leicht.

»Wie geht es dir in diesem Augenblick?«

Maria kullerte eine erste Träne über das Gesicht.

»Ich möchte hier nur noch raus. Ich wollte das alles nicht.«

Leena nickte verständnisvoll.

»Was wolltest du nicht?«

»Dass das so endet, dass ich hier sitze.«

»Und warum, denkst du, sitzt du hier?«, fragte Leena, ohne die Frage wie einen Vorwurf klingen zu lassen.

»Wegen dieser Liste.«

Leena machte eine Pause und schwieg. Sie reichte Maria eine Packung Taschentücher, nahm selbst einen Schluck Wasser und lehnte sich auf ihrem Stuhl ein wenig zurück.

Eine Weile saßen sie da. Leena gab ihr Zeit. Sie wusste, dass Schweigen für viele nicht auszuhalten war. Irgendwann nahmen sie das Gespräch wieder auf.

Ein paar Minuten vergingen, und sie behielt recht.

»Ich habe eine kleine Tochter«, sagte Maria dann fast flüsternd. Ihre Stimme zitterte.

»Und du hast Angst, deinen Job zu verlieren«, ergänzte Leena.

Maria nickte und zupfte nervös an ihrer weißen Bluse herum.

»Wenn Jussi dich bedroht oder erpresst hat, dann winkt eher ihm die Kündigung«, sagte Leena. »Du hast vorhin mit meiner Kollegin Jonna gesprochen. Wir müssen wissen, wann Jussi Bergdahl den Sender wirklich betreten hat. Meine Kollegen haben in Erfahrung gebracht, dass die elektronischen Zugangsdaten manipuliert wurden. Ist es korrekt, dass nur du, Emmi Ahonen und Jussi Bergdahl die Listen, wer wann das Gebäude betreten und verlassen hat, einsehen können?«

Maria nickte.

»Könnt ihr sie bearbeiten? Verändern?«

Maria schüttelte den Kopf. »Nein.«

»Wie kann es dann sein, dass Jussi Bergdahl am vierundzwanzigsten Dezember laut der Liste früh am Morgen das Gebäude betreten hat, obwohl das nicht der Fall war? Wie erklärst du dir das? Wir wissen, dass er nicht im Sender war. Es gibt einen handfesten Beweis. Wie ist das möglich, wenn die Listen nicht geändert werden können?«

Maria vergrub ihr Gesicht in den Händen und schluchzte. »Ich habe die Zeiten nicht gefälscht«, wimmerte sie. »Du verstehst das nicht!«

»Es geht hier um einen Mord an einer Kollegin von dir. Soll ich denken, du steckst mit in der Sache?«

Erschrocken blickte Maria sie an.

»Nein! Um Gottes willen!«

»Dann sag mir die Wahrheit. Jussi Bergdahl steht im dringenden Tatverdacht, Kira Westerlund ermordet zu haben. Was weißt du über Jussi? Du warst an diesem Morgen am Empfang und hast bestätigt, ihn beim Betreten des Gebäudes gesehen zu haben. Das stimmt aber nicht, Maria.«

Maria atmete einmal tief ein und aus. Vom vielen Weinen schien ihre Nase langsam verstopft. Hinter den hohen Glasscheiben fielen kleine Schneeflocken vom grauen Himmel. Maria schaute wie in Trance nach draußen. Leena schwieg. Es würde nichts bringen, noch mehr Druck auf sie auszuüben. Sie ließ ihr Zeit. Und wenn es Stunden dauern würde. Sie war sich sicher, dass mit jeder Minute Maria immer klarer wurde, dass sie mit weiteren Lügen ihre Situation verschlimmerte.

»Ich weiß nicht, wo ich anfangen soll.«

»Da, wo du möchtest«, sagte Leena sanft.

»Seit September arbeite ich bei YVT, und die Stelle ist gut für mich, ich habe lange nach einer geeigneten Arbeit für mich als Alleinerziehende gesucht«, fing sie dann leise an. »Ich habe die Liste nicht bearbeitet oder verändert. Aber Jussi hat mich erpresst. Er drohte mir, dass ich meinen Job verlieren würde, wenn ich nicht mitmache oder wenn ich irgendwem etwas sage. Zwei Tage vor Weihnachten drückte er mir seinen Mitarbeiter-Chip in die Hand mit der Anweisung, ihn am vierundzwanzigsten ein- und auszuloggen. Ich war diejenige, die damit das Gebäude betrat und verließ, also mit seinem Chip.«

Leena nickte. »Hast du ihn gefragt, warum er das von dir verlangt?«

»Ja, aber er hat mir schnell zu verstehen gegeben, dass ich meine Nase nicht in seine Angelegenheit zu stecken habe«, sagte sie. »Ich war dann still, dachte mir, dass es vielleicht ja auch egal ist. Als dann die Nachricht über Kiras Tod reinkam und dein Kollege nach den Listen verlangt hat, wusste ich nicht, was ich machen soll.«

»Jussi hat dir also Konsequenzen angedroht?«

»Ja. Es wäre leicht für ihn gewesen, denn ich bin noch in der Probezeit. Da geht so eine Kündigung von heute auf morgen, ohne Begründung. Und wie gesagt, ich bin alleinerziehend und habe eine Tochter ... Ich brauche die Stelle, das Geld ...«

Leena nickte erneut. »Und ist dir sonst noch etwas passiert? Mit Jussi?«

Maria schluckte, schaute auf den Tisch und schwieg. »Das möchte ich nicht erzählen«, sagte sie dann leise.

»Bitte überleg es dir noch mal. Deine Geschichte bisher ist, dass du einen Tatverdächtigen gedeckt hast.«

»Aber doch nur, weil ich musste!«, fuhr Maria sie nun verzweifelt an.

Leena erwiderte daraufhin erst einmal nichts.

»Gut, dann erzähle ich dir, wie es gewesen ist«, sagte Leena in ruhigem Ton. »Er hatte dir nicht zum ersten Mal gedroht, deinen Job zu verlieren, stimmt's?«

Maria reagierte nicht.

»Und er wusste, dass du von dem Job abhängig bist, richtig?«

»Am Anfang waren es nur dumme Kommentare ...«

»Was für Kommentare?«

»Ich weiß nicht mehr genau. So was wie *In dem Rock siehst du aber verführerisch gut aus*, oder *Die Stiefel bringen deine schönen Beine gut zur Geltung*. Ich wusste nicht, wie es gemeint war, ob ich mich geschmeichelt fühlen sollte. Jussi ist schon älter, ich dachte, vielleicht weiß er nicht, dass das eine Grenzüberschreitung ist. Ein paar Wochen später hatte er mich in sein Büro gebeten. Er müsse etwas mit mir besprechen für ein anstehendes Event und wir dürften auf keinen Fall gestört werden, meinte er. Er schloss die Tür und küsste mich.«

»Wie hast du darauf reagiert?«

»Ich war … überrumpelt. Hab ihn weggestoßen.«

»Und?« Leena merkte, dass sie noch etwas hinzufügen wollte.

»Na ja, ich habe mich auch irgendwie geschmeichelt gefühlt. Ich meine, Jussi ist jemand, der charmant ist und attraktiv, und … er schien mich zu wollen. Und ich war dumm genug, drauf reinzufallen. Aber ich wusste ja, dass er in einer Beziehung lebt. Wir haben uns danach noch ein paarmal geküsst. Dann habe ich gesagt, dass er aufhören soll, dass wir aufhören sollen. Er hat mich gepackt und gegen die Wand in seinem Büro gedrückt … Ich habe Angst gekriegt. Er wurde erst aufdringlich, dann fast schon aggressiv.« Maria liefen die Tränen über das Gesicht. »Er hielt meine Arme fest. Sein Griff war so was von fest. Es tat richtig weh.«

»Hat er dich vergewaltigt?«, fragte Leena direkt. Sie wusste, dass es furchtbar war, so etwas gefragt zu werden. Aber bei Vernehmungen zählten nur die konkreten Aussagen, kein Drumherumgerede. Sie versuchte jedoch, so viel Mitgefühl wie möglich in ihre Stimme zu legen.

Maria schüttelte den Kopf.

»Nein. Aber ich hatte schreckliche Angst, dass es so weit kommen wird.«

Sie sah aus wie eine leere Hülle.

Maria starrte eine Ewigkeit nur auf die Tischplatte.

»Ich kann nicht mehr weiterreden.«

»Das verstehe ich. Wir machen eine Pause. Ich bringe dir etwas zu trinken.«

Leena verließ das Zimmer und holte Maria einen Kaffee und eine Flasche Wasser. Ihr war schlecht. Ihr war schlecht von all diesen Fällen, die in den letzten Jahren stetig mehr geworden sind. Oder vermutlich sind es gar nicht mehr Übergriffe, nur wagten sich immer mehr Frauen zur Polizei und in die Öffentlichkeit. Als sie damals in der Polizeihochschule das Modul Sexualdelikte durchlaufen hatte, hatte sie relativ schnell gewusst, dass sie sich darauf spezialisieren wollte. Auch wenn es sie immer wieder *daran* erinnerte. Ihre eigenen Erfahrungen ermöglichten ihr auch, den Frauen jenes Verständnis gegenüberzubringen, das sie sich erhofften und das half, sich zu öffnen.

War das nur ihre eigene Wahrnehmung, oder wurde es wirklich schlimmer? Waren Frauen nirgends mehr sicher? In ihrem Magen breitete sich ein ungutes Gefühl aus.

Ungefähr zehn Minuten später kehrte sie mit dem Kaffee und dem Wasser zurück zu Maria.

»Können wir weitermachen?«, fragte Leena. »Ich weiß, dass eine solche Vernehmung sehr anstrengend ist. Wir können jederzeit eine Pause machen.«

Doch Maria schüttelte den Kopf. »Wenn ich jetzt

schon einmal hier bin, möchte ich es so schnell wie möglich hinter mich bringen.«

Leena nickte.

»Wo waren wir stehen geblieben?«, fragte Maria.

»Ich hatte dich gefragt, ob Jussi Bergdahl dich vergewaltigt hat, was du verneint hattest.«

Maria nickte. Sie wirkte nun gefasster.

»Möchtest du Jussi Bergdahl wegen sexueller Belästigung und Erpressung am Arbeitsplatz anzeigen?«

Maria blickte sie an. Sagte eine Weile gar nichts. Doch dann nickte sie langsam, aber entschlossen.

»Ja.«

»Hast du irgendeine Art schriftliche Beweise? Hat er dir Mails geschickt? Fotos?«

Maria schüttelte den Kopf.

»Nein, das hat er nicht. Ich glaube, ihm war bewusst, dass das zu riskant war. Ich weiß nicht, ob er das bei anderen Frauen gemacht hat, aber ich kann es mir nicht vorstellen. Mein Eindruck war, dass er sehr darauf bedacht war, nichts zu hinterlassen, was gegen ihn verwendet werden kann. Seine Mails waren immer sehr professionell.«

»Okay. Dann nehmen wir jetzt die Anzeige auf. Ist das in Ordnung?«, begann Leena.

Maria nickte zustimmend.

»Verdammte Scheiße«, sagte Mika im Nebenzimmer, als sich das Gespräch ungefähr neunzig Minuten später dem Ende zuneigte. Sie hatten die Aussage von Anfang bis Ende mitverfolgt.

»Was?«, fragte Paavola.

Auch Jonna blickte ihn fragend an.

Mika war blass. »Leena … sie hatte mir etwas in diese Richtung erzählt.«

»Wovon redest du?« Mika erkannte den Ton, den Paavola nur äußerst selten seinen Mitarbeitern gegenüber anschlug, aber wenn doch, wusste man, dass man sich ernsthafte Probleme eingehandelt hatte.

»Leena hatte ein Date gehabt mit irgendeinem Typen. Und die Ex-Freundin von dem Typen hatte in Stockholm für Radio NordEcho gearbeitet zu einer Zeit, als Jussi Bergdahl dort Programmchef war. Und sie wurde von ihm ebenfalls sexuell belästigt. Davon hatte Leenas Date ihr erzählt und Leena mir. Also privat. Sie meinte, wir sollten der Sache auf den Grund gehen, ich habe das aber …«

»Nicht ernst genommen?!«, fauchte Paavola, und ein zorniger Schatten huschte über sein Gesicht.

»Doch, ernst genommen schon. Natürlich. Aber Jussi hatte ein von allen Seiten wasserdichtes Alibi, verdammt noch mal, weshalb wir ihn als Täter schnell, zu schnell ausgeschlossen haben. Es gab noch keine Zweifel. Ich war mir so sicher, dass die alte Geschichte mit Kiras Tod nichts zu tun hat.«

»Aber Mika, du hättest es mir sagen müssen, verdammt. Jedes noch so kleine Detail.«

Mika hätte sich ohrfeigen können. Lag das Motiv für den Mord an Kira wirklich so nahe, und er hatte es verbockt?

Alle drei blickten durch die Glasscheibe zu Leena, wie sie aufstand. Wenig später kam sie zu ihnen.

»Damit hätten wir schon zwei«, sagte Leena beim Hereinkommen.

»Gute Arbeit, Leena. Von der zweiten Person habe ich gerade erst vor wenigen Sekunden erfahren«, sagte Paavola mürrisch und warf Mika einen nahezu vernichtenden Blick zu.

Leena schaute zu Mika. Ihre Augen verrieten, dass sie von ihm enttäuscht war.

»Sanna Lundqvist«, sagte Leena zu Paavola. »Auch sie war ein Opfer.«

»Komm mit in mein Büro und erzähl mir alles«, antwortete er.

»Maria Olsson kann nach Hause gehen, wir haben alles, was wir brauchen.«

Leena blickte auf die Uhr. Viel Zeit hatte sie nicht mehr, wenn sie noch zu ihrer Mutter wollte. Aber diese Sache hier ging jetzt vor.

»Ihr beiden kommt auch mit«, sagte Paavola zu Jonna und Mika. »Damit ihr direkt auch auf dem neuesten Stand seid nach Leenas Bericht.« Er gab sich große Mühe, sachlich zu klingen, doch Mika konnte die Verärgerung in seiner Stimme wahrnehmen.

Leena berichtete ihm, Mika und Jonna ausführlich von ihrem Treffen mit Sanna Lundqvist. Außerdem erzählte sie, was Lilli auf Jussis Laptop entdeckt hatte.

»Das hätte ich früher erfahren müssen«, antwortete

Paavola und klang jetzt doch wütend. »Das mit der E-Mail. Das ist doch *der* Beweis, dass genau hier die Verbindung liegt. Zwischen Kira und Bergdahl. Wir müssen alle Frauen, die solche Erfahrungen mit ihm gemacht haben, ermuntern, sich zu melden. Weißt du, ob Sanna schriftliche Beweise der Belästigung hat?«

»Leider nein. Sie hat keine Beweise«, fügte Leena hinzu. »Es hätte dir auch nichts gebracht, vorher von dieser Mail zu wissen. Alles hat Lilli nicht gelesen, zudem hätte das vor Gericht als Beweis für einen Überwachungsbeschluss nicht ausgereicht, das weißt du. Genauso wenig hätten wir Lilli dazu anstiften können, heimlich mehr in seinem Laptop herumzuschnüffeln.«

»Vielleicht können wir Sanna trotzdem zu einer Anzeige bewegen. Wenn zwei Anzeigen wegen sexueller Belästigung und Erpressung am Arbeitsplatz vorliegen und diese öffentlich werden, werden sich hoffentlich weitere Frauen melden. Das wiederum wird ein starkes Argument sein, einen Überwachungsbeschluss oder gar eine Beschlagnahme seiner elektronischen Geräte gerichtlich durchzusetzen. Wir brauchen Einsicht in Bergdahls Mails, einfach in alle seine Nachrichten. Ich hoffe, dass wir das schnell hinbekommen.«

»Womit fangen wir an?«, fragte Jonna.

»Gerade bekomme ich die Information, dass Bergdahls Anwalt morgen Mittag hier eintrifft. Es ist Silvesterabend, natürlich kann er da nicht sofort kommen. Wir können für heute nichts mehr tun. Bergdahl bleibt über Nacht in polizeilichem Gewahrsam«, sagte Paavola. »Mika und Leena, ihr könnt nach Hause gehen. Wir sehen uns morgen. Leena, bitte komm auch du, Urlaub hin oder her, die Tage werden dir gutgeschrieben. Jonna, dir eine halbwegs angenehme Nachtschicht.«

Da war sie wieder, dachte Jonna. Ihre Chance. Ihre Chance, zu beweisen, dass auch sie etwas konnte. Auch ohne Mika und Leena.

»Danke«, antwortete sie, und während sie aufstanden, schwor sie sich, dieses Mal etwas zu bewirken. Vielleicht schaffte sie es doch noch, den einen entscheidenden Hinweis zu liefern, während Mika und Leena Silvester feierten.

56

Hanna hatte Mikael die ganze Geschichte erzählt. Er hatte kaum glauben können, was sie sagte, doch am Ende meinte er: »Wir kriegen das irgendwie wieder hin. Hoffe ich.« Überzeugt hatte er allerdings ganz und gar nicht geklungen. Sie hatte verstanden, dass sie nun ziemlich im Karriereloch saß. »Du musst mir jetzt nur versprechen, nicht mehr ohne mich zu handeln. Keine Alleingänge, kapiert? Alles, was du öffentlich tust oder sagst, muss vorher mit mir abgesprochen werden, wenn du willst, dass ich weiterhin dein Agent bin«, sagte Mikael mit einem Nachdruck, der keine Widerworte zuließ. »Ich muss jetzt ein paar Telefonate führen und Mails schreiben, ich melde mich in den nächsten Tagen bei dir. Wenn du wieder einmal außer dir bist vor Wut, ruf mich lieber an, Hanna, bevor du etwas Dummes machst. Und nur damit du mich nicht falsch verstehst, ich kann das alles gut nachvollziehen. Ich weiß, dass ihr Frauen oft viel mehr duldet und einsteckt, als ihr solltet. Gerade in der Filmbranche. Und das ist nicht richtig. Aber so ungern ich das ausspreche, was deine Karriere angeht, hast du dir damit ganz schön viele Steine in den Weg gelegt. Mit der Anzeige, meine ich. Ich glaube, es kommt keine einfache Zeit auf uns zu.« Er machte eine Pause. »Aber wir kriegen das hin«, ermutigte er sie, da er ahnte, wie ihr zumute war.

Sie legte auf und kochte innerlich. Am liebsten wollte sie zu Max fahren und ihn umbringen. Aber sie verstand, dass Mikael es ernst gemeint hatte. Wenn sie jetzt Alleingänge unternahm, könnte es mit ihrer Karriere für immer vorbei sein.

Trotzdem war sie so unglaublich wütend. Wie schnell sich alles verändern konnte. Vor wenigen Tagen war sie noch eine gefragte Schauspielerin gewesen, die sich ihre Rollen aussuchen konnte, und nun musste sie um ihre Zukunft kämpfen. Was würde sie im nächsten Jahr drehen? Werbespots? Panik flutete ihren Körper. Was, wenn es das jetzt wirklich gewesen ist? Sie fragte sich, welche Hebel Max in Bewegung gesetzt hatte, dass die anderen Regisseure so weit gingen, sie fallen zu lassen.

»Ich muss laufen gehen«, sagte sie zu Kristian, der gerade nach Hause gekommen war.

»Jetzt? Erzähl mir doch erst mal alles in Ruhe, du hast nur so Bruchstücke ...«

»Ja, jetzt! Verdammt!« Sie raste los, sich umzuziehen. »Kümmere dich um die Kinder. Ich kann jetzt nicht, Kristian. Ich kann nicht, ich bin so dermaßen sauer, dass ich gleich irgendwen umbringe, wenn ich nicht sofort rauskomme.«

Sie zog sich in Windeseile um, sprang die Treppen wieder nach unten und schlüpfte im Flur in ihre Laufschuhe.

»So hab ich das nicht gewollt«, sagte sie, es klang, als würde sie es zu sich selbst sagen. Sie knallte die Haustür mit voller Wucht zu, und Kristian blieb mit fragendem Blick und den immer noch gefüllten Einkaufstüten zurück.

57

Er lag hinter ihr und hatte seine starken Arme um sie geschlungen, während Lilli durch das große Fenster nach draußen schaute. Es war noch nicht ganz dunkel, aber lange würde es nicht mehr dauern.

Im Mökki war es noch relativ kalt, tatsächlich dauerte es eine ganze Weile, bis die Hütte sich aufheizte, weshalb sie ihre nackten Körper eng aneinanderschmiegten und sich unter drei dicken Decken vergruben. Er hatte sie an sich gezogen, küsste sie zärtlich auf den Kopf und kraulte ihr durch die Haare. Seit vielen Jahren, es mussten wirklich schon verdammt viele gewesen sein, verspürte sie endlich wieder dieses eine besondere Gefühl. Welches sie so sehr vermisst hatte. Das Gefühl, auch mal klein, zerbrechlich und nur weich sein zu dürfen. Eben sie selbst. Nicht immer die Starke sein zu müssen.

»Komm, wir ziehen uns was an und gehen runter an den See, die Sauna anmachen. Wir müssen auch noch das Eisloch bohren, das wird in vollständiger Dunkelheit eine Herausforderung. In der Zwischenzeit kann sich das Mökki weiter aufheizen.«

Er rollte zur Seite, stand auf und zog sich Jogginghose und Pullover an. Sie tat es ihm gleich, auch wenn der Moment, unter der Decke hervorzukriechen, ihr nahezu Schmerzen bereitete. Die Kälte war einfach brutal. In Windeseile zog sie sich an. Ville warf ihr noch ein dickes Fleece rüber.

»Zieh das noch unter deine Jacke. Das wärmt so richtig.«

Dankbar nahm sie den dunklen Fleecepullover entgegen. Dann gingen sie die Treppe nach unten, er legte noch etwas Holz in den Kamin, bevor sie sich Schuhe, Jacke, Mütze, Schal und Fäustlinge anzogen und das Mökki verließen. Auf dem Weg nach draußen schnappte Ville sich noch eine große Wasserflasche. Die würden sie gleich brauchen.

»Minus zweiundzwanzig Grad«, sagte Ville, als er auf das Thermometer am Haus blickte. Wenn man sich nicht ordentlich einpackte, fühlte sich die Kälte an wie ein einziger Schmerz, der den Körper auffraß. Sie liefen zum Schuppen, und Ville schnappte sich den Eisbohrer, eine Schaufel und eine Eissäge. »Wir müssen zuerst den Weg zum See freischaufeln«, sagte er. »Sonst kommen wir hier nicht durch und nicht zurück. Ich mach das, du kannst die Sachen hier nehmen.« Er drückte ihr Eisbohrer und Eissäge in die Hand und fing dann an, vor ihr einen kleinen Weg freizuschaufeln.

Am See angekommen, zündeten sie zuerst den Holzofen in der Sauna an, dann betraten sie vom Steg aus den winterlichen See. Der Schnee lag fast hüfthoch, an einer Stelle schaufelte Ville ihn zur Seite, dann positionierte er den Eisbohrer auf dem Eis.

»Ich habe dich gar nicht gefragt, ob du gern eisbadest, fällt mir grad ein«, sagte er flapsig. »Aber da musst du jetzt durch. Hättest du früher was sagen müssen. Eine Dusche habe ich hier nicht.«

Diese Information überraschte Lilli nicht. Es war keine Seltenheit, dass die Mökkis auf dem Land keine Dusche hatten, sondern man im Sommer im See badete.

»Ich liebe Eisbaden«, sagte Lilli. »Wenn ich vorher in die Sauna kann. Ohne Sauna: Vergiss es. Niemals.«

Er lächelte. »Ja, das wäre ziemlich *hardcore*. Das machen wir nicht. Oder vielleicht morgen früh, zum Wachwerden?«

»Niemals!«

Er lachte leise. »Komm schon, das bisschen Wasser«, entgegnete er belustigt.

»Vergiss es, kannst du natürlich machen, ich schau dir liebend gern zu.«

Sie beobachtete, wie er anfing zu schnaufen, während er den Eisbohrer drehte. Die Dunkelheit brach bereits über sie herein. Nachdem er zwei Löcher ins Eis gebohrt hatte, zwischen denen ungefähr ein Meter Platz war, machte er keuchend eine Pause und nahm mehrere große Schlucke aus der Wasserflasche.

»Soll ich weitermachen?«, fragte Lilli.

»Wenn du magst?«

Er blickte auf das Eis. »Ich schätze, die Schicht ist mindestens dreißig bis vierzig Zentimeter dick.«

Sie nickte, kam zu ihm und nahm den Eisbohrer. Als sie das dritte Loch gebohrt hatten, keuchte sie ebenfalls.

»Anstrengend, oder?«, fragte er grinsend.

Lilli nickte. Ihr brach unter den Klamotten der Schweiß aus. Der Fleecepullover war zu viel gewesen, sie musste die Jacke ausziehen und griff im Anschluss ebenfalls zur Wasserflasche. Sie hatte richtig Durst bekommcn.

»Komm, ich mach das letzte Loch«, sagte er.

Nach einer gefühlten Ewigkeit war er fertig.

»Jetzt geht der Sport erst richtig los«, sagte er und schnappte sich die Eissäge.

»Kannst du in der Zwischenzeit noch mal Holz in der Sauna nachlegen?«, fragte er. »Dann lege ich schon mal los.«

Sie nickte.

Ville griff in seine Jackentasche und nahm eine Stirnlampe heraus. In wenigen Minuten würde es vollständig dunkel sein. Dann fing er an zu sägen.

Wenig später kam Lilli zurück.

Eine dreißig bis vierzig Zentimeter dicke Eisschicht

durchzusägen kam einem Leistungssport nahe. Nachdem er nach knapp fünfzehn Minuten mit einer Seite fertig war, setzte Lilli an. Insgesamt verging eine ganze Stunde, bis sich das viereckige Eisstück endlich löste. Sie keuchten laut auf, waren völlig außer Atem. Dann drückten sie es gemeinsam nach unten, sodass es unter dem restlichen Eis verschwand.

Sie blickten in das dunkle Gewässer.

»Geschafft!«, sagte er. Der Schweiß stand ihm auf der Stirn.

»Jetzt müssen wir am Loch noch Lichter aufstellen, sonst sehen wir nach der Sauna nichts. Komm, wir gehen hoch und holen ein paar Kerzenlaternen. Und dann gehen wir in die Sauna, die dürfte mittlerweile aufgeheizt sein.«

Sie nickte.

Sie liebte es, dass er sich um die Dinge kümmerte. In ihren früheren Beziehungen war immer sie es gewesen, die die Führung übernehmen musste und sich um alles hatte kümmern müssen, weil die Typen es nicht hinbekommen hatten. Sie genoss es, dass sie sich nun einmal zurücklehnen konnte, während er tatkräftig handelte. Und endlich hatte sie das lang ersehnte Gefühl, sich fallen lassen zu können. Er kam zu ihr, blickte ihr tief in die Augen und gab ihr einen Kuss. Sie musste es sich eingestehen. Sie war verliebt.

Dann nahm er ihre Hand, und sie liefen nach oben zum Mökki. Als sie es betraten, knisterte das Holz im Kamin. Es war schon deutlich wärmer geworden. Sie schnappten sich Kerzenlaternen, Kerzen und Streichhölzer. Außerdem nahm er aus dem Badezimmer zwei Handtücher und zwei Bademäntel mit, aus der Küche eine große Flasche Wasser und vier Bierdosen.

Dann liefen sie wieder runter zum See.

Eine große Laterne stellten sie auf der Veranda vor der Sauna auf und drei auf dem Steg, die ihnen den Weg zum Eisloch leuchten würden, das sich neben dem Steg befand.

Es sah magisch aus, wie das Feuer flackerte und die eisige Schneelandschaft stumm und mächtig auf sie wirkte.

Er öffnete die Tür zur Sauna. »Fünfundsiebzig Grad, perfekt, wir können schon rein. Hier im Nebenraum können wir uns ausziehen.« Er öffnete die Tür nebenan.

»Fuck, ist es hier kalt«, fluchte Lilli.

»Ja, schnell ausziehen und nichts wie rein da«, sagte er grinsend und machte mit seinem Kopf eine kurze Bewegung Richtung Tür.

Tatsächlich zog sie sich in Windeseile aus, sie fühlte die Kälte wie Messerstiche an ihrem ganzen Körper.

In der Sauna atmete Lilli erleichtert auf, die Wärme, die sie nun umgab, tat unbeschreiblich gut. Der Duft nach frischem Holz drang in ihre Nase. Vor dem kleinen Fenster sah sie den Steg mit den Lichtern und den zugefrorenen See.

»Wahnsinn, wie schön das ist«, sagte sie.

Er nickte. »Ja. Ich liebe dieses Grundstück. Ich habe es vor ein paar Jahren gekauft und umgebaut. War alles ziemlich heruntergekommen. Hier, zieh die an«, sagte er und gab ihr ein paar Schuhe und Handschuhe, die speziell für das Eisbaden gemacht waren.

»Danke.« Sie zog sich beides über, damit ihr die Füße und Hände nicht abfroren, bevor sie überhaupt am Eisloch ankam. Sie blickte zu ihm.

»Und du hast keine?«

Er schüttelte den Kopf. »Ich habe nur ein Paar Handschuhe und Schuhe. Nimm du die.«

»Sicher?«

»Ja.«

»Hast echt gute Arbeit geleistet, also mit dem Mökki«, sagte Lilli und lächelte ihn an. »Hier kann man sich wirklich nur wohlfühlen.«

Er beugte sich zu ihr und gab ihr einen innigen Kuss, während seine Hand langsam zwischen ihre Beine wanderte. Für einen kurzen Moment war sie überrascht, wie schnell er zur Sache kommen wollte, schob den Gedanken jedoch beiseite. Es war doch egal. Sie hatten schon miteinander geschlafen, sie konnten tun, wonach auch immer ihnen der Sinn stand. Sie hörte das Holz im Ofen knacken, während die Lust sich in ihr auftürmte. Sie schloss die Augen, während sie ihn neben sich spürte und die kreisförmigen Bewegungen seiner Finger erst langsam und sanft waren, mit der Zeit aber schneller und kräftiger wurden. Sie spreizte die Beine ein Stück weiter, legte den Kopf in den Nacken und keuchte auf. Die zunehmende Erregung erschwerte ihr das Atmen in der Hitze, dennoch genoss sie es in vollen Zügen. Sie konnte sich nicht daran erinnern, wann sie sich das letzte Mal so erregt gefühlt hatte. Was machte er nur mit ihr, dass ihr Körper in seiner Gegenwart so lusterfüllt war und es ihr zudem so leicht schien, sich fallen zu lassen?

»Ich will, dass du mich anschaust, wenn du kommst«, sagte er leise. Ihr Körper lud sich weiter auf, Stück für Stück, bis er sich nach mehreren Minuten mit gewaltiger Kraft entlud. Sie schwitzte und zitterte am ganzen Körper, während sie heftig kam und gleichzeitig in seine dunklen Augen schaute, ihr Stöhnen lauter und sein Blick intensiver wurde.

»Ich liebe es, zu sehen, wie du kommst«, flüsterte er in ihr Ohr, während sie immer noch in einer von extremer Lust gefüllten Welt zu sein schien, aus der sie nicht mehr zurückkehren wollte.

Wenig später verließen sie die Sauna und liefen über den Steg eilig zum Eisloch.

»Scheiße, verdammt«, fluchte Lilli.

Der Kampf gegen die Kälte begann.

»Du gehst zuerst rein, sonst erfrierst du mir noch.«

Aus Sicherheitsgründen galt es als feste Regel, dass niemals zwei Leute gleichzeitig ins Wasser gingen, sondern einer immer draußen blieb.

Sie antwortete nicht, so kalt war ihr. Ohne zu zögern, denn je länger man wartete, umso schlimmer wurde es, betrat sie das Eis, ging in die Hocke, stützte sich mit beiden Händen ab und ließ sich hineingleiten.

Zunächst ging ihre Atmung schnell, ehe sie in ein langsames, tiefes, ruhiges Atmen überging. Zehn Sekunden, sagte sie sich. Zehn Sekunden. Dann zog sie sich hoch und setzte sich auf das Eis.

»Super hast du das gemacht!«, sagte Ville.

Er hielte es im eisigen Wasser doppelt so lange aus wie sie, war aber auch deutlich geübter.

Nach zwei weiteren Saunagängen zogen sie sich wieder an und liefen nach oben ins Mökki. Der Kamin war schon fast am Ausgehen, sodass Ville direkt ein paar weitere Holzstücke reinlegte, bevor er seine Jacke auszog.

»Hast du Hunger? Jetzt gibt's erst mal etwas zu essen!«, sagte er, offensichtlich selbst begeistert über diese Ankündigung.

Lilli nickte. Tatsächlich verspürte sie seit Langem so etwas wie Hunger. Richtigen Hunger. Keinen seelischen Hunger. Sie folgte Ville in die kleine Küche. Ihr Herz machte einen Satz, als sie sah, was er alles eingekauft hatte. Rotwein, Nudeln, Gemüse, Hackfleisch, Zwiebeln, passierte Tomaten, Basilikum, Kekse, Schokolade, Kaffee, Milch, Aufbackbrötchen, Obst, Käse, Marmelade, Eier, Wurst und Champagner. Gab es irgendetwas, an das er nicht gedacht hatte? Sie nahm wahr, wie ein Gefühl in ihr aufkam, welches ihr so fremd war, dass sie es sofort bemerkte. Oder na ja, nicht fremd. Aber in Vergessenheit geraten. Sie freute sich aus tiefstem Herzen auf das Essen. Eine Sache, von der sie geglaubt hatte, dies niemals mehr erleben zu können. Und das, obwohl der Speiseplan auch noch Nudeln vorsah. Ihr Endgegner.

»Oh wow! Ich glaube, verhungern werden wir nicht. Kann ich dir bei was helfen?«, fragte sie.

»Den Wein aufmachen, dir ein Glas einschenken und mich unterhalten.« Er lächelte sie von der Seite an, während er einen Topf mit heißem Wasser auf den Herd stellte sowie eine Pfanne, in die er etwas Öl gab. Dann nahm er flott ein großes Brett und fing an, die Zwiebeln und Tomaten zu schneiden.

»Zu Befehl«, sagte Lilli, grinste, öffnete die Flasche Wein und nahm zwei Weingläser aus dem Schrank.

Das Feuer im Kamin knisterte immer lauter vor sich hin, und in ihrem Körper entfaltete sich eine wohlige Wärme, die mit dem ersten Schluck Rotwein verstärkt wurde.

58

Mika stand mit zitternden Knien in der Eingangshalle der Dienststelle. Er blickte Leena hinterher, hatte noch mit ihr sprechen wollen, jedoch hatte sie abgewinkt und meinte, es wirklich eilig zu haben. Sie war schon viel zu spät dran für ihre Fahrt nach Loviisa. Eilig hatte sie ihm ein frohes Neues gewünscht, war zu ihrem Auto gestürmt, und dann war sie weg. Nichtsdestotrotz hatte er ihren Blick bemerkt, der ihm nicht gerade freundlich gesinnt war.

Für eine Weile stand er wie in Trance in der Eingangshalle der Dienststelle und beobachtete das Schneetreiben vor der Tür. Er fühlte sich wie der letzte Versager. Es war schon fast halb sieben am Abend, und er fühlte sich noch müder als zuvor. Er hatte Paavola immer noch nichts von der Knochenmarkpunktion und seiner Diagnose erzählt. Im Schneckentempo griff er nach seinem Handy in der Hosentasche. Bergdahl hatte immer noch nicht gestanden. Mika wählte Leenas Nummer. Nach ein paarmal Klingeln ging sie ran.

»Hallo?«

»Ich bin's, Mika.«

»*Moi.*«

Ihre Stimme klang nicht allzu erfreulich.

»Leena, ich hab's verbockt, tut mir leid. Ich wollte noch mit dir reden, aber du warst so kurz angebunden. Dass du jetzt extra deinen Urlaub opfern musstest, weil nicht sauber genug gearbeitet wurde, ist definitiv auf meinem Mist gewachsen.«

»Jonna hat gute Vorarbeit geleistet. Aber es ärgert mich, dass du meine Hinweise ignoriert hast. Ihr hättet schon so viel weiter sein können.«

»Und du hättest nicht in deinem Urlaub anrücken müssen.«

»Auch das«, stimmte sie zu.

»Es war dumm von mir. Ich war mir nur einfach so verdammt sicher, *zu* sicher, dass Jussi mit der Sache nichts zu tun hat, und habe mich auf seinem ursprünglich wasserfesten Alibi ausgeruht. Verzeih mir.«

»Es ist jetzt, wie es ist. Passt schon. Hauptsache, wir kommen mit dem Mord voran. Ich muss zusehen, dass Sanna doch noch eine Anzeige erstattet, und zwar bald.«

Mika seufzte. Er ärgerte sich, dass er in diesem Fall so schlechte Arbeit geleistet hatte, dass Paavola sich gezwungen sah, Leena aus dem Urlaub zu holen. Und dass sie offensichtlich frei Schnauze in dem Fall mit Bergdahl weiter ermittelt hat. Während ihres Urlaubes. Bevor Paavola sie überhaupt angerufen hat. Aber er hielt sich zurück. Er wollte nicht noch schlechtere Stimmung oder noch mehr Konflikte zwischen ihnen erzeugen.

»Glaubst du, sie wird zur Polizei gehen?«

»Ich hoffe es sehr. Ich bin mir sicher, dass da noch eine ganze Lawine auf uns zukommt.«

»Ich weiß, es deutet viel darauf hin, dass er es war. Die Mail von Kira. Der Zeitpunkt. Sein gefälschtes Alibi. Aber ...«

»Aber?«

»Ich bin mir nicht sicher.«

»Dass er es war?«

»Ja.«

»Warum?«, sagte sie.

»Gefühl. Jussi mag in eine Menge Mist verwickelt sein, aber dass er den Mord begangen hat ... ich weiß es nicht.«

»Hast du jemand anderen unter Verdacht?«

»Aktuell nein.«

»Aber eine Sache ist wirklich krank«, setzte Leena dann fort. »Von knapp sechs Millionen Menschen in diesem Land und der Himmel weiß wie vielen Influencern werden ausgerechnet Alex und Karolina unsere wichtigsten Zeugen. Wer hätte das gedacht? Das ist doch seltsam.«

»Das ist es«, erwiderte Mika.

»Aber mal kurz was anderes«, fügte sie hinzu. »Wie geht's dir? Also gesundheitlich, meine ich.«

»Es geht so. Ich habe noch keine Ergebnisse. Ich fahre jetzt nach Hause, du weißt ja, Luisa und Silvester. Da darf man nicht fehlen. Auch wenn ich am liebsten die Nacht durchmachen würde und die nächsten Tage auch, so lange eben, bis der Fall geklärt ist. Und bevor Jussis Anwalt nicht da ist, können wir ihn sowieso nicht weiter verhören«, sagte er verärgert. »Wenn Bergdahl es wirklich nicht war, werde ich höchstpersönlich noch einmal jeden Stein einzeln umdrehen. Weitere Kollegen von YVT befragen. Noch mal jeden Gast der Party einzeln. Es kann doch nicht sein, dass nichts und niemand uns weiterhelfen kann. Wir fragen so lange, bis irgendjemand uns eine Information gibt, die uns weiterbringt«, sagte er fest entschlossen.

»Ich werde dir helfen. Aber denk dran, dass deine Gesundheit vorgeht. Auch vor Mord.«

»Ja, Mama.«

Sie lachte leise. »Nein. Ernsthaft jetzt. Wenn es zu viel wird, gibst du Paavola Bescheid. Versprochen?«

Er schwieg.

»Versprochen?!«, bohrte Leena nach.

»Ja.«

Es entstand eine Pause.

»Was machst du heute Abend?«, fragte Mika.

»Die Sau rauslassen«, antwortete sie. »*Party hard* mit meiner Mutter in Loviisa.«

Mika lachte. »Klingt nach Eskalation. Macht mal nicht zu wild.«

»Ich versuch's. Vor wenigen Tagen bin ich bei meiner Mutter im Keller die Kisten meines Vaters durchgegangen und habe ein paar Dinge mit nach Hause genommen. Unter anderem seine Tagebücher. Das wird meine Urlaubslektüre, hab schon angefangen.«

Mika schlug innerlich die Hände über dem Kopf zusammen. »Du kannst es nicht sein lassen, oder?«, fragte er.

»Nein. Mit seinem angeblichen Selbstmord oder Unfall oder was auch immer stimmt etwas nicht.«

»Denkst *du*.«

»Ich wette mit dir.«

»Und du glaubst, in seinen Tagebüchern die Antwort darauf zu finden.«

»Vielleicht. Vielleicht auch nicht. Vermutlich nicht. Aber ich will mehr über ihn erfahren. Ich habe das Gefühl, dass ich ihn überhaupt nicht kannte.«

»Wie auch, du warst ein Kind, als er gestorben ist.«

»Als jemand ihn getötet hat«, verbesserte sie ihn.

»Leena, hör auf.«

»Meine Intuition war noch nie falsch.«

»Welche Intuition? Die, als du zehn Jahre alt warst? Du siehst Gespenster.«

Sie antwortete nicht.

»Was ist das auf einmal?«, fragte er. »Ich meine, du bist zweiunddreißig. So viele Jahre sind vergangen, und jetzt auf einmal, von heute auf morgen, willst du das gesamte Leben deines Vaters aufrollen? Warum?«

»Berechtigte Frage, ich kann sie dir allerdings nicht beantworten. Ich hatte mir schon früher darüber Gedanken gemacht, viele sogar, aber hatte relativ schnell akzeptiert, was mir erzählt wurde. Und jetzt stelle ich das eben infrage.«

»Warum ausgerechnet jetzt? Ist etwas vorgefallen?«

Sie dachte nach. »Nein. Ich denke, dafür musste ich vielleicht erst einmal eine gewisse Reife, ein gewisses Alter erreichen. Du kennst das doch selbst, je älter man wird, umso mehr denkt man über bestimmte Dinge nach. Über wichtige Dinge. Wohingegen unwichtige Dinge automatisch in den Hintergrund rücken. Wie beispielsweise die Meinung anderer Leute über einen.«

»Also in diesem Fall meine Meinung, was ich von alldem halte.«

»Genau. Zum Beispiel«, sagte sie, und er hörte sie grinsen. Er merkte es schon, sie war nicht davon abzubringen.

»Ich habe einfach verstärkt das Gefühl, ihn kennenlernen zu wollen. Auch wenn es zu spät ist. Ich will trotzdem wissen, wer er war«, fügte sie hinzu.

»Du wirst dir ins eigene Fleisch schneiden. Auf diesem Weg wirst du niemals damit abschließen können.« In seinem Magen formte sich ein flaues Gefühl.

»Ich muss jetzt auflegen«, sagte sie abrupt. »Viel Spaß heute Abend! Wir sehen uns dann morgen Nachmittag!«

»Alles klar, bis morgen!«

Mika legte auf. Er fühlte sich überhaupt nicht gut. Es schien, dass langsam, aber sicher alles um ihn herum auf eine Katastrophe zusteuerte und er keine Kontrolle mehr über irgendetwas hatte. Alles geriet aus den Fugen, nichts lief so, wie er es sich vorstellte.

Er legte auf, verließ das Kommissariat und lief im eisigen Wind die Treppen vor dem Gebäude nach unten. Es waren nicht mehr viele Schritte bis zum Auto, als ihm die Beine wegsackten. Er rutschte aus, und sein Hinterkopf knallte auf den zugefrorenen Asphalt. Er spürte den Aufprall so schmerzhaft, dass er glaubte, man würde ihm mit einem Messer brutal in den Kopf stechen. Er spürte, wie er anfing zu bluten. Im Augenwinkel nahm er noch wahr, wie die Blutlache immer größer wurde. Das Letzte, was er sah, war die grelle Straßenlaterne über ihm, die langsam verblasste. Er konnte nicht mehr.

59

Leena spürte, wie ihr die Muskeln schmerzten. Das Boxtraining war wieder einmal sehr anstrengend gewesen, auch wenn sie von Paavola unterbrochen worden war und früher gehen musste. Bis zu diesem Zeitpunkt hatten sie trotzdem schon fünfundvierzig Minuten trainiert.

Sie konnte es nicht fassen. Bergdahl.

Obwohl sie den Urlaub dringend nötig hatte und er ihr gutgetan hätte, freute sie sich, dass Paavola sie zu den Ermittlungen hinzugeholt hatte. Mika brauchte Unterstützung, es sah ihm gar nicht ähnlich, dass er ihren Hinweis auf Jussis Vergangenheit hatte schleifen lassen. Es schien ihm wirklich nicht gut zu gehen. Die Angst vor seiner möglichen Diagnose schien ihn abzulenken. Sie wusste, dass sie in Anbetracht seiner Lage nicht wirklich wütend auf ihn sein konnte, dennoch war sie es. Der Mord an Kira beschäftigte sie mehr als andere Fälle. Weil sie auf der Party gewesen war, weil sie sich immer noch so fühlte, als sei sie inmitten des Geschehens. Die Lösung müsste so nah sein. Dennoch sollte sie mehr Rücksicht auf Mika nehmen. Und dann war da ihre persönliche Motivation. Sie würde immer Frauen und Kindern helfen wollen, die Gewalt erlebt haben. Weil sie wusste, wie überwältigend und hoffnungslos man sich in einer solchen Lage fühlte.

Während der Fahrt zu ihrer Mutter kreisten die Gedanken in ihrem Kopf. Mikas Bauchgefühl, dass Jussi Bergdahl nicht der Mörder von Kira war. Mika war ein äußerst erfolgreicher Kommissar, sein Gespür war legendär. Und er sagte, er sei nicht überzeugt, dass Jussi der Mörder war.

Es war voll im Zentrum von Helsinki, die Autos standen im Schneechaos. Ohne lange zu zögern, rief sie Sanna Lundqvist an und bat sie, sich doch zu einer Anzeige durchzuringen.

»Glaubst du echt, das bringt was, Leena?«, hörte sie Sannas Stimme durch die Freisprechanlage. »Ich meine, jetzt noch? Das ist lange her.«

»Es hat bereits eine weitere Anzeige gegeben. Wenn du jetzt auch eine machst, gibt es schon zwei. Wenn das an die Öffentlichkeit gerät, werden sich noch mehr Frauen melden.«

»Wie? Jussi hat weitergemacht mit seiner widerlichen Tour?«, fragte Sanna erstaunt.

»Scheint so.«

»Aber mein Vorfall war in Schweden.«

»Das ist völlig egal. Außerdem arbeiten Schweden und Finnland polizeilich eng zusammen.«

»Lieber nicht. Ich habe mit der Sache schon abgeschlossen, und wir wissen beide, wie das enden wird. Viel Schmerz und unnötige Mühe, die man da auf sich nimmt, und nach dem Prozess und wenn die Presse mit einem fertig ist, ist man noch mal das Opfer. *Same story everytime.*«

»Natürlich musst du selbst entscheiden. Aber ich bin mir ziemlich sicher, dass wir Jussi drankriegen. Wir könnten ihn stoppen, ist es das nicht wert?«

»Wir reden von Jussi Bergdahl!«, sagte Sanna aufgebracht. »Damit dem etwas passiert, reicht es nicht, wenn sich noch irgendeine andere kleine Maus meldet, verstehst du das? Es müssten mindestens noch fünf weitere Frauen Anzeige erstatten, damit mal wirklich jemand den kleinen Finger rührt.«

Leena wusste nicht, woher sie ihre Zuversicht nahm, dass es nicht bei Maria und Sanna bleiben würde. »Überleg es dir. Ich kann mir gut vorstellen, dass sich weitere Frauen melden.«

»Und wenn nicht? Dann sitz ich wieder da, mit einer

aufgerissenen Wunde, schrägen Blicken und einem Stapel Papierkram. Super.«

Leena seufzte. »Ich wollte dich nicht bedrängen, es tut mir leid, Sanna.«

»Es tut mir leid, dass ich dich so anfahre. Ich weiß, du meinst es nur gut, aber ich glaube, der Unterschied zwischen uns beiden ist, dass ich aufgegeben habe und du nicht. Dass ich keine Kraft mehr habe und du schon. Außerdem, ist das nicht auch schon verjährt? Fünf Jahre?«

»Nein.«

»Ich schlafe ein paar Nächte drüber«, sagte Sanna schließlich, und ein Funken Hoffnung machte sich in Leena breit. »Das ist aber noch kein Ja.«

»In Ordnung. Frohes Neues.«

Der Verkehr zog sich nur schleppend durch die Innenstadt. Sie dachte an Mika, und ihr Herz wurde wieder schwer. Erneut schickte sie ein Stoßgebet zum Himmel, dass es ihn nicht treffen würde.

Sie verspürte den Drang, mit irgendwem zu reden, und rief Lilli an. Sie ging nicht ran. Leena ging auf WhatsApp und schrieb ihr eine Nachricht.

Bevor der Empfang zusammenbricht, schon mal frohes Neues! Wo feierst du?

Zuletzt online um 15:22 Uhr. Jetzt war es 18:20 Uhr. Hatte sie ihr erzählt, wo sie feiern würde? Nein, hatte sie nicht. Sie stellte das Radio an und versank in ihren Gedanken.

Es war nicht ungewöhnlich, dass man aufgrund der Party keinerlei Spuren von Jussi am Tatort gefunden hatte, wo doch mittlerweile einiges für ihn als Täter sprach. Sie hatten Indizien, aber keinen handfesten Beweis.

Sie stand an der Kreuzung und wartete darauf, dass die Ampel endlich grün wurde. Um zu ihrer Mutter zu fahren, musste sie dem Straßenverlauf folgen, aber als die Ampel auf Grün sprang, entschied sie kurzerhand, nach rechts Richtung Espoo abzubiegen. Wie fremdbestimmt fuhr sie Richtung Westend. Sie wollte sich noch einmal das Haus von Kira anschauen. Nur von außen. Sie folgte ihrer Intuition, einer spontanen Eingebung.

60

Hanna wusste nicht, was schlimmer war, die Angst oder die Kälte. Am stärksten nahm sie das Pochen in ihren Ohren wahr. Stand dort wirklich jemand, oder bildete sie es sich ein?

»Wir gehen in die andere Richtung«, sagte Hanna leise. Sie drückte Leenas Hand und bewegte sich vorsichtig. An Rennen war nicht zu denken, der hohe Schnee erschöpfte sie. Nach ein paar Metern drehte sie sich um. Sie sah niemanden mehr.

»Ist er weg?«, wimmerte Leena.

»Ich weiß es nicht, lauf weiter.«

»Glaubst du, Mama und Papa suchen nach uns?«, fragte Leena.

»Bestimmt«, sagte Hanna, wobei sie sich bei ihrem Vater nicht so sicher war. Ihre Mutter hingegen war bestimmt krank vor Sorge.

»Psssst, sei mal leise, hörst du das?«, fragte Hanna.

Dann sahen sie in der Ferne Scheinwerfer zwischen den Bäumen hervorblitzen. Dort musste eine Straße oder ein Weg oder irgendetwas sein.

»Komm!«, sagte Hanna.

»Ich kann nicht mehr«, weinte Leena.

»Du musst. Noch ein kleines bisschen, die Straße ist nicht mehr weit.«

Wie lange waren sie schon unterwegs? Hanna hatte jegliches Zeitgefühl verloren. Sie konnte nicht sagen, ob es eine Stunde oder drei waren.

Sie mussten sich beeilen, wenn sie das Auto erwischen wollten. Bis das nächste vorbeifahren würde, konnte es lange dauern. Zu lange. Hanna ließ Leenas Hand los.

»Warte!«, rief ihre kleine Schwester panisch.

»Ich renne nur nach da vorne, zur Straße, da warte ich auf dich, einer muss das Auto erwischen!«

»Lass mich nicht allein!«

»Ich warte da vorne!« Und dann sprintete sie los. Fiel zweimal hin, stand auf und kämpfte sich weiter durch den Schnee. Hörte hinter sich ihre Schwester angsterfüllt weinen.

Das Auto kam näher. Gleich hatte sie es geschafft.

Sie sprang auf den schmalen Waldweg. »Stopp! Stopp!«, rief sie mit letzter Kraft.

Das Auto kam abrupt zum Stehen.

Sie stand direkt davor, die Scheinwerfer leuchteten auf sie, und wegen des grellen Lichts konnte Hanna nicht erkennen, wer hinter dem Steuer saß. Die Fahrertür wurde geöffnet, und ein Mann stieg aus. Er war älter, mit Glatze, und er trug Jogginganzug und kniehohe Gummistiefel.

»Was machst du denn hier?«, fragte er. »Beinahe hätte ich dich überfahren!«, er klang eher verärgert als besorgt.

»Ich, ich … meine Schwester und ich …«

Der Mann starrte sie an.

»Wir … wir müssen nach Hause. Kannst du uns nach Hause fahren?«

»Nach Hause? Wo wohnt ihr?«

»In Helsinki.«

»In Helsinki?«, fragte er überrascht. »Was zur Hölle macht ihr hier allein im Wald? Nachts?«

Hannas Gedanken rasten. Sie konnte nicht die Wahrheit sagen. Sie hatte jemanden getötet.

»Wir sind mit meiner Tante in Jyväskylä losgefahren, sie wohnt dort, und dann haben meine Schwester und ich uns im Auto gestritten, und sie hat uns einfach hier irgendwo ausgesetzt.« Während sie die Worte laut aussprach, tauchte sie in eine Welt ein, in der es genau so gewesen war. Sie stellte sich dieses Szenario genau so vor, redete sich ein, dass es so passiert war. Dann fing sie an zu weinen.

»Beruhige dich«, sagte der Mann und kam auf sie zu.

»Wir haben uns nur im Auto gestritten, und sie hat uns einfach hier rausgeworfen«, wiederholte Hanna.

Leena stolperte auf den Waldweg. Der Mann betrachtete sie.

»Ihr seid ja völlig erschöpft, das ist Kindesmisshandlung. Wir sollten die Polizei rufen. Ich kann euch nicht einfach so nach Helsinki fahren.«

»Wenn du die Polizei rufst, kriegen wir monatelang Hausarrest. Du kennst unseren Vater nicht. Er wird vor Wut kochen.«

»Denkt ihr nicht, dass ihm mehr daran liegt, seine Töchter gesund und unversehrt wieder zu Hause zu haben, statt euch zu bestrafen?«

Hanna schüttelte den Kopf. »Du kennst ihn nicht! Bitte ruf nicht die Polizei, bring uns einfach nach Helsinki. Bitte!«

Der Mann überlegte, schaute auf die Uhr. Schaute dann wieder zu den Mädchen. »Wie heißt ihr?«

»Ich bin Maja, und das ist Emma«, sagte Hanna, ohne nachzudenken.

»Nachname?«

»Karppi.«

Das war der erste Nachname, der ihr einfiel. So hieß Janne mit Nachnamen. Der Junge in ihrer Klasse, in den sie verschossen war.

»Wie lange irrt ihr hier schon umher?«

»Ich weiß es nicht, ich habe keine Uhr«, entgegnete Hanna. »Vielleicht ein, zwei Stunden.«

Der Blick des Mannes verfinsterte sich. »Unglaublich, was manche Erwachsene sich erlauben. Zwei kleine Mädchen hier einfach im Wald auszusetzen, bei diesen Temperaturen, das ist doch lebensgefährlich!« Er machte eine kurze Pause, schaute auf die Uhr.

»Wie spät ist es?«, fragte Hanna.

»Kurz nach drei in der Nacht. Der erste Bus nach Helsinki fährt um sechs Uhr.« Der Mann überlegte. »Wir machen es

so. Ihr kommt mit zu mir, und ich bringe euch dann kurz vor sechs zur Bushaltestelle.«

Hanna und Leena starrten ihn an.

So lange konnten sie nicht warten. Sie mussten hier weg, die Gegend verlassen, bevor jemand entdeckte, was sie getan hatten. Und im Bus waren viele Leute, jemand könnte sich an sie erinnern. Und je mehr Leute sie hier sahen, umso gefährlicher.

»Ich kann euch jetzt nicht fahren, dann schaffe ich es morgen nicht rechtzeitig zur Arbeit.«

Hanna überlegte, was der Mann hier draußen um diese Zeit wohl gemacht hatte.

»Kommt mit zu mir. Wenn ihr nicht wollt, dann muss ich die Polizei rufen. Aber euch hier draußen einfach allein lassen kann ich nicht.«

Hannas Puls beschleunigte sich. Hatten sie eine Wahl? Leena fing schon wieder an zu weinen.

Hanna blickte dem Mann in die Augen. Sie wollte glauben, dass er ihnen helfen würde. Sie würde keine Angst vor ihm haben. Sie würde nie wieder Angst vor irgendjemandem haben. Und keiner würde ihr je wieder wehtun. Oder es gar versuchen. Weder ihr noch ihrer Schwester.

»Um sechs fährt der erste Bus?«, fragte Hanna.

»Ja.«

»Wo wohnst du?«

»Zehn Minuten von hier.«

»Wie heißt du?«

»Harri.«

Sie durften nicht mehr überlegen. Überlegen würde ihre

Angst verschlimmern, und sie durfte sich jetzt nicht von Angst leiten lassen.

Der Mann öffnete die hintere Autotür.

»Hanna«, wimmerte Leena.

»Jetzt sei still! Du nervst mich mit deinem Geheule!«, entfuhr es ihr. Kaum ausgesprochen, tat es ihr schrecklich leid. Leena hatte doch nur Angst. Als große Schwester war es ihre Aufgabe, sie zu trösten und ihr die Angst zu nehmen, aber sie selbst musste einen kühlen Kopf bewahren.

»In Ordnung«, sagte Hanna zu Harri.

»Hanna!«, schrie Leena.

»Was?! Willst du hier sterben? Du hast selbst gesagt, dass du nicht mehr kannst!«, schrie sie nun Leena an. »Wir werden die Nacht allein hier draußen nicht überleben! Also steig jetzt ins Auto!«

Sie setzten sich auf die Rückbank.

Der Mann fuhr los.

Dann legte sie ihren Arm um Leena. »Es wird alles gut«, sagte Hanna. »Ich verspreche es dir.«

Nun, nachdem Hanna ein paar Minuten gesessen hatte, nahm sie starke körperliche Schmerzen wahr. Ihr ganzer Körper schmerzte von oben bis unten. Tränen schossen ihr in die Augen, doch sie ignorierte sie. Wenn sie jetzt auch noch anfing zu weinen, waren sie verloren. Sie musste stark bleiben.

Im Rückspiegel traf sie der Blick des Mannes.

61

Jonna wollte gerade das Wort ergreifen, doch Paavola kam ihr zuvor, als er eilig den Raum betrat.

»Verdammter Mist«, zischte er.

Jonna blickte ihn fragend an.

»Was ist passiert?«

»Zwei der Kollegen, die gerade ihren nächtlichen Streifendienst antreten wollten, haben Mika wenige Meter vor seinem Auto gefunden. Er ist gestürzt, hat stark am Kopf geblutet. Das ist wirklich das Letzte, das jetzt noch passieren musste. Er wurde gerade mit dem Krankenwagen abgeholt, hat eine große Platzwunde am Kopf. Mit ihm können wir erst einmal nicht mehr rechnen.«

»Das sind überhaupt keine guten Neuigkeiten. Ich hoffe, es ist nicht allzu schlimm. Ich habe gerade Bescheid bekommen, dass Bergdahl noch mal mit uns reden möchte.«

»Jetzt?«

»Ja.«

»Er wollte doch auf seinen Anwalt warten.«

Jonna zuckte mit den Schultern.

Paavola seufzte und stand auf, dann gingen sie in den Verhörraum.

Sie *musste* nun zusehen, dass sie vorankamen.

»Doch noch dazu entschieden, dir die Mühe zu sparen und direkt zu gestehen?«

Paavolas Tonfall war herablassend, und Jonna merkte, dass er kräftemäßig und nervlich am Ende war.

Jussi rieb sich mit der Hand über das Gesicht.

»Nein. Aber ich habe verdammt noch mal keine Lust, meinen Silvesterabend hier zu verbringen! Deshalb spreche ich jetzt Klartext, ganz, wie ihr es wollt. Ich war zur Tatzeit nicht im Sender. Das stimmt. Aber ich habe Kira nicht umgebracht, und ich war auch nicht in ihrem Haus.«

»Und wo warst du dann in den frühen Morgenstunden des Vierundzwanzigsten?«

Jussi seufzte. Die Kräfte schienen ihn nun langsam zu verlassen. Seit sechs Stunden saß er hier. »Bei Pamela Björksten.«

»Und das ist wer?«, fragte Jonna.

Jussi schaute ihn fragend an. »Die Fitness-Influencerin.«

Paavola rollte innerlich mit den Augen. Mit Fitness hatte er genauso wenig am Hut wie mit Influencern.

»Ich möchte auf keinen Fall, dass meine Lebensgefährtin davon erfährt. Und auch sonst niemand. Es wäre fatal, verdammt. Weil ... sonst stecke ich so was von tief in der Scheiße, das könnt ihr euch nicht vorstellen.«

»Steckst du ohnehin schon«, gab Paavola gleichgültig zurück.

»Wir haben eine Affäre, meine ich damit. Schon seit ungefähr einem halben Jahr. Bei ihr war ich. Das wird sie bezeugen können. Aber mit Kiras Tod habe ich nichts zu tun. Wäre es möglich, dass dieses kleine Detail unter uns bleibt?«

Paavola schaute ihn an. »Und das hat jetzt so lange gedauert? Zu erwähnen, dass du eine Affäre hast? Wieso hast du das nicht gleich gesagt? Dann hätten wir uns eine Menge Zeit und Arbeit erspart!«

»Weil ich jetzt am Arsch bin.«

»Was interessiert die Polizei deine private Affäre? Uns interessiert nur der Mord. Und deine sexuellen Übergriffe in den Sendern, die interessieren uns in der Tat auch. Aber mit wem du deine Freundin betrügst, ist uns egal.«

Paavola war aufbrausend. Jussi raubte ihm jeden Nerv.

»Belästigt hast du Kira trotzdem«, fügte Jonna hinzu.

Jussi schüttelte den Kopf.

»Hat sie das in ihrer Mail also alles erfunden?«, fragte Jonna in einem Tonfall, ob Jussi Bergdahl sie und ihre Kollegen wirklich für so dumm halten würde.

»Ich habe sie nicht belästigt.«

»Offensichtlich schon!«

»Ach, Frauen!«, gab Jussi nun großspurig von sich. »Bei denen ist doch auch immer gleich alles sexuelle Belästigung!«

»Wenn du der Meinung bist, dann solltest du doch erst recht darauf achten, was du von dir gibst und wie du dich deinen weiblichen Angestellten gegenüber verhältst«, sagte Paavola.

»Zumal jeder Hinz und Kunz weiß, wie streng die Regeln in Finnland sind. Jemand wie du sollte sich doch über diese Regeln sehr wohl bewusst sein«, ergänzte Jonna.

»Ihr wisst, was ich meine. Ein falscher Blick, und es wird direkt irgendwas hineininterpretiert. Ein falsches Wort, und sie versuchen dich dranzukriegen, diese scheiß Feministinnen. Das ganze Land ist voll von denen! Denken, sie würden die Welt regieren!«

»Deine Meinung ist kein Freifahrtschein, Frauen wie Freiwild zu behandeln. Schon gar nicht deine Angestellten«, konterte Jonna.

»Du tust es aus Rache?« Paavola war sauer. Jonna sah es an seinen zusammengepressten Lippen.

»Was?«, fragte Jussi.

»Du belästigst die Frauen aus Rache? Weil viele Frauen in diesem Land an der Macht sind? Führende Politikerinnen und ein hoher Anteil weiblicher Firmenvorsitzenden, weil sie ermutigt werden, ebenso Großes zu leisten wie Männer? Ist das dein Problem?«

»Die sollen doch alle zur Hölle fahren!«, entfuhr es Jussi nun.

Paavola und Jonna warfen sich einen kurzen Blick zu.

»Da scheint jemand ein gewaltiges Frauenproblem zu haben, was?«, sagte Jonna mit großer Selbstsicherheit.

»Also«, Paavola lehnte sich vor, »Jonna hat recht. Du willst, dass Männer an der Macht und Frauen klein bleiben. Deshalb vergehst du dich an ihnen. Du willst, dass sie, wie es in anderen Ländern der Welt noch üblich ist, schweigen und den Männern das Feld überlassen. Und deshalb belästigst und erpresst du sie. Und betrügst deine

Freundin. Weil du grundsätzlich immer die Macht haben willst.«

Jussi Bergdahl lachte laut los. Aber es klang unecht. Aufgesetzt.

»So ein Quatsch.« Er verschränkte die Arme vor der Brust.

»Wie ist es dann?«, trieb Jonna ihn nun in die Enge. »Wir hören. Warum tust du das den Frauen an?«

Jussi Bergdahl kratzte sich am Kopf. Er suchte nach Worten, fand aber keine.

Paavola schüttelte den Kopf.

»Es ist Zeit, zuzugeben, was du Maria Olsson, Kira Westerlund und all den anderen weiblichen Angestellten bei YVT angetan hast«, sagte sie.

»Es ist vorbei, Jussi. Wir kriegen es sowieso raus. Und wenn du jetzt nicht redest, dann kommen umso schlimmere Konsequenzen auf dich zu.«

Jussi Bergdahl schwieg.

»Pamela Björksten heißt sie?«, versicherte Paavola sich noch einmal und notierte den Namen in seinem Laptop.

»Ja.«

Dann googelte er sie.

»Sie ist vierzehn?!«

»Siehst du, jetzt ist es dir nicht mehr egal.«

»Abgesehen davon, dass du krank zu sein scheinst: Deine Mitarbeiterin wurde ermordet, und das Einzige, was dich zu kümmern scheint, ist, dass deine Affäre mit einem Kind nicht auffliegt?!«, sagte Paavola nun laut.

»Sie ist kein Kind.«

»Sie ist vierzehn! Und du gehst auf die sechzig zu! Das ist gegen das Gesetz. Und widerlich!«

Paavola schlug in Gedanken die Hände über dem Kopf zusammen. Bergdahl widerte ihn an. Doch nun gab es für ihn kein Entkommen mehr, allein schon wegen der Sache mit Maria Olsson und den schriftlichen Anschuldigungen von Kira. Paavola schaute auf die Uhr. Es war kurz nach halb acht. Wie es aussah, würde er das neue Jahr auf der Dienststelle begrüßen.

»Insgesamt haben wir in Kiras E-Mail-Verlauf vier an dich gesendete Mails finden können, alle aus den letzten zwei Monaten, in denen sie die von dir ausgehende sexuelle Belästigung thematisiert. Dich damit konfrontiert. Von Mail zu Mail wurde sie deutlicher, und in der letzten Mail hat sie Druck auf dich ausgeübt. Sie drohte dir damit, nun endgültig gegen dich vorzugehen. Zusammen mit den anderen Frauen. Du hast auf keine einzige geantwortet. Aus Angst? Du hast, laut ihrer Mail, ihr ebenfalls damit gedroht, ihr die Sendung wegzuschnappen. Du hast nur auf jene Mails geantwortet, in denen es wirklich nur um Berufliches ging. Du wolltest es vermeiden, dass man am Ende Beweise gegen dich hat, stimmt's?«, fuhr Paavola fort.

Jussi schwieg.

»Sie hat das alles irgendwie in den falschen Hals bekommen«, sagte er dann. »Wir haben öfter mal Scherze gemacht, das war normal. Ich weiß auch nicht, was da los war, dass sie auf einmal so empfindlich wurde.«

Jonna wollte sich die Hand an den Kopf schlagen. Da war sie wieder, die Standardausrede. Die Frauen verstehen es falsch, bekommen etwas in den falschen Hals. Missinterpretieren. Natürlich war auch hier wieder Kira schuld.

»Als Vorgesetzter in einer großen Firma sollte man sich doch über die Konsequenzen eines solchen Verhaltens bewusst sein!«, entgegnete Jonna verärgert. »Wie kann ein Mann in deiner Position und mit so viel Verantwortung ein derartiges Risiko eingehen und ein so naives Verhalten an den Tag legen?«

Sie bemerkte, dass auch Paavola Bergdahl nichts davon abkaufte.

»Und du warst die ganze Nacht nicht zu Hause? Wie hast du das deiner Lebensgefährtin erklärt?«, fragte Paavola.

»Weihnachtsfeier mit ein paar Freunden und dass wir alle im Hotel in der Stadt übernachtet haben«, sagte Jussi gleichgültig.

»Und das hat sie dir geglaubt?«

»Offensichtlich. Ist jetzt nicht so ungewöhnlich, dass man so was macht, es feiern um diese Zeit doch ständig alle irgendeine Art von Pikkujoulut.«

Jussi schien überhaupt keine Schuldgefühle zu haben, zeigte keinerlei Reue, nur Gleichgültigkeit und Arroganz. Er schien sich keine Gedanken zu machen, ob er die Menschen um sich herum verletzte, ob sein Handeln irgendwelche Auswirkungen und Konsequenzen hatte. Durch und durch ein Narzisst, dachte Paavola. Er würde diese

Männer nie verstehen, die ihre Frauen betrogen. Was würde er selbst dafür geben, überhaupt eine Frau zu haben. Er würde sie auf Händen tragen. Und trotzdem waren es genau solche Männer wie Jussi Bergdahl, die bei den Frauen oft am meisten Erfolg hatten.

»Dennoch«, sagte Jussi nun bestimmt. »Ihr könnt gegen mich unternehmen, was auch immer ihr möchtet. Aber mit Kira Westerlunds Mord habe ich nichts zu tun. Ihr könnt meinetwegen sofort Pamela Björksten befragen. Sie wird euch alles bestätigen.«

Jonna blickte in seine Augen. Und auch wenn sie ihn äußerst unsympathisch fand, so sagte ihr ihre innere Stimme, dass Jussi die Wahrheit sagte.

Sie hatten Kiras Mörder nicht gefasst.

62

Leena fuhr langsam die Hiiralankaari entlang. Was wollte sie hier eigentlich?

Es waren nur wenige Autos auf den Straßen, die meisten waren wahrscheinlich schon bei ihren Freunden und Familien und befanden sich beim gemütlichen Silvesteressen. Ihre Temperaturanzeige im Auto zeigte minus zwanzig Grad. Es war schon viele Jahre her, dass sie ein so kaltes Silvester gehabt hatten. Sie bog in die Straße ein und fuhr sie entlang, bis sie vor Kiras und Sörens Haus stand. Es war kein Laut zu hören. Vor ihrem inneren Auge sah sie wieder die Party, wie sie hier vor dem Haus, auf der Veranda und im Garten gefeiert hatten, sie hörte die laute Musik in ihren Ohren und sah wieder Samuel vor sich.

Ihr Handy vibrierte. WhatsApp.

Wann kommst du denn?

Ihre Mutter.

Es wird etwas später, muss kurz noch was erledigen. Bin in einer guten Stunde bei dir.

Selbst das war sportlich gedacht. Wenn sie das schaffen wollte, müsste sie sofort los.

Sie starrte das dunkle leere Haus hinter dem hohen Tor an. Es schien, als hätte sich das elegante moderne Haus in ein Geisterhaus verwandelt. Das ganze Grundstück war immer noch mit Polizeiband abgesperrt. *Poliisin eristämä alue.* Von der Polizei abgesperrter Bereich.

Sie wollte gerade wieder losfahren, da hielt sie inne. Sie fuhr ein Stückchen zurück, parkte ihr Auto und klappte ganz leise die Tür zu. Auf der Straße war kein Mensch unterwegs, es war dunkel und still, im Licht der Straßenlaternen war lediglich leicht rieselnder Schnee zu sehen. Niemand sollte sehen, was sie vorhatte. Um den Tatort zu betreten, hätte sie eine offizielle Erlaubnis einholen müssen. Entschlossen steuerte sie auf das Haus zu.

Das Tor war verschlossen. Natürlich.

Sie blickte um sich. Es bestand die Gefahr, dass jemand sie aus den gegenüberliegenden Häusern beobachtete. Sie zögerte nicht lange und kletterte über das Tor. Es war ein wenig vereist, doch sie fand Halt. In dem Moment war sie dankbar dafür, dass sie so sportlich war.

63

Lilli konnte sich nicht daran erinnern, wann sie das letzte Mal ohne schlechtes Gewissen gegessen hatte. Und dann auch noch Nudeln. Die sie niemals anrührte – viel zu viele Kohlenhydrate und Kalorien. Aber es schmeckte fantastisch. Sie fühlte sich ausgeglichen. Gut. Sie wusste nicht, woran es lag, aber in Villes Gegenwart fühlte sie sich geborgen und wie geheilt. Sie saßen im Kerzenschein in der Hütte, Ville räumte die Teller ab und kam mit zwei kleinen Gläsern Mousse au Chocolat aus der Küche zurück.

»Die hab ich leider nicht selbst gemacht, sorry. Aber Nachtisch muss sein.« Er lächelte.

Das hatte sie nicht einkalkuliert. Aber vielleicht könnte sie …? Sie könnte versuchen, nur zwei oder drei Löffel zu essen, und dann sagen, dass sie einfach nicht mehr konnte. »Oje, ich platze jetzt schon.«

»Du hast kaum etwas gegessen.«

»Ich habe einen ganzen Teller Nudeln gegessen!«

»Und ich zwei!«

Sie lachten.

»Fällst du jetzt ins Food-Koma, oder schaffst du es noch bis Mitternacht?«, fragte er scherzhaft.

»Wenn du gleich noch die Käseplatte bringst, falle ich bestimmt ins Food-Koma«, antwortete Lilli und nahm den ersten Löffel Mousse au Chocolat.

Danach schnappten sie sich ihre Rotweingläser und fielen in die Sessel. Lillie starrte in den Kamin, sie hatte tatsächlich das ganze Glas leer gelöffelt. Ohne sich schlecht zu fühlen.

Der Alkohol durchströmte ihren Körper, und sie fühlte sich einfach nur noch gut. Vor ihr knisterte und knackte das Feuer, und neben ihr saß Ville. Er nahm ihre Hand, und sie schaute zu ihm rüber, und als sich ihre Blicke trafen, da verspürte sie ein Gefühl, das sie noch nie zuvor gehabt hatte.

64

Leena betrat das Haus, die Tür war nicht abgeschlossen gewesen. Merkwürdig. Es war kalt. Unheimlich.

Wie erstarrt blieb sie stehen. Das Haus fühlte sich an wie aus einem anderen Jahrzehnt, dabei war seit Kiras Feier nur eine Woche vergangen. Ein modriger Geruch stieg ihr in die Nase. Sie lief langsam Richtung Wohnzimmer und machte ihre Handylampe an. Sie wollte kein Licht machen, es brauchte niemand zu wissen, dass sie hier war. Sie beleuchtete den Boden vor sich, sodass sie nicht stolperte.

War sie eigentlich komplett übergeschnappt, allein den Tatort zu betreten? Niemand wusste, wo sie war.

Sie stand im Wohnzimmer, versuchte sich zu erinnern.

Laute Musik, Lachen, Samuel. Wie er auf einmal neben ihr auftauchte und sie ihren ersten Drink tranken.

Kira. Alkohol. Viel Alkohol. Schön angezogene Menschen. Flashbacks.

Sie blieb vor der Wand mit den vielen Fotos stehen. Dort, wo die Treppe nach oben führte. Leena beleuchtete die Fotos mit ihrem Handy. Glückliche Gesichter, Sören, Kira und viele anderen Menschen. Auf zwei Fotos erkannte sie Hanna. Auf einmal erblickte sie ein weiteres bekanntes Gesicht und überlegte, woher sie ihn kannte. Es fiel ihr nicht ein. Sie schaute das Gesicht länger an. Längere braune Haare, relativ gut aussehend, groß. War er ihr auf Tinder begegnet? Sie hatte ihn neulich irgendwo gesehen, aber wo nur?

Sie starrte das Bild an. Ihre Gedanken kreisten. Ihr Blick wanderte zu den anderen Bildern. Und auch da geriet sie ins Stocken: Auf einem Gruppenbild erkannte sie den schmierigen Daniel. Die Welt war wirklich ein Dorf.

Zurück zu dem bekannten Gesicht. Denk nach, Leena, denk nach.

Plötzlich hörte sie ein Geräusch, sie hielt den Atem an. Es kam von oben.

Jemand war oben. Ganz sicher.

Ein eigenartiges Geräusch. Sie konnte es nicht zuordnen, was war es? Ein Wimmern? Ein Weinen?

Langsam und geräuschlos schlich sie die Treppe nach oben. Sie musste wissen, wer dort war. Ihr Herz schlug so schnell, dass sie befürchtete, die andere Person könne es hören.

Sie kam oben im Flur an.

Stille.

Und da hörte sie es. Das Geräusch kam aus dem Badezimmer.

Sie hatte nichts bei sich, um sich zu verteidigen – falls es notwendig sein sollte. Langsam näherte sie sich der offenen Badezimmertür.

Nirgends brannte Licht, es war stockdunkel.

Unter der Jacke brach ihr der Schweiß aus.

»Verschwinde«, hörte sie eine Männerstimme aus dem Badezimmer. Sie blieb abrupt stehen.

Er hatte sie bemerkt.

Hatte sie diese Stimme schon einmal gehört? Sie hatte keine Ahnung, was in den nächsten Sekunden auf sie zukommen würde. Als sie am Badezimmer ankam, leuchtete sie hinein.

»Sören?!«, sagte sie laut und überrascht. Sie schaltete das Licht an.

Er saß auf dem Boden, mit dem Rücken an der Badewanne lehnend, und schien sturzbetrunken zu sein. »Hau ab«, lallte er.

Er hielt irgendetwas in der Hand. Sie blickte genauer hin. Eine große, spitze Glasscherbe. Sie unterdrückte den Impuls, ihn zu fragen, was er vorhatte, denn das war offensichtlich. Sein Zustand schien apathisch, sein Blick war leblos. Er war nur noch eine leere Hülle. Seine Hand, in der er die spitze Glasscherbe hielt, glitt langsam in Richtung seiner Leiste.

Die Leistenarterie. Wenn er die anschnitt, war er innerhalb von wenigen Minuten nicht mehr zu retten. Er war Arzt, er wusste, wie er sich schnell das Leben nehmen konnte.

»Tu das nicht«, sagte sie.

»Verpiss dich.«

»Bitte, mach das nicht.«

Er blickte zu ihr hoch. »Ich möchte zu ihr«, sagte er leise.

»Lass das, bitte.« Sie näherte sich ihm langsam, ging in die Hocke, war nun fast neben ihm.

»Es gibt keine andere Möglichkeit.«

»Wofür?«

Hatte er Kira doch getötet?

»Sie zurückzubekommen. Ich will sie zurück.«

»Hast du ... hast du irgendwas mit ihrem Tod zu tun?«, fragte Leena.

Er lachte leise, fast unheimlich.

»Mach dich nicht lächerlich.«

Sie entdeckte neben ihm eine leere Flasche Alkohol. Wodka.

»Ich ertrag das alles nicht mehr«, sagte er. »Ich weiß nicht weiter.«

»Gib mir die Scherbe, Sören.« Sie bewegte ihre Hand langsam in seine Richtung.

»Komm mir nicht näher!«, sagte er auf einmal drohend und hielt ihr die Glasscherbe vors Gesicht.

Sie hielt inne. Sie musste irgendetwas tun, ohne sich selbst weiter in Gefahr zu bringen. Wenn bei ihm alle Sicherungen durchbrannten, würde er sie schwer verletzen können.

»Sag mir, was geschehen ist«, sagte sie einfühlsam und blickte ihn an.

Leena versuchte, ihre Panik zu kontrollieren. Sie konnte nicht einschätzen, ob sie ihn von seinem Selbstmord abhalten konnte oder ob sie beide in wenigen Sekunden in einer großen Blutlache lagen.

»Sie ist tot.«

»Weißt du, wer sie getötet hat?«

Er schüttelte langsam und abwesend den Kopf. »Wenn ich es wüsste, würde die Person nicht mehr leben.« Er lallte die Worte so stark, dass sie ihn kaum verstand. »Ohne Kira will ich nicht mehr leben.«

»Ich kann dich verstehen. Aber ich verspreche dir, dass es einen Ausweg gibt, du wirst Hilfe bekommen. Ich werde dir helfen. Kira hätte das nicht gewollt.«

Er starrte auf die Glasscherbe.

»Mit Sicherheit wäre es das Schlimmste für Kira, wenn du dir das Leben nimmst.«

Er schwieg, doch sie hatte das Gefühl, ihre Worte erreichten einen Winkel seines Bewusstseins und zeigten Wirkung.

»Sie hat mich nicht geliebt. Sie hat mich betrogen.«

Er schwieg für einen Moment.

»Ich kann nicht mehr.«

»Ich bin bei dir.«

Leena wusste, dass es nicht in ihrer Macht lag, wie die Situation ausging. Sie konnte nur versuchen, das Schlimmste zu verhindern. Aber jetzt ging es nur um diesen Augenblick. Dass jemand bei ihm war, in der dunkelsten Stunde seines Lebens. Dass sie ihm half, diese zu überstehen.

Seine Augen füllten sich mit Tränen.

Sie wagte es. Ihre rechte Hand war nun noch wenige Zentimeter von seiner entfernt. Dann fing er an zu schluchzen, leistete keinen Widerstand mehr, ließ sich die Scherbe abnehmen und weinte heftig. Leena steckte sie in ihre linke Jackentasche und umarmte ihn dann mit beiden Armen fest. Jemanden in einem solchen Zustand zu sehen nahm sie mit.

Sie half ihm aufzustehen. »Komm. Wir gehen nach unten.«

Er hatte Schwierigkeiten, die Treppe runterzukommen.

»Wie viel hast du getrunken?«, fragte sie ihn.

Sie setzte ihn auf das Sofa. »Wie viel, Sören?«

»Ich weiß nicht«, lallte er. »Eine Flasche … oder drei … oder tausend.«

»Hast du noch etwas anderes genommen?«

Er schaute sie an und schüttelte den Kopf.

Sie dachte nach. Dass er so dermaßen betrunken war, konnte ein Vorteil sein.

»Du musst mir helfen, Sören.« Sie wusste nicht, ob es Sinn hatte, ihm unter diesen Umständen überhaupt eine Frage zu stellen.

»Was machst du hier?«, lallte er leise.

Berechtigte Frage, die sie gekonnt ignorierte.

Das bekannte Gesicht.

Ihr fiel der Name ein.

Sie schnappte sich den Bilderrahmen von der Wand und hielt ihm das Foto hin.

»Woher kennt ihr Ville?«, fragte sie und zeigte auf den Mann.

Sören glotzte das Bild an. Lange. Zu lange.

»Woher? Woher kennt ihr ihn?«, drängte Leena ihn.

»Von wem sprichst du?«

»Na der hier! Ville!«, sagte Leena nun bestimmt und zeigte erneut auf den Mann.

Es dauerte ein paar Sekunden, bis Sören reagierte und nickte. »Mein Bruder.«

»Dein Bruder? Ville ist dein Bruder?«

Sörens betrunkener Blick fuhr langsam zu ihr hoch.

Er schüttelte den Kopf.

»Du hast doch grad gesagt, dass das dein Bruder ist!«

Er nickte.

»Was denn nun?«

»Ist mein Bruder«, lallte er.

Sie blickte ihn fragend an.

»Aber nicht Ville«, fügte er hinzu.

»Ville ist nicht dein Bruder?«

»Nein. Arne ist mein Bruder.«

»Ist Arne auch auf dem Bild?«

Sören nickte langsam.

»Wer von denen ist Arne?«

Sören fuhr mit seinem Finger wie in Zeitlupe auf das Gesicht des Mannes, den Leena als Ville kannte.

Leena atmete tief ein und aus. Noch mal von vorne.

»Dieser Mann ist dein Bruder?«

Sören nickte.

»Und er heißt Arne?«

Er nickte erneut.

Langsam beschlich Leena ein ungutes Gefühl.

»Was arbeitet er?«

Sören starrte Löcher in die Luft. »Erzieher«, sagte er dann, nachdem er eine Weile angestrengt nachgedacht hatte. So, als sei er sich nicht ganz sicher.

Er ist Autoverkäufer, hallten ihr Lillis Worte im Ohr.

Konnte sie sich auf Sörens Worte verlassen? Er war so betrunken.

»War er mit Kira befreundet? Hatten sie viel Kontakt?«

»Warum stellst du so komische Fragen«, war alles, was Sören beisteuerte.

»Hatten sie Kontakt?«

»Nein.«

»Verstehst du dich gut mit ihm?«

»Geht so.«

Sören hing nun halb auf dem Sofa, seine Augen fielen langsam zu. Sie verlor ihn.

»Hey! Bleib wach!« Sie schüttelte ihn.

Da war ein Gefühl in ihr, das ihr sagte, dass irgendetwas nicht stimmte. Sie betrachtete die anderen Fotos an der Wand noch einmal genauer.

Ihr Handy vibrierte in der Jackentasche. Ihre Mutter. Sie musste kurz rangehen.

»Mama, tut mir wahnsinnig leid, mir ist etwas Berufliches dazwischengekommen, ich erkläre es dir später. Ich komme, so schnell ich kann.«

Leena lief um die Ecke Richtung Haustür, ein paar Schritte weg von Sören.

»Kind, kommst du überhaupt noch vor Mitternacht? Ich sitze hier allein mit dem Essen!« Anna-Lena schien sehr verärgert.

»Ich mache mich gleich auf den Weg.«

»Das hast du vorhin schon gesagt.«

»Tut mir leid, Mama, wie gesagt, ich erkläre es dir später. Ich musste erst etwas erledigen.« Leena legte auf. Sie fühlte sich schlecht, ihre Mutter am Silvesterabend sitzen zu lassen. Sie musste los. Morgen, wenn Sören nüchtern war, konnte sie noch einmal mit ihm reden. Sie wählte erneut Lillis Nummer.

Mailbox. Verdammt. Wo war sie nur? Sie sah, dass Lilli immer noch nicht wieder online gewesen war. Ganz ungewöhnlich für sie.

Entspann dich, es ist Silvester. Die Leute haben keinen Empfang oder Besseres zu tun. Es ist alles okay.

Dennoch war da der Drang, ihr sofort mitteilen zu müssen, was sie in Erfahrung gebracht hatte. Sie glaubte Sören. Was sollte sie nur mit ihm machen? Sie konnte ihn in diesem Zustand nicht einfach hier allein lassen.

»Zu wem kannst du heute Abend gehen? Ich rufe dir ein Taxi«, rief sie durch das Erdgeschoss.

Keine Antwort. Sie kam aus dem Flur zurück ins Wohnzimmer. Die Couch war leer.

»Sören?«, rief sie beunruhigt. »Wo bist du? Hallo?!«

Panik ergriff sie, als sie in das leere Wohnzimmer vor sich blickte und das große Licht anmachte.

Keine Antwort.

Sie rannte nach oben, machte dort ebenfalls Licht an und stürmte in jedes Zimmer. Keine Spur von ihm. Rannte wieder nach unten, dann ganz nach unten, in den Keller. Nichts. Rannte wieder nach oben, riss die Haustür auf und sah ihn gerade noch in seinem Auto davonfahren.

»Verdammte Scheiße!«, fluchte sie laut. Er fuhr viel zu schnell. Sie merkte sich das Kennzeichen, welches dank der Straßenlaternen zum Glück zu erkennen war, um die Polizei anzurufen. Sie wählte die Nummer, während sie zu ihrem eigenen Auto rannte.

65

Sie hatte ihn nicht einholen können. Sie war losgefahren, so schnell sie konnte, doch Sören war ihr entkommen.

Nachdem sie den Notruf gewählt und Sörens Kennzeichen durchgegeben hatte, rief sie bei ihrer präsidiumseigenen Nummer an. Jonna ging ran.

»Ich bin's, Leena. Kannst du mir Paavola geben?«

»Er telefoniert gerade mit Sanna Lundqvist. Sie hat vorhin online eine Anzeige aufgegeben, er hat sie direkt kontaktiert. Vor wenigen Minuten erst. Was ist denn los? Du klingst aufgelöst.«

Das ging ja schnell, dachte Leena. Sie hatte doch vorhin erst mit Sanna telefoniert. Sie schien es sich doch schnell überlegt zu haben.

»Sanna hat Strafanzeige erstattet? Sehr gut! Aber abgesehen davon, habe ich etwas herausgefunden, was relevant sein könnte.«

Sie hatte keine andere Wahl, als Jonna die Wahrheit zu erzählen.

»Ich wollte vorhin nach Loviisa fahren, bin aber dann doch spontan nach Westend abgebogen. Ich habe mir noch mal das Haus von Kira angesehen. Ich weiß, ich weiß, ich hatte das vorher nicht abgesprochen, aber ich habe etwas Wichtiges herausgefunden, und Paavola muss es wissen!«

»Okay. Wird Paavola zwar nicht gefallen, dass du ungefragt den Tatort betreten hast, aber schieß los. Soll ich ihn unterbrechen, oder kann ich dir helfen?«

»Es geht um Sörens Bruder. Schau noch einmal im System, was du über ihn finden kannst. Der Name ist Arne Sundén, er scheint sich aber auch als Ville auszugeben. Irgendetwas stimmt da nicht. Überprüfe Sörens familiäres Umfeld bitte noch mal so genau wie möglich.«

»Das mache ich sofort. Sein Bruder kann es allerdings nicht gewesen sein, da habe ich das Alibi genauestens überprüft, ebenso das der Eltern. Arne war im Ausland, in Spanien, und die Eltern in Lappland. Die Beweise schienen handfest zu sein. Lass mich noch mal recherchieren. Ich telefoniere auch noch mal, aber ob ich heute noch jemanden erreiche?«

»Mika ist schon weg, oder?«, fragte Leena.

»Mika? Also der ist ... hast du das noch nicht gehört? Er liegt im Krankenhaus.«

Leenas Herz machte einen gewaltigen Satz. »Was?!«

»Er ist auf dem Parkplatz draußen ausgerutscht und hat sich den Kopf aufgeschlagen. Wurde mit dem Krankenwagen abgeholt. Vorhin, nachdem unser Meeting beendet war.«

»Wo liegt er? Ich will morgen sofort zu ihm.«

»In der Uniklinik. Leider darf gerade keiner zu ihm.«

»Ist …?«, sie traute sich kaum, die Frage auszusprechen. »Ist er in Lebensgefahr?«

»Ich weiß es nicht. Wir wissen alle noch nichts Genaues. Es ist erst vor wenigen Stunden passiert. Ich kann dir Bescheid geben, sobald ich etwas höre.«

»Ja bitte, Jonna, mach das.«

»Übrigens glaube ich auch nicht, dass es Bergdahl war. Er hat uns etwas verraten. Er war zum Tatzeitpunkt bei so einer Fitness-Influencerin, Pamela Björksten. Sie ist vierzehn. Paavola hat sie schon kontaktiert, sie hat es bestätigt.«

»Vierzehn? Krank. Nachher ist das auch nur wieder ein vorgetäuschtes Alibi, und sie deckt ihn.«

»Ich weiß nicht. Ich glaube tatsächlich, dass er nicht der Mörder ist.«

»Dasselbe hat Mika auch gesagt.«

»Und Arne Sundén kann es auch nicht gewesen sein.«

»Überprüfe es bitte trotzdem noch einmal und schau, was du über ihn herausfinden kannst.«

»Mach ich. Ich melde mich so bald wie möglich bei dir.«

»Danke, Jonna. Bis dann.«

Sie konnte jetzt nichts mehr tun und fuhr Richtung

Loviisa. Die Polizei würde Sörens Auto ausfindig machen. Trotzdem ließ sie das unruhige Gefühl bezüglich Arne beziehungsweise Ville nicht los. Als sie an der nächsten Ampel stand, schickte sie Lilli eine WhatsApp-Nachricht.

Hei, Lilli, ich glaube, Ville gibt sich für jemand anderen aus. Der Typ heißt eigentlich Arne Sundén. Mein Handy ist an, falls etwas ist. Ich mach mir Sorgen. Melde dich kurz, wenn du das liest, damit ich weiß, dass alles okay ist.

66

Lillis Telefon vibrierte erneut. Wer wollte sie ausgerechnet heute so dringend sprechen? Sie sollte aufstehen und nachschauen, aber sie wollte nicht. Sie wollte nicht gestört werden. Nicht jetzt, nicht in diesem Moment. Nicht am heutigen Tag.

Sie hatten bestimmt schon vier Gläser Rotwein getrunken. Sie war maximal entspannt, es war ein fantastischer letzter Tag des Jahres. Vielleicht sogar einer der schönsten und entspanntesten Tage, die sie je erlebt hat. Dabei war das gesamte Jahr einfach beschissen gewesen. Und doch endete es so traumhaft. Sie war glücklich.

Er stand auf, lief hinter ihr vorbei und wuschelte ihr beim Vorbeigehen liebevoll durch die Haare. Lilli lehnte sich in ihrem großen Sessel zurück und schaute auf das knisternde Feuer.

»Ich gehe kurz auf die Toilette, bin gleich wieder da«,

sagte er und verließ die Hütte. Ihr Blick wanderte dezent betrunken und vernebelt vom Feuer zu ihrem Rucksack.

Sie nahm einen weiteren Schluck Rotwein, genoss die Wärme des Feuers. In Gedanken ließ sie den heutigen Tag und das letzte Date mit Ville Revue passieren. Sie hatten Spaß gehabt, hatten tolle Gespräche geführt und leidenschaftlichen Sex gehabt. Die Chemie zwischen ihnen stimmte, sie waren definitiv auf einer Wellenlänge. Vielleicht war er wirklich derjenige, der zu ihr passte. Nach all den endlosen, einsamen Jahren. Auch dass es ihr nun so leichtzufallen schien, sich auf jemanden einzulassen. Eine Sache, mit der sie ihr Leben lang gekämpft hatte. Das musste doch etwas bedeuten, wenn es ihr bei ihm so leichtfiel.

Ihr Handy vibrierte erneut.

Genervt stand sie nun doch auf und lief zu ihrem Rucksack. Kramte darin herum und holte ihr Smartphone heraus. Neue WhatsApp-Nachrichten. Zwei verpasste Anrufe von Leena. Sie entsperrte das Handy und klickte auf die App.

Sie bemerkte nicht, dass die Tür aufging.

Ville stand vor ihr.

»Was machst du?«, fragte er.

»Mein Handy vibriert ununterbrochen …«

»Nimm deine Hände da weg.«

Seine Stimme klang kalt. Verwundert blickte sie zu ihm auf. »Wie bitte?«

»Setz dich wieder hin!«, befahl er ihr.

Sie blickte in seine Augen. Sie waren wie tot. Strahlten keinerlei Freundlichkeit aus.

»Ich verstehe nicht …«

»Schnauze!«

Lilli zuckte zusammen, legte ihr Handy weg und stolperte wie gelähmt zurück zu ihrem Sessel. Aber sie wusste, etwas stimmte ganz und gar nicht. Ihr Herz fing an zu rasen. Sie saß in der Falle.

Ein starkes Reuegefühl breitete sich in ihrem ganzen Körper aus. Sie hatte es gewusst. Sie hatte es verdammt noch mal gewusst. Menschen zu vertrauen war der größte Fehler, den man machen konnte. Und Menschen zu lieben oder sich zu verlieben erst recht. Wie konnte sie nur so naiv gewesen sein? Zu glauben, dass es jemand mit ihr wirklich mal gut meinte?

Niemand wusste, wo sie war.

67

Sören war mitten in den Wald gefahren. Er wusste, dass sie nach ihm suchen würde. Sie würden alle nach ihm suchen.

Er saß schon eine ganze Weile im Auto, sein Wagen stand auf einem einsamen Waldweg. Hier würde die Polizei bestimmt nicht entlangfahren, das taten sie nie.

Nur noch knapp neunzig Minuten bis Mitternacht, sagte die fröhliche Stimme im Radio. Dann starten wir ins neue Jahr! Seid ihr bereit?

»Halt's Maul!«, schrie Sören den Radiomoderator an. Er blickte auf die digitale Uhr. Er sah sie fast doppelt. 22:32 Uhr.

Er blickte wieder vor sich auf den dunklen Waldweg. Keine Menschenseele in Sichtweite. Er saß noch eine ganze Weile da.

Dann startete er den Motor und beschloss, zurück zum Haus zu fahren. Er hasste Leena. Er hasste sie dafür, dass sie dort aufgetaucht war. Warum hatte sie das getan? Er hatte sogar extra darauf geachtet, das Tor zu schließen. Sie musste drübergeklettert sein. Seine Sicht verwandelte sich in einen langen, dunklen Tunnel.

Er hätte sich niemals von ihr abhalten lassen dürfen.

68

»Was ist mit dir?«, fragte Lilli flüsternd vor Angst.

Er kam langsam auf sie zu, was ihr noch mehr Angst einjagte. Er sagte nichts. Seine Augen blickten sie gefährlich an, er verzog keine Miene. Er war viel größer als sie.

»Wer bist du?«

Ihr Herz raste, ihr Mund war trocken. Jetzt stand er dicht vor ihr. Seine Augen waren leer und schwarz. Auf einmal drehte er sich abrupt um und lief zur Tür. Er schloss sie ab. Lillis Herz drohte aus ihrem Brustkorb zu springen.

»Was machst du? Was soll das?«, schrie sie nun. »Willst du mich hier einsperren?!«

»Du gehst nirgends mehr hin«, sagte er kalt.

»Du denkst, keiner weiß, wo ich bin?«, log sie und versuchte, ihm glaubhaft zu machen, dass sie irgendwem Bescheid gegeben hatte.

Ein Grinsen formte sich auf seinem Gesicht. »Wo soll ich nur anfangen? Bei der Essstörung, der Jobsuche, Kalorienrecherche, Sporttipps oder den Abnehmforen? Oder vielleicht, dass du als Letztes das *Fazer Café* gegoogelt hast, wo du dich mit Leena getroffen hast? Oder die finanzielle Katastrophe, in der du dich befindest? Deinem Kontostand?«

Lilli konnte kaum atmen. »Du hast mich gehackt?«

Er zuckte mit den Schultern. »Möglich. Also erzähl mir nicht, irgendwer wüsste, wo du bist, das ist Bullshit. Kein Mensch weiß, dass du hier bist. Ich kann alles mitlesen und nachverfolgen, was du tust. Deswegen war es ja so perfekt. Sonst hätte ich anders handeln müssen«, sagte er mit einer beiläufigen Handbewegung und setzte sich auf den anderen Sessel vorm Kamin. »Ich hatte ständig unter Kontrolle, was du tust und mit wem du in Kontakt stehst.«

Sie lief zur Tür. »Lass mich gehen«, sagte sie.

Er lachte auf. »Das geht jetzt leider nicht mehr.«

»Lass mich raus!«, schrie sie.

»Das wird nichts.«

»Was hab ich dir getan?! Warum ich?«

»Ich will einfach nur mal, dass auch mir etwas gehört.« Seine Stimme schwang nun beinahe ins Kindliche über.

»Was?«

»Ich will ein einziges Mal etwas für mich haben. Jemanden für mich haben.«

Dieser Mensch, der da vor ihr stand, war ihr auf einmal entsetzlich unheimlich. Lilli bekam es mit der Angst zu tun.

»Was soll das heißen?«

»Ich fand dich in der Bar wirklich gut. Ehrlich. Ist nicht gelogen. Vielleicht wäre ich sogar wirklich nett zu dir geblieben, aber dann musstest du dich auf einmal mit dieser Polizistin anfreunden. Ab da musste ich vorsichtig sein und musste genau im Bilde sein über alles, was du tust«, sagte er mit ruhiger Stimme.

Ihr brach der Schweiß aus. Sie saß fest. Mit einem Irren inmitten der finnischen Einöde in einem Mökki, und kein Mensch wusste, wo sie war. Wie hatte sie, ausgerechnet *sie*, die immer Skepsis an den Tag legte, so naiv sein können? Ausgerechnet sie, die immer jeden infrage stellte und nie jemandem vertraute, war einem vermutlichen skrupellosen Psychopathen in den Wald gefolgt. Freiwillig. Ohne jemanden zu informieren.

Genau da hatte sie es schon wieder. Gefühle und jegliche Art von Bindung und Zuneigung waren grundsätzlich und immer der Eingang zur Hölle. Sie wusste es doch. Und kaum entschied sie sich dazu, sich doch auf das Experiment einzulassen, wurde sie sofort bestraft.

»Wieso?«, fragte sie erneut.

Er stand auf und schob langsam den Sessel beiseite. Zog anschließend den königsblauen Teppich vom Boden.

Lilli riss die Augen auf, denn darunter erschien eine Luke. Er öffnete sie.

»Rein da. Los.«

Sie schüttelte den Kopf. »Vergiss es. Niemals.«

Er atmete einmal tief ein und aus. »Ich kann dich auch selbst da runterwerfen, aber glaub mir, das wird schmerzhaft.«

Sie stand immer noch wie angewurzelt am selben Fleck.

»Los! Rein da!«, brüllte er sie nun an.

»Nein!«, schrie sie zurück.

Er schnaubte. Kam auf sie zu, packte sie an den Haaren und zerrte sie zu der Luke. Lilli schrie auf, versuchte sich zu wehren, doch der Schmerz und sein brutaler Griff ließen es nicht zu. Das war ihr Tod, sie wusste, dass sie nie mehr auftauchen würde.

»Steig nach unten!«, schrie er sie an.

Sie hatte keine Wahl, sie musste. Sonst würde er sie mit Gewalt nach unten stoßen. Mit zittrigen Beinen stieg sie die steile Treppe hinab. Panik ergriff ihren ganzen Körper, und nach schätzungsweise zwei bis drei Metern war sie unten angekommen. Um sie herum war es dunkel. Sie schaute nach oben, und das Letzte, was sie sah, war sein böses Gesicht, bevor er die Klappe zumachte. Sie sank in die Knie und fing laut an zu weinen. Das einzige Mal, dass sie beschlossen hatte, einem Menschen vollständig zu vertrauen, endete in so einer Katastrophe. Sie wollte nicht qualvoll sterben, sie wollte gar nicht sterben. Auf sie wartete ein langsamer und qualvoller Tod in diesem dunklen Verlies, irgendwo unter der Erde im Wald, in den Fängen eines Psychopathen. Das Gefühl der absoluten Hoffnungslosigkeit machte sich in ihr breit. Sie weinte so sehr, dass es sich so anfühlte, als würde die Schutzmauer, die sie die ganzen Jahre fleißig um sich herum aufgebaut hatte, auf einmal mit einem Knall einstürzen. Als hätte sie sie ganz umsonst gebaut, denn sie hatte sie nicht beschützt.

Sie ließ den Tränen freien Lauf. Hier würde sie nicht mehr lebend herauskommen. Nie mehr. Sie hatte sich auf diese Welt verirrt, sie sollte hier nicht sein, denn das Leben hielt wirklich keine Pläne für sie bereit.

69

Endlich hatte er den verschneiten Wald hinter sich gelassen und erreichte die leere Hauptstraße, die Richtung Helsinki führte. Es war gleich dreiundzwanzig Uhr. Um ihn herum war es komplett dunkel, nur weit in der Ferne waren ein paar Scheinwerfer zu sehen, die ihm langsam entgegenkamen. Arne presste die Zähne zusammen. Spürte den Druck, unter dem er stand. Er wechselte den Radiosender. In Momenten wie diesen beruhigte ihn klassische Musik. Er drehte das Radio laut auf. Das Stück, welches gerade lief, war dramatisch. Er hatte es schon öfter gehört, konnte sich aber nicht an den Namen des Komponisten erinnern. War es aus einem Film? Die Töne verliehen der Situation einen gewissen Kick. Als tue er etwas

Großartiges, Heroisches. Er fing an zu grinsen, fühlte sich auf einmal mächtig. Er hatte etwas Großartiges getan.

Er war ein Held. Er war unbesiegbar.

Mit Lilli war alles ein Kinderspiel gewesen. Er erkannte psychisch labile Frauen schon aus der Ferne. Psychisch stabile und starke Frauen waren für ihn nicht von Interesse, denn sie waren nicht manipulierbar. Bei ihnen gestaltete sich alles schwierig, sie durchschauten ihn erfahrungsgemäß zu schnell. Nicht, dass Lilli dumm war, aber sie schrie nach Liebe, Aufmerksamkeit und Anerkennung. Das hatte er sofort gesehen. Auch ihre Nummer mit dem Fünfzigeuroschein war eine Offenbarung gewesen. Frauen, die kein Geld hatten, waren wesentlich leichter zu lenken als jene, die selbst Geld hatten und sich nicht so schnell beeindruckt zeigten. Dass sie eine Essstörung hatte, hätte er schon in der Bar schwören können. Nicht weil sie zu dünn war, das war sie nicht. Es war mehr die Körperhaltung, die Ausstrahlung, die deutlich machte, dass sie sich in ihrem Körper überhaupt nicht wohlfühlte, aber versuchte, es zu überspielen. Er kannte diese Frauen, seine Mutter Helena war genauso. Er hatte einen Blick für so etwas. Und als er bei ihr in der Wohnung war, war es ein Kinderspiel gewesen, ihr Handy zu hacken. Mittlerweile für ihn reine Routine.

Tatsächlich hatte er bisher noch nie jemanden entführt und in das Verlies gesperrt, auch wenn es ihm immer so verlockend vorgekommen war. Keine der bisherigen Schlampen hatte es verdient, sein wunderschönes, kleines, aber feines Reich auf dem Land zu sehen und dort wohnen zu dürfen. Diesen Luxus gewährte er nur der Auserwählten. Und Lilli war die Richtige, davon war er von Anfang an überzeugt gewesen. Lilli Rosengard war etwas ganz Besonderes. Ihre Panik konnte er nicht nachvollziehen. Sie sollte sich geehrt fühlen, dass sie dort ihr eigenes Zimmer bekam. Er hatte es hübsch eingerichtet. In dem Raum befand sich eine schöne, dicke Matratze. Es würde bestimmt nicht lange dauern, da würde sie ihr neues Zuhause lieben. Früher war er selbst die Person im Keller gewesen, jetzt war er auch mal an der Reihe, jemanden zu besitzen.

Das Auto, dessen Scheinwerfer er von Weitem gesehen hatte, fuhr an ihm vorbei.

Er wusste, dass sein Bruder am Silvesterabend garantiert nicht in sein altes Haus gehen würde. Sören war viel zu weich für so was. Niemals würde er sich der Brutalität stellen, den Ort aufzusuchen, an dem seine geliebte Kira gestorben war. Deshalb war das Haus der geeignete Ort für das, was er jetzt vorhatte. Sie hatten es nicht anders verdient, alle beide. In der Ferne sah er erneut einen Wagen auf ihn zukommen. Er blickte auf die Tankanzeige. Verdammt. Es würde nicht bis nach Helsinki reichen.

Leena gähnte herzhaft hinter dem Steuer und war gerade dabei, die Nummer ihrer Mutter zu wählen. Sie ging nicht ran. Sie sprach ihr auf die Mailbox: »Mama, ich bin in circa dreißig Minuten da. Es tut mir so leid, ich bin jetzt wirklich auf dem Weg!«

Sie hätte von Sörens und Kiras Haus auch gleich einfach wieder nach Hause fahren können, denn eigentlich lohnte es sich nicht mehr, den ganzen Weg nach Loviisa zu fahren, aber irgendwie konnte sie sich nicht mit dem Gedanken anfreunden, ihre Mutter an Neujahr allein zu Hause zu wissen. Sauer war sie bestimmt trotzdem, denn zum Raclette war Leena schon viel zu spät. Sie war unglaublich müde und drehte das Radio lauter, um wach zu bleiben. Die Musik gefiel ihr überhaupt nicht, sie schaltete um, landete auf *Klassik Radio*. Unmittelbar dachte sie wieder an Rickard. Er hatte klassische Musik geliebt, während sie und Hanna als Kinder immer davon genervt gewesen waren. *Papa, das ist voll doof! Papa, spiel was anderes!* Und nun fing sie tatsächlich an, klassische Musik zu mögen.

Leena fuhr die einsame, dunkle Straße entlang, auf der nichts und niemand zu sehen war. Sie dachte an Sören und hoffte inständig, dass ihre Kollegen ihn schon gefunden hatten und er weder sich selbst noch anderen Menschen geschadet hatte. Was zur Hölle dachte er sich nur dabei, in einem solchen Zustand Auto zu fahren? Andererseits: Wer sich das Leben nehmen wollte, schreckte auch vor so einer Aktion nicht zurück. Und wenn ihm nun doch etwas passiert war?

Das ist nicht dein Problem.

Ihr Handy klingelte. Anonym. Trotzdem entschied sie sich ranzugehen. »Ja?«

»Hei! Ich bin's.«

Samuel.

»Hei! Na? Bist du nicht auf der Party? Warum rufst du anonym an?«

»Bin ich anonym? Komisch. Doch, ich bin auf der Party, ich habe mich gerade ein paar Schritte von den anderen entfernt. Ich wollte dir nur ein frohes Jahr wünschen, bevor der Empfang gleich wegbricht.«

»Danke, das ist lieb, das wünsche ich dir auch.«

»Bist du gerade im Auto?«

»Ja, gleich bei meiner Mutter in Loviisa. Bin noch auf dem Weg, mir kam etwas dazwischen.«

»So spät?«, fragte er verwundert. »Es ist bald Mitternacht.«

»Ich weiß, ja. Aber ich schaffe es noch, bin gleich dort, ist nicht mehr lange. Wie ist die Party?«

»Entspannt. Die Jungs sind alle schon ziemlich besoffen.«

»Geht ihr nachher noch raus?«

»Nee, Tommi, bei dem wir sind, hat ein Rooftop. Von da hat man eine ganz coole Sicht und muss sich nicht unnötig in Lebensgefahr begeben. Die Leute böllern ja wie die Irren.«

»Verstehe, macht Sinn. Schick mir nachher gern mal ein paar Fotos von der Aussicht.«

»Das werde ich tun. Kommst du morgen zurück nach Helsinki?«

»Ja. Ich muss arbeiten.«

»Hast du nicht gesagt, du hast Urlaub?«

»Ja, hatte ich. Bis heute. Mein Chef hat mich angerufen, er hat meine Hilfe gebraucht. Zudem habe ich vorhin erfahren, dass ein Kollege im Krankenhaus ist, es scheint wohl etwas Ernstes zu sein. Deshalb gehe ich davon aus, dass sie mich auch in den nächsten Tagen brauchen werden.«

»Oh Mann, das ist ja ärgerlich für dich, dass dir einfach dein Urlaub genommen wird.«

»Na ja, eine Woche hatte ich ja immerhin«, sagte sie scherzhaft. »Ach, das passt schon. Ich mache meinen Job wirklich gern.«

»Kriegst du diese Überstunden wenigstens ordentlich bezahlt?«

»Na klar.«

»Dann ist ja gut. Sehen wir uns die kommenden Tage?«

»Ja gern, ich melde mich, okay? Ich muss jetzt erst mal schauen, was auf der Arbeit ansteht.«

»Alles klar, versteh ich. Melde dich einfach. Ich gehe dann mal zurück zu den Jungs. Wir hören uns! Und frohes Neues!«, sagte Samuel.

»Mach ich, dir auch! Bis dann und viel Spaß noch!«

»Danke, komm gut in Loviisa an! *Hei, hei!*«

»*Moikka,* Samuel.«

Sie legte auf. Er schien sie wirklich zu mögen, wenn er sich sogar am Silvesterabend auf einer Party die Zeit nahm, sie anzurufen.

Sie fokussierte sich auf die Straße vor ihr.

Bleib wach.

In der Ferne sah sie ein Auto auf sich zukommen.

Schon wieder klingelte ihr Handy. Doch dieses Mal sah sie, dass jemand von der Dienststelle anrief. Vielleicht hatten sie Sören geschnappt. Sofort ging sie ran.

»Ich bin's, Jonna. Ich habe etwas herausgefunden. Im Jahr 2002 befand sich Arne Sundén das erste Mal für drei Monate in einer Psychiatrie wegen schwerwiegender mentaler Probleme und eines Selbstmordversuchs. Außerdem wurde er zweimal wegen Vergewaltigung angezeigt, aber aufgrund mangelnder Beweise nie verurteilt. Die Vergewaltigungen fanden zwischen 2009 und 2015 statt. Zwischendrin war er mehrmals in der Psychiatrie, auch in der geschlossenen.« Sie machte eine kurze Pause. »Von 2017 bis 2022 galt er als verhaltensunauffällig. Doch dann gab es einen Stalking-Vorfall. Im Herbst 2022.«

»Stalking-Vorfall?«

»Ja. Er hatte einer Frau, Maja Viksten, krankhaft aufgelauert. Ich habe hier alle Details vor mir. Er hat sie tagelang vor ihrem Haus ausspioniert, ist ihr hinterhergefahren. Ist an den unterschiedlichsten Orten aufgetaucht, an denen sie auch war. Hat ihr drohende, besessene Nachrichten zukommen lassen. Maja hat ihn angezeigt, sie hatte Todesangst. Er darf sich ihr nun nicht mehr als fünfzig Meter nähern.«

»Arne Sundén ist also als übergriffig und gewaltbereit bekannt. Und das hat vorher niemand in Erfahrung gebracht? Ob es eine Verbindung zu Kira gibt?«

Sie hatte auf einmal ein ganz schlechtes Gefühl. Es konnte nichts Gutes bedeuten, dass Lilli sich mit ihm verabredete. Und dass sie Lilli nicht erreichte.

»Jonna, hätte das nicht bei der Routineabfrage zu Sörens Umfeld ans Licht kommen müssen?«, fragte Leena und konnte es nicht verhindern, dass sie vorwurfsvoll klang.

»Zu kleines Team, keine Zeit, wie es so ist. Außerdem gab es keinen Grund, Arne Sundén genauer unter die Lupe zu nehmen, da er ein wasserfestes Alibi hat. Er kann es nicht gewesen sein.«

»Was ist sein Alibi?«

»Er war in Spanien, Alicante. Er war zu dem Zeitpunkt nicht in Finnland, kam erst am sechsundzwanzigsten Dezember zurück. Selbstverständlich haben wir die Familienmitglieder überprüft. Wir haben von Norwegian Airlines die Bestätigung erhalten, dass Arne Sundén am Vormittag des Sechsundzwanzigsten aus Alicante zurückgekommen ist und den Flug auch angetreten ist. Dasselbe gilt für den Hinflug.«

Leena schwieg für einen Moment. »Okay. Trotzdem gibt es jetzt ein Problem. Und ich bin überzeugt, dass mit ihm irgendetwas nicht stimmt.«

»Warum?«

Sie erzählte Jonna von Lilli und Ville, also Arne. Und dass sie Lilli nicht erreichen konnte.

»Hast du irgendeine Ahnung, wo sie sein könnten?«, fragte Jonna.

»Überhaupt gar nicht«, entgegnete Leena. »Sie hat mir gegenüber nichts erwähnt.«

»Aber er kann den Mord an Kira nicht begangen haben. Auch wenn er psychisch labil ist. Er war nicht im Land.«

Leena schnaubte. »Irgendetwas stimmt da nicht!«

Eine kurze Pause entstand. »Hat irgendwer Sörens Wagen gefunden?«

»Leider noch nicht.«

Aktuell schien aber auch gar nichts zu klappen, dachte Leena. »Melde dich sofort, sobald ihr ihn habt. Und auch, sobald du was von Mika erfährst.«

»Mach ich.«

»Ansonsten sehen wir uns morgen. Bis dann.«

Leena legte auf.

Sie musste so wahnsinnig dringend auf Toilette. Es waren noch ungefähr fünfzehn Minuten bis zu Anna-Lena, aber sie hielt es kaum noch aus. In der Ferne sah sie eine Tankstelle. So viel Zeit musste sein, sonst würde sie sich in die Hose pinkeln.

Sie gab Gas und nahm die Ausfahrt. Parkte ihren Wagen, verließ rasch das Auto, betrat die Raststätte und eilte zu den Toiletten.

Nach wenigen Minuten kam sie zurück, schnappte sich noch ein Red Bull aus dem Kühlregal und lief zur Kasse. Bezahlte, verließ die Tankstelle und lief nach draußen zum Auto. Sie hatte sich gerade hinters Steuer gesetzt und die Dose geöffnet, als sie aus entgegenkommender Richtung einen Wagen heranrollen sah.

Einen Audi A7.

Mit einem Zischen öffnete sie die Dose und nahm einen ersten Schluck. Sie mochte den Geschmack nicht besonders, aber tatsächlich konnte der Drink, zumindest bei ihr, Wunder bewirken, wenn sie wirklich müde war. Bereits der erste Schluck des kalten, sprudelnden Getränks tat unfassbar gut. Sie beobachtete, wie der Audi an die Zapfsäule fuhr und sich die Fahrertür öffnete. Ein Mann stieg aus.

Leena wollte gerade den Wagen starten und ihre Fahrt fortsetzen, als sie innehielt. War das …?

Sie blickte genauer hin. Ja. Doch. Das war er.

Sie startete den Wagen noch nicht. Blickte auf die Uhr. 23:21 Uhr. Was machte er um diese Uhrzeit hier? Um sicherzugehen, dass er es war, kam ihr die Idee, Lillis Instagram-Profil aufzurufen. Ging auf ihre Follower und gab *Ville* im Suchfeld ein. Tatsächlich. Sein Profil unter falschem Namen tauchte auf. Und es war öffentlich. Sie schaute sich die Bilder an.

Er war es.

Leena sank tiefer in den Sitz. Sie wusste nicht genau, warum, schließlich kannte er sie nicht. Dennoch. Es war besser, unbemerkt zu bleiben.

Arne tankte seinen Wagen. Wirkte ruhig. Blickte kurz um sich, jedoch nicht länger in ihre Richtung.

Dann stieg er wieder ein und fuhr los.

Dreh um, sagte eine innere Stimme. Fahr ihm hinterher.

Sie versuchte es erneut bei Lilli. Mailbox.

Er ist krank. Er hat ihr etwas angetan.

Zunehmend wurde sie das Gefühl nicht los, dass Lilli in Gefahr war. Eine andere Stimme erinnerte sie an ihre Mutter, die immer noch zu Hause auf sie wartete. Ihre Intuition hingegen schrie, dass die Zeit knapp wurde und irgendetwas hier nicht stimmte.

Im Zweifel, wenn du es nicht besser weißt, höre immer auf deine Intuition, denn sie lügt nie, hörte sie Paavolas Stimme im Kopf.

Er kann es nicht gewesen sein. Er war in Alicante, hörte sie Jonnas Worte erneut.

Vielleicht war er in Alicante gewesen. Und vielleicht hatte er mit Kiras Mord überhaupt nichts zu tun. Dennoch war sie um Lilli besorgt.

Als der Audi A7 die Tankstelle Richtung Helsinki verließ, startete sie ihren Motor und folgte ihm.

Sie bat noch nicht um Verstärkung, wollte erst einmal sehen, wohin Arne fuhr. Es machte keinen Sinn, wenn hier und jetzt auf der Landstraße die Kollegen auftauchten. Was sollte man ihm vorwerfen? Es gab noch keinerlei Beweis, dass er Lilli etwas angetan hatte. Vielleicht war Lilli am heutigen Abend doch ganz woanders. Dennoch würde sie Jonna informieren und nahm sich vor, sich bei ihr zu melden, sobald sie wusste, wohin Arnes Fahrt führte.

70

Er hatte keine Ahnung, wie lange er gefahren war. Ihm war alles scheißegal.

Was interessierte es ihn noch, ob er stockbesoffen Auto fuhr? Unterwegs hatte Sören kurz mit dem Gedanken gespielt, absichtlich einen tödlichen Unfall zu bauen. Jedoch erschien ihm diese Methode zu unsicher. Als Arzt wusste er, dass die Chance zu sterben nicht so hoch war, wie er hoffte. Und er wollte schließlich nicht mit einer Querschnittslähmung oder einem Bein weniger davonkommen. Bei seinem Plan war die Chance zu überleben gleich null.

Er torkelte aus dem Wagen und steuerte erneut sein Haus an. Leena hatte in der Eile, in der sie ihm hinterhergerannt war, das Tor einen Spalt offen gelassen. Im Erdgeschoss brannte Licht. Auch das hatte sie in ihrer Panik ebenfalls angelassen. Er wollte es *hier* tun. Hier bei Kira. Er öffnete die Haustür und stand im Erdgeschoss. Als Erstes schaltete er das Licht aus, damit nicht wieder irgendjemand auf die Idee kam, ihn zu stören.

Er wollte gerade nach oben gehen, als sein Blick auf die Schiebetür zur Terrasse fiel.

Kira hatte so oft vergessen, sie sorgfältig zu verschließen, weil sie den Hebel nicht richtig nach oben drückte. Es war nicht selten vorgekommen, dass sie mit offener Tür geschlafen hatten und jeder einfach in das Haus hätte eindringen können. Auf einmal lief ihm ein kalter Schauer über den Rücken. Was, wenn es genau so gewesen ist? Was, wenn Kira auch an diesem Abend vergessen hatte, die Tür richtig zu schließen, obwohl er es ihr Hunderte Male gesagt hatte? Es wussten ja alle, wie schusselig sie sein konnte, was das anging. Er lief zu der Schiebetür. Zog an ihr. Sie war verschlossen. Er drehte sich um und blickte ins Wohnzimmer. Was war hier geschehen?

Ein Schmerz zog sich durch seinen ganzen Körper,

und vorsichtig machte er ein paar langsame Schritte in den Raum hinein. Er versuchte, sich in Kiras Lage zu versetzen. Was übersah er? Die Antwort musste hier sein. In diesem Raum. Auf einmal ergriff ihn der starke Impuls, sich noch mal genauer umzuschauen. Er lief das gesamte Wohnzimmer ab, versuchte sich zu konzentrieren, obwohl er Schwierigkeiten hatte, einen klaren Blick zu behalten. Alles in seinem Kopf drehte sich. Die Sohlen seiner Winterschuhe hinterließen bei jedem Schritt ein schmatzendes Geräusch auf dem Holzboden. Dieser Fußboden, den auszusuchen ewig gedauert hatte. Tagelang hatte Kira vor dem Laptop gesessen und recherchiert, sich in der Stadt in verschiedenen Geschäften beraten lassen, bis sie sich endlich für einen Boden entschieden hatte. Für ihn sahen sie alle ziemlich gleich aus, aber Kira hatte ihn eines Besseren belehrt. *Der Boden hat eine große Auswirkung auf die gesamte Raumästhetik*, hatte sie damals betont. Er sah vor seinem inneren Auge wieder ihr blondes Haar, das durch das ins Haus fallende Sonnenlicht hell aufleuchtete. Auch diese Erinnerung schmerzte.

Er zwang sich erneut, sich auf den Raum zu konzentrieren, auf das Hier und Jetzt, lief langsam umher. Vieles war noch nicht weggeräumt. Es lagen immer noch leere Dosen und Flaschen herum. Es stank. Es stank nach vergammeltem Essen, Zigaretten und Alkohol. Er nahm eine leere Dose in die Hand. Lapin Kulta. Daneben eine Flasche Jack Daniel's, die ungefähr noch zu einem Viertel gefüllt war. Er nahm einen großen Schluck, ließ die Flasche danach einfach fallen. Sie ging kaputt. Ließ seinen Blick langsam über den Tisch und die Kücheninsel schweifen. Nichts. Nichts, was ihn irgendwie weiterbrachte. Aber was glaubte er denn auch in diesem Chaos zu finden? Er schnappte sich eine Bierdose vom Tisch, öffnete sie mit einem Zischen. Nahm gierig viele Schlucke, schaukelte wieder zur Schiebetür. Er starrte nach draußen. In seinem Augenwinkel sah er etwas. Er blickte betrunken auf den Boden. Im Licht des Mondscheins funkelte irgendetwas auf dem Holz. Irgendeiner der Schnösel-Gäste hatte wohl ein Schmuckstück verloren.

Er ging in die Hocke und nahm es in die Hand, zwischen Daumen und Zeigefinger. Er beleuchtete es mit seiner Handytaschenlampe. Es war ein kleines Flugzeug. Ein kleiner Schlüsselanhänger aus Silber, und er hatte ihn schon einmal gesehen. Aber wo? Wem gehörte er? Ganz gewiss nicht ihm oder Kira. Er drehte ihn in seinen Fingern hin und her und versuchte sich zu erinnern. Er schaute sich im Wohnzimmer um. Oben im gläsernen Regal standen die teuren Weingläser. Im Regal daneben mehrere Bücher. Und dann das Foto von Kira und ihm auf der Vappu-Feier, dem Maifeiertag. Der Erste Mai, die wahrscheinlich größte Party des Jahres. Der Beginn der hellen Jahreszeit wird eingeläutet, das Land erwacht aus seinem Winterschlaf, das Leben und die Fröhlichkeit kehren wieder zurück. Alle waren draußen und feierten. Und jeder trug die weiße Mütze, die man zum Abitur bekommt, egal wie lange es her war, so wie auch er und Kira auf dem Bild. Er starrte das Foto eine Weile wie hypnotisiert an, wie glücklich sie gewesen waren, da fiel bei ihm der Groschen.

Er schaute wieder das kleine Flugzeug zwischen seinen Fingern an. Ja doch, daher kannte er den Anhänger. Er sah die Bilder wieder vor seinem inneren Auge. Abschlussklasse 2006. Sommer. Die weißen Abschlussmützen. Und Arne, wie er stolz und strahlend die Treppe des Gymnasiums in Porvoo heruntergelaufen kam. Oma, Opa, drei seiner Cousins und ihre beiden Tanten waren zur Feier in der Schule erschienen. Nur seine Eltern nicht. Zu Hause saßen sie später alle auf der Veranda und aßen Erdbeertorte und tranken Sekt. Erdbeertorte, die seine Tante gemacht hatte. Von Helena und Oliver keine Spur. Und Arne packte sein Geschenk von Sören aus, einen Schlüsselanhänger mit verschiedenen kleinen Symbolen von Dingen, die Arne in seinem Leben haben oder machen wollte: ein Auto, ein Haus, ein Flugzeug, eine Frau und eine Weltkugel. Die Weltkugel, weil Arne nach dem Abitur für ein Jahr um die Welt reisen wollte, was er auch getan hatte. Das Flugzeug, weil er Pilot werden wollte. Sören war sich nicht sicher, ob Arne den Schlüsselanhänger noch immer hatte. Und wieso war das kleine Flugzeug in seinem Haus? Arne war nie zu Besuch gekommen, seit sie hier wohnten. Da war er sich sicher. Und wenn er doch auf der Party gewesen war? Spontan? Nein. Warum sollte er? Kira hatte nichts mit ihm zu tun gehabt. Außerdem war er doch in Spanien, kam erst zurück nach Finnland, weil Helena ihn darum gebeten hatte. Auf einmal fielen ihm Leenas Worte ein. Was genau hatte sie gesagt? Dass

Arne sich als wer anders ausgibt? Eigenartig. Aber warum sollte er Kira etwas antun wollen? In Sörens Magen breitete sich ein mulmiges, nagendes Gefühl aus. Und das lag nicht am Alkohol.

Etwas in ihm regte sich. Entschlossenheit. Er musste mit Arne reden.

Er blieb für einen Augenblick starr stehen.

Dann lief er ein paar Meter durch das Wohnzimmer, seine Beine wurden schwach und drohten ihm wegzuklappen. Dieser Albtraum endete nicht, er wurde immer schlimmer.

71

Lilli hatte jegliches Zeitgefühl verloren. Wie lange war sie schon hier unten? Eine Stunde? Fünf Stunden? Nachdem Ville die Luke geschlossen hatte, verharrte sie für eine Ewigkeit in einem Zustand äußerster Angst. Aber irgendwann kommt der Punkt, an dem der Körper nicht mehr in Panik sein kann. Irgendwann war sie gezwungen gewesen, sich zu beruhigen. Sie schätzte die Größe des unterirdischen Raums auf zwanzig Quadratmeter ein. An der Wand erkannte sie eine kleine Lampe, die sie anknipste, und warmes Licht umfing sie. In der Ecke lag eine dicke Matratze mit Decke und Kissen. In der anderen standen ein kleiner Tisch und ein Stuhl, daneben eine kleine Kommode, und das war's. Die Wände und auch die Luke oben waren mit dickem Schallschutz isoliert. Niemand würde sie hören, sogar wenn sie schrie. Ihr Verlies war so ausgestattet, dass sie seinen Plan verstand, sie für eine lange Zeit hier unten festzuhalten. Wie hatte er es überhaupt geschafft, einen solchen Bunker zu bauen? Ihre Kehle schnürte sich gegen ihren Willen erneut zu. Sie musste sich zusammenreißen. Sie schaute nach oben zur Luke. Sie ging die Leiter hoch und hämmerte und drückte fest dagegen und schrie, so laut sie konnte. Aber sie merkte, dass ihr Schrei unter dem Schallschutz erstickte. Er würde sie nicht hören. Und was, wenn er die Luke öffnete? Er war viel stärker als sie. Es war hoffnungslos. In dem Verlies befand sich nichts, womit sie ihn hätte ernsthaft verletzen können. Sie fing erneut an zu weinen. Sie wollte hier nicht sterben. Sie war noch nicht bereit zu sterben, auch wenn sie ihr Leben als hoffnungslos angesehen hatte. Das war es nicht. Hoffnungslos war diese Situation hier.

So langsam hoffte sie, dass Ville überhaupt zurückkam. Was, wenn er sie hier unten verhungern ließ? Sie hatte jetzt nur noch sich und ihren Kopf. *Die Kraft der Gedanken ist stärker als alles andere,* hatte sie neulich in einem Buch gelesen.

Wie albern ihr diese Worte in einer solchen Situation vorkamen. Als ob irgendeine Kraft der Gedanken sie nun retten konnte! Und dies war wohl wirklich der allerletzte Ort der Welt, an dem man noch positiv denken konnte. Aber sie hatte keine Wahl. Entweder würde sie hoffen, oder die Angst würde sie überwältigen. Sie entschied sich zu hoffen.

»Lieber Gott, wenn du das hörst, dann bitte hilf mir. Ich schwöre dir, ich ändere mich, aber das hier habe ich nicht verdient. Ich halte das nicht mehr aus. Bitte lieber Gott, bitte zeig mir, dass es dich gibt. Bitte …«, sagte sie mit gefalteten Händen, während ihr die heißen Tränen über die Wangen liefen.

72

Arne parkte das Auto und steckte seine alte Pistole, die er nach dem Tod seines Opas vor vielen Jahren aus seinem Haus geklaut hatte, in die Innentasche seiner Jacke. Er hatte nicht vor, sie einzusetzen. Die Menschen waren schon auf die Straßen geströmt, Mitternacht und der Jahreswechsel nahten. Er huschte schnell zwischen ihnen hindurch, keiner schien auf ihn zu achten. Jeder war mit anderen Dingen beschäftigt: Sekt aufmachen, Sekt eingießen, alle sprachen angeregt miteinander, passten auf die Kinder auf, riefen den Kindern hinterher, telefonierten, facetimten.

Es war dunkel im Haus, und nichts rührte sich. Die Uhr zeigte 23:52 Uhr. Er war pünktlich.

Wie am Morgen des vierundzwanzigsten Dezembers näherte er sich dem Haus von hinten. Er lief an der großen Hecke vorbei, um die Ecke, schlüpfte durch mehrere Gebüsche und steuerte auf die Veranda zu. Dass ihn hier jemand sah, war unwahrscheinlich. Dieser Winkel lag versteckt. Bevor er seinen Plan in die Tat umgesetzt hatte,

hatte er vor zwei Wochen nachts das Haus einmal umrundet. Als er sicher war, dass Sören und Kira an dem Abend nicht zu Hause waren. Damit am Vierundzwanzigsten alles schnell gehen konnte. An der Schiebetür angekommen, versuchte er, sie zu öffnen. Sie war verschlossen.

Er lief ums Haus und versuchte es an der Kellertür. Er hatte sie an jenem Tag offen gelassen, und sie war noch immer nicht verschlossen. Es war so leise im Haus, dass er seinen eigenen Atem hörte.

Ob *er* schon da war?

Sie hatte ihm gerade noch folgen können. Dazu musste sie die Geschwindigkeitsbegrenzung auf der Landstraße weit überschreiten, aber das Risiko hatte sie in Kauf genommen. Maximal erlaubt waren achtzig Stundenkilometer auf einer ewig geradeaus führenden, leeren Landstraße, auf der weit und breit kein anderes Auto in Sicht war. Angehalten zu werden und den Führerschein zu verlieren konnte sie sich nicht erlauben, schon beruflich nicht. Paavola würde richtig sauer sein. Und die Höhe der Geldstrafe richtete sich nach dem Gehalt.

Und was, wenn Arne zu einem Kumpel oder seinen Eltern fuhr, dort fröhlich und entspannt Silvester feierte? Sie drückte kräftiger aufs Pedal. Während der Fahrt ging sie immer wieder alle möglichen Versionen durch, wie und ob es einen Zusammenhang zwischen Arne Sundén und dem Mord an Kira gab. Geben könnte.

Warum nur spukte dieser Gedanke in ihrem Kopf herum? Laut Sören war sein Bruder als Erzieher tätig.

Hatte er nie ein polizeiliches Führungszeugnis vorlegen müssen, wie es bei solchen Berufen die Regel war?

Arnes Fahrt endete vor Kiras und Sörens Haus. Leena parkte ein Stück weiter vorne auf der Straße. Sie stellte ihr Handy auf lautlos. Sie würde gleich Verstärkung rufen, sobald sie wusste, was Sache war.

Sie beobachtete, wie er an der Seite des Hauses vorbeilief und auf die andere Seite verschwand.

Dann stieg sie aus, zog sich ihre Kapuze tief ins Gesicht, als hinter ihr ein weißer Kombi auftauchte, der langsam an ihr vorbeifuhr. Sie erkannte einen älteren Mann mit runder Brille hinter dem Steuer. Auf einmal blieb er stehen, weil ein Auto aus der Einfahrt gegenüber fuhr. Der riesige Kombi verdeckte die Sicht auf sie, und Leena nutzte die Gelegenheit, um schnell zum Haus zu laufen. Sie überlegte, ob sie das Tor offen gelassen hatte, als sie rennend das Haus verlassen hatte und Sören hinterhergefahren war. Sie näherte sich dem Tor, und tatsächlich. Aber hatte sie nicht auch das Licht angelassen? Das war wieder aus. Sie schlüpfte durch das Tor hindurch.

Sie lauschte.

Es war nichts zu hören.

Von der Straße hörte man Stimmen durcheinanderreden, die Nachbarn traten vor die Tür und unterhielten sich.

Sie überlegte für eine Sekunde, dann entschied sie sich, sich über die Kellertür dem Haus zu nähern. Sie konnte nicht einfach durch die Haustür hereinspazieren, wenn Arne dort drin war. Sie hoffte, dass die Kellertür nicht verschlossen war. Wie gut, dass sie das Haus durch die Party so gut kannte. Über den Keller gelangte man zu einer steilen Treppe, die nach oben führte. Sie schaute auf die Uhr. 23:57 Uhr.

Die verpassten Anrufe ihrer Mutter ignorierte sie.

Sie lief um das Haus herum und stieg die Treppe zum Keller runter. Ihr Herz pochte laut, sie drückte die Klinke vorsichtig herunter. Sie war offen. Erneut trat sie in das von der Polizei abgesperrte Haus ein. Sie schloss die Tür hinter sich. Lauschte. Von oben waren Stimmen zu hören, Arne schien nicht allein zu sein. Sie tastete sich durch den Flur vorwärts. Es war dunkel, aber sie erkannte die Wendeltreppe, die nach oben führte. Eine Männerstimme, eine andere Stimme. Leena hielt inne. Sicherheitshalber holte sie ihr Handy heraus und drückte auf Aufnahme.

»Dreißigtausend. Kannste nachzählen«, sagte eine Stimme.

Leena hörte irgendetwas rascheln.

»Geiler Scheiß«, sagte die andere Stimme. »Ich d... danke, Arne. Hier, dein Pass. Die B... Bullen haben dich nicht unter Verdacht.«

Arne lachte leise. »So sieht's aus. Das nenne ich Partnerarbeit. Darauf trinken wir einen.«

Kurze Stille.

»*Kippis*«, sagte der andere. »Geil. Das hab ich gebraucht ... fuck, schmeckt das gut. Das hab ich vermisst.«

Leena dachte nach. Der Typ klang merkwürdig. Er

stotterte, sprach undeutlich. Nicht einfach nur betrunken, er hatte eine auffällige Sprachstörung.

»Du trauerst überhaupt nicht um Kira, oder?«

»Nö. Du hast sie gekillt, und ich krieg dafür Kohle, *man*. Richtig f... fett.«

Leena hielt die Luft an. Es war also wirklich Arne gewesen. Er hatte Kira getötet. Aber warum?

»Wann geht dein Flieger?«, fragte Arne.

»Irgendwann morgen ... so um zwei. Dann bin ich weg. Komm nie mehr zurück. Nie mehr.« Die letzten beiden Worte sang er fast fröhlich.

Es war schwierig zu sagen, wie alt die andere Person war. Aber Leena schätzte den Mann auf Mitte dreißig, ähnlich wie Arne.

»Kann ich gut verstehen. Hast ja auch genügend scheiß Erinnerungen an das verkackte Land hier, was?«, entgegnete Arne.

»Abartig, Mann, abartig. Verficktes Scheißland ... verficktes Scheißleben.«

Stille.

Zu lange Stille.

Leenas Herz stockte. Hatten sie bemerkt, dass jemand unten im Keller war?

»Wo schläfst du heute Nacht?«, fragte Arne dann.

»Weiß ich noch nicht. Aber jetzt hab ich ja K... Kohle.«

»Du kannst bei mir schlafen, im Mökki. Ich fahr dich dann morgen zum Flughafen.«

»Biste s... sicher?«

»Klar. Hab auch noch genügend Stoff dort. Und Alkohol.«

»Okay … weit?«

»Stunde von hier.«

»Nice.«

»Komm, wir gehen.«

»Jetzt?«

»Wann sonst? Es ist schon spät.«

Leena hörte, wie sie sich bewegten und dann wohl durch die Schiebetür das Haus verließen. Sie tastete sich zurück zur Kellertür und öffnete sie vorsichtig, spähte hinaus.

Bunte Raketen im Himmel, überall knallte es. Sie hörte Gelächter und Gerede. Dezente Musik.

Sie wartete einen Augenblick. Sobald sie im Auto saß, würde sie sofort Verstärkung rufen und Arne und der anderen Person hinterherfahren.

Sie hatte tatsächlich das Mordgeständnis auf Band. Es war Arne Sundén. Er war doch in Helsinki gewesen. Wie konnte das sein?

Langsam huschte sie die steile Treppe aus dem Keller wieder nach oben in den Garten.

Sie wollte gerade um die Ecke spähen, als eine dunkle Gestalt plötzlich vor ihr stand, ein Schlag sie am Kopf traf und sie bewusstlos zu Boden ging.

73

Donnerstag, der 1. Januar

Das Feuerwerk am Himmel ließ langsam nach, als Jonna im Präsidium aus dem Fenster an ihrem Schreibtisch nach draußen schaute. Es war 1:20 Uhr. Sie hatte sich völlig in ihren Recherchen verloren, sodass die Zeit nur so verflogen war. Aber um ehrlich zu sein, störte sie das nicht, denn zu Hause war niemand, der auf sie wartete, und so war sie wenigstens von der Einsamkeit abgelenkt gewesen und hatte sich in die Arbeit flüchten können. Das neue Jahr würde ihr Jahr sein. Sie würde erfolgreicher und schöner werden. Sie hatte es so satt, die graue Maus zu sein. Hatte es satt, unsichtbar zu sein. Sie hatte es geschafft, ihrer langweiligen Beziehung zu entkommen. Der Beziehung, in der sie das Gefühl hatte, unscheinbar bleiben zu müssen. Ihr ganzes Leben hatte sie sich versteckt und versucht, es allen recht zu machen. Damit war jetzt Schluss.

Trotz der späten Uhrzeit war sie hellwach.

Sie hatte Arnes ganzes Leben durchforstet. Laut Polizeivermerk war er unzurechnungsfähig, weil er unter einer dissoziativen Persönlichkeitsstörung litt und zudem bei allen Taten stark alkoholisiert gewesen war. Jonna ärgerte es, wenn sie so etwas las. Viel zu oft kamen die Täter mit dieser Argumentation davon, als würde der Alkohol ihr Verhalten rechtfertigen.

Sie betrachtete Arnes Foto auf dem Bildschirm. Längere braune Haare, dezent nach hinten gegelt. Gepflegt. Nicht schlecht aussehend. Nicht unfreundlich aussehend. Er war polizeibekannt, aber er konnte den Mord nicht begangen haben, sein Alibi war bestätigt worden.

Plötzlich stand Paavola in der Tür. Mit tiefen Schatten unter den Augen blickte er sie an. Der Fall schien auch bei ihm deutliche Spuren zu hinterlassen.

»Zwei Anzeigen gegen Bergdahl«, sagte er. »Ich hab's an die Presse weitergegeben. Ohne Namen zu nennen. Auch den Sachverhalt rund um Pamela Björksten, ebenfalls ohne Namen, allein schon, weil sie minderjährig ist. Ob sich weitere Frauen melden? Bergdahl ist doch krank, solche Typen machen mich wahnsinnig. Aber Kiras Mörder haben wir immer noch nicht.«

»Leena hat durch Zufall etwas Interessantes über Sörens Bruder herausgefunden, ich wollte nach meiner Recherche bei dir vorbeikommen. Arne Sundén gibt sich aktuell wohl als Ville aus. Schau dir das mal an.«

Sie versuchte, sich so allgemein wie möglich auszudrücken, und hoffte, dass Paavola nicht genauer nachfragte. Sie hätte ihn sofort informieren müssen.

Sie drehte den Bildschirm zu ihm, er trat näher. Er überflog die Einträge.

»Beeindruckende Akte. Er kann es aber nicht gewesen sein, das hattest du doch überprüft. Kann er ein Motiv haben, seine Schwägerin umzubringen?«

»Keiner hat ein Wort über ihn verloren, und es gibt keinen Beweis für seine Anwesenheit in Kiras Haus oder irgendeinen Hinweis in ihrem Handy. Sie scheint keinen direkten Kontakt mit Arne gehabt zu haben.«

»Wie dem auch sei. Wir checken jetzt alles und jeden doppelt und dreifach.«

Sie schwiegen eine Weile, während Paavola die Einträge auf dem Bildschirm weiter überflog.

Jonna raufte sich das Haar. Dann googelte sie erneut Kira Westerlund. Recherchierte alles, was sie finden konnte. Ihre Kollegen, ihre Familie. Sie hatte bereits die spanischen Behörden kontaktiert, jedoch konnten sie keinen Leevi Westerlund im Melderegister ausfindig machen. Auch in Finnland war niemand unter diesem Namen gemeldet. Zurückgekommen war er also auch nicht. Es war unklar, wo er sich niedergelassen hatte oder ob er überhaupt noch lebte.

Jonna lehnte sich in ihrem Stuhl zurück und streckte sich. Ihr Rücken knackte.

Sie rief Leena an. Mailbox.

Sie schloss nach und nach die Fenster ihrer Recherche zu Arne Sundén, wollte gerade das zwölfte Fenster schließen, als sie innehielt. Laajasalon lukio. Ein Gymnasium, das inzwischen geschlossen war. Sie entdeckte ein Foto. Abschlussklasse 2006.

Sie klickte auf das Foto, sodass es vergrößert auf dem Bildschirm erschien. Darunter waren die Namen der Absolventen in korrekter Reihenfolge aufgelistet. Sie ging sie durch.

Arne Sundén. Zweite Reihe, ganz rechts.

Sie ging die unterste Reihe durch, bis sie einen Namen entdeckte, der ihr einen Stich versetzte. *Leevi Westerlund.*

Sörens Bruder und Kiras Bruder waren in eine Klasse gegangen. Sie kannten sich.

Sie stand auf, eilte zur Tür und riss sie auf.

Rannte den Flur entlang.

»Kalle!«, rief sie. »Kalle! Wo bist du?«

»Der ist grad gegangen. Hab ihn wegfahren sehen«, antwortete Jeremias, der völlig übermüdet mit einem Kaffee in der Hand ein paar Akten hinter seiner Glasscheibe durchlas.

»Verdammt!« Sie wählte seine Nummer. Ebenfalls Mailbox. Scheiß Silvester, dass aber auch kein Anruf durchging!

Sie konnte hier nicht weg, sie hatte Nachtschicht. Sie lief zur Kaffeemaschine in der Küche und ließ sich einen Kaffee raus. Dann lief sie zurück zum Schreibtisch. Sie würde weiterrecherchieren. Waren die alten Akten schon digitalisiert? Die beiden Männer kannten sich, das konnte Zufall sein. Aber ihre innere Stimme sagte ihr, dass hier eine Verbindung war.

Erneut überprüfte sie, ob Sörens Auto nun endlich ausfindig gemacht worden war. Immer noch nicht. Von ihm fehlte jede Spur. Genau wie von Leevi Westerlund.

74

Als Leena erwachte, war es um sie herum dunkel. Es war eng. Ihr Puls schoss in Sekunden in die Höhe, ihr Kopf dröhnte und schmerzte. Sie konnte sich kaum bewegen. Schnappte nach Luft, während sie gekrümmt auf der Seite lag.

Es passierte schon wieder. Es passierte verdammt noch mal schon wieder.

Sie lag in einem Kofferraum. Flashbacks schossen in ihren Körper, und die Panik war zurück. Nur dass sie jetzt kein Kind mehr war, sondern Polizistin. Wie lange fuhren sie schon? Panik ergriff sie, sie kam nicht dagegen an.

Nein. Konzentriere dich.

Die Panik wurde stärker, denn sie sah nichts außer Schwarz. Eng. Keinen Ausweg.

Sie musste sich beruhigen.

Alle Zahlen in Dreierschritten aufzählen. Sie brauchte irgendetwas, auf das sie sich in diesem Moment konzentrieren konnte, um einen Ausweg aus der Panik zu finden.

Sie kam gerade im Kopf bei *102* an, als der Wagen zum Stehen kam und sie, genau wie damals, Schritte hörte, die um den Wagen herumliefen. Der Kofferraum wurde aufgerissen.

»Aussteigen, Fräulein Victor.«

Leena versuchte, aus der ungeschickten Stellung, in der sie sich befand, irgendwie hochzukommen, und kroch langsam aus dem Kofferraum. Arne stand vor ihr. Ihr

Kopf schmerzte höllisch. Der Schlag hatte sie hart getroffen. Es war stockdunkel um sie herum, sie befanden sich mitten im Wald. Wo zur Hölle waren sie? Wie weit waren sie gefahren? Sie konnte überhaupt nicht einschätzen, wie viel Zeit vergangen war.

Die Angst war wieder da. Sie war zurück. Genau wie damals, sie konnte sie nahezu schmecken. Riechen. Fühlen. Blanke Angst. Als sei sie eine eigenständige Gestalt, die sie heimgesucht und von ihrem Körper und ihrer Seele Besitz ergriffen hätte. Sie in vollem Ausmaß kontrollierte. Das Herz hämmerte in ihrem Brustkorb.

Reiß dich zusammen! Er darf nicht gewinnen. Er wird nicht gewinnen.

»Wo sind wir? Und was willst du von mir?«, fragte sie, als sie es endlich geschafft hatte, vollständig auf die Beine zu kommen. Sie standen vor einem Mökki.

»Warum musstest du mir hinterherschnüffeln? Du bist selbst schuld«, sagte Arne kühl.

In diesem Augenblick interessierte sie mehr, wie sie diesen Ort lebend verlassen würde, als der Mord an Kira, dennoch fragte Leena: »Warum habt ihr Kira getötet? Und wer ist das?«

Sie konnte die andere Gestalt in der pechschwarzen Dunkelheit kaum erkennen, obwohl er nur wenige Meter von ihr entfernt stand. Irgendetwas stimmte mit ihm nicht, er stand ganz krumm. Er trat einen Schritt vor. Der Mann hatte längere braune Haare und war ähnlich groß wie Arne.

»Wer bist du?«, fragte sie ihn direkt.

»Das ist Leevi«, antwortete Arne für ihn.

»Leevi?«

»Kira Westerlunds Bruder«, fügte Arne hinzu.

»Ich sch... schlafe heute Nacht hier«, war alles, was er rausbekam.

In diesem Moment schaltete Arne eine Taschenlampe an und leuchtete auf Leevi.

Leena erschrak sich fast zu Tode. Der Mann war schwer drogenabhängig, sein ausgemergelter Körper gehorchte ihm nicht mehr richtig, seine Augen waren verblasst. Gräulich. Tot. Jegliches Leben in ihnen war erloschen, wie oft bei Drogenabhängigen. Unter den Augen tiefe Schatten. Er war erschreckend dünn, nahezu abgemagert.

»Wollen wir r... reingehen? Ich bräuchte wieder mal was. D... du hast gesagt, du hast was da.«

Leena beobachtete ihn. Krampfte sein Körper?

Arne fing an zu lachen. »Ach so. Sorry, das war gelogen«, entgegnete er ihm gleichgültig.

Leevi blickte ihn an. »Wie?«

»Ich habe hier keine Drogen. Seh ich etwa so aus wie du, du Arschloch?«, fragte er ihn abwertend.

»Du ... du ...«

»Ich habe nur einen Grund gebraucht, damit du mitkommst.«

Leevi blickte ihn wortlos an.

»Ach komm«, setzte Arne fort, »du stirbst doch eh! Sieh dich mal an. Wer so tief gesunken ist wie du, macht alles für Geld. Nur um irgendwie an den nächsten Schuss zu kommen. Jetzt brauche ich dich nicht mehr. Im Gegenteil. Du musst weg. Schließlich weißt du, was ich getan habe. Aber sei froh, dass ich dir entgegenkomme. Ich knall dich einfach ab, geht schnell. Dann musst du diese endlosen Qualen nicht mehr ertragen.«

In Leevis toten Augen regte sich etwas, plötzlich stand pure Angst in ihnen. Er wirkte nicht sonderlich aufnahmefähig, dennoch erkannte Leena, dass Arnes Worte Wirkung zeigten. Er verstand.

»W… was sagst du?«, fragte Leevi. Sein Körper begann, stärker zu zittern.

Leena wollte wegsehen. Sie ertrug Leevis Anblick nicht. Was muss einem Menschen zustoßen, damit er so tief sank?

»Mann, ich h… hab dir ge…h…holfen«, stotterte Leevi.

»Ja, das war auch wirklich nett von dir, in meinem Namen die Flüge anzutreten und so zu tun, als seist du ich.«

Daher das perfekte Alibi.

»W… wir waren mal Freunde«, sagte Leevi.

Arne leichte leise. »Ja, das waren wir. Aber weißt du, Leevi, auch Freundschaften verändern sich. Nur weil du dich damals auf mich verlassen konntest, heißt das nicht, dass du das auch Jahre später immer noch tun solltest. Ich hab fast gekotzt auf der Autofahrt. Weißt du, wie schlimm es ist, fast neunzig Minuten lang deinen widerlichen Gestank zu ertragen? Du stinkst wie eine Mischung aus Scheiße und Kotze.« Er machte eine kurze Pause. »Ich werde dich jetzt erschießen. Und dich übrigens auch«, sagte er dann zu Leena und leuchtete in ihre Richtung.

Ihr Herz raste. Sie war verloren. Kein Mensch wusste, wo sie war. Wie hatte sie nur so verantwortungslos handeln können?

Sie hätte jetzt schön bei ihrer Mutter mit einem Glas Sekt vor dem Kamin sitzen können. Aber nein. Sie war dem Mann gefolgt, den sie verdächtigte, ihrer Freundin etwas angetan zu haben. Und naiverweise hatte sie nicht Verstärkung gerufen, bevor sie ins Haus gegangen war. Sie hasste sich in diesem Augenblick dafür. Und nun war er auch noch der Mörder von Kira.

Leena hatte starke Schmerzen. Sie fasste sich mit der rechten Hand an die rechte Seite ihres Hinterkopfes. Spürte, dass dort eine große Wunde war. Sie drückte leicht drauf. Es schmerzte höllisch, und sie fühlte das noch feuchte Blut.

Leevi und Arne kannten sich. Die Brüder von Kira und Sören.

»Warum?«, fragte Leena. »Warum habt ihr Kira getötet?«

»Wir haben jetzt keine Zeit für Kaffeeklatsch!«, unterbrach Arne sie forsch. Er zückte seine Waffe und zielte auf die beiden. »Los. Runter zum See.«

»W... was?«

»Zum See! Beweg dich!« Er trat Leevi kräftig gegen das Bein. »Na los! Da entlang! Beide!« Er leuchtete mit der Taschenlampe auf den verschneiten Weg vor ihnen und schloss den Kofferraum.

Leevi setzte sich schaukelnd und zitternd in Bewegung. »I... Ich brauch S... Stoff, Mann ...«

»Fresse! Weiter!«, brüllte Arne.

Leena orientierte sich beim Gehen, das Training aus ihrer Ausbildung setzte fast automatisch ein. Sie sah, wie Leevi vor ihr hinkte, und wusste, dass Arne sich unmittelbar hinter ihr befand. Dort hinten rechts war eine weitere Hütte. In ihr brannte kein Licht. Dieses Grundstück – irgendetwas daran kam ihr bekannt vor.

Ihre Gedanken überschlugen sich. Sie hatte nicht mehr viel Zeit. Sie dachte darüber nach, wie sie sich am besten zur Wehr setzen konnte. Leevi stellte keine Gefahr dar, da war sie sich sicher. Sie war ihm außerdem körperlich weit überlegen. Eine Hilfe war er aber auch nicht.

Arne war ein Problem. Groß, stark und bewaffnet.

Die Kälte fraß sich durch bis zu ihren Knochen und ließ die Situation noch viel gnadenloser erscheinen.

Denk nach, Leena, denk nach.

Auf einmal spürte sie die Pistole im Rücken.

»Wenn du Dummheiten machst, bist du sofort erledigt. Vergiss das nicht«, sagte er leise zu ihr. Sie erkannte unten am See die Umrisse einer weiteren Hütte. Wie bei den meisten Mökkis hier draußen auf dem Land musste es sich um das Saunahaus handeln.

»Hier entlang«, befahl Arne, als sie am Steg ankamen.

»Auf den S... Steg?«, fragte Leevi.

»Ja, auf den Steg, du Hohlbirne!«

Leena blickte sich um. Hier war nichts, womit sie sich hätte wehren können. Womit sie Arne verletzen konnte.

Natürlich nicht. Sie befand sich an einem zugefrorenen See mitten im Nirgendwo. Was sollte hier schon sein außer Schnee?

Stopp.

Die Glasscherbe.

Die Glasscherbe, die sie Sören abgenommen hatte. Sie musste noch in ihrer Jackentasche sein. Nur hatte sie keinerlei Möglichkeit, ihre Hand in die Jackentasche zu stecken. Arne beobachtete sie scharf. Sie versuchte, ihre Arme unauffällig ein wenig enger an die Jacke zu führen. Leicht gegen die Jackentaschen zu drücken. Vielleicht konnte sie sie so über ihre Unterarme ertasten.

Die große Glasscherbe war da, sie konnte sie spüren. Sie blickte an Arne vorbei zum Saunahaus. Irgendetwas lehnte an der Wand. Eine Eissäge? Oder eine Schaufel? Sie konnte es in der Dunkelheit nicht erkennen. Mit einer Eissäge konnte sie ihn definitiv verletzen. Aber die musste sie erst einmal in die Finger bekommen.

»Ausziehen«, sagte Arne. »Du zuerst«, fügte er hinzu, den Blick auf Leevi gerichtet.

Leevi rührte sich nicht vom Fleck.

Arne zielte mit der Pistole direkt auf ihn, und Leevi begann sich auszuziehen.

»Aber schön langsam«, sagte Arne. Seine Stimme klang herabwürdigend und lüstern zugleich. »Langsam, habe ich gesagt.«

Leena wollte nicht hinschauen, dennoch tat sie es. Die vielen Einstiche an den Armen. Die blauen und gelblich verfärbten Stellen entlang seiner Arme, die im Schein der Taschenlampe noch heftiger wirkten. Die Rippen, die sich deutlich durch die Haut drückten. Der Anblick tat ihr weh. Sein ganzer Körper war zerstört.

Sie blickte zu Arne. Konnte sein Gesicht in der Dunkelheit kaum erkennen.

Leevi schien sich dem Ganzen nahezu widerstandslos zu ergeben. Er wirkte wie ein Häufchen Elend, das keinerlei Kraft mehr hatte, sich zu widersetzen.

»Ja, so ist gut ... fein machst du das. Und jetzt rein da.«

»Rein w... wo?«, fragte Leevi überrascht, der nun vor Kälte zitterte. Seine Lippen waren blau angelaufen.

»Dort.« Arne zeigte mit der Taschenlampe auf den See. »Ins Eisloch.«

»Was?«

»Hör auf, dumme Fragen zu stellen! Rein da!«

Der Akt des Ausziehens war reine Schikane gewesen. Erfrieren würde man im Eisloch auch in Kleidung. Leevi sank auf den Rand des Eisloches und fiel dann in das Wasser. Er schrie auf.

Leena wusste, dass die Kälte des Wassers ein einziger qualvoller Schmerz sein konnte. Wie tausend Messerstiche am ganzen Körper. In seinem Zustand musste es noch heftiger sein. Arne trat näher, ging an Leena vorbei. Sie nutzte diesen Moment, um in der Jackentasche nach der Glasscherbe zu tasten.

Seine Pistole war die stärkere Waffe. Und er zielte auf Leevi.

Leenas Gedanken überschlugen sich. *Tu etwas!*

Sie blickte auf Leevi, wie er in dem Eisloch hing, inmitten des schwarzen Gewässers. Er wurde immer schwächer. In seinem körperlichen Zustand würde es schnell gehen.

»H… hilf mir«, flehte er Leena an. Seine Haut färbte sich bläulich.

Ihre Kehle schnürte sich zu.

»Tu das nicht«, sagte Leena.

Arne blickte sie an. »Halt die Fresse.«

»Lass ihn raus«, sagte Leena bestimmt.

Arne lachte laut auf.

»Was hat er dir getan? Du bringst gerade einen unschuldigen Menschen um!«

»Er ist ein unnötiger Zeuge, er muss sterben!«

Leena näherte sich Arne ganz langsam.

»Du trittst keinen fucking Schritt näher!«, schrie Arne und richtete die Waffe auf sie.

Abrupt blieb Leena stehen.

Sie verharrten beide eine Weile bewegungslos. Dann stürmte er auf sie zu. Sie hielt die Luft an.

»Komm her!«, sagte er laut und wütend, packte sie brutal an den Haaren und hielt ihr die Waffe an den Kopf. Sie schrie vor Schmerz auf. »Komm!« Sie hörte es klicken.

Er zerrte sie mit Gewalt direkt neben das Eisloch. Zwang sie auf die Knie.

»Schau ihn dir an«, sagte er. Seine Stimme bebte.

Leena wimmerte.

»Schau ihn dir an«, wiederholte er. »Wie das Leben ihn langsam verlässt.«

Sie schloss die Augen.

»Mach die Augen auf! Ich will, dass du zusiehst, wie er stirbt!«

Tränen traten ihr in die Augen. Sie spürte den brutalen Griff in ihren Haaren und die Waffe an ihrer Schläfe.

Sie hatte keine Chance.

Sie hatte keine Chance, richtig an die Glasscherbe zu kommen.

Sie hatte keine Chance, Leevi zu retten, ohne selbst ums Leben zu kommen.

»Sieh hin«, flüsterte er in ihr Ohr. »Wahnsinn. Was die Kälte mit uns machen kann.« Er klang tatsächlich fasziniert. Beeindruckt. Nahezu erregt.

Es waren vermutlich nur wenige Sekunden, aber sie kamen ihr vor wie Minuten.

Wie sie Leevi beim qualvollen, eiskalten Tod zuschauten. Seine bläuliche Farbe war zu einer gelbweißen übergegangen. Er wurde bewusstlos. Es verging eine kurze Weile, dann war das Leben vollständig aus ihm gewichen.

Leevi Westerlund war tot.

»Wie friedlich er eingeschlafen ist«, sagte Arne fast verträumt.

Sie wollte ihn anbrüllen. Ihn schlagen. Ihn selbst in das Eisloch zwingen. Aber sie wusste, wenn sie überleben wollte, durfte sie nicht emotional handeln. Sie schwieg. Sammelte sich. Stellte sich Paavola vor. Und Mika. Was würden die machen?

»Du hast recht«, sagte sie dann leise. Dieser Satz war einer der schwierigsten, den sie in ihrem ganzen Leben hatte aussprechen müssen.

Er blickte sie von der Seite an.

»Es war gut so. Er hat wegen seiner Sucht sehr gelitten. Ich hatte zunächst Angst, aber du hast ihm geholfen«, sagte sie sanft.

Er lächelte.

»Und es war … befreiend. Sogar friedlich.« Sie legte ihre Hand auf seine. »Das war mutig von dir«, fügte sie hinzu.

In der Dunkelheit sahen seine Augen noch gefährlicher aus. Er wirkte stolz.

»Leena«, sagte er dann gefühlvoll. »Ich will dir etwas zeigen. Oben. In der Hütte.« Er half ihr auf die Beine. »Aber zuvor verabschieden wir uns noch von Leevi. Willst du ihn beerdigen?«

»Beerdigen?«

»Na, unter dem Eis. Er ist immerhin ein früherer Freund von mir, wir sind zusammen zur Schule gegangen, er verdient einen würdevollen Abschied.«

»Wie du magst. Wenn er dein Freund war, solltest du das vielleicht machen.« Sie konnte nicht glauben, welches kranke Spiel sie hier gerade mitspielte.

»Na schön«, sagte er.

Warum zur Hölle sprach er auf einmal wie ein Kind?

Ihr Herz pochte. Noch nie war sie einem unheimlicheren Menschen begegnet.

Sie scannte ihn mit einem Blick. Am Oberkörper hatte er viele Klamotten an. Die dicken Schichten machten ihr Vorhaben zu unsicher. Das Bein. Sie musste spontan handeln. Je nachdem, wie er sich bewegte, in welcher Position er verharrte.

Es war ihre einzige Chance.

Er ging neben ihr in die Hocke.

Ihre Hand zeitgleich in die Jackentasche.

Dann beugte er sich vor, löste Leevis Arm vom Eis und drückte seinen Kopf unter das Wasser und die Eisdecke.

Seine Wade.

Leena reagierte schnell, holte aus und rammte ihm die spitze Glasscherbe kräftig in das Fleisch.

Arne brüllte auf.

In einer einzigen Bewegung griff sie nach seiner Hand und schnappte sich die Waffe. Die Taschenlampe schlitterte Richtung Eisloch, sie stoppte sie mit einem Fuß und nahm sie an sich. Sprang ein paar Meter zurück. Leuchtete auf Arne und richtete die Pistole auf ihn.

Er brüllte immer noch. Ohne zu zögern, griff er nach der Scherbe und zog sie mit einem noch wütenderen Schrei heraus.

Leena holte ihr Handy aus der Jackentasche. Akku leer. Das war so klar! Verfluchte Kälte!

»Wirf die Scherbe in das Eisloch«, sagte sie.

Sein Gesicht verkrampfte sich vor Schmerz, er krümmte sich auf die Seite.

»Die Scherbe ins Eisloch!«, brüllte sie.

Er tat es. Er ließ sie ins Eisloch fallen.

»Ich brauche dein Handy«, sagte sie.

Er griff in seine Jackentasche. Langsam. Holte sein Handy heraus.

»Schieb es her«, befahl Leena.

Er blickte sie an. Dann warf er es ins Eisloch. »Ups«, sagte er.

Das war ein naiver Gedanke von ihr gewesen. Musste sie Arne töten, um von hier wegzukommen? Konnte sie ihn an den Beifahrersitz ketten – mit was? Ihre Blicke trafen sich.

»Warum hast du Kira getötet?«, fragte sie.

»Erschieß mich«, sagte er lediglich.

»Erzähl mir, warum, Arne.«

»Du erkennst nicht, wo du bist, oder?«

Was meinte er? Wie sollte sie in dieser Dunkelheit auch nur irgendwas erkennen?

»Sag mir, warum Kira?!« Es war so verdammt kalt. Ihre Hände froren ab. »Steh auf!«, rief sie. »Los!«

Sie musste nach oben in die Hütte. Sie spürte ihre Hände und Füße nicht mehr richtig. Sie schätzte die Temperatur auf minus zwanzig Grad. Selbst in einer solch angespannten Situation war es nicht möglich, die Kälte zu ignorieren.

Er stand langsam und wacklig auf. Sie sah im Licht der Taschenlampe, dass er eine große Menge Blut verlor.

»Da lang! Nach oben zum Haus!«, schrie sie ihn an.

Dieses Mal lief sie hinter ihm mit der Waffe in seinem Rücken, während er vor ihr hinkte. Sie hätte ihn auch ins Eisloch stoßen und ihn ohne Probleme dort sterben lassen können. Doch sie hatte zu viele Fragen. Und er gehörte vor Gericht. Vielleicht gab es in der Hütte etwas, womit sie ihn fesseln konnte. Oder zumindest ein Ladegerät für ihr Handy. Irgendetwas, das ihr weiterhalf.

Sie hätte ihm niemals allein folgen dürfen.

75

Samuel war so besorgt, dass er die Party früher verließ und ins Auto stieg. Extra ihretwegen hatte er nicht getrunken. Falls ihr was zustieß. Falls sie ihn brauchte. Damit er jederzeit loskonnte. Und obwohl Leena sich nicht gemeldet hatte, spürte er, dass sie seine Hilfe brauchte. Für so etwas war er vorbereitet. Er würde sie immer beschützen.

Neulich, als sie bereits eingeschlafen war, hatte er an ihrem Handy die *Wo ist*-App aktiviert und seinen Kontakt freigegeben. Er kannte ihren Code. Hatte sie beobachtet und ihn mehrmals gesehen. Seitdem wusste er immer, wo sie war. Und sie war nicht in Loviisa, wie sie behauptet hatte. Er versuchte sie anzurufen, doch ihr Handy war ausgeschaltet. Er musste es tun. Wie sollte er sonst auf sie aufpassen? Sie würde es nur bemerken, wenn sie durch ihre Einstellungen ging. Das Risiko bestand, aber er wusste, dass das kaum jemand machte, und zu Leena passte es schon dreimal nicht. Zumal er wusste, dass sie die App nicht aktiv nutzte.

Nachdem er ungefähr zwanzig Minuten durch den dichten Wald gefahren war, kam er an eine Abzweigung, hielt sich rechts, folgte dem GPS. Wenn er noch drei Minuten geradeaus fuhr, käme er bei ihr an. Mit wem war sie hier am Arsch der Welt? Er fuhr langsam weiter, sah aber nichts außer den verschneiten Weg im Scheinwerferlicht. Nach weiteren Minuten tauchte langsam am Ende des Waldweges der Umriss einer Holzhütte auf. Davor parkte ein Audi A7. Leena fuhr keinen Audi. War sie etwa mit einem anderen Mann hier? Es war überall stockdunkel. In der Hütte brannte kein Licht. Trotzdem. Sie mussten sein Auto gehört haben.

Samuel stieg aus, schloss leise die Autotür. Es war still. Er näherte sich der Hütte, als er in der Ferne einen Lichtschein wahrnahm. Weiter unten, am See, beleuchtete jemand den Weg. Jemand lief dort, sehr langsam. Dann erkannte er, dass es zwei Personen waren. Waren sie in der Sauna gewesen? Er versteckte sich hinter einer Hausecke. Wartete, dass die beiden näher kamen.

76

Gleich waren sie oben bei der Hütte. Vielleicht noch zehn Meter. Neben der Kälte war es die Dunkelheit, die einen in den Wahnsinn treiben konnte. Verdammte Scheiße! Nichts sah man hier! Leena hatte das Gefühl, als würden ihr die Hände absterben. Sie hatte so gut wie kein Gefühl mehr in ihnen. Ihre Finger waren so erfroren, dass sie die Pistole wahrscheinlich nicht mal mehr betätigen konnte. Sie musste unbedingt ins Warme.

Arne blieb stehen. Er schien große Schmerzen zu haben. »Eigentlich hätte ich *ihn* umbringen sollen, aber das wäre alldem nicht gerecht geworden!«

»Wen?«, fragte Leena.

»Sören. Aber dann wäre er einfach tot gewesen, und das hätte mir nicht gereicht. Ich wollte, dass er all das Leid und all die Qualen in seiner Seele spürt, die ich mein Leben lang erduldet habe. Dass er genau denselben Schmerz fühlt. Und das Einzige, was ihm im Leben wirklich wichtig war, war Kira. Das Einzige, was ihn zu Tode quälen und seelisch zerbrechen konnte, war, ihm Kira zu nehmen. Was kann man einem Menschen Schlimmeres antun, als absichtlich eine Person aus seinem Leben zu reißen, die er liebt?«

Leena stockte der Atem. Sie starrte Arne an. »Du hast Kira aus Eifersucht auf Sören getötet?«

»Eifersucht?! Du hast doch keine Ahnung.«

»Warum hast du Sören so gehasst, dass du seine Frau umbringen wolltest?«, fragte Leena. Sie warf einen Blick auf die Hütte. Kein Licht. Wo waren sie bloß?

»Sören war immer das Lieblingskind unserer Eltern, weißt du. Der Schlaue. Ich war der Dumme.«

»Los, lass uns erst mal in die Hütte gehen«, sagte Leena. Ihre Lippen waren so kalt, sie konnte kaum noch sprechen.

Arne lief zwei, drei Meter, dann blieb er wieder stehen. Die große Wunde in seinem Bein schien ihm jede Kraft zu rauben.

»Es fing damit an, dass bei mir als Kind Legasthenie festgestellt wurde. Ich schnitt in vielen Fächern schlecht ab. Ich hatte eigentlich Probleme mit …«, er überlegte kurz und machte eine Pause, »allem. Mit Rechnen, Lesen, Schreiben, sogar Zeichnen konnte ich nicht. Sören hingegen war ein Einser-Schüler. Für meine Eltern war ich nichts wert, ich war das Loser-Kind. Der dumme Arne, der niemals so schlau sein würde wie sein Bruder. Ich hatte es so satt, ständig wurde er von allen Seiten verhätschelt. Sören hier, Sören da. Der absolute Liebling meiner Eltern!«, brüllte Arne auf einmal. »Ach, was sage ich, von allen. Aber das mit der Schule, das war erst der Anfang.«

»Den Rest erzählst du mir drinnen«, befahl Leena.

Sie kamen auf der kleinen Veranda an.

»Mach die Tür auf«, sagte sie.

Er drückte die Klinke nach unten und ging hinein. Leena folgte ihm und schaltete das Licht ein. »Setz dich dahin und rühr dich nicht«, sagte sie und deutete auf einen Sessel.

Erschöpft ließ er sich darauf sinken.

Das Mökki war Gott sei Dank aufgeheizt. Sie hätte aufschreien können, so sehr schmerzten ihre Hände. Gleich würde es hoffentlich nachlassen. Gleich würde das Gefühl zurückkehren. Sie blieb stehen, während er erschöpft auf dem Sessel saß.

»Was glaubst du, wer im Haushalt helfen musste und wer nicht? Wer Weihnachtsgeschenke bekam? Auf wen eine Geburtstagstorte wartete und auf wen nicht? Meine Eltern haben mich nicht angeschaut. Mein ganzes Leben lang.« Er untersuchte die Wunde in seiner Wade. »Ich sehe, wie Sören jetzt leidet, und weißt du was? Es erfüllt mein Herz mit Genugtuung. Fuck. Endlich. Nach all den Jahren sehe ich ihn *endlich* leiden. So wie es schon viel früher hätte passieren müssen.«

»Solltest du nicht eher deine Eltern verantwortlich machen als deinen Bruder?«

»Auch. Aber er ...«

»Kira konnte rein gar nichts für deine Kindheit«, unterbrach Leena ihn. Statt seine Eltern zu konfrontieren, hatte er eine unbeteiligte Frau umgebracht.

Es roch nach Essen, in der Küche sah sie benutztes Geschirr. Eine Weinflasche. Zwei Gläser, die noch mit Rotwein gefüllt waren. Und im Kamin hatte vor nicht langer Zeit ein Feuer gebrannt. Arne hatte vor Kurzem hier mit jemandem gesessen. Lilli?

»Einmal an Weihnachten«, fuhr er fort, »kurz vor der Bescherung, sagte meine Mutter zu mir, dass sie mir im Keller etwas zeigen müsse. Damals war ich vielleicht sechs oder sieben, Sören ein paar Jahre älter. Ich lief mit ihr die Treppe hinunter. Ich ging vor ihr her, und sie schloss hinter mir die Tür. Ich war allein im Dunkeln.«

Leena schluckte. Sie sagte nichts, aber sie schaute Arne in die Augen.

»Ich weiß nicht, wie lange ich in diesem Keller saß, während die anderen oben ihren Spaß hatten. Es war kalt und finster. Ich habe geheult, gegen die Tür gehämmert. Aber man schien mich vergessen zu haben. Eine Ewigkeit später holte sie mich wieder nach oben. Ich sah meinen Vater und Sören fröhlich auf der Couch sitzen, und mein Bruder betrachtete aufgeregt seine Geschenke.«

Arne starrte auf den Boden. Immer noch strömte Blut aus seiner Wade und färbte den Boden. Dann fuhr sein Blick wieder hoch zu Leena. Vor ihr saß ein Häufchen Elend, ein zerbrochenes Kind in der Hülle eines Erwachsenen. Dennoch spürte sie die Gefahr, die von ihm ausging. Sie musste ihn nach Lilli fragen und dann von hier wegkommen. Irgendwie. Während er sprach, schweifte ihr Blick weiter durch das Mökki.

»Haben dein Vater und Sören nicht gemerkt, dass du so lange weg warst?«, fragte Leena dann, um Zeit zu gewinnen.

»Doch. Natürlich. Aber es hat sie nicht interessiert. Ich ging übrigens dieses Weihnachten wieder leer aus.«

Rein objektiv betrachtet, war Arne ein attraktiver Mann, dachte Leena. Wäre sie ihm irgendwo anders begegnet, hätte sie niemals geahnt, was für Probleme er mit sich herumschleppte. Gerade Psychopathen konnten äußerst charismatisch und charmant sein. Sie dachte an Lilli. Sie hielt Lilli für sehr intelligent. Arne musste sich unglaublich gut verstellen können, sonst hätte sie sich niemals auf ihn eingelassen.

»Aber das Schlimmste war«, er machte eine Geste mit der Hand, »dass es Sören immer ganz egal gewesen war. Er hat es genossen, der Lieblingssohn zu sein. Er hat mitbekommen, dass er an seinem Geburtstag wie ein Prinz behandelt und ich an meinem ignoriert wurde. Und niemals hat er einen Finger gerührt, um mir zu helfen oder mich zu verteidigen.«

Leena ließ ihren Blick erneut durch den Raum schweifen. Irgendetwas stimmte nicht. Sie konnte nicht genau sagen, was. Aber irgendetwas war seltsam.

»Und so ging es weiter, verstehst du? Nach der Schule. Sören bekam seine Miete bezahlt, ich nicht. Ich musste arbeiten, seit ich fünfzehn war, er nicht. Ich wollte Erzieher werden, weil«, er hielt für eine Weile inne. »Weil ich anderen Kindern helfen wollte. Weil ich wollte, dass sie es besser haben als ich, dass sie sich geliebt fühlen. Ein Studium zum Erzieher war in den Augen meiner Eltern nicht so viel wert wie ein Medizinstudium. Und dann wurden wir älter ...« Sein Sprechen verlangsamte sich, und seine Stimme füllte sich mit tiefer Traurigkeit. »Irgendwann kam Kira ins Bild. Wunderschön. Erfolgreich. Bekannt. Wohlhabend. Und das hat den Vogel endgültig abgeschossen. Ich war der Loser, der mit Mitte dreißig immer noch keine feste Partnerin hatte. Aber Sören hatte wieder alles richtig gemacht, hatte es geschafft. Jetzt war er der erfolgreiche Klinikarzt und hatte eine Frau, die sein perfektes Leben noch viel perfekter machte.« Das Wort *perfekt* betonte er abfällig. Sein Blick hielt Leenas stand. »Und von da an ging es nicht mehr nur um Sören, es ging auch um Kira. Meine Eltern waren so eklig stolz. Stolz auf dieses glamouröse, perfekte Leben; für mich schämten sie sich. Aber in mir drin war immer noch diese Hoffnung, dass ...«, er fing an zu schluchzen, »dass sie mich trotzdem eines Tages vielleicht lieben würden ... und ihre Fehler einsehen und ... und mich in die Arme schließen würden.«

Leena fühlte mit ihm. Arnes Schilderungen gingen ihr unter die Haut, und es war, als würde sie für einen Augenblick seinen Schmerz nachempfinden können. Für ein paar Sekunden vergaß sie sogar, in welcher Gefahr sie sich befand.

»Aber Sörens und Kiras Leben war nicht perfekt«, sagte Leena ruhig. Vielleicht konnte sie ihn dazu bringen, ihr zu sagen, wo Lilli war. »Kira hatte deinen Bruder betrogen. Sie hatte eine Affäre mit einem Kollegen.«

Arne schaute sie aufmerksam an, und sie konnte nicht sagen, ob er davon gewusst hatte oder nicht.

Wenn sie hier irgendwie rauskommen wollte, musste sie einfühlsam und verständnisvoll sein, auch wenn sie ihn am liebsten anbrüllen wollte, wie er eine unschuldige Frau hatte ermorden können, die absolut nichts für seine furchtbare Kindheit konnte.

»Hast du deinen Bruder darauf angesprochen, als ihr erwachsen wart?«

»Als wir um die zwanzig waren. Aber er hat alles runtergespielt, meinte, ich hätte es schlimmer und dramatischer in Erinnerung, als es tatsächlich gewesen war.«

Der Boden. Es war der Boden. Der Boden war anders als in den Mökkis, die sie kannte. Am liebsten wäre sie ein paarmal auf und ab gehüpft und hätte getestet, ob es das war, was sie irritierte, aber das sollte sie jetzt nicht tun.

Auf einmal kippte die Stimmung. Arne saß noch immer im Sessel, sein Bein blutete stark, aber dann erhob er sich. Ihre Blicke trafen sich, und keiner sagte ein Wort.

»Setz dich hin!«, sagte sie ruhig und richtete warnend die Pistole auf ihn.

Er grinste. Lief an ihr vorbei in die Küche und nahm sich eine kleine Jaloviina-Flasche.

»Hinsetzen, hab ich gesagt!«, schrie sie ihn an.

Er verlor ziemlich viel Blut. Sein Grinsen wurde immer fieser.

»Sonst schieße ich dir ins andere Bein.«

Er setzte sich mit der Weinbrandflasche zurück in den Sessel. »Mach doch.«

»Ich meine es ernst!«, brüllte sie.

»Ich auch«, antwortete er.

Ihre Hände um die Waffe zitterten, sie zielte auf seinen Arm, nicht sein Bein, und drückte ab.

Nichts passierte.

Sie drückte erneut. Nichts.

Arne fing an zu lachen. »Hmm. Patronen alle? Das ist jetzt natürlich blöd«, sagte er amüsiert.

Das Ding war die ganze Zeit nicht geladen gewesen?

»Denkst du, ich war einfach nur kreativ mit dem Eisloch?« Er nahm mehrere Schlucke Jaloviina. Die Art und Weise, wie er dort saß und trank, hatte etwas Größenwahnsinniges. Gleichgültiges. Überlegenes.

Er musterte sie. »Wie willst du jetzt hier wegkommen, Leena? Wie?«

Sie betrachtete ihn. Spürte, dass ihre Hände wieder warm geworden waren. Zum Leben erwacht. Ebenso ihre Füße. Dennoch würde sie kaum eine Chance gegen ihn haben. Sie konnte in Gerds Training noch so gut in Selbstverteidigung sein, Arne war sie körperlich weit unterlegen.

Auf einmal war er bei ihr, packte sie mit voller Wucht, zerrte sie schmerzhaft zu Boden. Sie versuchte sich zu wehren, doch er schlug ihr die nutzlose Waffe aus der Hand und riss ihr an den Haaren. Leena schrie auf vor Schmerzen. Sie wandte jede Methode an, die sie gelernt hatte, um sich gegen einen Angreifer zu wehren, der auf ihr lag, aber in diesem Augenblick kamen ihr die Techniken albern vor. Arne wog mindestens hundertzehn Kilo, schätzte sie, und er schien unendliche Kräfte zu haben. Trotz seiner stark blutenden Wunde. Nichts funktionierte.

Seine Hände legten sich um ihren Hals. Er drückte zu.

Leena keuchte, versuchte Luft zu schnappen. Mit weit aufgerissenen Augen lag sie unter ihm. Nahm lediglich seinen wütenden Blick wahr und wie er versuchte, sie mit bloßen Händen zu erdrosseln.

Die Farben um sie herum verblassten. Ihr Gehör wurde dumpf. Sie merkte, wie die Bewusstlosigkeit näher kam. Sie spürte, wie ihr Herz kräftig pumpte. Als versuchte es, sie irgendwie zu retten. Gleich würden diese Schmerzen für immer aufhören.

Plötzlich bewegte sich etwas. Sie konnte es nicht erkennen.

Überraschend ließ Arne von ihr ab.

»Runter von ihr!«, brüllte Samuel. Er packte Arne mit beiden Händen, riss ihn zur Seite und schlug auf ihn ein, bis er sich nicht mehr rührte.

Leena keuchte nach Luft, fasste sich panisch an den Hals.

»Leena!«, sagte Samuel und stürzte zu ihr. »Ganz ruhig, ich bin da … ruhig atmen, ruhig … Es ist alles okay.«

Er half ihr ins Sitzen auf, legte den Arm um sie, versuchte, sie zu beruhigen. Leena hustete und röchelte, bekam kaum Luft. Samuel war in letzter Sekunde aufgetaucht.

»Was … woher …?« Sie konnte nicht sprechen.

Er legte seine Arme fest um sie, wiegte sie sanft hin und her.

Dann blickte er zu Arne. Er lag neben ihnen auf dem Boden. Der blaue Teppich färbte sich dunkel von Blut. Arnes Gesicht war schmerzverzerrt.

Leena brauchte ein paar Minuten, um zu Atem zu kommen.

»Ruf die Polizei, Samuel«, sagte sie dann. »Mein Akku ist leer. Deshalb konnte ich niemandem Bescheid sagen, er hat mich hierher entführt!«

Samuel nickte und griff sofort zu seinem Handy. Er telefonierte kurz. »Sind unterwegs. Krankenwagen ebenfalls. Ich habe deinen Namen genannt und gesagt, dass du Polizistin bist. Was zur Hölle ist passiert?«

»Es war Arne. Und Leevi, Kiras Bruder! Sie haben Kira ermordet. Ich hab … ich hab's gehört, und er hat mich entführt.« Ihre Stimme war leise. Heiser.

Sie blickte zu Arne. Er hat schon so viel Blut verloren, und sie war sich nicht sicher, ob er überleben würde.

»Woher wusstest du, wo ich bin?«, fragte sie, die Frage brannte in ihrem Kopf.

»Bitte, verurteil mich nicht. Ich habe gespürt, dass du

in Gefahr bist und Hilfe brauchst. Ich bin euch gefolgt. Lange Geschichte, erzähl ich dir später.«

Auf die Geschichte war Leena gespannt und er auch, denn er musste sich noch eine ausdenken, und zwar eine verdammt gute. Er konnte ihr nicht die Wahrheit sagen, dass er sich heimlich ihr Handy genommen und seinen Kontakt in ihrer App freigegeben hatte. Die Situation hatte sich als komplett anders entpuppt als gedacht, Leena hatte tatsächlich seine Hilfe gebraucht. Und es war doch gut, dass er ihr gefolgt war. Sein Vorgehen hatte ihr das Leben gerettet. Aber er brauchte eine gute Geschichte dafür.

Leena warf einen Blick auf die Uhr an der Wand. 2:23 Uhr. Es würde eine Weile dauern, bis die Polizei sie hier im tiefsten Wald fand. Auf einmal vibrierte etwas.

Arne keuchte auf, war aber nicht in der Lage, sich zu rühren. Sein Blick war starr an die Decke gerichtet. Es war offensichtlich, dass er unter starken Schmerzen litt.

Wie konnte er nur so dumm gewesen sein? Vor lauter Zeitdruck, rechtzeitig bei Leevi zu sein, hatte er vergessen, Lillis Rucksack zu entsorgen. Was für ein beschissener, unfassbar dummer Anfängerfehler.

Warum ist der mir nicht früher aufgefallen, dachte Leena, als sie Lillis Rucksack erkannte. Den hatte sie damals auch an der Eislaufbahn dabeigehabt, als sie sich zum ersten Mal begegnet waren, den auffälligen pinken Streifen in der Mitte konnte man doch nicht übersehen. Leena lief zum Rucksack, und Arne tat sein Bestes, um sich nur irgendwie aufzusetzen.

»Bleib liegen!«, rief Leena, aber er robbte auf sie zu.

»Bleib, wo du bist«, sagte Samuel mit drohender Stimme und hielt Arne fest.

»Du bist doch auch einer von diesen Pissköpfen, die sich für was ganz Besonderes halten. Nur weil du bisschen Eishockey spielst und dein Name bekannt ist, oder?«, sagte Arne provokant und schaute ihm direkt in die Augen.

Samuel schaute ihn scharf an. »Pass auf, was du sagst.«

»Fick dich.«

Der Tritt traf ihn mitten in die Rippen.

Leena sagte nichts, aber Samuel hoffte, sie beeindruckt zu haben.

Sie hatte mittlerweile Lillis Handy aus dem Rucksack geholt, konnte es aber nicht entsperren.

»Wo ist Lilli?«, fragte sie scharf.

Arne schwieg.

»Wo ist sie?!«

»Keine Ahnung. Sie war hier, aber sie ist weggerannt.«

»Das kannst du sonst wem erzählen. Verkauf mich nicht für dumm!«

Arne begann zu lachen. »Nur ein wenig.«

»Willst du noch mal ’nen kräftigen Tritt?«, fragte Samuel.

Dann tat sie es, sprang ein paarmal auf dem Boden auf und ab. »Hier stimmt was nicht.«

Samuel beobachtete sie zuerst verwirrt, dann sprang er ebenfalls ein paarmal auf und ab. Im Gegensatz zu ihr konnte er nichts Außergewöhnliches feststellen.

Sie ließ ihren Blick durch die Hütte wandern, über den Boden, bis er an Arne haften blieb. Dann schob sie einen der Sessel und den königsblauen Teppich zur Seite. Nichts. Dann den kleinen Teppich vor der Küche. Nichts. Sie lief auf den anderen Sessel zu.

Arne versuchte, ruhig zu bleiben, aber Leena konnte ihm ansehen, dass er nervös wurde. Sie war auf der richtigen Spur.

»Behalt ihn im Auge«, sagte sie zu Samuel.

Leena schob den Sessel zur Seite. Entfernte dann den blauen Teppich vollständig. Eine Luke kam zum Vorschein.

»Was ...?«, gab Samuel leise von sich.

»Was ist da unten?«, fragte Leena, obwohl sie sich gar nicht so sicher war, ob sie das überhaupt wissen wollte.

Sie packte den dünnen hölzernen Hebel, der die Luke verschlossen hielt, und drehte ihn um neunzig Grad. Sie öffnete die Klappe und starrte in den Keller. Erst war es schwarz unter ihr, dann tauchten auf einmal rosafarbene Haare auf.

»Leena!«, erklang Lillis wimmernde Stimme von unten, als sie Leena erblickte.

»Lilli! Los, komm hoch!«

Lilli kletterte geschwächt die Leiter nach oben. Sie zitterte. Fing bitterlich an zu weinen.

»Wie lange warst du da unten?«, fragte Leena schockiert.

»Keine Ahnung ... ich weiß es nicht ... ich ...« Lilli stieg die letzten paar Stufen aus dem Verlies nach oben und sackte kraftlos auf dem Boden zusammen. Schluchzte heftig. Sie war blass, ihre Augen geschwollen. Leena konnte ihr ansehen, dass sie viel geweint haben musste.

In diesem Moment hörten sie die Sirenen näher kommen.

»Ich weiß nicht, wie viel Uhr ist es?«

»Fast drei Uhr morgens.«

»Der erste Januar?«

Leena nickte.

»Dann dürften es so sechs Stunden gewesen sein.«

Sie war müde. Sie war unendlich erschöpft, noch nie hatte sie sich so leer gefühlt. Aber es hat funktioniert, dachte Lilli. Es hat tatsächlich funktioniert. Sie hatte sich entschieden zu hoffen, und hier stand sie nun vor Leena.

Die Sirenen wurden lauter. Es vergingen noch ein paar Minuten, bis Leena durch das Fenster sah, dass ein Krankenwagen und zwei Polizeiautos hinter Samuels Wagen parkten. Die Polizisten stürmten bewaffnet auf das Mökki zu. Im Licht der Sirenen und Scheinwerfer erkannte sie auch Paavola.

»Leena!«, rief er, sichtlich um seine Angestellte besorgt. »Um Gottes willen, bist du in Ordnung?« Er legte seine Hände auf ihre Schultern.

Leena nickte. »Ich bin in Ordnung, ja, dank Samuel. Er hat mir in letzter Sekunde das Leben gerettet. Arne war es. Arne hat Kira Westerlund getötet, Kalle. Und ich habe das Mordgeständnis auf Band.«

Die Sanitäter checkten sie durch, Arne wurde in Begleitung von zwei Polizeibeamten zum Krankenwagen gebracht. Samuel legte beschützend einen Arm um Leena: »Ich werde dich begleiten. Und danach kommst du erst mal mit zu mir. Ich lass dich jetzt nicht allein.«

Sie war zu erschöpft, um ihm zu widersprechen. Dann bogen sie um die Ecke, und sie erblickte ihn. Den Schuppen. Sie blieb schlagartig stehen. Panik überfiel sie. Sie drehte sich um, ihr Blick schweifte über das Grundstück.

»Was ist los?«, fragte Samuel. »Du zitterst ja. Es ist vorbei, beruhige dich.«

»Nein, das ist es nicht. Ich ...« Ihr wurde schwindelig. Sie starrte den Schuppen an, dann fiel ihr Blick auf den schmalen Weg, der zu ihm hinführte. »Warte mal, ich muss kurz ... Kann ich kurz dein Handy haben?«

Sie nahm sein Handy und aktivierte die Taschenlampe. Ihr Herz pumpte schneller, als sie auf den Schuppen zulief. Ihr Hals war trocken. Sie wollte nicht, aber sie musste. Ohne lange zu zögern, atmete sie tief ein, hielt die Luft an und riss die Tür auf. Sie war nicht verschlossen.

Sie erkannte den Schuppen sofort wieder. Ihr Herz setzte kurz aus. Sie sah zwei kleine Mädchen, hörte weinende Kinderstimmen. Hanna und sie. Leena drehte sich um und musterte das Mökki. Genau dort hat sie gestanden, die alte Hütte, die sie damals abgefackelt haben. Sie blickte zu dem Krankenwagen, in den Arne in diesem Augenblick geschoben wurde. Die Anrufe, die Mails. *Sie*. Das alles war kein Zufall. *Sie* war kein Zufall.

Sie hörte die Schreie in ihren Ohren.

Die Flammen. Der Wald. Die Dunkelheit. Zwei kleine Mädchen vor über zwanzig Jahren. Heute waren sie erwachsene Frauen, die versuchten, die Welt ein kleines Stückchen besser zu machen. Jede auf ihre eigene Art.

Wir schwören, niemals jemandem zu erzählen, was wir getan haben. Niemals, auch wenn wir alt sind. Wir waren nie hier.

Ich schwöre.

Schwestern-Ehrenwort?

Schwestern-Ehrenwort.

77

»Wo warst du, verdammt? Ich habe mir Sorgen gemacht!«, sagte Kristian besorgt, als sie zurück nach Hause kam.

»Warum? Wieso schläfst du nicht?«, fragte Hanna abwesend.

»Wo warst du?«, fragte er erneut.

»Spazieren.«

»Nachts? Ohne Handy? *Du*? Bist du wahnsinnig?«

»Ich konnte nicht schlafen.«

»Aber du kannst doch nachts nicht einfach das Haus verlassen, ohne mich kurz aufzuwecken. Verdammt, ich habe mir ernsthaft Sorgen gemacht!«

»Sorry«, sagte sie gleichgültig und kühl, zog ihre Schuhe und Jacke aus und ging an ihm vorbei.

Er hielte sie am Arm fest. »Hey, was ist mit dir? Ich

kann das nicht mehr mit anschauen. Du bist nicht mehr du selbst. Die Kinder fragen andauernd, was mit dir los ist, mir gehen die Erklärungen aus ... Wann hört das auf, Hanna? Wann?«

Hanna fing an zu weinen.

Kristian drückte ihren Kopf sanft an seine Brust, küsste sie auf den Kopf und streichelte ihr über die Haare.

»Ich ertrag das nicht mehr«, schluchzte Hanna in seinen Oberarm. »Ich kann nicht mehr. Was habe ich nur getan? Wieso zur Hölle war ich so dumm, zu glauben, dass ich irgendwas ändern könnte?«

»Weil du für Gerechtigkeit kämpfst. Und das ist etwas Gutes. Nur wenige trauen sich das.«

»Aber es ist anstrengend. Es ist so verdammt anstrengend ... Es wäre so viel leichter, einfach alles im Leben hinzunehmen.«

»Ja. Das wäre es wohl. Aber dann wärst du nicht meine tapfere Frau, die sich für andere einsetzt und das Herz am richtigen Fleck hat.«

Sie weinte bitterlich, versuchte dabei aber leise zu sein, um nicht die Kinder aufzuwecken.

»Ich bin einfach am Ende. Und nicht nur ich, sondern auch meine Karriere. Wie kann innerhalb so kurzer Zeit alles zusammenbrechen?«

»Es wird wieder bergauf gehen. Du wirst sehen. Ich bin mir da ganz sicher. Du hast dich noch nie unterkriegen lassen, von niemandem, und auch Max wird das nicht schaffen. Auch wenn ich ihm vielleicht die Eier werde abreißen müssen.«

»Aber du warst anfangs auch dagegen, dass ich überhaupt etwas unternehme.«

»Nein, das stimmt nicht. Ich war nicht dagegen, ich hatte nur …« Er holte Luft. »Ich hatte so etwas befürchtet. Aber das heißt nicht, dass du etwas falsch gemacht hast.« Er drückte sie fester an sich. »Komm. Wir legen uns noch eine Weile ins Bett. Es ist erst kurz nach vier.«

»Ich war zwei Stunden lang spazieren?«, fragte sie verheult.

Er nickte. »Deshalb habe ich mir ja so große Sorgen gemacht.«

Inzwischen prasselte der Regen gegen die Fensterscheiben. Der Spaziergang war ihr nur wie fünfzehn Minuten vorgekommen. Sie musste völlig in Gedanken gewesen sein.

Als sie wieder im Bett lagen, nahm Kristian sie in die Arme. »Es wird alles wieder gut werden. Das verspreche ich dir. Ich bin an deiner Seite. Ich liebe dich, immer. Scheißegal, wie das alles ausgeht.«

Sie spürte seine starken Arme um sich.

»Eine Sache habe ich dir nicht erzählt«, sagte sie dann leise. Sie atmete tief ein. Dann begann sie, ihm endlich zu erzählen, was Max ihr bei dem Casting angetan hatte.

78

Es war bereits nach dreizehn Uhr, als Leena zu Hause aus ihrem Schlafkoma erwachte. Samuel hatte sie nach Hause gebracht, denn sie wollte allein sein und richtig ausschlafen. Sie hatte sich hingelegt, und keine Minute später war sie in einen tiefen Schlaf gefallen. Noch nie hatte sie sich so dermaßen erschöpft gefühlt.

Der Himmel draußen war grau, als sie aufwachte und ihr Smartphone checkte. Als Erstes rief sie ihre Mutter an. Leena hatte sie in der Nacht noch kurz angerufen und ihr mitgeteilt, dass sie entführt worden war, aber nun in Sicherheit und wieder zu Hause. Anna-Lena hatte stundenlang auf sie gewartet und irgendwann nichts mehr von ihrer Tochter gehört. Leena wusste, dass Anna-Lena krank vor Sorge war. Ihre Mutter wollte mitten in der Nacht sofort zu ihr kommen, aber Leena konnte es ihr ausreden. Sie hatte keine Kraft zum Reden gehabt.

Bevor sie telefonieren konnte, brauchte sie einen Kaffee. Sie stand auf und schlurfte in die Küche. Draußen vor dem Fenster begannen Schneeflocken federleicht vom Himmel zu schweben. Sie machte sich einen Kaffee, öffnete den Kühlschrank und kippte Milch in ihren Becher.

Dann kuschelte sie sich wieder in ihr warmes Bett, deckte sich zu und genoss die ersten paar Schlucke Koffein. Sie fühlte sich wie überfahren. Komplett gerädert.

Später wollte sie auch Mika anrufen. Vielleicht durfte man ihn schon besuchen? Und dann war da noch die Frage, die sie am meisten beschäftigte und auch beängstigte: Gab es eine Verbindung zwischen Arne Sundén und dem Mann, der sie und Hanna damals entführt hatte?

Antti Tuominen. Wusste Arne, dass Leena und sie ihn umgebracht hatten?

Er musste es wissen.

Es konnte kein Zufall sein.

Die Nacht von damals hatte sie wieder eingeholt. Sie hatte sich in ihre Glieder und Knochen gebohrt und wieder aufleben lassen, was sie ihr ganzes Leben verdrängt hatte. Aber es rief ihr ebenso ins Bewusstsein, warum sie hinter Jussi Bergdahl her war. Weil er Frauen wehtat. Weil er sie belästigte und vergewaltigte.

Man sagt, dass, wenn man traumatische Erlebnisse verdrängt und sie nicht verarbeitet, irgendwann im Leben die Zeit kommt, in der sie einen einholen. Man muss sich ihnen stellen. Sie hatte heute erneut Glück im Unglück gehabt. Das Schicksal zwang sie, sich noch einmal der Angst zu stellen, denn sie hatte nie darüber gesprochen. Die Angst nie verarbeitet. Der Mord war ihr und Hannas Geheimnis. Nicht einmal einem Therapeuten hätte sie sich anvertrauen können.

Äußerlich war sie eine erwachsene Frau, aber innerlich war sie auf einmal wieder acht Jahre alt. Sie war das kleine Mädchen, das sich in einem dunklen Kofferraum befand und zu einer Hütte im Wald verschleppt wurde. Aber dieses Mal ohne große Schwester. Dieses Mal war sie auf sich allein gestellt gewesen. Und das aus reiner Unachtsamkeit.

Wäre Samuel nicht aufgetaucht, würde sie nicht in ihrem Bett liegen.

Sie nahm den letzten Schluck Kaffee, stellte die Tasse auf den Nachttisch, legte sich hin, deckte sich zu und wählte die Nummer von Anna-Lena.

Sie spürte, wie das kleine Mädchen keine Angst mehr hatte.

Es war vorbei.

Am Abend durchforstete sie das ganze Internet, fand aber nichts. Keinen Zusammenhang zwischen Antti Tuominen und Arne Sundén. Es musste aber etwas geben. In ihrer gesamten beruflichen Laufbahn hatte sie es vermieden, Anttis Namen ins System der Polizei einzugeben. Sie wollte das Ereignis für immer aus ihrem Kopf gelöscht haben, zumal er tot war. Sie wollte nicht genauer wissen, an wen sie und Hanna damals geraten waren.

Sören war ausfindig gemacht worden. Die Polizei hatte ihn in seinem Wagen auf der E12 gesichtet und aufgegriffen. Glücklicherweise war keine andere Person zu Schaden gekommen, jedoch mehrere Autos. Um ein Gerichtsverfahren würde Sören nicht herumkommen, er musste zudem seinen Führerschein abgeben, und die Klinik würde auch noch mal mit ihm sprechen wollen.

Ihr Handy klingelte, und Hannas Name erschien auf dem Display.

»Kann ich vorbeikommen?«, fragte ihre Schwester.

Leena seufzte. »Ja.«

»Ich bin so in zwanzig Minuten da, bin gerade sowieso unterwegs.«

»Ist gut. Bis gleich.«

Ungefähr eine halbe Stunde später klingelte es an der Tür. Leena kroch aus dem Bett und wusste, dass sie selten so beschissen ausgesehen hatte. Tiefe, dunkle Schatten lagen unter ihren Augen. Sie trug einen Jogginganzug und ein oversized hellblaues T-Shirt. Ihre Haare waren fettig und zu einem chaotischen Dutt gebunden.

Sie öffnete die Tür und hörte Hanna nach oben stampfen.

Als Leena sie erblickte, nahmen Hannas Schritte Tempo auf, und sie stürzte sich auf ihre kleine Schwester. Sie schloss Leena fest in die Arme.

»Komm erst mal rein«, sagte Leena müde, nachdem sie sich eine Ewigkeit umarmt hatten.

»Ich hab was zu essen mitgebracht. Du hast bestimmt keinen Happen gegessen, seit du wieder zu Hause bist.«

»Da hast du recht.«

»Ich habe Makkaroni-Auflauf gemacht«, sagte Hanna und stellte die große Tupperdose auf den Tisch. Leena lächelte. Makkaroni-Auflauf war ein Gericht ihrer Kindheit. Sie und Hanna hatten es immer geliebt.

»Wollen wir gleich essen? Ich habe so einen Hunger«, sagte Hanna.

Leena nickte und nahm zwei Teller, zwei Gabeln und einen großen Löffel aus dem Schrank. Dann stellte sie den ersten gefüllten Teller in die Mikrowelle. Sie lief zum Kühlschrank und holte das Ketchup heraus.

»Bier?«, fragte Leena.

»Nee, Wasser. War genug an Silvester.«

Leena lächelte.

»Willst du drüber reden? Mama hat mir das meiste schon erzählt – Sörens Bruder! Ich fass es nicht, ist es denn ganz sicher?«, begann Hanna.

»Ja, ist es. Ich habe es schon zwei Mal durchgekaut. Einmal mit Kalle und einmal mit Mama am Telefon vorhin«, sagte Leena müde und hoffte, ihrer Schwester nicht alles noch einmal erzählen zu müssen.

Hanna nickte. »Aber wieso Kira?«

Leena berichtete in Kurzfassung, was Arne Sundén ihr erzählt hatte.

»Und da gibt es noch ein Detail, was ich dir erzählen sollte«, sagte Leena und schaute ihre ältere Schwester ernst an. »Du wirst mir nicht glauben, an welchem Ort ich gewesen bin.«

Hannas Augen wurden groß, und sie erstarrte.

»Unser Geheimnis.«

»Was ist damit?«

»Der Ort, an den ich entführt wurde, an den Lilli entführt wurde. Es war das Grundstück von damals, nur ein neues Mökki. Aber der alte Schuppen steht immer noch.«

Hanna schaute sie regungslos an. »Das ist nicht dein Ernst ... Das kann nicht sein.«

»Doch. Ganz sicher.«

Die Mikrowelle piepte, Leena nahm den heißen Teller heraus, platzierte ihn vor Hanna und stellte dann ihren Teller hinein.

»Aber ich versteh nicht ... Wie kann das sein?«

»Das möchte ich auch gern wissen. So klein dieses Land auch ist, aber das kann kein Zufall sein. Es gibt Tausende Mökkis, allein in Südfinnland. Ich bin noch dabei, das Internet zu durchforsten, bisher konnte ich keinerlei Zusammenhang zwischen Arne Sundén und Antti Tuominen finden. Ich checke später im Büro die Polizeiakten.«

»Das ergibt keinen Sinn … es kann keiner wissen«, entgegnete Hanna.

Die Mikrowelle piepte erneut, Leena nahm ihren Teller heraus und setzte sich zu Hanna. Sie gab ordentlich Ketchup auf ihre Portion, und ihre Schwester tat es ihr gleich.

Sie begannen zu essen und schwiegen sich an. Keine wollte die schmerzhafte Vergangenheit erneut ausgraben. Und dennoch wussten sie im Stillen, dass es sich nicht um einen Zufall handeln konnte.

»Ich überlege, mit der Schauspielerei aufzuhören«, wechselte Hanna abrupt das Thema.

»Was?«, fragte Leena fassungslos. Sie wusste sofort, dass etwas Schlimmes vorgefallen sein musste. Hanna lebte für die Schauspielerei, schon immer. Hanna ohne Schauspielerei war wie ein Leben ohne Sauerstoff.

Dann fing Hanna an, Leena die ganze Story mit Max, Patrick und Saaga zu erzählen. Und was Max ihr selbst antun wollte.

»Aber das ist doch …«

»Ich kann nicht mehr, Leena. Ich kann nicht mehr kämpfen, und ich will auch nicht mehr. Mein ganzes Leben lang ging das so. Als Kind, als junge Frau, selbst heute noch.«

Leena legte ihre Hand auf Hannas. Sie dachte in diesem Moment kurz an Jussi Bergdahl, Maria Olsson und

Sanna und hoffte, dass sich weitere betroffene Frauen zu diesem Täter melden würden.

»Aber vielleicht lohnt es sich zu kämpfen. Vielleicht bekommen diese Kerle eines Tages die Quittung«, sagte sie dann vorsichtig.

»Ich will nicht mehr diejenige sein, die kämpft. Das war das letzte Mal«, sagte Hanna. »Ich war so wütend. Aber jetzt bin ich nur noch müde und erschöpft.«

Leena blickte ihre Schwester an. Noch nie hatte sie Hanna so zerbrechlich gesehen. »Gib nicht auf. Bitte. Du liebst die Schauspielerei. Gib nicht auf wegen dieser Idioten. Ich bin mir sicher, dass du wieder Rollen angeboten bekommst. Aber aufgeben und diesem erbärmlichen Typen das Feld überlassen? Das ist nicht meine große Schwester.«

»Doch. Jetzt schon. Ich gebe auf, und zwar endgültig.«

»Nimm dir eine Auszeit. Fahr für ein paar Wochen weg, sprich mit Kristian, ich bin mir sicher, dass er das versteht.«

Hanna schwieg erneut.

»Ja. Vielleicht«, sagte sie, klang dabei aber fast abwesend.

Sie saßen am Küchentisch und schauten nach draußen in die Dunkelheit. Dunkel und schwer, wie die Welt eben war. Zumindest an einem Tag wie heute.

79

Freitag, der 2. Januar

Hanna spazierte langsam nach Hause und dachte nach. Es schneite sanft, und ihre Haare wurden nass, doch das kümmerte sie nicht. Zwei Absagen für große Filmprojekte, drei für Werbespots und eine Serienrolle weniger, seit sie Max Salminen angezeigt hatte. Selten hatte sie sich so depressiv, schwach, machtlos und besiegt gefühlt. Max war auf dem besten Weg, ihre Karriere und ihr Leben zu ruinieren. Ihre finanzielle Lage war nicht so, dass sie in sechs Monaten auf der Straße sitzen würde. Zumal Kristians Umsatz in diesem Jahr ordentlich gestiegen war. Sie könnten damit umgehen. Auch wenn die Ansprüche der Kinder mit zunehmendem Alter nicht geringer wurden.

In der Ferne sah sie einen Pub an der befahrenen Straße, der etwas finster wirkte. Sie war schon oft an ihm vorbeigefahren, hatte jedoch nie den Anreiz verspürt, auch nur einen Fuß in diese Bruchbude zu setzen. Doch jetzt war es ihr egal. Sie wollte etwas Starkes zu trinken. Sie dachte an Kristian, Sofia und Anton. In den letzten Tagen hatte ihre Familie es nicht einfach mit ihr gehabt. Und seit Kiras Tod war sie ohnehin oft schweigsam und unerreichbar gewesen.

Sie öffnete die Tür und betrat den schmierigen Pub. Der vollbärtige, stark tätowierte Typ hinter der Bar begrüßte sie mit einem Brummen. Hier und da saßen vereinzelt ein paar Leute herum, hauptsächlich Männer, die in ihren Gedanken versunken schienen. Normalerweise hätte sie sich niemals in so eine Bar verirrt, aber jetzt war jetzt und jetzt war scheiße.

»Whiskey Cola, bitte«, sagte sie, nachdem sie sich an die Bar gesetzt hatte. Der Barkeeper nickte ihr zu. Sie erkannte in seinem Blick, dass er genau wusste, wen er vor sich hatte. Er musste sich auch fragen, was Finnlands aufstrebender Filmstar in eine solche Absteige führte.

Wenige Minuten später stellte er ihr das Getränk hin. »Bitte schön.«

»Danke.«

Hanna nahm drei große Schlucke. Der Whiskey schmeckte billig und schlecht. Sie fühlte sich immer noch so verloren, und es schien, als wurde es von Tag zu Tag schlimmer. Das neue Jahr hatte furchtbar begonnen. Normalerweise hatte sie in allen beruflichen Angelegenheiten immer sehr selbstsicher agiert, aber nun fühlte sie sich komplett erschlagen. Sie dachte an ihren Agenten. Mikael versuchte, für sie neue Projekte an Land zu ziehen, aber es sah nicht gut aus.

Sie schaute auf den Tresen und saß still da. In einer Ecke hing ein Fernseher. Gerade liefen die Nachrichten. Die erste Schlagzeile galt Jussi Bergdahl. Mal wieder. Wenigstens ihn hatten sie zur Strecke gebracht. Vor allem ihre kleine Schwester.

Sie saß vor ihrem Glas, bestellte ein zweites und dachte nach. Schlimmer als jetzt konnte es für sie nicht mehr kommen. Entweder sie würde nun so weiterleben und hinnehmen, dass ihre Karriere den Bach runterging, oder sie würde etwas unternehmen. Die vermutlich einzige Chance ergreifen, die ihr noch blieb, wenn sie sich Max nicht geschlagen geben wollte.

Max. Er hatte wohl vergessen, mit wem er sich angelegt hatte.

Und da fasste sie einen Entschluss. Sie würde gegen einen der mächtigsten Filmemacher des Nordens vorgehen. Sie würde die Bombe in ein paar Stunden platzen lassen, aber ihre Karriere und ihr Leben, das würde er ihr nicht wegnehmen.

Mikael. Verdammt. Keine Alleingänge, das hatte sie ihm versprochen. Aber wenn er der richtige Agent an ihrer Seite war und an sie glaubte, würde er ihr beistehen.

Sie musste es drauf ankommen lassen. Sie hatte keine andere Wahl mehr.

80

Montag, der 12. Januar

Nach der Entführung durch Arne war Leena an einer Bronchitis erkrankt, weshalb sie erst nach zehn Tagen wieder zur Arbeit gehen konnte.

Die Zeitungen waren mittlerweile voll mit Berichten über Bergdahls Übergriffe in den Sendern, für die er gearbeitet hatte. Eine Schlagzeile folgte der nächsten. Die Namen Maria Olssons und Sanna Lundqvists waren wenige Tage nach ihren Anzeigen in der finnischen und internationalen Presse allen geläufig. Inzwischen erzählten sie ihre Geschichten ohne Scham. Und es folgten weitere Frauen, die ihre Geschichten erzählten, wie sich für die entsetzten Leser und Zuschauer herausstellte.

»Zwölf Frauen?!«, hatte Leena im Morgenmeeting gefragt.

Paavola nickte.

»Bisher haben sich zwölf Frauen gemeldet, die von Jussi Bergdahl sexuell belästigt oder genötigt wurden. Innerhalb von zehn Tagen.«

Leena konnte kaum glauben, was sie hörte. Die Zahl ließ sie erschaudern, aber tief in ihrem Inneren überraschte es sie nicht. Sie hatte es geahnt. Sie hatte es verdammt noch mal geahnt, dass es nicht bei Maria und Sanna bleiben würde. Bei Weitem nicht.

»Sein Alibi haben wir überprüft, Pamela Björksten befragt. Er war in der Tatnacht bei ihr, allerdings nicht mehr in dem Zeitrahmen, in dem der Mord verübt wurde. Da war er schon unterwegs zum Sender. Wie auch immer, er hat Kira nicht ermordet. Dafür mächtig anderen Ärger am Hals. Pamela Björksten ist minderjährig, die Staatsanwaltschaft muss dem nachgehen. Und dank Leena haben wir einen internationalen Skandal um Bergdahl aufgedeckt. Wärst du nicht so da hinterher gewesen, Leena, hättest du den Stein nicht ins Rollen gebracht, würde er vermutlich noch lange mit seiner Masche weitermachen.« Er nickte ihr anerkennend zu. »Das Schlimme ist aber«, fuhr Paavola fort, »dass es nicht bei den bisherigen zwölf Frauen bleiben wird. Bisher haben sich Betroffene aus England,

Schweden, Deutschland und Finnland gemeldet. Er wird so schnell nicht aus den Schlagzeilen und den Gerichtssälen kommen.«

»Allein von YVT in Helsinki haben sich mittlerweile sieben Frauen gemeldet. Darunter auch Ida Koskinen und die Volontärin Amanda«, ergänzte Jonna.

»Kira Westerlund hätte ihn angezeigt, wenn sie nicht ermordet worden wäre, und sie wollte sich mit anderen Frauen aus dem Sender zusammentun. Die Frauen waren sich bloß nicht einig, wie sie vorgehen sollten. Das war der Grund für Kiras Konflikt mit Ida Koskinen. Einigen betroffenen Frauen war die Karriere wichtiger. Lieber nahmen sie Bergdahls Verhalten in Kauf, anstatt ihren Kolleginnen beizuspringen.«

Eine Pause entstand.

»Warum hat Arne eigentlich nach dem Mord den Ehering auf Kiras Bauchs platziert?«, fragte Leena. Dieses Detail vom Tatort hatte sie der Akte entnommen. Und sie verstand es überhaupt nicht.

»Darauf hat er uns keine zufriedenstellende Antwort gegeben. Ich vermute, dass Arne uns auf eine falsche Fährte locken wollte«, erwiderte Paavola.

Leena schwieg. Ihr Blick fiel auf Jonna, die ihr gegenübersaß und auf den Boden schaute. Sie hatte sich irgendwie verändert. Sie sah viel farbenfroher, viel modebewusster aus. Auffälliger.

»Jonna hat nach stundenlangen Recherchen herausgefunden, dass Arne Sundén und Leevi Westerlund sich aus der Schule kannten«, setzte Paavola fort. »Leevi war schwer drogenabhängig, und Arne hatte ihn dazu gebracht, in seinem Namen die Flüge anzutreten. Damit hatte er für die Tatzeit das perfekte Alibi.«

»Ich habe nie erfahren, ob Leevi von Arnes mörderischen Absichten wusste«, sagte Leena. »Aber wer stimmt schon zu, wenn die eigene Schwester ermordet werden soll?«

»Es gibt nichts, was es nicht gibt«, entgegnete Jonna.

»Ist jetzt auch nebensächlich, Arne war der Mörder. Und Leevi ist tot. Damit wäre der Fall abgeschlossen. Leena, kommst du bitte nachher um elf Uhr in mein Büro?«

Gut eine Stunde später klopfe Leena an die Tür von Kalle Paavolas Büro.

»Setz dich, Leena. Wie geht's dir?«

»Wieder ganz gut. Aber mich hat das alles wohl mehr mitgenommen, als ich mir eingestehen wollte.«

Paavola nickte. Sein Blick wurde ernst. »Du solltest Mika im Krankenhaus besuchen.«

Leenas Herz beschleunigte sich prompt. »Das hatte ich mir für heute Abend vorgenommen. Geht es ihm besser? Weißt du inzwischen, was mit ihm ist?«

Paavola schaute betroffen auf seine Schreibtischoberfläche. »Es geht ihm nicht gut. Die Ärzte sagen, dass er nicht mehr lange hat.«

Tränen schossen ihr in die Augen. Sie versuchte, sie zurückzuhalten, aber binnen weniger Sekunden fing sie an zu weinen.

»Er hat Leukämie. Sein Zustand hat sich schneller verschlechtert, als irgendwer von uns angenommen hat. Noch dazu hat er durch seinen Sturz draußen vor dem Präsidium eine Hirnblutung erlitten.« Er hielt inne. Sie hatte das Gefühl, dass selbst Paavola, der immer sehr sachlich auftrat, gerade darum kämpfte, seine Emotionen im Zaum zu halten. »Die Ärzte sagen, dass sie nichts mehr für ihn tun können.«

Leena wischte sich schluchzend die Tränen aus dem Gesicht. Es fühlte sich an, als würde gerade eine Welt zusammenbrechen. Ihr Herz wurde warm, als sie an Mika dachte. Nicht noch jemand, den sie verlieren würde. Bitte nicht noch jemand, den sie von ganzem Herzen liebte.

»Ich weiß, dass er sich unglaublich freuen wird, wenn du vorbeikommst. Ich hab ihn schon zweimal besucht, das letzte Mal gestern Abend. Ich weiß nicht, ob ich ihn ein drittes Mal sehen werde. Er hat beide Male von dir gesprochen. Geh am besten jetzt sofort. Die Arbeit kann warten, aber das ... das vielleicht nicht.«

Sie wusste, was Paavola mit *das* meinte. Und zwar, sich zu verabschieden.

»Eine Sache noch«, sagte er, als sie gerade aufstehen wollte. »Mika wird nicht zurückkommen. Wir werden seine Position ab dem ersten Februar neu besetzen. Mit Sebastian Nyberg. Er hat für viele Jahre die Mordkommission in Göteborg geleitet. Ich möchte dir aber anbieten, dass du die stellvertretende Leitung übernimmst. Auch wenn du, offen gesagt, bei diesem Fall zu oft ziemlich leichtsinnig gehandelt hast, weiß ich, dass du außerordentliches Feingefühl und Leidenschaft für diesen Job mitbringst. So hart er manchmal auch sein mag.«

Leena verspürte einen Stich in ihrem Herzen.

Wieso klang *stellvertretende Leitung* in ihren Ohren so negativ? Andererseits, was hatte sie erwartet? Paavola hatte recht damit, dass sie leichtsinnig gehandelt hatte. Zudem brachte sie noch keine zehn Jahre Arbeitserfahrung mit. Wie könnte er ihr da die leitende Position übergeben? Sie sollte sich freuen, doch sie konnte es nicht so richtig.

»Ich würde mich sehr freuen, wenn du die Stelle annimmst. Überleg es dir in Ruhe. Aber jetzt geh erst einmal zu Mika.«

81

Als sich die Türen der Straßenbahn öffneten, wäre sie beinahe auf dem Glatteis ausgerutscht. Der Wind peitschte ihr ins Gesicht, während sie über den Zebrastreifen lief. Bis zur Uniklinik waren es noch ein paar Minuten zu Fuß.

Nachdem sie sich an der Anmeldung erkundigt hatte, wo Mika lag, nahm sie den Aufzug in den vierten Stock. Die Krebsstation. Der sterile Krankenhausgeruch stach ihr in die Nase. Zimmer 303 … 304 … 305 … Ihr Herz fing an, schneller zu schlagen, denn sie hatte wahnsinnige Angst vor dem, was sie erwarten würde. Auf einmal fühlte sie sich unglaublich schwach und wackelig auf den Beinen. Es war einfach zu viel, es war alles zu viel. Sie würde es nicht ertragen, Mika sterben zu sehen.

Sie atmete schnell. Gleich war sie da. 312. Sie klopfte an die Tür. Keine Reaktion. Sie klopfte noch einmal und trat ein. Als sie Mika sah, erschrak sie. Seine Haut war blass, sein Körper an unzählige Schläuche angeschlossen. Seine Lippen formten ein Lächeln.

»Du bist noch gekommen«, flüsterte er.

Schon wieder füllten sich ihre Augen mit Tränen. Sie lief zum Bett, stellte ihre Tasche auf den Boden, legte die Blumen auf den Tisch neben ihn und nahm Mikas Hand. Sie wollte etwas sagen, irgendetwas Schlaues, stattdessen fing sie von einer Sekunde auf die andere an laut zu schluchzen und sank an Mikas Brust zusammen. Es war ihm kaum noch möglich, sich zu bewegen, aber sie merkte, wie auch seine andere Hand ihre Nähe suchte. Sie ließ ihren Tränen freien Lauf, obwohl es eigentlich das Letzte war, was sie wollte. Sie hasste es, wenn Menschen sie weinen sahen. Und Mika war heute schon der Zweite. Aber es war, als breche alles aus ihr heraus.

»Die Blumen sind wunderschön, vielen Dank«, sagte er.

Sie blickte nicht auf.

»Weine nicht«, hörte sie Mikas vertraute Stimme leise.

Leena hob den Kopf und blickte ihn an. Ihre Augen waren rot.

»Ich pack das nicht. Bitte …«, wimmerte sie. »Ich brauch dich doch noch. Ich brauch dich noch ganz lange …«

Seine Haut war blass, fast weiß, sogar seine Augen erschienen farblos. Die einst blauen, wachen und aufmerksamen Augen waren verschwunden.

»Es war doch Leukämie«, flüsterte Mika.

»Ich habe erst vorhin davon erfahren. Ich war ... ich bin ...«

»Ich weiß. Paavola hat mir alles erzählt.«

Sie schwiegen eine Weile. Leena zog den Stuhl heran, der an der Wand stand, und setzte sich.

»Versprich mir eins, Leena«, begann Mika mit heiserer Stimme. »Ich habe gesund gelebt und wollte alles richtig machen. Keinen Alkohol, keine Zigaretten, Triathlon. Und trotzdem ... trotzdem endet es auf diese Art und Weise ...« Er holte lange Luft. »Was ich damit sagen will, ist ... bitte vergiss nicht zu leben ... versprich mir, mit Freude durchs Leben zu gehen und keine Angst zu haben, jemand Neues kennenzulernen. Und vor allem: Sieh nicht alles so eng. Das Leben ist kurz.«

Leena nickte schluchzend. »Ja. Das ist es.«

Er versuchte zu lächeln.

»Du bist großartig, du hast mich gestärkt und mir Selbstvertrauen gegeben, und du hast an mich geglaubt. Trotzdem muss ich dir noch sagen«, sie lachte leise, während ihr die Tränen auf den Handrücken tropften, »dass deine Extrafahrten zum nächsten Veggieladen immer ultranervig waren!«

»Gern geschehen.« Er lächelte. Seine Augen waren voller Liebe, sie waren weich und ehrlich. Er schloss die Augen, und sie sah, wie ruhig er im Schlaf atmete.

Es war ihr so vorgekommen, als hätte sie nur für wenige Minuten die Augen geschlossen. Als sie sie jedoch wieder öffnete, war sie nicht mehr allein an Mikas Bett. Sie sah Luisa und Nina vor sich, Mikas Frau und Tochter. Und noch ein paar andere Menschen, die sie nicht kannte. Luisa hielt ihre Tochter eng umschlungen im Arm. Wo kamen sie auf einmal her? Wie viele Stunden waren vergangen? Sie musste für längere Zeit eingeschlafen sein. Sie schaute erschrocken zu Mika, dann bemerkte sie die Stille, die den ganzen Raum erfüllte. Das Piepen des Monitors hatte aufgehört. Luisa trat auf die andere Seite von Mikas Bett und nahm seine Hand.

»Ich liebe dich«, flüsterte sie, während sie ihm über den Kopf streichelte und ihm einen letzten Kuss auf die Stirn gab. »Wir werden dich nie vergessen.« Ihre Stimme war tränenerstickt.

Leena fasste ein letztes Mal nach seiner Hand. »Gute Reise, Mika. Du wirst mir unendlich fehlen.«

Als sie vor der Klinik nach draußen trat, blickte sie in den dunkelgrauen Himmel. »Grüß Papa von mir, Mika.«

82

Dienstag, der 13. Januar

Als sie gegen neun Uhr im Polizeipräsidium auftauchte und sich an den Schreibtisch in ihrem Büro setzte, wusste sie, dass es an der Zeit war, die Verbindung zwischen Arne und Antti Tuominen zu klären.

Zum ersten Mal gab sie Anttis Namen ins *PATJA*-System ein.

Sie schauderte. Antti hatte, wie sie ahnte, eine beachtliche kriminelle Laufbahn, hauptsächlich was Kindesmissbrauch betraf. Er hatte zweimal im Gefängnis gesessen, einmal von 1982 bis 1985 und einmal von 1989 bis 1996. Zwei Jahre nach seiner letzten Entlassung waren Hanna und sie ihm begegnet.

Sie ging Anttis Akte weiter durch.

Durch einen Brand tödlich verunglückt am 18. November 1998 in seinem Mökki am Lapinjärvi.

Und dann las sie, was er beruflich gemacht hatte.

Kinder- und Jugendpsychotherapeut. Allerdings hatte er nach seiner ersten Gefängnisstrafe den Beruf nicht mehr ausgeübt. Nicht mehr ausüben dürfen. Für lange Zeit war er arbeitslos gewesen, ehe er in der Logistik eines großen Unternehmens angefangen hatte.

Sie schluckte, ihr Hals war trocken.

War es möglich, dass Arne wusste, dass sie und Hanna ihn umgebracht hatten? Aber wie? Zu Arne Sundén fand sie keine weiteren Infos als die, die Jonna ihr bereits genannt hatte. Ihr blieb keine Wahl, sie musste ihn fragen.

Kurz entschlossen meldete sie ihren Besuch im Gefängnis an. Sie musste es einfach wissen.

Vom Präsidium brauchte sie ungefähr zwanzig Minuten bis zum Gefängnis. Am Eingang begrüßte sie ein

Wärter, sie bekam einen Besucherausweis, dann folgte sie ihm zu einem Besucherraum.

Sie setzte sich.

»Ich war kein Zufall«, sagte sie ohne weitere Begrüßung.

Arne schaute sie regungslos an.

»Du warst das auch mit den anonymen Mails und Anrufen. Du hast den Kontakt zu mir gesucht.«

»Mails und Anrufe?«, fragte er.

»Ja. Warum ich, Arne?«

Auf einmal lachte er auf. Es war ein unheimliches, verunsichertes Lachen. Arnes Blick war nun nicht mehr emotionslos.

Sie wartete einen Augenblick. Er sagte nichts. Sie überlegte, ob sie einfach gehen sollte. Nachdem sie eine Weile geschwiegen hatten, stand sie langsam auf.

»Ihr dachtet, ihr kommt damit davon.«

»Womit?«

»Dem Mord an ihm.«

Leena erstarrte. Sie musste sich bewusst beruhigen, atmete langsam ein und aus.

»Was sagst du da?«, entfuhr es ihr dann.

»Er war der einzige Mensch, der mir jemals geholfen hat. Und ihr habt ihn umgebracht. Der einzige Mensch, auf den ich zählen konnte.«

Leena konnte nicht glauben, was sie da hörte.

»Woher kanntest du ihn?«

»Er war ein Freund meiner Eltern, zu dem sie mich regelmäßig schickten, weil sie mich loswerden wollten. *Du verschwendest unsere Zeit, hau ab hier, wir wollen dich nicht sehen*, hatte mein Vater oft gesagt. *Geh zu Antti, er weiß Bescheid*. Und Antti kümmerte sich gut um mich, während meine Eltern mich verabscheuten.«

»Wussten deine Eltern, dass er pädophil war?«, fragte Leena. Sie hielt den Atem an. Sie wusste durch ihre Arbeit, dass die Brutalität mancher Eltern keine Grenzen kannte.

Arne schaute auf die Tischplatte, ignorierte die Frage.

Es lag ihr auf der Zunge, nachzufragen, woher seine Eltern Antti kannten, doch er kam ihr zuvor.

»Er hat von euch gesprochen, weißt du?«

»Von mir und Hanna?«

»Ihr wart ... so etwas wie sein Wunschobjekt. Er wohnte in eurer Nähe. Er hatte Fotos von euch, die er mir gezeigt hat.«

Leena schluckte. Ihr Hals war staubtrocken.

Sie und ihre Schwester waren heimlich fotografiert worden? Als Kinder? Ein unheimliches Gefühl machte sich in ihr breit. Ein Kälteschauer durchlief sie.

»Dieser pädophile Mann hat ... auf dich aufgepasst«, sagte Leena. »Als du ein Kind warst.«

»Ja, sagte ich doch. Und er wollte nur Mädchen.« Arne sah sie abschätzig an. »Ich habe euch gesehen. Schließlich habe auch ich in der Gegend gewohnt. Das war einer der Abende, als ich zu Hause mal wieder vor die Tür gesetzt wurde, trotz Regen und Kälte, und durch die Gegend gestreift bin. Ich machte mich wieder auf den Weg zu Antti. Und da habe ich ihn mit euch gesehen. Ich bin euch mit

Abstand gefolgt, habe euch in sein Haus gehen sehen, und am nächsten Tag war Antti tot. Da habe ich etwas geahnt. Von mir aus hat er mit euch tun können, was auch immer er wollte«, sagte Arne kalt. »Ihr habt den einzigen Menschen getötet, der mir irgendetwas bedeutet hat. Den wichtigsten Menschen in meinem Leben. Ich habe Wochen gebraucht, um alles zu verstehen. Um seine verbrannte Leiche, sein abgefackeltes Mökki und euer unversehrtes Auftauchen zusammenzubringen. Ihr habt ihn einfach getötet.«

Den letzten Satz sagte er nachdrücklich und langsam.

Leena konnte kaum atmen. Schweiß rann über ihren Körper.

»Wenn du es angeblich wusstest, wieso hast du es nie jemandem erzählt?«

»Ihr wart Kinder. Euch wäre doch sowieso nichts passiert. Zumal er polizeilich bekannt war. Und somit wärt ihr mit der Ausrede davongekommen, dass es Notwehr war. Und dann war der Papa auch noch bei der Polizei. Nein, den Weg konnte ich nicht gehen.«

Stille.

»Sein Mökki wurde nie wieder aufgebaut, das Grundstück verfiel, wurde von niemandem gekauft. Er hatte keine Verwandten, keine Familie. Es vergingen Jahre, bis ich endlich erwachsen war und das Grundstück gekauft und die Hütte neu aufgebaut habe. Es ist die einzige Erinnerung an ihn, die ich noch von ihm habe. Es war der perfekte Ort ...«

»Um Menschen zu entführen und zu foltern?!«, brach es aus Leena heraus.

Er fing an, sie anzugrinsen.

Dann wurde er wieder ernst.

»Eines Tages, liebe Leena, da bin ich hier wieder raus. Und dann werden wir uns noch einmal sehen.«

Sie blickte ihn finster an und ging ohne ein weiteres Wort.

83

Der Bus war ungewöhnlich voll. Hanna drehte sich noch einmal um, bevor die Tür schloss. »Danke, Harri.«

Ungefähr zwei Stunden später wachte Hanna auf, weil jemand an ihrem Arm rüttelte. Sie öffnete die Augen. Der Busfahrer stand neben ihr.

»Mädchen, ihr müsst hier raus. Endstation«, brummte er.

»Oh«, entgegnete Hanna schlaftrunken. Sie blickte um sich. Die anderen stiegen aus und schauten sie an. Sie schüttelte Leena, die kaum aufwachen wollte.

»Na dann, hei, hei!«, sagte der Busfahrer, als Leena und Hanna sich aufrappelten.

»Heippa«, entgegnete Hanna mit leicht zittriger Stimme, als sie schon auf der Straße standen.

Es war kurz nach acht Uhr morgens und immer noch dunkel.

»Bleib wach, Leena. Gleich sind wir zu Hause«, sagte Hanna.

Sie bemerkte, dass Leena die Augen kaum noch offen halten konnte, was gar nicht so ungelegen kam. Dann würden die Eltern ihnen schon glauben, dass sie die ganze Nacht durch die Gegend marschiert waren. »Wir sagen, wir haben uns verlaufen. Ich weiß, ich habe vorhin gesagt, du sollst nicht weinen. Aber wenn wir zu Hause sind, dann weine gern. Dann ist es glaubwürdiger, dass wir uns verlaufen haben.«

Und sie selbst? Tja, sie würde erneut eine Rolle spielen.

Sie war wütend auf den Mann, der ihnen das angetan hatte. Sie war so wütend, dass sie sein Mökki angezündet hatte und er qualvoll verbrannt war.

Aber das würde nie jemand erfahren.

84

Mittwoch, der 14. Januar

Leena verschluckte sich fast an ihrem Kaffee, als sie sah, wie viral das Video ihrer Schwester gegangen war. International. Auf allen Plattformen. Es verbreitete sich wie ein Lauffeuer. Hanna erzählte die Wahrheit über Max Salminen. Gnadenlos, so wie es gewesen war. Und sie appellierte an alle Frauen, die dasselbe wie sie erlebt hatten, aufzustehen.

Leena konnte nicht fassen, was ihre Schwester da tat, aber sie bewunderte Hanna – erneut. Ihre Schwester war mal wieder einzigartig, und obwohl es sich um ein äußerst emotionales Thema handelte, sprach sie sachlich und selbstsicher in die Kamera. Sie wirkte nicht wie ein Opfer, das völlig fertig war, sie wirkte stark und selbstbewusst. Präsent.

Sie schrieb Hanna eine Nachricht auf WhatsApp und bestärkte sie in ihrem Vorgehen. Das Video berührte sie. Ihre große Schwester war so verdammt mutig.

»Mika«, sagte sie dann laut, nahm ihre Kaffeetasse und lief zum Fenster. »Ich weiß, du bist da oben und passt auf mich auf. Kannst du bitte dafür sorgen, dass Hanna diesen Max hinter Gitter bringt? Das wäre echt cool von dir. Ich vermiss dich, du Salatkopf. Ach ja, und ich werde mich auch heute nicht vegan ernähren und klatsch mir jetzt Wurst aufs Brot.« Sie kicherte leise und schickte einen Handkuss in den Himmel. Dann drehte sie ihren Lieblingssong laut auf. »Thunderstruck« von AC/DC. Der Song, der ihr immer Kraft gegeben hatte. Kraft, die nun langsam zurückkehrte. Sie verspürte Mut. Auch was Hanna anging. Ihre Schwester würde gewinnen.

85

Samstag, der 17. Januar

Hanna kam gerade aus der Dusche, als ihr Handy klingelte. Mikael. Ihr Herz blieb stehen. Sie traute sich gar nicht, den Anruf entgegenzunehmen, was ihr absolut nicht ähnlichsah. Ihn wegzudrücken wäre ebenfalls kindisch. Sie atmete einmal tief ein und aus, machte sich auf das Schlimmste gefasst und drückte auf den grünen Hörer auf ihrem Display.

»Ja?«

»Hanna«, sagte er, und seine Stimme klang warm. »Du solltest die Nachrichten schauen.«

»Wieso?«, fragte sie beinahe ängstlich.

»Es haben sich weitere Frauen zu Max' Übergriffen gemeldet. Es ist überall in den Schlagzeilen.«

Hannas Hand begann zu kribbeln, ihr Herz hämmerte in ihrem Brustkorb. »Was?«, fragte sie fast atemlos.

»Und jetzt halt dich fest. Ich rede nicht von drei oder vier. Sage und schreibe zweiunddreißig bis jetzt. Seitdem du dein Video vor ungefähr zehn Tagen hochgeladen hast. Darunter auch viele Minderjährige. Sogar Kinder. Saaga Rantanens Video hat unter den jungen Mädchen eine richtige Welle in Bewegung gesetzt.«

Sie konnte kaum glauben, was er sagte. In ihren Ohren begann es zu piepen.

»Saaga?«, fragte sie heiser. »Welches Video?«

»Hast du das nicht mitbekommen?«, fragte Mikael überrascht.

»Ich ... ich habe in den letzten Tagen jegliche Medien vermieden. Ich konnte mir nichts mehr ansehen. All die vernichtenden Kommentare unter meinem Video ...«

»Tja, also das jetzt solltest du nicht mehr vermeiden. Du bist nicht mehr allein. Max Salminen wird nicht davonkommen. Mit keinem Anwalt der Welt. Er ist geliefert.«

Was hatte Saaga getan?

Sie rannte ins Wohnzimmer, machte den Fernseher an. Gott sei Dank war Kristian gerade mit den Kindern unterwegs.

»Saaga hat … Sie hat ein Video gepostet?«

»Allerdings. Auf ihren Social-Media-Accounts. Sie verteidigt dich und erzählt, was ihr selbst mit Max Salminen passiert ist.«

Hanna hörte gespannt zu. Saaga hatte auf ihrem Instagram-Kanal und auf YouTube ein Video hochgeladen und berichtete darin in aller Öffentlichkeit, was ihr passiert war. Und dass sie, Hanna, die Wahrheit sagte. Nahm sie gegen jegliche Anschuldigung in Schutz. Hannas Herz fühlte sich mit einem Schlag zehn Kilo leichter an. Es war Karma. Es kam zu ihr zurück. Sie hatte Saaga vor dem Schlimmsten bewahrt, und nun tat Saaga es für sie. Und das, obwohl sie sich zunächst gegen eine Anzeige entschieden und eine solche Angst vor der Reaktion ihrer Eltern gehabt hatte, die dieses Video nun mit Sicherheit auch sehen würden.

»Saaga«, flüsterte Hanna, während sie wie hypnotisiert auf den Fernseher starrte und ihre Augen sich mit Tränen füllten.

Sie ließ sich auf die Couch fallen, schaute an die Wohnzimmerdecke und hörte die Nachrichten. Sie schloss die Augen. Es hatte ein Ende. Es hatte alles ein Ende. Ihre Aktion hatte sich ausgezahlt, auch wenn ihre Nerven und ihre gesamte Psyche dabei bis ins Unendliche überstrapaziert wurden.

Sie stand auf und lief zum gläsernen Regal, nahm

die Flasche Whiskey heraus, goss sich ein Glas ein und stürzte ihn herunter. Den brauchte sie jetzt.

86

Samuel lief in die Küche, nahm Hähnchen aus dem Kühlschrank und eine Packung Reis aus dem Regal daneben. Er setzte Wasser auf und lief anschließend in sein Arbeitszimmer. Auf dem Schreibtisch befanden sich drei große Bildschirme. Er ließ sich auf den großen ledernen Bürostuhl fallen und lehnte sich zurück. Dann machte er die Bildschirme an. Auf dem linken Bildschirm hatte er jederzeit Leena im Blick. Schlafzimmer, Wohnzimmer und Flur. Im Bad hatte er es sein lassen. Dann ging er über zum rechten Bildschirm und klickte auf einen anderen Ordner. *Kira.* Nie hätte er gedacht, dass er eines Tages einen Mord auf Kamera haben würde. Seine Kameras in ihrem Haus waren immer noch nicht entdeckt worden. Sie waren so winzig und gut versteckt, dass nicht einmal die Spurensicherung sie gefunden hatte. Die Umzugsfirma schon gar nicht. Die Deckenleuchte im Wohnzimmer hatte Sören wohl zurückgelassen. Die Kamera am Feuermelder im Schlafzimmer war ebenfalls nicht aufgefallen. Mal schauen, wer als Nächstes in das Haus einzog.

Er spulte die Aufnahme zurück zum Morgen des vierundzwanzigsten Dezembers. Er hatte sie sich gleich angesehen, nachdem er von dem Mord an Kira erfahren hatte, allerdings immer nur bis zu einem bestimmten Zeitpunkt. Er schaute sich die Aufnahme erneut an.

Die Kamera im Wohnzimmer filmte, wie eine maskierte Person vorsichtig durch die Schiebetür hereinkam.

6:37 Uhr.

Im selben Augenblick zeigte die Kamera im Schlafzimmer, wie Kira aufwachte, das Bett verließ und nach unten ging. Die Person hörte offensichtlich etwas, denn sie verharrte für einen Augenblick und versteckte sich schnell hinter dem riesigen Sofa.

Samuel spulte vor. All das kannte er schon. Dann tauchte die maskierte Person wieder hinter dem Sofa hervor, bewegte sich langsam Richtung Obergeschoss.

Samuel klickte wieder auf die Kamera im Schlafzimmer. Die Gestalt betrat kurz darauf das Schlafzimmer, ging direkt zu Kira und hielt ihr etwas vor Mund und Nase.

Bis zu dieser Stelle hatte er es immer angeschaut. Weiter nicht. Die Szene, die jetzt kommen würde, ließ ihn mulmig werden.

Als Kira vollständig gefesselt war, zog der Eindringling eine Plastiktüte aus der Jackentasche. Dann wartete er eine ganze Weile. Samuel spulte vor. Fünf Minuten. Zehn Minuten. Fünfzehn Minuten. Siebzehn Minuten. Siebzehn Minuten und neun Sekunden vergingen, bis die Gestalt anfing, Kira am Oberarm zu schütteln.

Dann ging alles schnell. Kira kämpfte noch eine Weile gegen das Unvermeidliche, bis ihr Körper ein paarmal zuckte und schließlich still liegen blieb. Im Anschluss nahm die Person ihr den Ehering ab und platzierte ihn mittig auf ihrem Bauch.

7:12 Uhr zeigte die Kamera.

7:12 Uhr war Kiras genauer Todeszeitpunkt gewesen.

Er hatte Beweismaterial, welches er der Polizei hätte geben können, aber wie sollte er? Er konnte es niemandem zeigen. Der Mord hätte nach nur wenigen Stunden aufgeklärt sein können, trotzdem war das keine Option. Denn sonst wäre auch er aufgeflogen.

Die privaten Sphären von Menschen, das reizte hin. Das zu sehen, was sonst keiner zu sehen bekam. Das Gefühl der grenzenlosen Kontrolle. Die Beobachteten auf eine ganz andere Art und Weise kennenzulernen, als alle anderen es taten.

Adrenalin schoss durch seinen Körper.

Er klickte wieder auf den linken Bildschirm.

Leena.

In diesem Moment saß sie auf der Couch und schaute Fernsehen. Dann stand sie auf, verschwand kurz, kam mit ihrer Bettdecke und drei Scheiben Toastbrot mit irgendwas belegt zurück und kuschelte sich auf das Sofa.

Es ärgerte ihn ein wenig, dass die Frauen so selten verstanden, dass er nur das Beste für sie wollte. Genau wie Kira. Er war ihr doch nur in das Einkaufszentrum und an die anderen Orte gefolgt, weil er sie beschützen wollte. Sören machte in seinen Augen als Ehemann einen schlechten Job, und irgendjemand musste ja auf sie aufpassen. Menschen, die einem am Herzen lagen, durfte man nicht unbeaufsichtigt lassen. Denn wozu das führte, hatte er in seiner Kindheit bitter erfahren müssen. Man musste sie beschützen, und man musste die ständige Kontrolle haben.

Wo sie waren. Was sie taten.

Jederzeit.

Er blickte an den Monitoren vorbei nach draußen. Am Horizont sah er wunderschöne Nordlichter. Sie flackerten und erstrahlten in dezentem Smaragdgrün. Dieser Winter war etwas Besonderes. Er beobachtete sie fasziniert, wie sie in der endlosen Dunkelheit und Tiefe des Universums tanzten.

Samuels Blick wanderte zurück zum Bildschirm, zu Leena. Noch verstand sie nicht, dass seine Mails und Anrufe ihr einfach nur zeigen wollten, dass da jemand war, der auf sie aufpasste. Dass sie keine Angst zu haben brauchte.

Eines Tages würde sie es mit Sicherheit verstehen.

Er würde sie nie mehr aus den Augen lassen.

87

5 Wochen später | Freitag, der 24. Februar

»Wow, du hast dich verändert«, sagte Leena, als sie die Bar betraten und Platz nahmen.

Lillis Haare waren mittlerweile blond, jegliches ausgebleichtes Rosa war verschwunden. Und im Gesicht sah sie gesünder aus. Frischer.

»Ich hatte keine Lust mehr auf Rosa«, sagte sie schulterzuckend. »Irgendwie war das nicht mehr ich.«

Auch war sie deutlich dezenter geschminkt, wie Leena feststellte.

»Einen Espresso Martini bitte«, sagte Leena zum Barkeeper.

»Und für mich einen Moonlight Serenade«, fügte Lilli hinzu. An Leena gewandt sagte sie: »Ich hatte heute bereits meine dritte Therapiestunde.«

»Was? Das ist ja wunderbar. Es ist gut, dass du dir Hilfe suchst. Vor allem nach dem ganzen Scheiß mit Arne. Wie läuft es in der Therapie?«

»Gut. Meine Therapeutin ist nett. Und ich habe einfach verstanden, dass ich eine Menge ändern muss. In meinem Kopf sind so viele Baustellen, ach, in meinem ganzen Leben, da kann gar nichts Vernünftiges bei rumkommen.«

Leena lachte.

»Nein, im Ernst. Ich bin innerlich ein einziges Chaos. Aber jetzt habe ich es wenigstens verstanden, ich verdränge es nicht mehr. Denn ich will Menschen wieder vertrauen können. Wieder normal essen können. Ich will ...«, sie machte eine Pause, »ich will das Leben endlich wieder genießen können. Und ich habe das Gefühl, dass allein die drei Therapiestunden mir bereits gutgetan haben.«

»Das freut mich. Und ich bin sehr stolz auf dich, dass du deine Baustellen angehst. Viele schließen die Augen davor und gestehen es sich nicht ein.«

»Wie geht's dir?«, fragte Lilli.

»Es geht. Jeden Tag ein wenig besser. Letzte Woche war Mikas Beerdigung. Das war verdammt hart.«

Lilli blickte sie mitfühlend an.

»Ich kann einfach immer noch nicht glauben, dass er gestorben ist. Weg. Für immer. Er war so unglaublich wichtig für mich. Fast wie ein Vater.«

»Das verstehe ich gut. Ich weiß, man kann das in solchen Situationen nie glauben, aber es stimmt: Die Zeit heilt alle Wunden. Wir stehen das gemeinsam durch. Alles«, sagte Lilli.

Leena blickte sie an. Sie hatte das Gefühl, in Lilli eine Freundin gefunden zu haben. So unterschiedlich sie auch waren. Leena zwang sich zu einem Lächeln.

Der Barkeeper stellte die Drinks vor ihnen ab.

»Darauf trinken wir. Auf unsere Freundschaft. Wir werden alles schaffen«, sagte Lilli und hob das Glas.

Sie stießen an und nahmen einen großen Schluck.

»Ich habe Neuigkeiten«, begann Lilli. Sie kramte ihr Handy hervor. »Schau mal. Ich habe vor ein paar Wochen wieder angefangen zu malen. Dank dir.« Sie zeigte Leena ein paar ihrer Werke auf dem Handy.

»Lilli, die sind ja richtig stark! Du bist unfassbar talentiert!«, sagte Leena begeistert, während sie die Bilder betrachtete.

»Danke, aber es wird noch besser. Ich habe mittlerweile einen eigenen Onlineshop, wo ich sie verkaufe.«

»Zeig!«

Lilli rief die Seite auf. »Ich mache viel Werbung auf Social Media. Und sie verkaufen sich richtig gut!«

Leena lachte. »Darauf trinken wir noch ein paar Cocktails in diesem arschteuren Laden hier!«

Sie stießen erneut an.

»Aber«, sagte Lilli ernst. »Ich will das nicht hauptberuflich machen. Und jetzt kommt Neuigkeit Nummer zwei.«

»Ja?«, fragte Leena neugierig.

»Ich habe mich bei der Polizei beworben.«

Leena verschluckte sich fast an ihrem Cocktail. »Entschuldigung?«

»Ja. Ich habe durch diese ganze Story, durch all die Dinge der letzten Monate erkannt, dass ich mehr bewirken möchte. Du hast mich inspiriert. Du hast einen internationalen Skandal aufgedeckt. Du hast einen Mörder zur Strecke gebracht und mich dabei gerettet. Du kämpfst für das Gute und das Gerechte.«

Leena blickte Lilli an. Damit hatte sie nicht gerechnet. Aber Lilli war flink. Und sie war schlau. Sie war schlagfertig und mutig. Und mit diesem Schritt stand sie am Anfang einer großen Entwicklung, das konnte Leena spüren. Lilli würde es weit bringen. Wenn sie auf der Polizeischule angenommen wird, würde sie sie auf diesem Weg aus ganzem Herzen unterstützen.

Als sie viele Stunden und zahlreiche Drinks später mitten in der Nacht nach Hause kam, setzte sie sich auf das Fensterbrett. Der Vollmond stand hell erleuchtet am Himmel.

»Hallo, Papa, hallo, Mika«, sagte sie. »Ich weiß, ihr könnt mich sehen. Ich vermisse euch beide sehr.«

Es war bereits kurz nach drei Uhr nachts. Dennoch holte sie eines der Tagebücher ihres Vaters und setzte sich damit erneut auf das Fensterbrett, um darin zu lesen.

»Ich weiß, dass du dich nicht umgebracht hast, Papa. Ich weiß es einfach. Ich werde die Wahrheit schon noch herausfinden.«

Eines Tages, und das schwor sie sich, da würde sie wissen, was wirklich mit ihm geschehen war.

Danksagung

Ein großes Dankeschön geht an Karri von der Polizei in Helsinki, der mir all meine Fragen immer schnellstens und geduldig beantwortet hat.

Lieber Herr Prof. Dr. med. Frank Wehner, danke für Ihre rechtsmedizinische Aufklärung, auf Ihr geduldiges Korrekturlesen und dafür, dass Sie von Anfang an mein Projekt unterstützt haben.

Linda Gaida und Katharina Dohms, danke, dass ihr mir bei meinen medizinischen Fragen mit eurem fachärztlichen Wissen immer schnell weitergeholfen habt.

Danke an meinen Agenten, Robert, dass du so viel Mühe und Zeit in mein Projekt gesteckt hast und von Anfang an überzeugt warst.

Danke, Miki, Cindy, Felix und Saskia für euren Support von Anfang an, euer ehrliches Feedback und detailliertes Korrekturlesen. Als noch niemand dieses Buch zu Gesicht bekommen hatte. All die späten Stunden, die ihr für mein erstes Buch noch am Laptop verbracht habt und mit mir gemeinsam gebrainstormt habt. Dafür war und bin ich euch ewig dankbar. Danke, Lauri, dass du mir ständig neue Orte in Finnland zeigst, so abenteuerlustig bist, mich immer wieder zu neuen Aktivitäten herausforderst und mir dadurch automatisch neue Inspiration für meine Geschichten lieferst.

Leena Victor ermittelt weiter!

Tod in heller Sommernacht erscheint im Sommer 2026, lesen Sie hier die ersten Seiten.

• • •

Die Nacht würde nicht richtig hereinbrechen. Es war Anfang Juli, kurz nach Mittsommer. Ab jetzt wurden die Tage wieder kürzer, aber noch waren die Nächte hell. Gegen drei Uhr nachts würde es kurz dämmern, ehe die Sonne wieder aufging.

Lina hatte Mühe, das Moped geradeaus zu lenken. Sie wankte, der Alkohol war ihr zu Kopf gestiegen. Der Geschmack von Blaubeerlikör lag ihr süß und schwer auf der Zunge.

Die anderen drei fuhren vor ihr. Sofias lange blonde Haare wehten unter dem Helm hervor, in dem besonderen Licht der Dämmerung wirkten sie fast weiß. Zu viert hatten sie den herrlichen Sommerabend bis in die Morgenstunden auf dem Boot von Johans Eltern im Hafen von Porvoo verbracht. Sie hatten gebadet, laut Musik gehört und zu viel getrunken. Wenn die Polizei sie auf ihren Mopeds anhalten würde, hätten sie ein Problem. Doch die war hier nur selten unterwegs.

Die vier ließen die idyllische Kleinstadt und den Hafen mit seinen falunroten Holzhäusern hinter sich.

Die Luft duftete nach Sommer. Nach Blumen. Süß. Süß, wie es das Leben zu dieser Jahreszeit war.

Als sie zu Linas Abzweigung kamen, hielten sie an und klappten das Visier ihrer Helme nach oben.

»Wir sehen uns morgen!«, rief Lina.

»Ich bring dich nach Hause«, sagte Felix.

Sie schüttelte den Kopf. »Sei nicht albern. Ich hab es nicht weit, und ihr müsst in eine ganz andere Richtung.«

»Na gut«, brummte Felix. »Schreib aber, wenn du zu Hause bist.«

Lina rollte mit den Augen und lächelte. »Ja ja, mache ich.« Seit sie wegen der Semesterferien nach Hause gekommen waren, versuchte Felix sich ihr wieder anzunähern, das spürte sie deutlich.

»Ich muss dringend pinkeln«, sagte Sofia und kicherte. »Lasst uns weiter!«

»Bis morgen!«, rief Johan übermütig und winkte Lina zu.

»Bis morgen!« Lina hupte und bog auf ihren Weg ein. Sie gab Gas. In bereits einer Stunde würde es vollständig hell sein. Sie warf noch einen Blick über die Schulter und sah die drei auf dem anderen Waldweg davonfahren.

Ihr Weg führte sie an einem heruntergekommenen Landhaus vorbei. Obwohl das Haus wie ausgestorben dalag, strahlte es in der sommerlichen Landschaft etwas Künstlerisches aus, was Lina gut gefiel, anders als im Winter, wo sie sich vor dem Haus einfach nur gruselte.

Der Alkohol pulsierte in ihrem Kopf, sie musste sich auf das Fahren konzentrieren. Sie blickte auf den mit Schotter bedeckten Waldweg vor sich, links und rechts von ihr erstreckte sich der endlose Birkenwald. Lina liebte diesen Waldabschnitt, der selbst mitten in der Nacht hell wirkte und ihr seit der Kindheit vertraut war. Die zarten Birken ließen viel Licht durch. Warum konnte nicht immer Sommer sein? Jedes Jahr verging er viel zu schnell. Eine Schwere breitete sich in ihrem Brustkorb aus, als sie daran dachte, im August zurück nach Turku zu müssen. Sie war sich nicht sicher, ob sie mit ihrem Studienfach die richtige Entscheidung getroffen hat. Jura war so wahnsinnig trocken. Was, wenn sie doch nicht dafür gemacht war? Und so richtig wohl fühlte sie sich in der Stadt nicht. Das hier, das war ihr Zuhause.

Sie verdrängte den Gedanken. Noch war nicht August. Sie fuhr eine Kurve, kannte diesen schmalen Abschnitt bestens, war ihn schon oft gefahren, umso überraschter war sie, um diese Zeit ein Auto hinter sich zu hören. Es kam immer näher.

Sie blickte in den Rückspiegel.

Das Auto gab ordentlich Gas, fuhr ziemlich aggressiv auf, bis es direkt hinter ihr war. Sie konnte, weil die Schweinwerfer stark blendeten, nicht erkennen, wer am Steuer saß. War die Person völlig bescheuert, ihr so nah aufzufahren? Sie drehte ihren Kopf halb nach hinten und machte mit dem Arm eine vorwurfsvolle Geste. *Was fällt dir ein?!*

Abrupt trat der Fahrer auf die Bremse. Na endlich. Was für ein Vollidiot!

Doch dann hörte sie, wie der Fahrer erneut Gas gab und auf sie zu raste. Um nach Hause zu kommen, müsste sie den schmalen Waldweg weiter geradeaus fahren. Auf ihm könnte sie nicht ausweichen. Das Auto würde sie mit Leichtigkeit einholen und, wenn der Fahrer wollte, überfahren. Ein Blick auf den Tacho sagte ihr, dass sie fünfzig Stundenkilometer schnell war, mehr gab das Moped nicht her. Sie folgte ihrem Instinkt, bog in den nächsten kleinen Weg nach rechts ein, eine scharfe Abbiegung, der Fahrer würde stark abbremsen müssen. Sie rief sich den Wald und die ihn durchschneidenden Wege in Erinnerung. War ihr Impuls richtig gewesen? Sie fuhr etwas langsamer, auch wegen der vielen Baumwurzeln, bog noch einmal ab, gab dann wieder maximal Gas. Im Rückspiegel sah sie, dass das Auto stark abbremste und ebenfalls abbog. Es folgte es ihr. Lina begann unter dem Helm zu schwitzen. Was passierte hier? Panik stieg in ihr hoch. Als sie den großen, aus dem Weg herausragenden Stein vor sich erblickte, spannte ihr Körper sich an. Sie versuchte noch auszuweichen, aber das Moped entglitt ihr. Mit voller Wucht traf sie auf dem Boden auf, während das Moped weiterschlitterte und am Wegrand liegen blieb. Ihr ganzer Körper schmerzte, sie konnte sich nicht bewegen, war wie gelähmt. Durch das Visier ihres Helms sah sie das Auto auf sich zurasen. Sie kniff die Augen zusammen. Ihr Herz raste so schnell wie noch nie. Sie hörte das laute, aggressive Geräusch des Motors näherkommen.

Das Auto traf sie mit voller Geschwindigkeit. Ihr blieb die Luft weg, der Schmerz brach über sie herein. Das Auto näherte sich erneut, fuhr im Rückwärtsgang noch einmal über sie. Das Letzte, das Lina schmeckte, war Blut. Ein helles Licht tauchte vor ihren Augen auf. Sie bemerkte, wie die letzten Kräfte aus ihr wichen, war nicht einmal mehr in der Lage, einen letzten Gedanken zu fassen.

Lina Saarinen war tot.

• • •

Aus: Tod in heller Sommernacht
ISBN 978-3-548-07313-2